Tod am Höllenberg

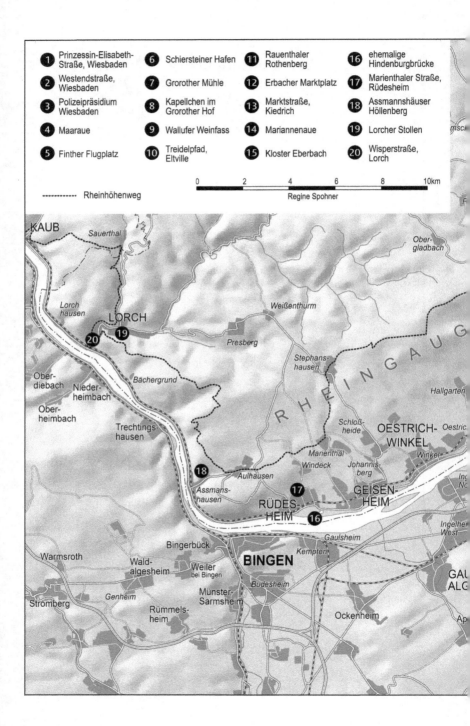

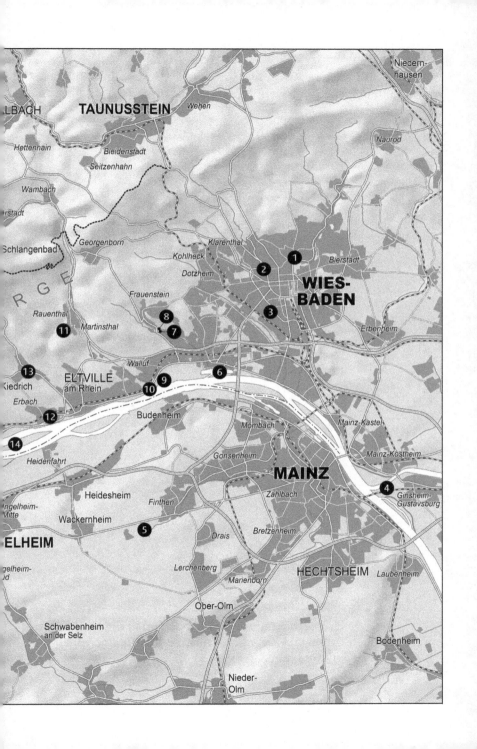

Roland Stark ist Arzt und Psychotherapeut. Er lebt und arbeitet in der eigenen Praxis im Rheingau, ist verheiratet und hat eine Tochter.

Dieses Buch ist ein Roman. Handlungen und Personen sind frei erfunden. Ähnlichkeiten mit lebenden oder toten Personen sind nicht gewollt und rein zufällig.

ROLAND STARK

Tod am Höllenberg

RHEINGAU KRIMI

emons:

Bibliografische Information der Deutschen Nationalbibliothek
Die Deutsche Nationalbibliothek verzeichnet diese Publikation
in der Deutschen Nationalbibliografie; detaillierte bibliografische
Daten sind im Internet über http://dnb.d-nb.de abrufbar.

© Emons Verlag GmbH
Alle Rechte vorbehalten
Umschlagmotiv: Montage aus iStockphoto.com/Silberkorn,
shutterstock.com/Pictureguy
Umschlaggestaltung: Nina Schäfer, Tobias Doetsch
Gestaltung Innenteil: César Satz & Grafik GmbH, Köln
Lektorat: Dr. Marion Heister
Druck und Bindung: CPI – Clausen & Bosse, Leck
Printed in Germany 2017
ISBN 978-3-7408-0213-4
Rheingau Krimi
Originalausgabe

Unser Newsletter informiert Sie
regelmäßig über Neues von emons:
Kostenlos bestellen unter
www.emons-verlag.de

Für Ingrid

Es difícil encontrar en la sombra claridad,
cuando el sol que nos alumbra descolora la verdad.

Es ist schwer, im Schatten Klarheit zu finden,
wenn die Sonne, die uns scheint, die Wahrheit ausbleicht.

Victor Jara
in »Caminando«

Der größte Trick, den der Teufel je gebracht hat, war,
die Welt glauben zu lassen, es gäbe ihn gar nicht.

Kevin Spacey
in »Die üblichen Verdächtigen«

Auch der Mutigste von uns hat nur selten den Mut
zu dem, was er eigentlich weiß ...

Friedrich Nietzsche
in »Götzen-Dämmerung«

EINS

Der Rhein floss träge in seinem Bett, die Luft flirrte über dem Wasser, und eine leichte Brise trug das Tuckern der Bootsmotoren über den Treidelpfad die Uferböschung hinauf bis zum Balkon der Villa über dem Strom. Es roch nach Staub und gemähtem Gras, irgendwo verwesten Fische. Der Duft eines Sommers am Fluss.

Robert Mayfeld nutzte den freien Tag, um das Buch zu lesen, das er bei seinem letzten Besuch im Kloster Eberbach gekauft hatte, eine Biografie über Bernhard von Clairvaux.

Julia legte ihren Krimi beiseite. »Interessant?«, fragte sie mit spöttischem Ton. Mayfeld mochte diesen Ton, genauso wie das rote luftige Sommerkleid, das seine Frau trug.

»Allerdings. Der heilige Bernhard ist eine sehr widersprüchliche Person. Er hat nicht nur neunundsechzig Klöster gegründet und eine innerkirchliche Reformbewegung angeführt, er gilt auch als bedeutender Schriftsteller und Mystiker«, begann Mayfeld zu erzählen. »Er wird unter anderem wegen seiner Meditationen über das Hohelied der Liebe geschätzt. Außerdem war er ein einflussreicher Politiker und einer der wichtigsten Ideologen der Kreuzzüge. Von ihm stammt die Idee, den Kreuzfahrern alle ihre Sünden zu erlassen, ebenso wie die Schulden bei jüdischen Geldverleihern.«

»Wer in den Krieg gegen Andersgläubige zieht, kann machen, was er will, er kommt auf jeden Fall in den Himmel?« Julia schürzte die Lippen und warf einen skeptischen Blick auf das Buch. »Was für ein komischer Heiliger. Wahrscheinlich sind die alle irgendwie komisch gewesen.«

Jedes Zeitalter hat die Helden, die es verdient, dachte Mayfeld. Spätere Generationen würden die heutigen vermutlich auch komisch finden. »Bernhard war ein begnadeter Redner und konnte Massenhysterien erzeugen. Auf die Art hat er vermutlich seine Wunder vollbracht. Die Leute wollten ihm glauben. Aber Bernhard galt auch schon bei manchen Zeitgenossen als Fanatiker. Er hat die Muslime genauso gnadenlos bekämpft wie seine innerkirchlichen Gegner, die er, wo immer er konnte, persönlich diffamierte, mal wegen ihrer sexuellen Neigungen, mal wegen ihrer Abweichung von der reinen christlichen Lehre.«

»Scheint ein echter Hassprediger gewesen zu sein«, bemerkte Julia.

Im Radio liefen die Nachrichten. In Marseille hatte ein aus dem Maghreb stammender Franzose einen Brandanschlag auf eine jüdische Schule verübt, der Mann wurde von der Polizei erschossen. Einige Dutzend Flüchtlinge waren bei der Fahrt über das Mittelmeer ertrunken, die genaue Zahl konnte niemand nennen. In einer Kleinstadt nahe Kassel hatte am Vorabend ein Flüchtlingsheim gebrannt, von den Tätern fehlte jede Spur. Eine Politikerin hatte gefordert, die deutschen Grenzen mit einem Zaun zu sichern und notfalls auf Flüchtlinge zu schießen. Hassprediger überall.

Der Wetterbericht kündigte eine Fortsetzung des wechselhaften Wetters an und warnte vor zunehmender Gewitterneigung.

Mayfeld ging ins Wohnzimmer, schaltete das Radio aus und legte eine CD ein. Jan Garbareks »Officium«. Ein gregorianischer Choral und der Gesang eines Sopransaxofons erfüllten den Raum und drangen nach draußen in die sommerliche Hitze.

»Erinnerst du dich an das Konzert im Kloster?«, fragte Mayfeld, als er sich wieder zu Julia setzte.

Sie lächelte. »Na klar. Das war unvergesslich, wie Garbarek und die Sänger zwischen den Säulen der Basilika wandelten und die Sphärenklänge ihrer Musik durch die Kirche schwebten. Man konnte den Glauben an das Gute in der Welt zurückgewinnen.«

So war es auch Mayfeld gegangen. »Dem heiligen Bernhard hätte es vermutlich nicht gefallen. Er war ein Gegner des gregorianischen Chorals seiner Zeit, er kritisierte ihn wegen seiner Vielstimmigkeit und der Kunstfertigkeit der Sänger. Das führe zu Eitelkeit und lenke von der christlichen Botschaft ab. Er veranlasste deswegen eine Musikreform, und für eine Weile wurden gregorianische Choräle nur noch einstimmig gesungen.«

»Ein Feind der Vielstimmigkeit, wie passend für einen Fundamentalisten.«

Eine Weile lauschten sie dem vielstimmigen Sanctus eines anonymen Künstlers aus dem Mittelalter.

Dann klingelte Mayfelds Handy. Das Profane brach ins Heilige ein.

»Denk daran, heute ist dein freier Tag«, sagte Julia drohend. »Der Arzt hat gesagt, du sollst kürzertreten.«

Ärzte hatten oft gute Ratschläge parat, sagten aber selten, wie man sie umsetzen sollte. Mayfeld schätzte diese Art der Fürsorge überhaupt nicht, sie machte ihn älter, als er war. Fand er.

Nina Blum rief an, die Kollegin aus dem Wiesbadener Polizeipräsidium, wie immer war sie fröhlich und gut gelaunt. Mayfeld wusste oft nicht, ob er darüber den Kopf schütteln oder sich anstecken lassen sollte. Sich anstecken lassen war auf jeden Fall die angenehmere Alternative.

»Ich weiß, es ist dein freier Tag«, zwitscherte Nina ins Telefon, als ob sie eine besonders erfreuliche Nachricht zu verkünden hätte, »aber das willst du bestimmt wissen. Gerade kam eine Nachricht aus Assmannshausen. Bei Bauarbeiten wurde dort eine Leiche gefunden. Ich fahr jetzt hin.«

»Ich bin zu Hause. Hol mich ab«, antwortete Mayfeld und beendete das Gespräch so schnell, dass Julia nicht mehr eingreifen konnte.

»Das kann doch nicht wahr sein«, stöhnte sie und tippte sich verärgert mit dem Zeigefinger gegen die Stirn. Dann vertiefte sie sich wieder in ihren Kriminalroman.

Eine halbe Stunde später saß Mayfeld neben Nina Blum in ihrem Wagen. Mit kiwigrünen Jeans und einem rosa T-Shirt bewies sie wie immer Mut zur Farbe. Ein bunter Vogel im grauen Polizeiapparat.

»In der Höllenbergstraße, am Rand des Ortes, wurde der Keller für einen Neubau ausgehoben. Das Gelände war bis vor einem Jahr Brachland. Bauarbeiter haben dort eine Leiche gefunden. Nach den Schilderungen der Kollegen am Telefon dürfte sie schon eine ganze Weile dort gelegen haben. Tut mir leid um deinen freien Tag.«

Mayfeld winkte ab. »Es ist gut, dass du mich informiert hast. Ich hätte mich sonst geärgert.«

Der Weg nach Assmannshausen war mühseliger als sonst, Baustellen verengten die B 42 an mehreren Stellen.

»Altlasten«, murmelte Mayfeld.
Nina grinste. »Das ist 'ne ziemlich spezielle Bezeichnung für eine länger liegende Leiche.«
»Ich meine die Bomben, nach denen überall gesucht wird. Bomben aus dem Zweiten Weltkrieg.« Die Erde war in Bewegung, unterhalb der äußersten Kruste verschoben sich Gesteinsschichten gegeneinander. Niemand außer ein paar Spezialisten wusste davon, aber die Schichten arbeiteten unablässig, Jahr für Jahr, die Ruhe an der Oberfläche war trügerisch. Dieser innere Aufruhr schob Bomben und Granaten immer näher an die Oberfläche, ähnlich wie ein menschlicher Körper Fremdkörper nach außen transportierte, wo sie irgendwann als Eiterherde aus ihm herausbrachen. So stellten die Bomben über siebzig Jahre nach dem Krieg eine Gefahr dar, die mit der Zeit immer größer wurde, da niemand mehr damit rechnete, mit tödlichen Grüßen aus einem fernen Zeitalter zu tun zu bekommen.

»Irgendwann müsste mal Schluss sein mit der Vergangenheit«, bemerkte Nina lachend.

»Unbedingt«, erwiderte Mayfeld in sarkastischem Ton. »Aber es ist nie Schluss. Die Blindgänger bleiben gefährlich.«

Sie passierten die Reste der Hindenburgbrücke am Eingang von Rüdesheim.

»Wurde die Brücke auch im Krieg zerstört?«, fragte Nina.

»Von den Deutschen, wenige Tage vor der Kapitulation. Man wollte dem Feind nichts hinterlassen, was noch funktionierte.«

»Wie krank ist das denn?«, kommentierte Nina mit der Unbekümmertheit der späten Geburt.

»Ziemlich.«

Später warteten sie vor dem Bahnübergang in Rüdesheim, dann vor zwei Baustellen an der Uferstraße, die sich zwischen Fluss und Bahnlinie durch das Rheintal schlängelte. Schließlich erreichten sie Assmannshausen und bogen in die Höllenbergstraße ein. Am Ende des Orts, zwischen den letzten Häusern und den ersten Rebzeilen der berühmten Weinlage, standen Einsatzfahrzeuge der Polizei, eine Grube war mit rot-weißen Bändern abgesichert.

Mayfeld sah Adler, den Chef der KTU, unten in der Grube knien. Er war in einen weißen Schutzanzug gezwängt, und der Schweiß rann ihm über das rosige Gesicht. Mühsam wuchtete sich der füllige Kollege in die Senkrechte und blinzelte zu Mayfeld empor.
»Eine Leiche im Keller«, bemerkte er trocken.

★★★

Er schloss die schwere Stahltür, die in den Stollen führte, ging den Trampelpfad hinunter und durchschritt die Halle. Er warf das Handy auf den Schreibtisch in der Ecke der staubigen Werkstatt. Der wichtigste Teil der Arbeit war getan.
Die Pflicht. Jetzt kam die Kür. Noch war nicht alles in trockenen Tüchern. Er würde eine Weile untertauchen und alle zum Narren halten. Sehen, was geht, wie sich alles entwickelt. Das Angenehme mit dem Nützlichen verbinden. Irgendwann würden sie ihn alle kennenlernen. Zum richtigen Zeitpunkt. Jetzt war es leider notwendig, dass er unentdeckt blieb.
Er hatte sowieso nicht vor, den Märtyrer zu spielen. Er war ja schließlich kein Moslem. Seine Operationsbasis war der »Kyffhäuser«. So nannte er den Stollen, passend zu dem Namen, den sie ihm bei der »Heimattreuen Jugend« gegeben hatten: »Barbarossa«. Damals, bei ihrem Treffen am echten Kyffhäuser, hatten sie lange diskutiert über diesen Namen, manchen war der Namensgeber zu christlich. Aber immerhin war Barbarossa ein deutscher Kaiser gewesen, der gegen die arabischen Horden in den Krieg gezogen war. Das war das Entscheidende: Er war ein deutscher Krieger.
Ihm waren die ganzen Diskussionen damals gleichgültig gewesen, er war bloß stolz, dazuzugehören, allein das war wichtig. Außerdem war er kein Theoretiker, zumindest damals war er keiner gewesen. Er war eher ein Mann der Tat, und das galt heute noch. Wotan hatte ihn in die Gruppe geholt. Für den erledigte er bis heute Aufträge. Für ihn und Hagen. Aber ein Handlanger war er nicht. Ein Barbarossa war kein Befehlsempfänger.
Wotan war der Einzige gewesen, der sich nach der Wende um ihn gekümmert hatte. Ganz anders als seine versoffene Mutter mit

ihren Typen, die andauernd wechselten. Also zumindest früher. Sogar ein Fidschi war damals dabei gewesen. Einfach nur widerlich. Jetzt wollte sie davon nichts mehr wissen. Hatte angeblich ein neues Leben begonnen und konnte sich an nichts mehr erinnern. Aber jetzt konnte sie ihm gestohlen bleiben.

Seine Alte kam herein und warf einen geilen Blick auf die Pritsche, die hinter dem Schreibtisch stand.

»Hallo, Bea«, sagte er.

»Nenn mich nicht Bea, ich hab einen eigenen Namen«, fauchte sie ihn an. Immer wieder das Gleiche. Das machte sie bloß, um ihn zu provozieren. Um ihn scharfzumachen.

»Das passt am besten zu Barbarossa«, erklärte er ihr zum hundertsten Mal. Beatrix war die Frau von Barbarossa gewesen, das hatte er im Internet gelesen.

»Trotzdem.«

Es war gar nicht gut, wenn Frauen zu viel dachten, fand Barbarossa. Das zumindest hatte man seiner Mutter nicht vorwerfen können. Warum tauchte die blöde Kuh andauernd in seinen Gedanken auf? Weg mit ihr. Wo war er stehen geblieben? Richtig. Auch bei national gesinnten Frauen war es nicht gut, wenn sie zu viel dachten. Es fühlte sich irgendwie falsch an. Und Barbarossa wusste, dass er sich auf seine Instinkte verlassen konnte. Er warf sich eine Hermann-Göring-Pille ein, bestes und reinstes Methamphetamin. Das machte ihn stark und mächtig und scharf wie einen Stuka.

»Mädchen, die pfeifen, und Hühnern, die krähen …«, sagte er grinsend.

»Arschloch«, giftete Bea ihn an.

… soll man beizeiten den Hals rumdrehen, dachte Barbarossa. Er könnte ja schon mal ein bisschen damit anfangen.

ZWEI

Sie hatten im Stillwasser hinter der Mariannenaue geankert. Die schwüle Luft lastete auf dem Wasser und verschluckte den Lärm der Vögel. So nannte Yasemin deren Gesang. Das Lied der Natur, widersprach Ginger immer wieder.

Ginger Havemann hörte die Bäume flüstern, sie verstand den Gesang der Vögel, manchmal sprachen Gebäude und Landschaften zu ihr. Sie war am Morgen mit ihrer Freundin Yasemin Zilan zum Schiersteiner Hafen gefahren. Von dort aus hatten sie mit der »Blow Up« einen Ausflug auf dem Rhein gemacht, bis die Hitze sie ermattete und sie sich zu einer Rast im Herzen des Vogelparadieses in der Mitte des Flusses entschlossen. Nun räkelten sie sich träge auf dem Holzdeck des alten Kajütbootes. Yasemin trug nur ihr Zungenpiercing, Ginger bloß ein Nietenhalsband.

Die Hitze war kaum auszuhalten. Erst hatte es wochenlang geregnet, jetzt diese Hitzewelle. Sie stupste Yasemin mit der großen Zehe in die Flanke, sprang auf und stürzte sich kopfüber in den Fluss, genauso wie es der Vater der kleinen Ginger verboten, der Fluss aber immer wieder gefordert hatte. Komm zu mir, versenke dich in mich, tu, was du willst, sei frei. Yasemin sprang hinterher, ein paar Stockenten suchten erschrocken das Weite. Die beiden Frauen tunkten sich gegenseitig unter Wasser und schwammen ein paar Züge den schimpfenden Enten hinterher.

Nachdem sie über die Badeleiter wieder an Bord gekrabbelt waren, spritzten sie sich mit einem Wasserschlauch ab, so ganz mochten sie den Entwarnungen zur Wasserqualität des Rheins nicht trauen. Danach rubbelten sie sich trocken und fielen übereinander her.

»Scheiße«, zischte Yasemin später. »Schau, der Spanner!« Sie deutete zu einer Motoryacht hundert Meter flussabwärts. Der Skipper hatte sich mit einem Fernglas bewaffnet, beobachtete damit aber nicht die reichhaltige Vogelwelt.

Sie verzogen sich unter Deck. Ginger stellte die Musikanlage an und ließ eine Aufnahme ihrer Band CatCry spielen. Folk-Punk mit einer kräftigen Prise Metal. Auch Frauen können laut sein, war die Devise der Band. Gemeinsam mit der Musikkonserve schrien Ginger und Yasemin um die Wette.

Nach einer Weile kletterten sie wieder nach oben und packten die Kühltasche aus, die ihnen Jo gerichtet hatte. Jo Kribben war ihr Mitbewohner in der Wiesbadener Westendstraße, Hausbesitzer, Vermieter, Journalist und begnadeter Hobbykoch. Ginger tauchte den Finger in die Schüssel mit Hummus und fütterte sich und Yasemin. Dann verspeisten sie die Seezungenröllchen und bissen in scharfe Hähnchenschenkel. Zum Schluss gab es Tequila mit Zitrone und Salz, geschlürft aus dem Bauchnabel der anderen.

»Hast du mittlerweile Klienten?«, fragte Yasemin, nachdem sie eine Weile geruht hatten.

»Nö.«

Nach einer ausgedehnten Weltreise hatte Ginger die Scherben ihres Lebens zusammengekehrt und eine Detektei eröffnet. Bislang hatte sie alle Klienten abgelehnt. Ehemänner oder Frauen beim Seitensprung erwischen, schwarzarbeitende Arbeitnehmer bei ihren Arbeitgebern verpfeifen, das war nicht ihr Ding. Sollten andere die Munition für die Selbstgerechten und Verfolger dieser Welt liefern.

Aber sie hatte nichts anderes gelernt als Polizistin. Und man hatte sie aus dem Polizeidienst entlassen. Die Weltreise dauerte über ein Jahr und führte sie auf alle fünf Kontinente. Danach war sie um viele Erfahrungen reicher und pleite. Ein Mönch in Tibet hatte sie gefragt, wovor sie davonlaufe, da war sie wieder nach Deutschland zurückgeflogen. Ihr Großvater Roman hatte ihr das Startkapital für die Detektei geschenkt.

»Wie lange kannst du dich noch über Wasser halten?«, wollte Yasemin wissen.

»Ich könnte die ›Blow Up‹ verkaufen.« Aber das würde ihrem Vater das Herz brechen. Für ihn war es schlimm genug, dass er das Boot nach einem Schlaganfall nicht mehr selbst fahren konnte.

Sie schwiegen eine Weile und ließen sich die Sonne auf die Haut brennen.

Gingers Handy klingelte.

»Geh nicht ran«, bat Yasemin.

Aber eine ihrer Vorahnungen sagte Ginger, dass sie rangehen sollte. Ans Telefon und überhaupt. »Umleitung vom Büro«, zeigte das Display an. Los, sagte das Telefon.

»Tante Mia, was für eine Überraschung«, begrüßte Ginger die Anruferin.

Tante Mia klang sehr aufgeregt. »Du musst mir helfen, meine Liebe. Du hast doch diese Detektei. Es ist ein Notfall. Du musst jemanden für mich suchen. Komm bitte sofort. Geld spielt keine Rolle.«

In Gingers Lage war das ein Angebot, das sie nicht ablehnen konnte.

Sie packten alles zusammen, lichteten den Anker, zeigten dem Spanner von nebenan den erhobenen Mittelfinger und tuckerten zurück in den Schiersteiner Hafen. Yasemin fuhr mit ihrem Suzuki Jimny zurück in die Innenstadt und Ginger mit ihrer Carducci Adventure zur Grorother Mühle.

Ginger fuhr an Streuobstwiesen vorbei, an Weiden und Weinbergen. Die Luft flirrte vor Hitze. Die Grorother Mühle war ein Gebäudekomplex zwischen Frauenstein und Schierstein. Die Backsteinbauten aus dem 18. Jahrhundert lagen auf einem Areal nahe dem Lindenbach, der von den Frauensteiner Hügeln zum Rhein hinabfloss. Ein stilles Idyll, in dem die Zeit langsamer voranschritt als anderswo, in dem schattige Wiesen und Bäume zur Rast einluden. Mia Pfaff, eine alte Freundin von Gingers Mutter, betrieb hier eine Gärtnerei und hielt Thüringer-Wald-Ziegen sowie Pustertaler Sprinzen. Ginger war erstaunt, dass sie sich die Namen der Ziegen und Rinder gemerkt hatte. Das sind alte Nutztierrassen, die vom Aussterben bedroht sind, und ich tue was gegen den beschissenen Lauf der Welt, hatte ihr Tante Mia erklärt, als Ginger vor drei Jahren das letzte Mal bei ihr zu Besuch gewesen war.

Sie stellte ihre Enduro im Hof des Anwesens ab, machte mit dem Handy ein paar Fotos. Mia Pfaff kam ihr aus einem Gewächshaus hinter dem Hauptgebäude entgegen. Sie hatte sich in den letzten Jahren kaum verändert; mittlerweile über fünfzig, bewegte sie sich immer noch wie ein junges Mädchen. Sie trug eine grüne Latzhose, ihre silbergrauen Haare lugten unter einem violetten Kopftuch hervor, das genau auf die Farbe der Gummistiefel abgestimmt war. Sie zog an einer türkisfarbenen Meerschaumpfeife, ohne die sich Ginger Tante Mia gar nicht vorstellen konnte.

Aber Mia wirkte angespannt und besorgt. Damals, als Gingers Mutter verschwunden war, war Mia die Zuversicht in Person gewesen. Das war jetzt anders.

»Wir haben uns eine Ewigkeit nicht gesehen, meine Liebe«, sagte Mia, nahm die Pfeife aus dem Mund und umarmte sie. »Bist du schon lange wieder in Deutschland?«

»Vorgestern aus dem Urlaub zurückgekommen.«

»Das meine ich nicht.«

»Ein halbes Jahr.« Ginger hätte sich früher bei Mia melden sollen. Hatte sie deswegen ein schlechtes Gewissen? Eher fühlte sie Scham, weil sie davongelaufen war. Nein, das war auch Quatsch. Es brachte sie einfach durcheinander, wenn sie mit Freundinnen ihrer Mutter zu tun hatte. Sie musste sich zusammenreißen.

»Schön, dass du Zeit für mich hast. Komm mit.«

Ginger folgte Mia ins Haus. In dem alten Gemäuer war es angenehm kühl. Mia führte ihre Besucherin in eine große, abgedunkelte Wohnküche mit alten Fliesen auf dem Boden und an den Wänden. Hinter der Küchentheke funkelten blank polierte Kupferkessel und warfen neugierige Blicke auf die Besucherin. Das kommt dir nur so vor, sagte sich Ginger zur Beruhigung.

»Gläschen Apfelwein? Selbst gemacht.«

Ginger, die den Tequila noch spürte, schüttelte den Kopf. »Wasser wäre nett.«

Mia zuckte verständnislos mit den Schultern, stellte Ginger aber ein Glas Wasser auf den grob gehobelten Eichentisch. Sich selbst goss sie Apfelwein aus einer großen Karaffe ein.

»Du hast am Telefon von einem Notfall gesprochen, Mia. Was ist los?«

Mia zündete sich ihre Pfeife wieder an und blies Rauchkringel an die Decke.

»Uli ist verschwunden.«

Ginger erinnerte sich: Uli Bareis war Gärtner und arbeitete

seit einigen Jahren bei Mia. Ein stiller und zurückgezogener Typ mit einem exotisch geschnittenen Gesicht. Ginger hatte ihn nur flüchtig kennengelernt und nicht besonders gemocht. Er war für sein Alter zu jungenhaft und hatte etwas Hinterwäldlerisches an sich. Aber Mia schien ihn zu mögen, Ginger hatte den Eindruck gehabt, dass zwischen ihrer Tante und dem mindestens zehn Jahre jüngeren Mann etwas lief.

»Uli lebt hier auf dem Hof?«
»Wir leben zusammen.«
»Verstehe. Wie lange ist er weg?«
»Seit gestern.«

Ginger atmete laut hörbar aus. Warum Mia keine Vermisstenmeldung bei der Polizei aufgab, diese Frage erübrigte sich. Sie wollte sich dort nicht lächerlich machen. Warum war sie nicht auf dem Rhein geblieben?

»Das ist nicht sehr lange. Ich nehme an, du hast versucht, ihn anzurufen, und er geht nicht an sein Handy.«

»Ich weiß, was du jetzt denkst, Ginger. Du hältst mich für eine hysterische Alte, der der jüngere Kerl weggelaufen ist und die deswegen verrücktspielt.«

Treffender hätte es Ginger nicht ausdrücken können, und Diplomatie war nicht ihre Stärke. »Sag mir ein paar Gründe, warum ich das anders sehen sollte.«

Mia zog nervös an ihrer Pfeife. »Er bekam gestern eine SMS und meinte, er müsse noch mal für eine Stunde weg. Heute ist mein Geburtstag, wir wollten den Tag ganz für uns haben. Er würde mir das nie antun.« Sie versuchte, ruhig zu sprechen, aber ihre Stimme war voller Panik. Jede Feuersirene klang gelassener.

»Glückwunsch. Ich meine, zum Geburtstag. Hast du eine Idee, wo er sein könnte? Hast du versucht, ihm eine SMS oder eine WhatsApp zu schicken? Hast du Freunde angerufen?«

»Ja, ja, ich bin doch nicht blöd«, entgegnete Mia unwirsch. Sie schien trotz aller Angst irgendetwas zu verschweigen.

»Was ist los? Spuck es aus!«

Mia schien sich zu ärgern, dass sie ertappt worden war. Aber dann entschloss sie sich zur Offenheit. »Ich habe Uli zum Geburtstag ein schickes Smartphone geschenkt. Mit einer Spionage-

App. Heißt mySpy. Damit kann ich seine ganze Kommunikation überwachen und seinen Standort per GPS bestimmen. Wenn er was mit dem Handy macht, bekomme ich eine Nachricht auf meines.«

»Ich glaub es nicht.«

»Aber sein Handy ist ausgeschaltet.«

»Kann ich gut verstehen.«

»Aber der weiß doch gar nichts von dieser App.«

»Vielleicht ist er nicht so blöd, wie du meinst.«

Am liebsten wäre Ginger aufgestanden und gegangen. Hier verschwendete sie nur ihre Zeit. Aber sie hatte wieder eine ihrer Ahnungen. Bleib hier, es ist besser so, flüsterte eine innere Stimme.

»Ich hab wohl bei dir verschissen«, sagte Mia kleinlaut.

Eigentlich schon, aber das behielt Ginger vorerst für sich. »Ich nehme an, dass du bestens über alle Aktivtäten Ulis informiert bist.«

Mia holte ein Notebook von der Küchenanrichte. »Die App ist tief im Betriebssystem vergraben und erscheint gar nicht auf der Bedieneroberfläche. Ich bin sicher, dass Uli sie nicht bemerkt hat. Er ist kein Technikfreak.« Sie öffnete das Notebook, dann wischte sie auf ihrem Smartphone herum. »Ich erhalte eine Kopie aller SMS, alle Verbindungsdaten der Telefonate, kann WhatsApp mitlesen, bin in seiner Cloud und bekomme ein Bewegungsprofil anhand der GPS-Daten.«

»Schöne neue Welt. Ich hielt dich für Oldschool.«

»Ich bin besorgt um meinen Mann, ich kümmere mich um ihn, und ich bin ein wenig eifersüchtig. Das ist Oldschool«, erwiderte Mia trotzig.

»Gab es Grund zur Eifersucht?«

»Svenja Meier. Die kleine Schlampe hat bis vor vier Wochen im Hofladen gearbeitet. Ich hab sie rausgeschmissen. Sie treibt sich mit miesen Typen rum und vögelt meinen Freund, ist faul und hat eine große Klappe.«

Ein echter Glücksgriff. »Warum hast du sie dann eingestellt?«

Mia kniff Mund und Augen zusammen. »Das war Uli, als ich mal eine Woche weg war. Das Amt hatte sie geschickt. Er meinte,

jeder Mensch sollte eine Chance haben. Ich hab mir das mit der Chance anders vorgestellt.«
»Wie lange hat Svenja bei dir gearbeitet?«
»Vier Monate.«
»Und wo genau?«
»Sie war für unseren Verkaufsstand an der Grorother Straße zuständig.«

Ginger erinnerte sich, am Rande der Straße zur Autobahn standen ein paar Wagen, dort konnte man über den Sommer Gemüse, Obst und Marmeladen kaufen.

»Und wegen ihr hast du das mit mySpy gemacht?«
»Ich habe mich mit Uli ausgesprochen. Von der App habe ich ihm zwar nichts erzählt, aber seit vier Wochen wollte ich ihm wieder mein Vertrauen schenken und habe deswegen nicht mehr in seinen Daten rumgeschnüffelt. Aber glaub mir, er ist nicht bei ihr. Das spüre ich. Außerdem habe ich die Schlampe angerufen. Hier, schau dir das an.« Sie schob ihr das Notebook hin. So viel zum Thema Vertrauen.

Widerwillig betrachtete Ginger die Aufzeichnungen, die Mia erläuterte. Den größten Teil der Zeit hatte sich Uli in den letzten Wochen in der Nähe der Grorother Mühle aufgehalten. Zumindest war sein Handy dort gewesen. Montags, dienstags, mittwochs und samstags war er am Nachmittag regelmäßig in einem Fitnessstudio in Walluf, freitagabends in Wiesbaden.

»Da spielen wir zusammen Doppelkopf«, erklärte sie.

Lediglich mit zwei Adressen, die Uli aufgesucht hatte, konnte Mia nichts anfangen: mit der Hüttenstraße in Schierstein, wo Uli vor zwei und vier Wochen sonntagabends gewesen war, und mit einer Adresse am Zweiten Ring in Wiesbaden, wo er am vergangenen Freitagvormittag gewesen war. Diese Anschrift kannte Ginger genau: Uli war eine Stunde im Polizeipräsidium gewesen.

»Du solltest damit zur Polizei gehen«, sagte Ginger.

»Und denen erzählen, dass ich meinen Freund ausspioniert habe?«, zeterte Mia. »Na, du machst mir Spaß. Außerdem: Erinnerst du dich daran, wie die Bullen mit Vermisstenanzeigen umgehen? Als deine Mutter verschwunden ist, hat das keiner ernst genommen.«

Damit hatte Mia einen wunden Punkt bei Ginger getroffen. Damals hatte die Polizei so gut wie nichts unternommen. Zumindest war ihr das als Vierzehnjähriger so vorgekommen.
»Das kannst du nicht vergleichen«, entgegnete sie matt.
»Kann ich wohl. Und ich verrate dir noch etwas: Du bist früher immer gerne vorbeigekommen und hast dir ein Beutelchen Marihuana geholt. Was meinst du wohl, woher das kam? Aus Afrika? Aus Afghanistan? Nee, das war echtes Frauensteiner Gras. Aus dem Gewächshaus, in dem ich vorhin war. Das ist voll davon. Ich kann hier keine Bullen gebrauchen, verstehst du?«
Das verstand Ginger. Wer ein Gewächshaus voller Hanfpflanzen sein Eigen nannte, mochte keinen Besuch von der Polizei. Und den konnte Mia nicht ausschließen, wenn die Polizei ihren Job richtig machte und ihrer Vermisstenanzeige nachging. Ginger wendete sich wieder den Aufzeichnungen auf dem Notebook zu.

Am Samstagabend war Uli vom Fitnessstudio in Walluf zurück in die Grorother Mühle gefahren und hatte seine Wohnung um zweiundzwanzig Uhr noch einmal Richtung Frauenstein verlassen. Er war am Grorother Hof vorbeigefahren und in die Grorother Straße eingebogen. Auf dem Weg zur Autobahn hatte er dann das Smartphone ausgeschaltet.

Um einundzwanzig Uhr fünfzig hatte er eine SMS erhalten, was insofern ungewöhnlich war, als er meist über WhatsApp kommunizierte. Die SMS von einem unbekannten Sender lautete: »Es gibt neue Entwicklungen. Dringend. Treffpunkt gleich im Kapellchen. Schäferstunde.« Kapellchen hieß der Gutsausschank im Grorother Hof, einem Weingut anderthalb Kilometer oberhalb der Mühle. Aber am Kapellchen war Uli den Aufzeichnungen zufolge vorbeigefahren.

»Nimm den Auftrag an. Tu es mir zuliebe. Für eine alte Freundin deiner Mutter, die heute Geburtstag hat. Ein paar Erkundigungen, was ist denn schon dabei? Lad dir mySpy auf dein Smartphone, das hilft dir bei der Suche. Nenn mir einen Preis. Ich zahle ihn.«

Das war definitiv ein Angebot, das sie nicht ablehnen konnte.
»Fünfhundert Euro am Tag.«
»Okay.«

»Plus Spesen.«
»Kein Problem.«
»Plus Mehrwertsteuer.« Sie hätte tausend Euro sagen sollen.
»Sag mir alles, was du über Uli weißt!«
Mia begann zu erzählen. Uli Bareis lebte seit acht Jahren in der Grorother Mühle. Er hatte hier eine Gärtnerlehre gemacht und war Mias Mitarbeiter und Geliebter geworden. Er ging regelmäßig ins Fitnessstudio und spielte mit Mia und Freunden am Freitagabend Doppelkopf. Außerdem war er Mitglied einer Band namens The New Petards, die Rock- und Popsongs aus den Siebzigern und Achtzigern coverte. Die Band übte immer donnerstags in einem Nebengebäude in der Grorother Mühle.
»Wo kommt Uli überhaupt her?«
»Seine Eltern leben in Lorch, mit denen versteht er sich nicht besonders gut, das sind so Frömmler. Er ist nach Frankfurt gezogen, um von denen wegzukommen, hat dort versucht, sich als Musiker durchzuschlagen. Aber das hat nicht richtig geklappt, und deswegen wollte er mit dreißig noch mal was Richtiges lernen. Mit Nachbarn seiner Eltern bin ich bekannt, von denen hatte er meine Adresse, und so kam er in meinen Gärtnereibetrieb und in mein Haus.«
»Und in dein Bett. Erzähl weiter: Was weißt du sonst noch über ihn?«
Mia schaute sie verständnislos an. »Das war doch schon eine ganze Menge. Uli ist nicht auf dem Psychotrip, der erzählt nicht andauernd von seiner Lebensgeschichte oder seiner schweren Kindheit im unteren Rheingau, falls du so was hören willst. Der ist ein ganz Lieber. Manchmal unbeholfen und zurückgezogen, manchmal unwirsch. Dann ist er wie ausgewechselt, und man lässt ihn am besten eine Weile in Ruhe, aber sonst, wie gesagt, ist er ein ganz Lieber. Er redet nicht gerne, aber so sind die meisten Männer.«
»Findest du das nicht ziemlich klischeehaft?«
»Klischees fallen nicht vom Himmel.«
»Nein, sie entstehen in den Köpfen.« Das war wahrscheinlich zu viel Belehrung für eine Auftraggeberin, die fünfhundert Euro pro Tag zahlte. Ein Themenwechsel schien Ginger angebracht.

»Wohnt ihr allein auf dem Hof?«
Mia schüttelte den Kopf. »Landwirtschaft ist ziemliche Knochenarbeit. Das war nie meine Sache, und allmählich bin ich dafür auch zu alt. Es gibt noch ein junges rumänisches Paar, das mir zur Hand geht. Die wohnen im selben Haus wie Uli, in der Wohnung obendrüber. Die beiden sind über das Wochenende zu einer Hochzeit nach Würzburg gefahren und kommen morgen im Lauf des Tages zurück. Ich hab sie übrigens nirgendwo angemeldet ...«
Noch ein Grund, den Kontakt zur Polizei zu meiden.
»Und dann gibt es gelegentlich noch ein paar Saisonarbeiter, die hinter den Ställen leben. Sind aber momentan keine da.« Mia stand vom Küchentisch auf. »Gehen wir in Ulis Wohnung. Ich möchte, dass du dir seinen PC anschaust.« Ihr Tonfall signalisierte Ginger, dass sie jetzt keine Belehrungen über Privatsphäre und informationelles Selbstbestimmungsrecht hören wollte.

Ulis Wohnung befand sich in einem Nebengebäude des Anwesens neben den Ställen. Sie bestand aus einem kleinen Schlafzimmer, das offensichtlich selten benutzt wurde, einem Wohnzimmer, einem Bad und einer Küche. In der Spüle der Küche stapelten sich Siebe, Schüsseln, eine Filtertrommel, mehrere »Bubblebags« und eine Handpresse. Alles, was man für die Herstellung von Shit brauchte. Ginger machte Fotos. In einem alten Holzregal im Wohnzimmer fand sie eine umfangreiche Videosammlung. Es waren vor allem Horror- und Splatterfilme: »Im Blutrausch des Satans«, »Nackt unter Kannibalen«, »Bloodsucking Freaks«, »Großangriff der Zombies«, »Planet Terror«, »Muttertag«.

Ginger kamen Zweifel, ob Uli wirklich »ein ganz Lieber« war. Nach außen hin ruhig und still, das vielleicht schon ... Auf einer Kommode neben dem Regal standen ein großer Bildschirm, ein High-End-Notebook, ein alter Videorekorder und ein DVD-Player. Sie fotografierte alles.

Mia ging an einen kleinen Schreibtisch und zog einen Zettel unter der Schreibauflage hervor.

»Das sind Ulis Passwörter«, sagte sie und hielt Ginger den Zettel vors Gesicht. »Sechshundert Euro pro Tag«, fügte sie hinzu, als sie Gingers Zögern registrierte.

Ginger seufzte. Das wäre nicht nötig gewesen. Sie würde sich das Notebook ansehen. Sie öffnete es und tippte das Passwort ein. »1V6J0a9r7a3«. Eine Privatdetektivin mit Skrupeln wegen des Datenschutzes, das wäre wirklich eine Lachnummer.

Sie stöberte eine Weile in Ulis Daten. Auf den ersten Blick fiel ihr nichts auf. Für solche Fälle hatte sie alles Nötige in ihrem Rucksack dabei. Sie schloss eine externe Festplatte und ihr Notebook an Ulis Computer an, öffnete ein Kopierprogramm und zog die Daten von seinem Rechner auf die Festplatte hinüber. Sie lud mySpy auf ihr Handy und installierte das entsprechende Programm auf ihrem Notebook, gab Ulis Verbindungsdaten ein. Dann klappte sie die Computer wieder zu und stand auf.

Ginger hatte ein ungutes Gefühl. Die liebe, nette, etwas schrullige Mia war vielleicht gar nicht so lieb und nett. Ihren Kontrollwahn mochte Ginger überhaupt nicht. Und Uli, ein ganz Lieber, war vermutlich weniger lieb, als Mia es wahrhaben wollte. Aber sie war jung und brauchte das Geld, sagte man in einem solchen Fall wohl später.

»Ich mach das für dich.«

Als Erstes fuhr Ginger mit ihrem Motorrad die Strecke ab, die Uli zurückgelegt hatte, nachdem er die Grorother Mühle verlassen hatte. Er hatte dafür seinen Wagen genommen, einen roten Opel Astra. Jedenfalls hatte Mia das gesagt. MySpy speicherte alle fünf Minuten GPS-Daten. Die erste Position wurde fünfzig Meter vor der Mühle entfernt registriert, die zweite sechshundert Meter weiter oberhalb an einer Kreuzung. Uli hatte einen asphaltierten Weg genommen, der direkt zum Kapellchen führte.

Ginger fuhr zunächst an einem Wiesengrundstück mit Obstbäumen vorbei, dann verlief der Weg durch Weinberge. Nach einer Minute erreichte sie die Kreuzung. Warum hatte Uli so lange für den Weg gebraucht? In fünf Minuten hätte er die Strecke gemütlich trabend zurücklegen können. Sie sah sich um, machte ein paar Fotos.

An den Wegrändern wuchs Gras, einige Wiesenblumen blühten. An einer Stelle war das Gras niedergedrückt. Ginger untersuchte sie: Es hatte schon eine Weile nicht mehr geregnet, die Erde war hart, Spuren waren keine zu erkennen. Genau genommen konnte sie gar nicht wissen, ob Uli an dieser Stelle angehalten hatte oder irgendwo zwischen der Mühle und der Kreuzung. Sie fuhr weiter.

Nach einer weiteren knappen Minute kam sie an die zweite Stelle, an der Ulis Standpunkt gespeichert worden war, direkt neben der Bruchsteinmauer, die das Gelände des Grorother Hofs umfriedete. Wieder machte sie Fotos. Er war also weiterhin so langsam gefahren. Oder gelaufen. Oder hatte Pausen gemacht.

Aber dann hatten sich seine Bewegungen beschleunigt, denn die nächste Position war auf der Auffahrt zur B 42 in Richtung Rüdesheim aufgezeichnet worden, bis dahin konnte man durchaus fünf Minuten mit dem Auto brauchen.

Im Kapellchen konnte er sich allenfalls wenige Minuten aufgehalten haben, aber Ginger wollte zur Sicherheit nachfragen. Der Gutsausschank hatte seinen Namen von einer kleinen Kapelle, die am Rande des Gartens stand, der sich innerhalb der Hofmauern an die Gebäude anschloss. Ginger machte Fotos vom Garten und vom Parkplatz im Hof. Zwischen Rosen, Stockrosen und Sonnenblumen saßen die Gäste bei Kaffee, Kuchen und Wein. Geschirr klapperte, Kinder rannten zwischen den Tischen umher und schrien. Sonntagnachmittagsidyll pur. Ginger sprach eine Kellnerin an und hatte Glück, die junge Frau hatte auch am Abend zuvor bedient. Sie kannte Uli vom Sehen, aber am Samstag war er nicht im Lokal gewesen.

Bevor Ginger mit ihrer Carducci weiterfuhr, versuchte sie zusammenzufassen, was sie bislang erfahren hatte: Uli wurde per SMS zu einer Schäferstunde ins Kapellchen eingeladen. Er fuhr mit dem Auto im Schritttempo dorthin oder machte auf dem Weg mehrfach Pausen. In die Gaststätte ging er gar nicht hinein, stattdessen fuhr er auf die Autobahn und schaltete sein Handy aus. So konnte es natürlich gewesen sein, aber es ergab keinen Sinn. Vielleicht war er gelaufen, aber wo war dann sein Auto? Auf dem Gelände der Mühle hatte es jedenfalls nicht mehr gestanden.

Vielleicht hatte er auf dem Weg jemanden getroffen oder hatte nach jemandem Ausschau gehalten, das würde die langsame Fahrweise erklären. Oder er hatte direkt am Kapellchen jemanden getroffen und war sofort weitergefahren. Oder es war ganz anders.

Merkwürdig. Wer verabredete sich heute noch zu einer Schäferstunde? Wo kam dieser merkwürdige Ausdruck überhaupt her? Und sagte man nicht Schäfer*stündchen*?

Svenja Meier wohnte in einem Mehrfamilienhaus in einer Seitenstraße der Söhnleinstraße. Es war ein billig hochgezogener Sechziger-Jahre-Zweckbau, quadratisch, praktisch, öde, der auf den Abriss wartete. Die Gehwege waren mit Autos zugeparkt, was die Straße noch ungemütlicher wirken ließ. Ginger machte wie überall einige Fotos von der Umgebung. So sorgte sie für ein fotografisches Gedächtnis. Dann klingelte sie am Hauseingang. Svenja war zu Hause und öffnete. Sie war Mitte zwanzig, auf eine billige Art hübsch und gerade dabei, sich aufzubrezeln. Ihr Gesichtsausdruck verriet Enttäuschung, als sie Ginger sah, sie hatte offensichtlich jemand anderen erwartet. Sie ließ Ginger widerwillig eintreten, versperrte ihr im Flur aber den weiteren Weg.

»Was willst du? Ich muss weg. Warum hab ich dich überhaupt reingelassen? Ich muss nicht jeden reinlassen! Da kann ja jeder kommen!«

Svenja hatte offensichtlich eine große Klappe und einen kleinen Verstand.

»Ich bin auf der Suche nach Uli Bareis. Wissen Sie, wo ich den finden kann?«

Svenja lachte. Sie klang dabei wie ein tuberkulöser Papagei.

»Der Typ turnt mich voll ab. Hab den schon eine Weile nicht mehr gesehen, ist bestimmt ein oder zwei Wochen her. Warum willst du das wissen? Arbeitest du für die Pfaff? Die hat mich schon angerufen.«

»Uli Bareis ist verschwunden.«

»Super. Ich hab ihm gesagt, er soll sich verpissen, und er hat sich verpisst. Der hat total genervt.«

»Sie hatten was miteinander?«

»Wüsste nicht, was dich das angeht. Aber ja, okay, hatten wir. Und jetzt darfst du dich auch verpissen.«

»Das hat Sie den Arbeitsplatz gekostet. Ganz schön ärgerlich.«

Svenja riss Augen und Mund auf, so als könnte sie nicht glauben, was sie da gerade gehört hatte.

»Ey, ich bin voll froh, dass ich die alte Bitch nicht mehr sehen muss. Wahrscheinlich ist Bubi auf der Flucht vor ihr. Was will der auch mit Gammelfleisch? Wenn du meinst, dass ich wegen der Alten Schluss gemacht habe, dann bist du auf dem falschen Trip. Ich hatte die Schnauze voll von Bubi. Der ist ein Freak. Mal Weichei, mal Dynamitstange. Was soll ich mit so einem?«
Das waren erstaunlich differenzierte Beobachtungen für ein Kaliber wie Svenja.
»Wann und wo haben Sie ihn das letzte Mal gesehen?«
»Raus jetzt!«
Svenja drängte Ginger in Richtung Wohnungstür. Ein geordneter Rückzug war angesagt.

Ginger fuhr ihre Carducci ein paar Meter weiter und stellte das Motorrad hinter einem Transporter ab. Hier konnte sie von Svenjas Wohnung aus nicht mehr gesehen werden, hatte die Eingangstür des Hauses jedoch im Blick. Sie war gespannt, für wen sich Svenja zurechtmachte.

Eine ganze Weile passierte nichts, Ginger wollte schon zurück zum Hafen fahren. Dann fuhr ein Biker mit einer Harley vor. Auf seiner Lederjacke trug er das Emblem der »Rhine Devils«. Er stellte seine Maschine direkt vor die Haustür und klingelte Sturm, dann verschwand er im Inneren des Hauses. Die nächste Stunde passierte wieder nichts, zumindest nichts, was Ginger hätte beobachten können. Dann kam der Rhine Devil mit einer untergehakten und extrem anschmiegsamen Svenja aus dem Haus. Sie setzte sich hinter ihm auf die Harley, und die beiden brausten davon.

Ginger verfolgte das Paar mit einigem Abstand. Sie wollten ins Schiersteiner Gewerbegebiet, bogen in die Alte Schmelze ein. In der Nähe war Uli in den letzten Wochen ein paarmal gewesen, wie Mias Spionagetool herausgefunden hatte. Hinter einem Baustoffhandel in der Hüttenstraße lag eine heruntergekommene Baracke, davor standen jede Menge coole Mopeds, Harleys vor allem, aber auch ein paar Moto Guzzis, BMWs, Yamahas, Suzukis, Kawasakis.

Auf einem schmuddeligen Plakat luden die Rhine Devils

jedermann und jedefrau zum offenen Vereinsabend am Samstag und Sonntag ein, mit Tabledance, Poledance und Bier vom Fass. Sonntags begann die Vorstellung früher, an die Bedürfnisse der werktätigen Bevölkerung wurde gedacht. Jeder Frau wurde ein Gratisglas Prosecco offeriert. Da waren echte Frauenfreunde am Werk.

Ginger stellte ihre Carducci zu den anderen Maschinen, fotografierte die Bikes und ging zur Eingangstür der Baracke. Der Türsteher hörte vermutlich auf den Namen Goliath, sah auf jeden Fall so aus. Er musterte sie ziemlich unverschämt von oben bis unten. Angesichts von hundertfünfzig Kilo Kampfgewicht ließ Ginger das kommentarlos über sich ergehen. Goliath winkte sie hinein. Vermutlich missbilligte er aufs Schärfste, wenn Bräute mit dem eigenen Moped ankamen, aber ansonsten hatte ihm wohl gefallen, was er gesehen hatte.

Drinnen schien niemand daran interessiert, das Rauchverbot in öffentlichen Gaststätten durchzusetzen. Hier brauchte man keinen Gratisprosecco, eher Atemmaske und Sauerstoffflasche. Die Besucher saßen an Biertischgarnituren und glotzten nach den Mädels, die sich leicht bekleidet auf der Bühne um Stangen wickelten und dabei den Eindruck zu erwecken versuchten, als wäre es das Größte für sie, von den Typen begafft zu werden. An den Wänden hingen Bilder mit den Abzeichen der Rhine Devils. Ein Plakat rief dazu auf, »DEUTSCHE FRAUEN zu schützen«, und illustrierte dies mit einem weißen Frauenkörper, der von schwarzen Händen befingert wurde. Das ging natürlich gar nicht. Im umgekehrten Fall, bei weißen Händen auf schwarzem Frauenkörper, ließen die deutschen Frauenfreunde vermutlich mit sich reden. Sie hatten schließlich nichts gegen schwarze Frauen. Das wäre ja Rassismus. Aber so was kam zum Glück so gut wie nie vor.

Ginger drängte sich durch die Reihen der johlenden Gäste und schaffte es bis zur Bar, ohne jemandem die Finger brechen zu müssen. Die Leute begrüßten ein neues Mädel an der Stange. Svenja. Die ließ wirklich nichts aus. Am Tresen schob der Barkeeper Ginger ohne Worte, aber mit vielsagendem Blick ein Glas Prosecco zu. Sie hielt ihm ein Bild von Uli unter die Nase.

»Kennst du den?«
Der Typ hinter dem Tresen warf einen Blick auf das Foto, schüttelte den Kopf. Kein Wort zu viel verschwenden, schon gar nicht an eine Frau, schien die Devise zu sein. Er rief nach einem Thorsten. Nach kurzer Zeit erschien der Typ, der Svenja abgeholt hatte.
»Und?«, fragte er. Eloquenz war definitiv nicht die Stärke der Devils.
Sie wiederholte ihre Frage.
Thorsten schaute kurz auf das Foto. »Was geht dich das an?«
»Ich suche ihn. Er ist verschwunden.« Ihr Kärtchen, das sie als Privatdetektivin auswies, ließ sie lieber stecken.
Er drückte ihr das Glas mit dem Gratisprosecco in die Hand. »Such woanders. Trink aus und geh«, befahl er ihr.
Wenn Thorsten vorgehabt hatte, sich auffällig zu benehmen, dann war ihm das gelungen. Ginger nippte an dem Schaumwein. Der gehörte in den Ausguss oder in die Kläranlage.
»Schmeckt scheiße«, sagte sie und ging.

Ginger fuhr zum Schiersteiner Hafen zurück. Sie wollte auf der »Blow Up« übernachten, am liebsten auf Deck. Seit sie als kleines Kind mit ihren Eltern auf einem Frachtkahn den Rhein entlanggefahren war, war es für sie das Größte, auf einem Schiff zu schlafen. Hier fühlte sie sich geborgen wie in Abrahams Schoß. Oder Sarahs Schoß. Sie holte sich eine Dose Bier aus dem Kühlschrank, drehte sich einen Joint und ließ sich auf dem Vordeck nieder. Es wurde allmählich dunkler, kühler und ruhiger. Ginger mochte die Hafengeräusche am Abend: das Klackern der Wanten an den Masten der Segelschiffe, das sanfte Plätschern der Wellen, die gegen Bordwände schlugen, Kinderrufe, Möwengeschrei, ein Bootsmotor, dessen Tuckern über das Wasser wehte. Jeder Ort hatte seine eigene Musik, und das hier war einer von Gingers Lieblingssongs.
Sie ließ den Tag Revue passieren, blieb bei dem Ausflug mit Yasemin hängen. Sie war wirklich in Yasemin verliebt. Das war ihr bei einer Frau noch nie passiert. Mehr hetero geht gar nicht, hatte sie früher von sich behauptet. Aber der Unfall hatte alles geändert.

Sie war mit Daniel an einem verdammten Fastnachtswochenende von einer Party nach Hause gefahren. Sie hatten beide getrunken, er saß am Steuer. Sie hätte ihn nicht fahren lassen dürfen. Das Auto kam von der Straße ab, überschlug sich. Sie kam körperlich mit ein paar Blessuren davon, er verblutete schreiend neben ihr, bevor die Feuerwehr beide aus dem Wrack herausgeschnitten hatte. Um sich nicht von ihren Schuldgefühlen auffressen zu lassen, hatte sie mit dem Saufen angefangen. Ihr Vorgesetzter, der sie noch nie gemocht hatte, ergriff die Gelegenheit und ließ sie aus dem Dienst entfernen, das war ganz einfach bei einer Polizistin auf Probe. Danach stand sie vor dem Nichts. Beruflich wie emotional. Hatte keinen Job mehr. Konnte mit keinem Mann mehr zusammen sein. Sie versuchte es ein paarmal, aber immer kamen ihr die Bilder ihres verblutenden Freundes dazwischen.

Bei Yasemin war das anders, da hatte sie nicht das Gefühl, Daniel zu betrügen. Trotzdem war ihr das Verhältnis unheimlich gewesen, deswegen war sie auf die lange Reise gegangen. Als sie zurückkam, war es zwischen ihr und Yasemin so, als wäre sie gar nicht weg gewesen. Und sie spürte, dass sie nicht nur Trost suchte, nicht nur den Männern auswich, sondern dass sie auf den Geschmack gekommen war. Mittlerweile musste sie nicht mehr bei jedem Mann an Daniel denken, was ihre sexuellen Optionen erfreulicherweise erweiterte. Aber die Liebe zu Yasemin war geblieben.

Die Zeit verging. Gingers Handy klingelte, mySpy meldete sich. Uli war im Netz. Er hatte gerade eine SMS an Mia geschickt. »Möchte dich im Kapellchen treffen. Ich komme, sobald ich kann. Uli«.

Ginger wechselte zum GPS-Tool von mySpy. Der Standort von Ulis Smartphone wurde am Rheinufer in Walluf angezeigt, in der Nähe des Weinprobierstandes. Ginger packte ihren Rucksack, sprang vom Boot und hastete zu ihrer Carducci, warf das Motorrad an, fuhr los.

In wenigen Minuten war sie am Wallufer Rheinufer. Sie stellte gerade ihre Maschine vor dem Segelclub ab, außer Sichtweite der Gäste des Weinstandes, als mySpy meldete, dass sich Ulis Smartphone wieder aus dem Netz abgemeldet hatte. Ginger machte ein paar Fotos von den umstehenden Autos und ging zum Weinfass, das zwischen Büschen und Bäumen versteckt am Flussufer lag. Ein, zwei Dutzend Gäste genossen den zu Ende gehenden Sommerabend bei einem Glas Wein. Uli war nicht unter ihnen. Sie ging zum Ausschank und zeigte dem Mann hinter der Theke, einem beleibten Mittsechziger, Ulis Foto.

»War der heute hier?«

Der Mann hinter der Theke schaute sie misstrauisch an.

»Ist mein Freund, wir waren verabredet, ich habe mich verspätet«, schwindelte sie.

Der Dicke entspannte sich und zeigte wieder seine gemütliche Miene.

»Tut mir leid, gute Frau, den hab ich heute Abend noch nicht gesehen. Vor ein paar Tagen, da war er da, aber nicht mit Ihnen. Vielleicht kommt er ja noch. Obwohl wir gleich zumachen. Wollen Sie noch was trinken? Einen Riesling oder einen Spätburgunder?«

Ginger lehnte ab und ging zu den Tischen, die beim Fass standen, zeigte jedem Gast Ulis Foto. Am fünften Tisch saß ein groß gewachsener Mann mit schütterem Haar und Schnauzbart. Er hatte sein Glas ausgetrunken und war im Begriff, zu gehen.

»Haben Sie diesen Mann heute Abend gesehen? Ich bin mit ihm verabredet und habe mich ein wenig verspätet.«

Blöder konnte man vermutlich nicht fragen. Sie lächelte den Schnauzbartträger verlegen an.

Der Mann ließ seine Jacke auf die Holzbank fallen und streckte Ginger seine Hand entgegen.

»Ich bin der Alex.«

»Ich bin die Ginger.«

»Ist das dein Freund?«

Er musterte das Foto und Ginger in aller Ruhe. Ginger mochte es nicht, so angeschaut zu werden, nicht von einem Kerl mit rotem Gesicht, der derartig anzüglich grinste.

»Genau. Mein Freund.« Immer bei derselben Legende bleiben, damit man nicht durcheinanderkommt. Vielleicht ersparte ihr diese kleine Lüge obendrein die Anmache, die Ginger bereits auf sich zukommen sah.

Alex zeigte auf einen abseitsstehenden leeren Tisch.

»Da hat er gesessen und auf seinem Handy geschrieben. Ist das nicht schlimm, dass die Leute nichts anderes zu tun haben, als auf ihrem Handy herumzuschreiben? Ist erst vor ein paar Minuten gegangen.«

Scheiße, sie hatte ihn knapp verpasst.

»Komisch, dass ihn an der Theke niemand gesehen hat.« Vielleicht wäre es schlauer gewesen, sich als Detektivin vorzustellen. Dann würden solche Nachfragen nicht so auffallen. Aber Alex schien das egal zu sein.

»Ja, komisch. Ein Glas Wein hat er aber schon getrunken. Vielleicht hat es seine Begleiterin geholt.«

Was denn für eine Begleiterin? Das konnte sie jetzt schlecht fragen, schließlich war sie mit Uli angeblich verabredet gewesen. Sie versuchte, sich die Überraschung nicht anmerken zu lassen.

»Das kann sein, wir waren zu dritt verabredet.«

Ihr Gegenüber schien das zu schlucken. Vielleicht hatte er schon genug intus. »So wird es gewesen sein.«

»War er mit dem Wagen da?« Das müsste sie als seine Freundin eigentlich wissen.

Aber den Mann schien auch diese Frage nicht zu stören. Er zog seine Schultern hoch. »Keine Ahnung, hab nicht darauf geachtet. Kann aber sein, er ging in diese Richtung weg.«

Er deutete auf eine Reihe parkender Autos, stand auf und nahm seine Jacke.

»Ich muss dann mal. Schönen Abend noch und viel Erfolg bei der Suche nach Ihrem Freund.«

Alex ging zu seinem Wagen. Ginger war froh, dass sich der Typ so umstandslos davonmachte. Sie ging zu den übrigen Tischen. Aber die hatten sich in den letzten Minuten zunehmend geleert, es waren kaum noch Gäste da, und außer Alex hatte keiner Uli und seine Begleiterin gesehen.

Ginger rief Mia an. Die war bereits unterwegs zum Kapellchen. »Soll ich kommen?«

Das fand Mia übertrieben. Ginger war es recht. Sie schaute noch in den umliegenden Kneipen nach Uli, aber auch dort war er nicht. Vielleicht hatte Mia mehr Glück bei der Suche. Wobei sie es bestimmt nicht als Glück empfinden würde, wenn Uli gleich mit seiner Neuen im Kapellchen auftauchen würde. Da half auch mySpy nicht mehr weiter. Hatte sie vorhin Fotos gemacht? Sie könnte im Fotospeicher nachschauen. Aber Ginger machte lieber noch einmal welche vom ganzen Platz rund um das Weinfass. Sicher ist sicher, sagte ihr ein Gefühl. Dann fuhr sie zurück zu ihrem Boot und holte sich eine letzte Dose Bier. Legte sich aufs Deck. Betrachtete die Sterne, die sich hinter den Ausdünstungen der Stadt zeigten, lauschte der Musik des Hafens, ließ ihre Gedanken treiben. Sie hätte nicht gedacht, dass der Auftrag so schnell zu Ende gehen würde. Geliebter taucht ab, taucht mit neuer Frau wieder auf, Aussprache am späten Abend, Ende. Macht sechshundert Euro.

Schließlich war sie eingeschlafen. Irgendwann wurde sie wieder wach. Erst sah sie nur den Sternenhimmel über sich, dann registrierte sie, dass ihr Handy klingelte.

»Mia hat angerufen«, zeigte das Display an. Kurz darauf kam eine SMS von Mia. »Komm sofort. Es ist etwas Fürchterliches passiert.«

Ginger wählte Mias Nummer, aber niemand meldete sich. Verknittert, wie sie war, griff sie nach ihrem Rucksack und dem Motorradschlüssel und verließ das Boot. Wenige Minuten später war sie auf ihrer Carducci unterwegs zur Grorother Mühle.

Sie kam nicht weit. Vor der Autobahnunterführung, die ins Lindenbachtal führte, war der Weg von der Polizei gesperrt. Lediglich Feuerwehrwagen wurden durchgelassen. Ein beißender Geruch lag in der Luft.

★★★

Er konnte stolz auf sich sein. Ihm war eine echte Kriegslist gelungen. Sein Krieg würde etwas Bedeutenderes werden als eine Auftragsarbeit für Menschen, die bloß an ihren kleinen, beschissenen Vorteil dachten. Sein Plan war noch vage, aber irgendwann würde er groß damit rauskommen. Er musste die Situation für sich ausnutzen, so eine Gelegenheit würde sich nicht mehr so schnell bieten: die Gelegenheit zur verdeckten Kriegsführung.

Sein ursprünglicher Auftrag war so gut wie abgeschlossen. Er hatte alles durchsucht, und was er gefunden hatte, das hatte er mitgehen lassen. Er würde es Wotan übergeben. Der Rest war zerstört. Jetzt mussten nur noch die Zeugen beseitigt werden. Aber das hatte Zeit.

Seine Auftraggeber sollten ruhig noch eine Weile glauben, dass er ihre Marionette war, auch das war eine kluge List von ihm. Aber er war nicht mehr bereit, sich herumkommandieren zu lassen. Obwohl ihm das nicht geschadet hatte. Das hatte noch niemandem geschadet. Er erinnerte sich an den Edelweißmarsch, am Kyffhäuser, Pfingsten 1990, diese Erinnerungen hatten sich ihm eingebrannt. Hundertfünfzig Kilometer ohne Unterbrechung, er war durch den Schlamm gerobbt, fast zusammengebrochen, er spürte die Tritte, er hörte das Gelächter der Kameraden. Hatte ihm nicht geschadet, natürlich nicht. All das hatte ihn stärker gemacht, härter, er war zu einem richtigen Mann geworden, war aus dem Schatten der versoffenen Alten herausgetreten.

Schon damals hatte ihn die Vorstellung beschäftigt, dass die Vorsehung etwas Höheres mit ihm vorhatte. Und jetzt war die Zeit gekommen. Die Zeit der Erniedrigung war vorbei. Die Feinde der Nation machten sich bereit, das Land zu unterwerfen, Horden von Flüchtlingen und Islamisten überfluteten die Heimat. Das Volk war in Gefahr, aber das Volk war träge und bemerkte diese Gefahr noch nicht. Noch nicht richtig. Noch gab es zu viele Lügen und zu viele Gutmenschen, die das Offensichtliche nicht sehen wollten. Das würde er ändern. Auch wenn er noch keinen richtigen Plan hatte. Der erste Schritt war getan. Er war zum Soldaten geworden in der großen Verteidigungsschlacht, die jetzt begann. Man würde von ihm hören. Zumindest von seinen Taten. Endlich machte er dem Namen, den sie ihm gegeben hatten, Ehre.

Bea kam aus dem Kyffhäuser zurück.

»Alles okay«, berichtete sie.

Sollte er ruhig weiterschlafen. Barbarossa hatte das Gesetz des Handelns an sich gerissen. Er wird alle seine Optionen wahrnehmen. Die Strippen selbst ziehen. Wotan und Hagen werden sich noch wundern. Götterdämmerung war angesagt. Heute Nacht hatte es ganz gut angefangen.

Er sah ein Glitzern in Beas Augen.
»Hey, gestern, das war rattenscharf«, raunzte sie.
Er warf eine Hermann-Göring-Pille ein. Das konnte sie noch mal haben, würgen und ficken. Danach würde er sich um die andere Schlampe kümmern.

**

Er wacht mit brüllenden Kopfschmerzen auf. Sein Mund ist trocken, wie eine Sandwüste, und er kann sich nicht bewegen. Er kennt seinen Namen nicht, nicht den seiner Eltern, nicht sein Alter. Er weiß nicht, wo er ist, nicht, wie er an diesen Ort gekommen ist, nicht, was passiert ist.
Vielleicht ist er zehn. Dann wohnt er in der Baracke bei den anderen Jungs. Nachts kommen die Herren und beobachten sie. Wenn sich bei jemandem was regt, gibt es Keile. Er muss sich ausziehen und läuft durch die Reihe der johlenden Kameraden. Spießrutenlauf, alle dreschen auf ihn ein. Draußen singt die Gemeinde: Das Wandern ist des Müllers Lust, ein' feste Burg ist unser Gott.
Danach muss er zur Kartoffelernte, Säcke schleppen. Er darf mit niemandem reden. Als er es doch tut, gibt es wieder Keile, Spießrutenlauf, Kerker.
Manchmal muss er auch in die Mine zum Arbeiten. Dort sind schon Leute erschlagen worden. Von herabstürzendem Geröll. Danach haben alle besonders viel gebetet.
Am schlimmsten sind das Krankenhaus und der Doktor mit den Tabletten und den Elektroschocks. Die Schocks machen brüllende Kopfschmerzen. Von den Tabletten wird der Mund trocken, wie eine Sandwüste, und er kann sich nicht bewegen.
So wie jetzt.
Aber was sein muss, muss sein. Tio sagt es immer wieder: Der Deibel muss raus.

DREI

Es war früh am Morgen, zu früh für Ginger. Gerade hatte die Polizei die Straßensperren aufgehoben, und sie war zur Grorother Mühle gefahren. Über dem Anwesen lag ein schwefeliger Höllengeruch, die Häuser ächzten leise vor sich hin. Die Feuerwehr hatte das Ausbreiten des Feuers auf das Hauptgebäude verhindern können, so war nur ein Nebengebäude den Flammen zum Opfer gefallen. Das Haus, in dem Uli gewohnt hatte. Seine Mauern waren von Rauch geschwärzt, der Dachstuhl verkohlt, einige Balken waren stehen geblieben und ragten mit anklagender Geste in den sommerlich blauen Himmel. Die Stallungen waren verschont geblieben, die Thüringer-Wald-Ziegen und die Pustertaler Sprinzen grasten auf ihren Weiden.

Sie standen vor den Überresten von Ulis Wohnung. Ginger wollte Mia trösten und fuhr ihr durch das wirr abstehende Haar, doch Mia wehrte die Geste mit einer heftigen Kopfbewegung ab und zog an ihrer Pfeife. Das musste wohl auch inmitten des Gestankes sein.

»Ist alles nicht so schlimm. Das Gebäude hätte aufwendig saniert werden müssen, das zahlt jetzt die Versicherung. Daran habe ich heute Nacht, als ich dich angerufen habe, nicht gedacht. Da war ich nur verängstigt und nicht mehr bei klarem Verstand.« Der war offensichtlich zurückgekommen. Mia klang ziemlich abgebrüht.

»Wie ist der Brand entstanden?«

Mia hob die Schultern. »Woher soll ich das wissen? Ich hab das Feuer jedenfalls nicht gelegt.«

Danach hatte sie nicht gefragt, aber Mia meinte wohl, dass sie das betonen sollte.

»Polizei ist keine mehr auf dem Hof?«

»Polizei und Feuerwehr sind abgezogen, die Brandermittler vom LKA werden im Lauf des Vormittags kommen. Hoffentlich beschränken sie sich auf die Ermittlung der Brandursache und schauen sich hier nicht weiter um.«

»Wir gehen mal rein.« Ginger deutete auf das ausgebrannte Gebäude.

»Wir können das Fenster nehmen, dann müssen wir das Siegel der Polizei nicht beschädigen«, schlug Mia vor.

Ginger schlüpfte unter dem Absperrband der Polizei hindurch. Neben der versiegelten Tür befand sich ein Fenster, dessen Scheiben durch die Hitze des Feuers geborsten waren. Es führte in die Küche.

Die Siebe, Filter und Pressen in der Küchenspüle waren kaum noch als Ausrüstung für die Herstellung von Shit zu erkennen. Aber verlassen konnte man sich darauf nicht; falls einer der Beamten zuvor bei der Drogenfahndung gewesen war, würde er die Utensilien erkennen. Wenn Mia das Feuer gelegt hätte, was ihr Ginger durchaus zutraute, hätte sie das Zeug verschwinden lassen oder dafür gesorgt, dass es gründlicher zerstört wurde. Alles andere wäre unfassbar dämlich.

Sie deutete auf das Equipment. »Das da würde ich wegräumen. Wenn die Polizisten die Pollinatoren und Bubblebags erkennen, hast du ein Problem.«

Sie ging in das deutlich stärker verrußte und zerstörte Wohnzimmer. Von hier hatte das Höllenfeuer seinen Ausgang genommen, hier stank es jedenfalls besonders teuflisch. Die Videos waren alle hin, der ganze Horror war geschmolzen und verbrannt. Ein Verlust, der keine Lücke hinterließ. Ginger machte ein paar Fotos. Dann fiel es ihr auf: Das Notebook von Uli war verschwunden. Sie verglich das Bild, das sich ihr bot, mit den Fotos vom Vorabend, auf der Kommode hatte das Notebook gestanden.

»Hast du Ulis Computer an dich genommen?«, fragte sie Mia, die ihr überall hinterhergestapft war.

»Was soll ich mit einem verbrannten Computer?«

»An dich genommen, bevor er verbrannt ist«, präsizierte Ginger ihre Frage.

»Ich habe die Wohnung gestern zusammen mit dir verlassen. Danach war ich nicht mehr hier drinnen. Oder hast du da Zweifel?«

Die sechshundert Euro pro Tag erhielt Ginger bestimmt nicht dafür, dass sie an den Aussagen ihrer Auftraggeberin zweifelte.

»Ich habe nur gefragt. Gestern hat er noch da gestanden. Dann hat ihn derjenige, der den Brand gelegt hat, mitgenommen. Du solltest das der Polizei sagen.«

»Das kann ich erst, wenn ich die Cannabisplantage entsorgt habe. Vorher möchte ich nicht, dass sich die Bullen allzu intensiv mit dem Fall beschäftigen. Ich will nicht, dass die hier rumschnüffeln. Schon vergessen?«

Natürlich hatte sie das nicht vergessen. Das machte es auch unwahrscheinlich, dass Mia etwas mit dem Brand zu tun hatte. Er passte ihr überhaupt nicht in den Kram.

Sie verließen das Gebäude wieder durch das Fenster in der Küche und setzten sich an den Gartentisch vor dem Gewächshaus. Entweder hatte Mia den Laptop an sich genommen. In ihrem Kontrollwahn war ihr das durchaus zuzutrauen. Aber warum sagte sie es ihr dann nicht einfach? Oder es war Uli gewesen, der Mia aus irgendeinem Grund mit dem Brand eins auswischen und sein Notebook vor den Flammen retten wollte. Aber warum hatte er dann nicht das Haupthaus angezündet? Oder es war jemand Drittes gewesen. Barg der Computer irgendwelche Geheimnisse? Oder hatte ihn der Brandstifter mitgehen lassen, weil er das Einzige von Wert in der Wohnung gewesen war? Aber warum dann ein Feuer legen?

»Lass alles verschwinden, was dich bei der Polizei in Schwierigkeiten bringen könnte. Dein schönes Gras, Ulis Labor, die Spionagesoftware auf deinem Computer und was es sonst noch alles geben mag. Und dann geh mit deiner Geschichte zur Polizei! Vielleicht hast du Glück, und sie schauen sich jetzt nur das verbrannte Gebäude an.«

Mia dachte nach. »Wahrscheinlich hast du recht. Aber du bleibst an dem Fall dran.«

Na klar. Ginger war neugierig geworden und brauchte das Geld. »Uli wurde gestern mit einer Begleiterin am Wallufer Weinprobierstand gesehen. Sein Handy habe ich dort geortet. Er hat dich von dort ins Kapellchen bestellt. Kurz bevor ich am Weinfass ankam, hat er das Smartphone wieder ausgeschaltet und ist verschwunden. Ist er im Kapellchen aufgetaucht?«

Mia verdrehte die Augen. »Das hätte ich dir ja wohl direkt

erzählt. Da war nichts los. Ich hab so lange im Garten gesessen, bis ich das Feuer gerochen habe. Danach habe ich die Feuerwehr angerufen und bin zurück zur Mühle. An dich habe ich erst später gedacht.«

Das klang plausibel.

»Entweder steckt Uli in der Klemme, oder er hält uns zum Narren«, fasste Ginger die Lage zusammen. »Vielleicht hat er dich von der Mühle weggelockt, um das Feuer zu legen.«

»Das ist ausgeschlossen«, protestierte Mia.

Ginger seufzte. Ausgeschlossen war gar nichts.

»Vielleicht hat ihm jemand das Handy gestohlen.«

»Und dann meldet er sich nicht bei dir?«

»Oder es ist ihm etwas passiert.« Es fiel Mia schwer, das auszusprechen, man konnte erahnen, wie sich ihr die Nackenhaare bei diesem Satz sträubten.

»Dann ist es ein Fall für die Polizei. Aber er ist gestern noch gesehen worden.«

Mias Augen glitzerten, füllten sich mit Tränen. »Das ist noch ein Grund, warum wir die Polizei aus der Sache heraushalten müssen. Selbst wenn er mit dem Feuer was zu tun hat, will ich nicht, dass er Probleme bekommt. Das musst du mir versprechen.«

Das Tantchen schien wirklich an Uli zu hängen.

Sie beugte sich über den Tisch zu Ginger. »Ich habe mir letztes Jahr ein Angebot für die Sanierung des Gebäudes, das jetzt abgebrannt ist, machen lassen. So eine Sanierung ist wegen der Denkmalschutzauflagen kaum zu bezahlen. Da hab ich im Spaß zu Uli gesagt, wenn das alte Gemäuer abbrennen würde, gäbe es keine finanziellen Probleme mehr, die Versicherung zahlt, und ich kann ein neues Haus bauen. Das kann er doch nicht ernst genommen haben?«

»Das glaube ich nicht.« Überzeugt war Ginger nicht.

»Finde ihn«, sagte Mia tonlos.

★★★

Der Tag war noch jung, die Luft frisch und klar, und Mayfeld saß mit seiner Familie auf dem Balkon und frühstückte. Lisa hatte vorlesungsfrei, und das Sommerseminar, für das sie sich angemeldet hatte, begann erst am Nachmittag, Julia und er machten von ihren flexiblen Arbeitszeiten Gebrauch. So begann die Woche mit Cappuccino, Croissants, selbst gemachter Orangenmarmelade und Käse von einem Affineur aus der Region. Und Diskussionen über Gott und die Welt und das Leben im Allgemeinen wie Speziellen. Einer früheren Diskussion mit Lisa waren zu Mayfelds Bedauern die leckeren Schweinereien aus der Metzgerei zum Opfer gefallen, aber Mayfelds Hausarzt hatte in dasselbe Horn gestoßen, und so hatte er nachgegeben und tat jetzt der ausgebeuteten Kreatur, dem bedrohten Klima und seiner Gesundheit etwas Gutes, in dem er auf Fleisch und Wurst verzichtete. Selbstverständlich nur morgens, an einigen Tagen der Woche. Teilzeitvegetarismus war das Äußerste, wozu er sich durchringen konnte.

»Im Kloster Eberbach war Fleisch für die Mönche generell verboten«, gab er die Früchte seiner Heimatforschung zum Besten. »Sie sollten ein Leben lang fasten. Die Mönche waren ziemlich kreativ, wenn es darum ging, dieses Gebot zu umgehen. Kloster Eberbach betrieb seine Viehzucht angeblich nur, weil sie den Mist als Dünger für die Landwirtschaft brauchten. Und wenn ein Rind geschlachtet wurde, haben sie das Fleisch an einen Haken mit einer Schnur gesteckt, es in einen Brunnen geworfen und wieder herausgezogen. Auf die Art und Weise galt es als Fisch und war für die Mönche eine erlaubte Speise, schließlich waren auch die Apostel Fischer.«

Lisa atmete laut hörbar aus. »Es gibt gute ökologische Gründe für eine vegetarische Ernährung, mit bigotter Frömmelei hat das überhaupt nichts zu tun. Deine Anekdoten sind vermutlich das Resultat seriöser historischer Forschung?«

Mayfeld schnitt eine Feige auf und drückte Bröckchen von Roquefort in das weiche violette Fruchtfleisch. »Du kennst mich doch. Es gibt noch so eine Anekdote. In Maulbronn, das ist ein Zisterzienserkloster in Schwaben, haben die Mönche die Maultaschen erfunden. Das Fleisch steckte in einer Teigtasche, da sah es der liebe Gott nicht. Deswegen heißen die Maultaschen im Schwäbischen heute noch ›Herrgottbescheißerle‹.«

Lisa prustete los. »Super. So war jeder Tag ein Veggieday. Und wegen solcher Erkenntnisse liest du Bücher über diesen mittelalterlichen Abt und das Kloster, das er gegründet hat?«

»Ich mache am Samstagmittag meine erste Führung im Kloster. Ich will vorbereitet sein.«

»Klasse Grund. Wir tun alles für die museale Unterhaltung der Touristen. Was bleibt auch sonst? Wenn man älter wird, richtet sich der Blick gerne zurück in die Vergangenheit.« Lisas Augen funkelten. Sie liebte diese Schlagabtausche.

»Es ist nicht schlecht zu wissen, woher man kommt. Und man kann versuchen, etwas aus der Vergangenheit zu lernen.«

»Über vegetarische Ernährung?«

Jetzt musste Mayfeld lachen. Aber das Thema war eigentlich ernst. »Im Fall von Bernhard von Clairvaux kann man zum Beispiel lernen, was Fanatismus aus Menschen macht. Er wollte einen streng asketischen Orden gründen, mit radikalen Regeln, und ist damit gescheitert.«

»Stichwort Herrgottbescheißerle.«

»Die wurden erst später erfunden. Aber es hat sich schon damals abgezeichnet, dass Bernhard mit seinen Ambitionen scheitern würde. In der Folge, das ist zumindest meine Sicht der Dinge, hat er sich äußeren Feinden zugewandt und fast im Alleingang den zweiten Kreuzzug angezettelt.«

»Ist das nicht arg einfach gedacht? Es wird schon auch noch handfeste Gründe für diese Kriege gegeben haben«, vermutete Julia.

»Ideologien entfalten ihre Wirkung vor dem Hintergrund objektiver Interessengegensätze.« Es drohte ein längerer Exkurs Lisas. In letzter Zeit wirkte sie manchmal wie mit einer Zeitmaschine aus den sechziger oder siebziger Jahren herbeigebeamt.

Julia schien auch keine Lust auf einen solchen Exkurs zu haben. Sie suchte nach einem neuen Thema. »Lassen wir das Mittelalter für einen Moment beiseite. Du ermittelst doch im Fall der Leiche vom Assmannshäuser Höllenberg. Hab ich das richtig verstanden: Das LKA hat den Fall einfach an sich gezogen? Dir kann es ja eigentlich nur recht sein, so hast du weniger Arbeit.«

»Danke, Julia. Du bereitest mich auf die Woche vor.« Mayfeld war es überhaupt nicht recht, dass er die Leitung des Falls hatte abgeben müssen, und er bezweifelte, dass ihm das Arbeit ersparen würde. »Was da passiert ist, ist zwar ein ganz normaler Vorgang. Aber wenn ich die Arbeit mache, dann bestimme ich auch gerne, wie sie zu tun ist. Der Kollege vom LKA meint, es handle sich um einen Fall von organisierter Kriminalität. Das fällt in seine Zuständigkeit. Leider hält er sich ziemlich bedeckt mit Hintergrundinformationen.«

»Du solltest dich um die Stelle in der Polizeiakademie bewerben, solange dir Brandt dabei noch helfen kann. Wenn er in Pension geht, hast du auf der Leitungsebene niemanden mehr, der dich unterstützt.«

»Ich könnte auch versuchen, sein Nachfolger zu werden.« Mayfeld goss sich aus der Karaffe Orangensaft ein. An die Nachfolge Brandts glaubte er selbst nicht. Er war in der Vergangenheit zu vielen Leuten auf die Füße gestiegen, war zu unbotmäßig gewesen, als dass er als hessischer Landesbeamter weiter Karriere machen könnte. »Mir macht die Arbeit als Polizist Spaß. Es gibt so viele Ungerechtigkeiten auf der Welt, da ist es wichtig, dass Leute dagegen angehen.«

»Es gibt kein richtiges Leben im falschen«, behauptete Lisa. »Die Polizei wird als Stütze des Systems missbraucht, auch wenn du das persönlich nicht mitmachen willst, Papa.«

Da war sie wieder, die Grundsatzdiskussion.

»In jedem System gibt es eine Polizei, weil es Leute gibt, die sich nicht an die Regeln halten. Und Regeln sind vor allem ein Schutz für die Schwachen vor der Willkür der Starken.«

Lisa sah das völlig anders. »Das ist die bürgerliche Ideologie. Die herrschenden Regeln dienen natürlich vor allem den Herrschenden. Deswegen werden ja Sozialhilfeempfänger von den Ämtern viel genauer überprüft als Großbetriebe, deswegen werden Schwarzarbeiter am Bau viel strenger verfolgt als Briefkastenfirmen in Luxemburg, Panama oder Delaware.«

»Und was hat das alles mit meinen Mordermittlungen zu tun?« Mayfeld biss missmutig in die Roquefort-Feige. Früher, als Lisa nur ein Pferd haben wollte, waren die Diskussionen einfacher gewesen. Jetzt studierte sie Psychologie und Philosophie. Vielleicht hätte sie doch etwas Vernünftiges machen sollen. »Lernt ihr so was an der Uni?«

»Ich finde, dass du dein diskursives Potenzial gerade nicht ausschöpfst«, entgegnete die Tochter, was wohl so viel hieß wie: Rede nicht so einen Scheiß.

»Ich bin der Letzte, der Missstände bestreiten würde, die gibt es auch bei der Polizei. Aber das spricht nicht gegen das ganze System, sondern gegen die Fehler im System. Es spricht nicht gegen die Regel, sondern gegen die Ausnahme.«

»Typisch reformistischer Ansatz«, entgegnete Lisa.

Julia rollte mit den Augen. »Und die Mutter blicket stumm auf dem ganzen Tisch herum«, war ihr Kommentar.

Alle mussten lachen. Das ging in der Familie zum Glück noch, trotz aller ermüdenden Grundsatzdiskussionen.

»Um was geht es denn in diesem Sommerseminar?«, fragte Julia. Ein weiterer Themenwechsel tat jetzt allen gut.

»Psychologie der Wahrnehmung. Am Freitag ging es um Kippbilder, die, je nach Sichtweise des Betrachters, ganz unterschiedliche Bedeutungen bekommen. Ein winziges Detail kann dem ganzen Bild einen völlig anderen Sinn geben, aus der Zeichnung einer eleganten Frau wird eine alte Hexe, aus einem Pokal werden zwei menschliche Profile.«

»Und was kann man daraus lernen?«, wollte Mayfeld wissen.

»Dass die Wahrnehmung nichts bedeutet, wenn wir ihr keinen Sinn geben. Diesen Sinn müssen wir konstruieren. Das Gehirn ist eine einzige Sinnerzeugungsmaschine. Was die Menschen deswegen kaum aushalten können, ist, wenn eine Sache keinen Sinn ergibt, wenn etwas bloß Zufall ist. Kontingenz mögen wir nicht. Genauso wenig wie kognitive Dissonanz. Wenn Wahrnehmungen nicht zu dem passen, wovon wir überzeugt sind, blenden wir sie aus, damit alles wieder passt.«

»Es geht um so was wie Voreingenommenheit und Tunnelblick, Vorurteile und Selbstgerechtigkeit?«

»Unter anderem. Und behaupte jetzt nicht, das seien bloß die Ausnahmen von der Regel!«

Genau das hatte Mayfeld vorgehabt, aber er zog es vor zu schweigen. Für den Rest des Frühstücks sprachen sie über Rezepte für Orangenmarmelade, über knusprige Croissants, den Beruf des Affineurs und über das Wetter.

Eine halbe Stunde später saß Mayfeld in seinem Volvo 740 und fuhr zum Wiesbadener Polizeipräsidium. Er liebte den Wagen mit den Ecken und Kanten, den andere einen schwedischen Ziegelstein nannten. Seit ein paar Monaten hatte er eine Oldtimerzulassung; die einzige Neuerung, die er dem Gefährt im Laufe der Jahre gegönnt hatte, war ein Hi-Fi-System. Im Radio liefen die Nachrichten. Die machte High Fidelity nicht besser.

Ein junger Mann mit ausländischen Wurzeln hatte in einer fränkischen Kleinstadt zwei Menschen niedergestochen. Ein islamistischer Hintergrund konnte nicht ausgeschlossen werden. In Berlin hatte es Demonstrationen vor einem Flüchtlingsheim gegeben, weil ein halbwüchsiges Mädchen verschwunden war, das man zuletzt mit zwei nordafrikanisch aussehenden Männern beobachtet hatte. In der Türkei hatte die Armee eine Großoffensive in den von Kurden bewohnten Gebieten begonnen, gleichzeitig waren die letzten unabhängigen Zeitungen verboten worden. In Sachsen hatte ein Flüchtlingswohnheim gebrannt. In Frankfurt waren zwei marokkanische Taschendiebe festgenommen worden. Gegen Ende der Woche war mit zunehmender Gewitterneigung zu rechnen, danach mit einem Temperatursturz.

Mit nordafrikanischen Diebesbanden hatte Mayfeld schon als junger Polizist in Frankfurt zu tun gehabt. Damals berichtete niemand darüber. Er legte eine CD ein, Miles Davis' »Kind of Blue«.

Er fasste für sich zusammen, was in dem neuen Fall bislang passiert war: Die Obduktion der Leiche aus Assmannshausen hatte ergeben, dass es sich um einen Mann handelte, der mit einem Schlag auf den Kopf getötet worden war. Trotz des weit fortgeschrittenen Verwesungsprozesses war es möglich gewesen, DNA zu isolieren und mit Daten abzugleichen, die bei der Polizei gespeichert waren.

Es handelte sich bei dem Toten um Felipe Murcia, einen Chilenen, der 2008 wegen Drogendelikten erkennungsdienstlich behandelt worden und vor der drohenden Abschiebung in das Heimatland untergetaucht war. Mayfeld hatte ein Bild des Toten in den lokalen Zeitungen veröffentlichen lassen und hoffte darauf, dass ihn irgendjemand erkannte und sich an ihn erinnerte.

Ein Kollege vom LKA, Klaus Ackermann, hatte die Leitung der Ermittlungen übernommen, der Tote stand damals im Verdacht, Mitglied einer kriminellen Vereinigung zu sein. Ackermann wollte den Fall zusammen mit einem weiteren Kollegen komplett an sich ziehen. Nur der Intervention seines Chefs, Oskar Brandt, hatte es Mayfeld zu verdanken, dass er überhaupt weiter in die Ermittlungen der Sonderkommission Höllenberg eingebunden war.

Im Präsidium am Konrad-Adenauer-Ring schaute Mayfeld als Erstes bei den Kollegen des Kriminaldauerdienstes vorbei, um sich einen Überblick über die Ereignisse des Wochenendes zu verschaffen. Insgesamt war es ruhig verlaufen, selbst das Verbrechen schien bei der Hitze zu pausieren. In der Innenstadt war es am Freitag zu einer Messerstecherei zwischen zwei jungen Männern gekommen, einem Serben und einem Albaner, zum Glück waren die Verletzungen nicht allzu schwer, und ein terroristischer Hintergrund war auszuschließen. Es hatte mehrere Einsätze wegen häuslicher Gewalt gegeben, im Komponistenviertel wurden vier Einbrüche gemeldet. Und dann hatte es wegen eines Brandes in Frauenstein einen Großeinsatz der Feuerwehr gegeben, der auch die Kollegen von der Polizei beansprucht hatte. Die Grorother Mühle wäre fast abgebrannt, Brandstiftung war nicht auszuschließen. Jetzt konnte Mayfeld den Lärm besser einordnen, der ihn in der Nacht am Schlafen gehindert hatte; bei einem Einsatz in Frauenstein wurden auch die Feuerwehren aus dem oberen Rheingau angefordert, und die fuhren an Mayfelds Wohnung vorbei.

Mayfeld ging ins nächste Stockwerk, wo die Kollegen des Kommissariats für Verschwundene und Tötungsdelikte arbeiteten. Er traf Aslan Yilmaz und Nina Blum in ihrem Büro an. Normalerweise nahm Aslan seinen gesamten Urlaub im Sommer und verbrachte ihn in der Türkei. Dieses Jahr hatte er den Besuch bei Großeltern, Onkeln, Tanten, Cousins und Cousinen nach zwei Wochen abgebrochen und war konsterniert ins heimische

Rüdesheim zurückgekommen. Seinem Teint fehlte der dunkle Ton früherer sonnenverwöhnter Sommer am Meer.

Mayfeld hatte seit seiner Rückkehr noch kein privates Wort mit Aslan wechseln können.

»Die Regierung nimmt einem die Luft zum Atmen«, klagte der Kollege. »Unfassbar, welchen Terror unsere angeblichen Verbündeten gegen den Terror selbst ausüben.«

Aslans Vater war Türke, seine Mutter Kurdin. Als sie sich kennenlernten, kurz bevor sie nach Deutschland auswanderten, hatte das keine große Rolle gespielt. Heute ging ein Riss durch die Familie, die einen unterstützten die Regierung, die anderen verurteilten deren Angriffe auf die Demokratie und ihr Volk. Viele redeten nicht mehr miteinander, schrien sich nieder oder schwiegen sich an.

Selbst Nina, an diesem Tag in orangefarbene Jeans und ein ultramarinblaues Top gewandet, verlor bei den Schilderungen ihres Kollegen vorübergehend ihre gute Laune.

»Was gibt es Neues im Fall Murcia?«, wechselte Mayfeld schließlich das Thema.

»Wir haben die alten Ermittlungsakten aus Frankfurt bekommen. Sie liegen bei Ackermann, der sich hier ein provisorisches Büro eingerichtet hat. Eine elektronische Kopie findest du in deiner Mailbox«, informierte Aslan seinen Chef. »Eine konsularische Anfrage an die chilenischen Behörden ist in die Wege geleitet. Erfahrungsgemäß muss man auf eine Antwort Jahre warten. Wir haben die Anschrift seines damaligen Anwalts. Der war in der letzten Woche allerdings nicht zu erreichen. Ein paar Leute haben sich auf die Veröffentlichung in der Zeitung hin gemeldet, die hat Ackermann befragt. Ich glaube nicht, dass etwas Interessantes dabei war.«

»Du siehst blass aus«, bemerkte Nina. »Alles in Ordnung mit dir? Du solltest den Sommer vielleicht nicht in der Stadt verbringen, ein Segeltörn würde dir guttun. Du segelst doch, oder?«

»Mach dir keine Sorgen um mich«, beschwichtigte Mayfeld sie. »Hab nur schlecht geschlafen. Die halbe Nacht sind an unserem Haus die Einsatzwagen der Feuerwehr vorbeigefahren, wegen dieses Brandes in der Grorother Mühle.«

»Oder in die Berge fahren, da ist die Luft im Sommer auch besser als hier im Rheintal. Sagtest du Grorother Mühle?«
»Ja.«
»Wo ist das denn?«
»Die liegt zwischen Schierstein und Frauenstein. Warum fragst du?«
»Warte mal.« Nina kramte in ihren Notizen. »Ist die Anschrift dieser Mühle Grorother Straße? Ich schau mal nach.« Sie gab ein paar Worte in ihren PC ein.
»Hab ich mich doch richtig erinnert. Einer der Leute, die sich auf den Zeitungsbericht über Felipe Murcia hin gemeldet haben, hat als Adresse Grorother Straße angegeben. Ein gewisser Uli Bareis. Ich habe getan, was man mir aufgetragen hat, und ihn zu Ackermann geschickt.«
Da war es, das Detail, das ein Bild zum Kippen bringen konnte, das einer amorphen Masse von Informationen eine Richtung verlieh, auch wenn sie noch nicht ganz eindeutig zu bestimmen war.
»Wo ist Ackermann?«
»Soll ich ihn anrufen?«
»Lass mal, das hat Zeit. Ich fahre da selbst hin.«

★★★

Ginger stellte ihre Carducci Adventure im Hof ab. Das Haus in der Westendstraße hieß sie willkommen. An Sommertagen wie diesem war der schattige Hinterhof eine Oase der Stille und Erfrischung. Am Abend wurde es etwas lauter, dann kamen Yasemins Schüler in die Karateschule, die sich im Erdgeschoss des Hinterhauses befand, oder die Mieter der oberen Stockwerke des Hinterhauses trafen sich auf einen Plausch unter der großen Kastanie. Ginger warf auf dem Weg nach oben einen Blick in den Laden im Vorderhaus: »Jos Weinwelt« war noch geschlossen, an einem Montagvormittag im Sommer wollte kein Mensch Wein kaufen oder verkosten. Sie nahm die knarrende Holztreppe, ging an den Büros im ersten Stock vorbei. »Yasemin Zilan, IT-Beraterin«, »Jo Kribben, Journalist, www.durchblick.de« und »Ginger Havemann, Detektei«, stand auf den Schildern neben den alten Holztüren. Im zweiten Stock befand sich die Penthouse-Wohnung von Yasemin, Ginger und Jo. Genau genommen war es Jos Wohnung, ihm gehörte das ganze Haus. Sie warf ihre Lederjacke auf den Korbsessel im Flur und ging in die Wohnküche. Die Espressomaschine stieß Dampf und ein gurgelndes Geräusch aus und verströmte den Duft von Lakritze und Karamell. Sie würde nie verstehen, wie etwas so gut riechen konnte wie Kaffee und dann so schmeckte, dass man es nur mit viel Zucker ertragen konnte. Jo stand vor dem Backofen, um seinen runden Bauch spannte sich eine Schürze, die langen Locken waren zu einem Pferdeschwanz zusammengebunden. Auf dem großen Holztisch standen die Zutaten für einen Brunch. Er öffnete den Ofen, nahm eine gusseiserne Pfanne heraus und stellte sie zu den anderen Leckereien.

»Probier mal!« Er streckte ihr einen Löffel mit einem gelbgrünen Bissen entgegen, die Begeisterung war ihm ins runde Gesicht geschrieben. »Eine Frittata mit Zucchini, Minze und Ziegenfrischkäse.«

Ginger tat, worum Jo sie gebeten hatte. Sie wusste, Widerstand war zwecklos, und es schmeckte köstlich und frisch. Sie lobte den Koch, fragte nach Yasemin.

»Hinter dir.« Sie spürte Yasemins Hände auf den Schultern, den Mund am Ohr und griff rückwärts in ihre Locken. Schön, die Freundin wieder zu spüren, ihr Parfüm zu riechen: Jasmin, Moschus, Pfeffer, Vanille.

»Ich hab eine Kleinigkeit für uns vorbereitet, setzt euch!« Jo machte eine einladende Handbewegung: Espresso, Oolong, Birnensaft, die Frittata, Schinken, Käse, Landbrot, Honig, Butter und diverse Marmeladen warteten auf sie.

»Ich komme um vor Hunger«, rief Ginger und machte sich über die gestockte Eiermasse her. Gleich war sie irgendwo am Mittelmeer.

»Hatte deine Tante nichts für dich zu essen?«, fragte Yasemin lachend.

»Hauptsache, es schmeckt«, freute sich Jo.

Ginger erzählte von dem Auftrag, den sie angenommen hatte,

von dem verschwundenen Liebhaber, der Spionage-App, ihrer vergeblichen Suche am Wallufer Weinstand und dem Brand in der Grorother Mühle.

Sofort entstand eine lebhafte Diskussion. Jo brachte alle Bedenken und Vorbehalte, die sie gestern mühsam beiseitegeschoben hatte, zur Sprache: die lächerliche Eifersucht von Gingers Tante, die Unverfrorenheit, mit der sie vom Privatleben ihres Partners Besitz ergriff, die Dreistigkeit, mit der sie seine Privatsphäre und den Datenschutz ignorierte. Auch wenn Jo zwei einträglich vermietete Häuser geerbt hatte und seinen Lebensunterhalt inzwischen mehr mit Weinhandel als mit investigativem Journalismus bestritt, war er ein Linker geblieben, der das Ausschnüffeln von Menschen im Auftrag von Leuten, die sich das leisten konnten, mit Argwohn betrachtete.

»Sie zahlt mir sechshundert Euro am Tag«, gab Ginger zu.

»Erst kommt das Fressen, dann kommt die Moral.« Dafür hatte Jo Verständnis, auch wenn es ihm nicht behagte. Er ließ Honig auf den krümeligen Schafskäse träufeln, der in einem Bett aus knusprigem Baguette und feuchten Gurkenscheiben lag.

»Mir gefällt die Geschichte nicht«, sagte Yasemin. »Das ist doch kein Zufall mit dem Feuer. Entweder spielt der Typ ein übles Spiel, oder er steckt in ernsten Schwierigkeiten.«

»Wieso oder? Wenn er ein übles Spiel spielt, heißt das nicht, dass er nicht in Schwierigkeiten steckt«, meinte Jo. »Er spielt vielleicht ein übles Spiel, *weil* er in Schwierigkeiten steckt. Arme Schweine sind eben oft auch Schweine. Oder er hat bloß die Nase voll von seiner Sugarmum. Oder die spielt das üble Spiel, saniert ihren Hof mit Brandbeschleuniger und schiebt das Ganze dem durchgebrannten Lover in die Schuhe, benutzt ihn und Ginger.«

»Oder Uli hat die Äußerung von Mia tatsächlich missverstanden und den Brand gelegt, um den Hof zu sanieren«, warf Ginger ein.

»Das ist kompletter Blödsinn«, behauptete Jo.

»Oder er ist tot, und jemand hat seine digitale Identität geklaut«, meinte Yasemin.

»Uli wurde gestern Abend am Wallufer Weinstand mit einer Begleiterin gesehen«, berichtete Ginger.

»Aber nicht von dir«, widersprach Yasemin.
Ginger gefiel nicht, wie sich die Diskussion entwickelte. Solange sie nicht mehr wussten, sollten sie auf Spekulationen verzichten. »Wir machen es wie bei einer normalen Vermisstensuche: versuchen, die Zeit vor seinem Verschwinden zu rekonstruieren, befragen Familie und Freunde ...«
»... durchsuchen seinen PC, überwachen sein Handy«, ergänzte Jo sarkastisch. »Was heißt überhaupt ›wir‹?«
»Ich bin dabei«, sagte Yasemin. »Ich hab mal so eine Spionage-App programmiert.«
Sie war eine gerissene Hackerin. Als IT-Spezialistin beriet sie Ärzte und Steuerberater, bisweilen auch mal ein mittelständisches Unternehmen und war damit meist heillos unterfordert. Die Aufgaben, die ihr ihre Brüder gaben, waren oft wesentlich anspruchsvoller. Die beiden machten Geschäfte, so nannten sie das, sprachen aber nicht gerne darüber. Immerhin redeten sie mit Yasemin, anders als der Rest ihrer Familie, der mit einer lesbischen und vom Glauben abgefallenen Hackerin nichts anfangen konnte. Über die Aufgaben, die sie von ihren Brüdern bekam, sprach Yasemin allenfalls mit Ginger, keinesfalls mit Jo, dessen Kommentare sie nicht hören wollte. Dass sie sich ihren Brüdern nützlich machen konnte, bot einen gewissen Schutz vor Übergriffen der in ihrer Ehre leicht kränkbaren Familie.
»Wenn der Besitzer Bescheid weiß, ist alles legal, viele nutzen die Funktionen zur automatischen Speicherung und Datensicherung in der Cloud oder wenn sie ihr Smartphone mal verlegt haben.«
»Früher suchte man die Wahrheit im Himmel, heute findet man sie in der Cloud«, lästerte Jo. »Der Systemadministrator hat Gott von seinem Thron gestoßen. Aber ich halte jetzt die Klappe. Wir haben zu arbeiten.«
Er war also auch dabei. Das war gut, denn Ginger schätzte seine Akribie und sein enzyklopädisches Wissen, Eigenschaften, die ihm, zusammen mit der runden Körperform, seinen Spitznamen eingebracht hatten.
»Danke, Googelchen.«
Ginger hatte ein mulmiges Gefühl. Es war vielleicht nicht

richtig, was sie machte. Es war eventuell zu gefährlich. Möglicherweise handelte es sich nicht um einen einfachen Vermisstenfall. Irgendetwas Schlimmes würde passieren. Irgendwo lauerte etwas, das sich anfühlte wie ein böser Krake. Gefühle und Vorahnungen konnten ganz hilfreich sein, wenn man sie zu deuten wusste, aber wenn sie derart vage und allgemein blieben, taugten sie nichts, nervten bloß.

Sie war kein ängstlicher Typ, im Gegenteil. Sie hasste die Angst. Systematische Arbeit war angesagt, um sie zu vertreiben. Halt die Klappe, Krake. Sie hatten noch eine Stunde Zeit, bis sich jeder erst einmal um seine eigenen Angelegenheiten kümmern musste, und entwarfen einen Schlachtplan für das weitere Vorgehen. Sie würden die Festplatte des PCs durchforsten, Ulis Cloud durchleuchten, die Daten von Bank und Kreditkarte sowie die Chats in den sozialen Netzwerken lesen, seine Gespräche und Nachrichten überprüfen und das Bewegungsprofil der letzten Wochen rekonstruieren. Ginger sollte mit allen reden, mit denen Uli in den letzten Tagen vor seinem Verschwinden Kontakt gehabt hatte.

Sie räumten das Essen vom Tisch und machten sich an die Arbeit. Als Erstes erstellten sie Ulis Bewegungsprofil. Er war acht Wochen lang ausgespäht worden, sein Leben schien in dieser Zeit sehr regelmäßig und gleichförmig verlaufen zu sein. Den größten Teil der Zeit verbrachte er auf dem Gelände der Grorother Mühle. Montags, dienstags, mittwochs und samstags war er nach der Arbeit im Fitnessstudio, donnerstags verließ er die Grorother Mühle nie, da probte er mit seiner Band. Freitags blieb er entweder in der Mühle oder fuhr in die Hergenhahnstraße nach Wiesbaden, dort wohnten die Doppelkopfpartner von Mia und Uli. Er war bis vor vier Wochen dienstags und sonntags oft bei Svenja gewesen, in den letzten zwei Wochen vor seinem Verschwinden hatte er sonntags einen Besuch in der Hüttenstraße gemacht. Am letzten Freitag war er im Wiesbadener Polizeipräsidium am Konrad-Adenauer-Ring gewesen.

Ginger erstellte eine Liste seiner letzten Kontakte: die Doppelkopfrunde am Freitagabend, die Bandmitglieder am Donnerstagabend. Und die Polizei. Noch vor seinem Besuch bei der Polizei hatte er am Freitag mit einem Christian Feyerabend aus Frankfurt telefoniert, zwei Minuten lang. Das waren, mit Ausnahme der Polizei, Gingers nächste Anlaufstellen. Jo würde Ulis Festplatte unter die Lupe nehmen, Yasemin sich um Ulis Überwachung kümmern und ihre Brüder fragen, was sie über die Geschäfte der Rhine Devils wussten.

Die drei Freunde gingen auseinander.

Dr. Guntram Triebfürst war Psychoanalytiker und hatte seine Praxis in der Goldgasse in einer kleinen Wohnung unter dem Dach. Ginger stieg die enge Treppe hinauf. Auf dem Weg zu Dr. Triebfürst hatte sie oft die besten Gedanken. Wenn sie sich auf seinen roten Diwan gelegt hatte, war alles weg, kam aber nach ein paar Minuten oft wieder. Dr. Triebfürst war ein älterer Mann mit schneeweißer Mähne und einer Stupsnase. Den weißen Löwen hatte ihn Ginger nach ihrem ersten Treffen für sich genannt, aber das würde sie ihm nicht mitteilen, auch wenn er immer wünschte, dass sie ihm alles sagte, was ihr durch den Kopf ging. Das Leben war kein Wünsch-dir-was, das sollte der alte Herr eigentlich wissen.

Er begrüßte sie mit einem freundlichen Lächeln und einem warmen Händedruck. Sie legte sich auf die Couch, der Doktor setzte sich hinter sie auf seinen Plüschsessel. In der Luft hing noch der schwache Duft von Vanille, Kaffee und verbranntem Holz. Vermutlich hatte er wieder eine seiner Sumatra-Zigarren geraucht, die Ginger mit detektivischem Blick in der zweiten Stunde entdeckt hatte. Auf Sumatra war sie während ihrer Weltreise auch gewesen.

»Auf einer Insel im Tobasee auf Sumatra lebt ein Volk, das seine Gefangenen früher in Gitterkäfigen hielt, bis sie fett genug waren.«

»Mhm.«

»Ich habe die Bataks auf meiner Reise besucht. Die Gitterkäfige stehen jetzt in einem Freilichtmuseum. Heute essen die Leute in Blut gekochtes Schwein.«

»Zweifellos ein zivilisatorischer Fortschritt.«

»Die Gitterkäfige waren ein merkwürdiger Anblick. Danach hat mir das Essen nicht mehr geschmeckt.«

»Sie sind erschrocken, als Sie erkannten, wozu Menschen fähig sind.«

Sie hatte in ihrer Polizeiausbildung vermoderte Leichen gesehen, frische Tote, Unfallopfer, weinende Angehörige, wieso sollte sie ein Gitterkäfig erschrecken?

»Ich habe keine Angst, wenn Sie das meinen. Ich sage dem Kraken, dass er die Klappe halten soll.«

»Dem Kraken?«

»Das ist so eine Vorstellung von mir. Der Krake Angst. Sie wissen doch, ich rede mit Tieren und Pflanzen, manchmal auch mit eingebildeten. Aber keine Sorge, ich kann Einbildung und Wirklichkeit immer unterscheiden.«

»Vielleicht sollten Sie kein Cannabis mehr rauchen.«

»Ja, ja. Es entspannt mich aber, macht mich weniger schreckhaft.«

»Über etwas zu erschrecken bedeutet nicht unbedingt, Angst zu haben. Und Angst zu haben bedeutet nicht, feige zu sein.«

Manchmal traf der Doktor ihre Gedanken, ohne dass sie etwas gesagt hatte. Das war ihr unheimlich. Nicht so sehr wie die Menschenfresser auf Sumatra, aber immerhin.

»Das habe ich auch schon gedacht.«

Plötzlich waren die Erinnerungen an den Unfall wieder da. Das konnte sie gar nicht leiden. – Das Auto gerät ins Schleudern, Daniel versucht, den Wagen in den Griff zu kriegen, sie sieht sein entsetztes Gesicht, dann kommt der Aufprall, dann eine weiße Wand. Dann seine Schreie, sein Blut. – Es dauerte zwei Stunden, bis die Feuerwehr sie beide aus dem Auto herausgeschweißt hatte. Sagte man ihr später, sie selbst hatte an die meiste Zeit keine Erinnerungen mehr. Aus irgendeinem gottverdammten Grund hatte der Airbag auf der Fahrerseite nicht ausgelöst. Daniel verblutete noch an der Unfallstelle, sie überlebte.

Sie atmete schwer.

»Belasten Sie die Erinnerungen?«, fragte Dr. Triebfürst.

Der Doktor brauchte wirklich keine Spionage-App. Sie ließ die Luft langsam zwischen den Zähnen hinauszischen. »Auf eine ruhige Atmung achten«, hatte Dr. Triebfürst ihr anfangs gesagt, das war einer seiner wenigen Ratschläge gewesen.

»Es geht schon wieder.«

»Wegen der Erinnerungen an den Unfall könnte ich Sie zu einer Kollegin schicken, die mit Ihnen einige EMDR-Sitzungen durchführt. Das wird es Ihnen leichter machen, darüber zu sprechen.«

So etwas hatte er schon zweimal vorgeschlagen.

»Wollen Sie mich loswerden?« Es war eine unfaire Frage. Er hatte sie schon zweimal mit Nein beantwortet.

»Was glauben Sie?«

Konnte er nicht einfach noch mal mit Nein antworten? Aller guten Dinge waren drei.

»Weiß nicht.«

Jetzt schwieg der Analytiker. Sie auch.

»Natürlich will ich Sie nicht loswerden«, sagte er schließlich. Drei zu null für sie.

»Das scheint Sie sehr zu beschäftigen. Was kein Wunder ist, wenn man bedenkt, mit welchen Verlusten Sie schon klarkommen mussten in Ihrem Leben.«

Schlaue Bemerkung. Aber half ihr das weiter?

»Ich bin ganz okay. Als ich vorhin die Treppe zu Ihnen hochgestiegen bin, habe ich mir überlegt, was es mit meinen merkwürdigen Wahrnehmungen auf sich hat. Die, von denen ich weiß, dass sie nicht echt sind, die sich aber trotzdem fast so anfühlen. Und mit den Vorahnungen. Ich glaube nicht an so was, aber trotzdem kommen sie immer wieder. Und meistens sagen sie die Wahrheit. Das kapiere ich aber oft erst im Nachhinein.«

»Sie nehmen mehr wahr, als Ihnen bewusst ist. Intuitionen können ein Ergebnis dessen sein. Ihre Phantasie gibt Ihren unbewussten Wahrnehmungen eine Stimme. Vorahnungen können Ihre Ängste zum Ausdruck bringen oder Ihre Wünsche.«

»Es kann also alles Mögliche sein. Genaues weiß man nicht. Na prima.« Sie machte eine Pause. Schließlich reichte ihr das Schweigen. »Ich habe einen Fall angenommen. Ich habe wieder so eine Vorahnung. Ich suche für eine Freundin meiner Mutter deren Liebhaber.«

Sie schilderte den Fall ausführlich. Dr. Triebfürst hörte schweigend zu.

»Er ist verschwunden und geistert dennoch in der Gegend herum. Er oder sein Avatar oder sein Doppelgänger. Das Haus seiner Partnerin, meiner Auftraggeberin, brennt ab. Ich bin der festen Überzeugung, dass etwas abgrundtief Böses vor sich geht. Vermutlich sollte ich unter diesen Bedingungen den Fall abgeben, hätte ihn gar nicht annehmen sollen. Aber das kann ich nicht. Was ist das? Geht es mir bloß ums Geld?«

Natürlich brauchte sie die Kohle, das war es, warum fragte sie überhaupt?

»Was könnten Sie noch für Motive haben?«

Das war ihre Frage gewesen, nicht seine.

»Könnte es eine Rolle spielen, dass es eine Freundin Ihrer Mutter ist, die Ihnen den Auftrag gegeben hat? Ihre Mutter ist schließlich auch verschwunden, und da sind wir heute schon beim zweiten Verlust, den Sie erlitten haben und mit dem Sie klarkommen müssen.«

»Wollen Sie damit sagen, im Grunde suche ich meine Mutter?« Was für ein Bullshit.

»Sie können sich einfach gut vorstellen, wie es ist, wenn man jemanden vermisst. Und wie es ist, wenn einem niemand glaubt.«

Das hatten die verdammten Bullen getan, als ihre Mutter verschwunden war, sie hatten ihr nicht geglaubt. Wenn eine Zigeunerin verschwindet, heißt das nicht viel, hatten sie gesagt. Vermutlich war ihr die Verantwortung zu viel, vermutlich wollte sie ihr unstetes Leben genießen. Du musst dich damit abfinden. Verdammte Bullen. Sie wollte eine bessere Polizistin werden. Das hatte nicht geklappt.

Warum kamen ihr jetzt die Tränen?

»Wie immer Sie mit dem Fall weiter verfahren, denken Sie daran, Sie müssen niemandem etwas beweisen. Keine Angst zu haben ist kein Zeichen von Mut, sondern von Dummheit.«

Die Stunde war zu Ende.

***

Mayfeld fuhr mit seinem Volvo durch die Schrebergartenkolonie im Nordwesten von Schierstein. Sein Ziel lag auf halbem Weg zwischen Schierstein und Frauenstein, zwischen Weinbergen, Streuobstwiesen und Weiden, mitten im idyllischen Grorother Tal. Gefühlt befand man sich hier schon im Rheingau, in Mayfelds Heimat. Die Grorother Mühle bestand aus einem Haupthaus, der alten Mühle, um das sich einige Nebengebäude und Ställe sowie mehrere Gewächshäuser gruppierten. Das Anwesen war größtenteils von einer Bruchsteinmauer umgeben. Eine Tafel am Haupttor wies die Besucher darauf hin, dass die ältesten Gebäude aus dem Jahr 1699 stammten und dass die Grorother Mühle zum wenigen Kilometer weiter nördlich gelegenen Grorother Hof gehört hatte. Der wiederum war eine nassauische Befestigungsanlage gegen das Kurmainzer Frauenstein gewesen. Nassauer gegen Mainzer, Fürsten gegen Bischöfe, Protestanten gegen Katholiken: Religion schien selten Frieden zu stiften. War das am Ende gar nicht ihr Ziel? Diente sie nur der Bemäntelung anderer Interessen? Was war die Regel und was die Ausnahme? Mayfeld rief sich zur Ordnung. Statt zu philosophieren, sollte er sich besser auf den Fall konzentrieren.

Über den Häusern lag ein strenger Brandgeruch. Das verkohlte Skelett eines Dachstuhls ragte in den blauen Himmel, ein Haus war durch rot-weißes Signalband der Polizei abgesperrt. Eine Frau um die fünfzig kam ihm entgegen, mit grünem Overall, violetten Gummistiefeln und gleichfarbigem Kopftuch, eine Pfeife paffend.

Die Frau stellte sich als Mia Pfaff vor, die Besitzerin der Grorother Mühle. »Sind Sie der Brandexperte vom LKA?«

Mayfeld zeigte ihr seinen Dienstausweis. »Die Kollegen kommen bestimmt bald. Eigentlich müssten sie schon längst da sein. Ich bin wegen einer anderen Sache hier. Ich würde gerne Uli Bareis sprechen, der wohnt doch hier?«

Sie schien nicht erfreut über Mayfelds Frage. »Uli ist nicht da«, antwortete sie einsilbig und machte keine Anstalten, Mayfeld irgendwo auf dem Hof einen Platz anzubieten.

»Können wir uns setzen?«, fragte Mayfeld und deutete auf eine Tischgruppe im Hintergrund.

»Entschuldigen Sie meine Unhöflichkeit«, murmelte Mia Pfaff und stapfte missmutig auf das Gewächshaus zu, vor dem Tisch und Stühle standen.

»Wann kommt er wieder?«
»Das weiß ich nicht.«
»Seit wann ist er weg?«
»Seit Samstag.«
»Und tags drauf ist fast das ganze Anwesen abgebrannt.« Das war zumindest ein merkwürdiger Zufall. Und Mayfeld glaubte nicht an Zufälle, auch wenn er natürlich wusste, dass sie einen großen Teil des Lebens bestimmten. »Kontingenz mögen wir nicht«, hatte Lisa am Morgen dazu gesagt.
»Ich sehe da keinen Zusammenhang.«
Die Besitzerin der Mühle hatte ganz offensichtlich keine Lust auf dieses Gespräch.
»Wie kann ich Bareis erreichen?«
»Ich weiß nicht.« Die Pfeife war ausgegangen, Mia Pfaff zündete sie wieder an. »Er geht nicht ans Telefon. Warum interessieren Sie sich denn für ihn?«
Hinter der unfreundlichen Fassade, die zu der Frau gar nicht passte, verbargen sich Angst und Unruhe.
»Er war am letzten Freitag bei uns im Präsidium, um eine Aussage zu machen. Wissen Sie darüber Bescheid?«
»Keine Ahnung, aber vielleicht können Sie mir verraten, worum es geht.«
Wahrscheinlich war es keine gute Idee gewesen, nicht zuerst mit Ackermann zu sprechen. So hatten sie möglicherweise beide keine Ahnung, stocherten beide im Nebel. Rivalität und Eitelkeit sollten bei der Polizeiarbeit keine Rolle spielen. Taten sie aber, wie überall.
Mayfeld legte Pfaff das Foto Murcias vor, das am Donnerstag der vergangenen Woche in der Zeitung veröffentlicht worden war.
»Kennen Sie den?«
Sie betrachtete das Foto gründlich. »Das Bild hab ich vor Kurzem in der Zeitung gesehen. Wird der Mann nicht polizeilich gesucht?«
Mayfeld war sich nicht sicher, ob er ihr die Ahnungslosigkeit abnehmen sollte. »Hat Bareis mit Ihnen über diesen Mann gesprochen?«
Sie schüttelte den Kopf. »Hat er nicht. Und ich kenne den

Mann nicht.« Sie zog an der Pfeife und stieß eine Rauchwolke aus, die jedem Häuserbrand zur Ehre gereicht hätte.
»In welcher Beziehung stehen Sie zu Uli Bareis?«
»Geht Sie das was an?«, fragte sie. Der Tonfall war zu heftig für eine so harmlose Frage. Sie schien es selbst zu bemerken und winkte ab. »Er ist mein Mitarbeiter, und wir sind befreundet. Er hat eine Wohnung auf dem Gelände.«
»Die Wohnung, die ausgebrannt ist?«
»Ja.«
»Wer wohnt noch hier?«
Sie zögerte mit der Antwort.
»Ich bin nicht vom Finanzamt«, beruhigte Mayfeld sein Gegenüber.
»Adrian und Daniela Ionescu. Sie sind auf einer Hochzeit und wollen morgen oder übermorgen zurückkommen.«
»Dann sind Sie im Moment allein auf dem Hof? Ist das in einem landwirtschaftlichen Betrieb nicht schwierig? Sie halten doch auch Vieh?«
»Es sind nur wenige Tiere. Das geht schon.« Mia Pfaffs Miene wurde immer finsterer und strafte ihre Worte Lügen.
»Sie sind sehr beunruhigt, dass Uli verschwunden ist. Er ist Ihr Freund und lässt Sie mit Ihrem Betrieb im Stich, geht nicht ans Telefon. Was ist Ihrer Meinung nach passiert?«
»Er wird schon wiederkommen. Wir hatten eine kleine Auseinandersetzung, das ist alles. Kein Grund, hysterisch zu werden«, antwortete sie und versuchte, tapfer zu lächeln.
Hier stimmte etwas ganz und gar nicht.
»Sind Sie sicher, dass Sie keine Vermisstenanzeige aufgeben wollen?«
»Normalerweise rät die Polizei doch, ein paar Tage zu warten, die meisten Vermissten tauchen in der Zwischenzeit wieder auf, heißt es immer. Sind Sie auf der Suche nach zusätzlicher Arbeit? Ich sage Ihnen was: Ich warte noch ein paar Tage und melde mich dann wieder bei Ihnen.« Sie stand auf, das Gespräch war für sie beendet. »Er kommt ganz bestimmt wieder.«
Da war sich Mayfeld nicht so sicher.

Mayfeld fuhr zurück ins Wiesbadener Präsidium, in das Gebäude, das Albert Speer für die deutsche Wehrmacht als Lazarett entworfen hatte. Die leicht gebogene Form sollte damals die elende Länge der Krankenhausflure vor den versehrten Soldaten verbergen, sollte die nie enden wollende Trostlosigkeit verschleiern. Befriedung und Beruhigung durch optische Täuschung. Aber das war lange her und interessierte heute außer Mayfeld kaum noch jemanden.

Klaus Ackermann saß in seinem improvisierten Büro im Kommissariat für Tötungsdelikte und Verschwundene. Er stand auf und kam hinter seinem Schreibtisch hervor, um Mayfeld jovial zu begrüßen. Ackermann war ungefähr in Mayfelds Alter, vielleicht ein bisschen besser trainiert und vom selben Typ: Jeans, zerknittertes Sakko, offenes Hemd, Dreitagebart.

»Ein Zeuge im Fall Murcia ist verschwunden, Uli Bareis. Seine Wohnung ist ausgebrannt.«

»Woher ...?«

»Nina hat sich die Adresse gemerkt, Grorother Mühle. Das ist der landwirtschaftliche Betrieb, in dem es am Wochenende gebrannt hat. Du warst vorhin nicht hier, da bin ich gleich hingefahren und habe mit Mia Pfaff gesprochen. Sie ist Bareis' Chefin und vermutlich auch seine Geliebte. Sie stellt keinen Zusammenhang zwischen seinem Verschwinden und dem Brand her und gibt vor, nicht zu wissen, warum er bei uns war. Was hat Bareis dir gesagt, Klaus?«

Ackermann schien einen Moment lang zu überlegen, ob er sich über Mayfelds Eigenmächtigkeit ärgern sollte, schließlich leitete er die Ermittlungen und wäre erreichbar gewesen, wenn sich Mayfeld darum bemüht hätte. Aber er entschied sich anders.

»Das mit dem Brand ist mir durch die Lappen gegangen. Respekt, du hast schnell geschaltet.«

Er setzte sich wieder an seinen Schreibtisch und blätterte in den Unterlagen, die vor ihm lagen.

»Es kam mir ganz unspektakulär vor, was Bareis gesagt hat. Da ist es.« Er deutete auf eine Stelle in seinen Aufzeichnungen. »Er sagte, er kenne Murcia aus der Zeit, als er in Frankfurt gelebt habe. Da habe Murcia ihm Drogen beschafft und versucht, ihn als Kurier zu gewinnen. Dass Murcia im Drogengeschäft tätig war, das wissen wir. Das einzig Neue, was Bareis sagte, war, dass heute auch in der Grorother Mühle mit Drogen gehandelt werde, er hat in diesem Zusammenhang den Namen Mia Pfaff erwähnt. Ich habe das für unseren Fall als nicht relevant eingestuft, schließlich ist der Mord an Murcia Jahre her, und alle Spuren wiesen bislang nach Frankfurt. Ich wollte mir die Mühle später vornehmen. Aber vielleicht habe ich mich getäuscht. Wir nehmen den Laden genauer unter die Lupe. Ich schicke dir eine Kopie von Bareis' Aussage. Besorgst du den Durchsuchungsbeschluss für die Mühle?«

***

Nach dem Besuch bei Dr. Triebfürst fuhr Ginger mit ihrer Carducci nach Frankfurt. Der Doktor hatte ihr geraten, sich nach den Stunden etwas Zeit zu lassen, das Gespräch auf sich wirken zu lassen. Normalerweise tat sie das auch, aber heute war eine Ausnahme. Vor seinem Verschwinden hatte Uli Christian Feyerabend angerufen. Ginger hatte mit ihm telefoniert. Er kannte Uli aus dessen Frankfurter Zeit und war nach kurzem Zögern bereit gewesen, sich mit ihr zu treffen.

Christian Feyerabend wohnte in der Spielgasse in Niederursel. Ginger war überrascht vom ländlichen Charakter des Frankfurter Stadtteils. Hier stimmte noch, was die Leute sagten: Frankfurt bestand aus lauter Dörfern. Feyerabends Haus lag direkt am Urselbach und war Teil eines für städtische Verhältnisse großen und grünen Anwesens. Hinten im Garten stand noch ein kleines Haus, eine Werkstatt oder ein Schuppen, vorn das liebevoll restaurierte Fachwerkhaus. »Begehrst du Fried und gute Tag, so sieh und hör, schweig und vertrag«, stand auf dem Balken über der Eingangstür. Ginger machte ein Foto, obwohl der Hausspruch kaum zur Klärung ihres Falls beitragen würde, und klingelte an der Tür.

Feyerabend war Ende dreißig, groß, schlank und braun gebrannt, ausgesprochen attraktiv. Wahrscheinlich schwul, dachte Ginger mit leichtem Bedauern. Er begrüßte sie mit einer angenehm weichen und tiefen Stimme und bat sie, einzutreten. Wenn sie so freundlich sein könnte und ihre Stiefel ausziehen würde? Er könne ihr wunderbar bequeme Pantoffeln anbieten. Ginger merkte, wie ihre Begeisterung für den schönen Mann nachließ, aber sie tat, worum er sie gebeten hatte. Feyerabend ging ins Wohnzimmer voraus, sie schlurfte in Pantoffeln hinterher und ließ sich auf eine weiße Ledercouch fallen, von der aus man einen Blick auf den in der Nachmittagssonne leuchtenden Garten hatte. Er bot ihr zu trinken an, Ginger nahm gerne ein Wasser, das er in Karaffe und Kristallgläsern servierte, bevor er sich ihr gegenüber auf einem Sessel niederließ.

»Ich befürchte, dass ich Ihnen kaum weiterhelfen kann, aber das sagte ich ja schon am Telefon. Ich habe Uli seit Jahren nicht mehr gesehen. Wieso ist er denn verschwunden?«

»Das gehört zu den Dingen, die ich herausfinden möchte«, entgegnete Ginger. »Er hat am Freitag bei Ihnen angerufen. Was wollte er?«

»Ich war am Wochenende unterwegs. Er hat meine neue Handynummer nicht. Er hat mir auf den Anrufbeantworter gesprochen, ich sollte mich bei ihm melden. Ich habe keine Ahnung, worum es ging.«

Feyerabend fläzte sich in seinem Sessel, so als ob er ganz entspannt wäre, aber seine Augen waren unruhig. Ginger spürte, dass er etwas verschwieg. Irgendeine Ahnung hatte er sehr wohl. Er wusste, dass Uli Bareis verschwunden war, und war beunruhigt. Was machte ihm Sorgen, wenn er Uli schon seit Jahren nicht mehr gesehen hatte?

»Sie haben nicht versucht zurückzurufen«, stellte sie fest.

»Woher wissen Sie das? Woher wissen Sie überhaupt, dass er mich angerufen hat?«

Feyerabend beugte seinen Oberkörper nach vorn und fixierte Ginger. Er war jetzt ziemlich wachsam.

»Seine Freundin hat das mitbekommen. Dass Sie nicht zurückgerufen haben, war nur eine Vermutung«, log sie.

Feyerabend ließ sich wieder in den Sessel zurückfallen. Er schwieg eine Weile, schien mit den Gedanken woanders zu sein. Dann begann er doch zu erzählen.

»Sie haben richtig vermutet, ich habe nicht zurückgerufen. Ich war noch sauer, weil er damals so überstürzt ausgezogen ist. Wir haben seither nur zwei-, dreimal miteinander gesprochen, und ich hatte den Eindruck, dass er sich komplett zurückziehen wollte. Ohne dass ich wüsste, was ich ihm getan habe.« Feyerabend nippte an seinem Glas und schaute an Ginger vorbei.
»Wann war das?«
»Das war 2008. Wir wohnten hier zusammen, das heißt, ich habe Uli zwei Zimmer im alten Kutscherhaus vermietet.« Er drehte sich im Sessel und deutete durch das große Panoramafenster nach hinten in den Garten. Dann wandte er sich Ginger wieder zu. »Wir hatten eine gute Zeit hier, ich bin Fotograf, er arbeitete damals als Musiker, tingelte durch die Kneipen. Und plötzlich war alles vorbei.« Feyerabend machte eine Pause. »Ich hatte damals mein Coming-out. Uli hat darauf völlig hysterisch reagiert, ich hab das überhaupt nicht verstanden. Eine Zeit lang hatte ich ihn auch für schwul gehalten, aber das war wohl ein Irrtum. Obwohl ich mich da selten irre.« Wieder machte er eine Pause und hing seinen Gedanken nach.

Das hier schien eine Sackgasse zu sein. Feyerabends Coming-out, Ulis Probleme damit, das interessierte sie nicht. Sie war nicht deren Analytikerin. Er wusste nicht, wo sich Uli aufhielt, er wusste auch nicht, was mit ihm passiert war. Falls etwas mit ihm passiert war. Vielleicht wollte Uli nur weg und hatte deswegen einen alten Bekannten angerufen, bei dem er Unterschlupf zu finden hoffte. Aber etwas passte nicht. Warum hatte er nicht noch mehr Leute angerufen, nachdem er Feyerabend nicht erreicht hatte? Sie sollte noch nicht aufgeben.

»Möglicherweise wollte er sich über alte Zeiten unterhalten oder über einen gemeinsamen Bekannten. Fällt Ihnen dazu was ein?«

Feyerabend fiel sofort etwas ein, das spürte Ginger, aber er zögerte mit einer Antwort, seine Erinnerungen schienen unangenehm zu sein und ihn verlegen zu machen. Er wischte sich eine Haarsträhne aus dem Gesicht.

»Es ist wichtig. Seine Freundin macht sich fürchterliche Sorgen. Vielleicht ist ihm etwas zugestoßen. Ich merke doch, dass Sie beunruhigt sind. Reden Sie! Geben Sie Ihrem Herzen einen Stoß!«

Feyerabend kämpfte noch eine Weile mit sich. Dann hatte das mit dem Stoß geklappt, er räusperte sich und redete weiter. »Er hatte damals Besuch von einem Freund, ich glaube, er hieß Felipe. Ein sehr attraktiver Mann. Ich habe versucht, mich ihm anzunähern, aber er hat mich abblitzen lassen.«

»Und da ist Uli wütend geworden?«

»Das ist alles schon so lange her.«

»Versuchen Sie, sich zu erinnern.«

»Er war nicht nur auf mich, er war noch mehr auf seinen Freund wütend. Er ist völlig ausgerastet, er hat sich mit Felipe in der Öffentlichkeit geprügelt, das war so heftig, dass Passanten die Polizei gerufen haben. So kannte ich Uli gar nicht. Mein Gott, war das peinlich.« Das Gespräch war Feyerabend zwar unangenehm, aber sein Mitteilungsbedürfnis hatte die Oberhand gewonnen.

»Umso dankbarer bin ich für Ihre Offenheit. Worum ging es bei dem Streit?«

Feyerabend zuckte mit den Schultern. Er gab vor, das wirklich nicht zu wissen.

»Danach ist er ausgezogen?«

»Einige Tage später. Felipe ist ebenfalls abgereist. Er hat eine SMS geschickt und mich gebeten, seine Sachen in ein Hotel in der Frankfurter Innenstadt zu bringen. Das habe ich gemacht. Ich wollte ihn noch einmal sehen. Aber Felipe hat nicht einmal Auf Wiedersehen gesagt, eine Hotelangestellte hat den Koffer auf sein Zimmer gebracht.« Feyerabend lächelte verlegen. »Dabei ist gar nichts zwischen uns vorgefallen. Es war vor allem Uli, der so ausgeflippt ist, deswegen hat mich Felipes Verhalten sehr überrascht.«

»Was wissen Sie über diesen Felipe?«

»Er war nicht von hier, er kam aus einem lateinamerikanischen Land, ich glaube, aus Chile. Uli und er kannten sich von früher, aber fragen Sie mich nicht, wann und wo sie sich kennenlernten. Die beiden haben bei uns zu Hause alte Videos geschaut, aber mich wollten sie nicht dabeihaben. Das fand ich echt kränkend, was ist denn schon dabei, ein paar alte Erinnerungen mit einem Freund zu teilen?«

Die Kränkung konnte man Feyerabend noch heute anmerken.

»Haben Sie eine Ahnung, wo ich Felipe finden könnte?«

Feyerabend stand auf und ging zu einer Anrichte. Er holte eine Ansichtskarte aus einer der Schubladen und gab sie Ginger. Die Karte zeigte einen schneebedeckten Vulkankegel. Auf der Rückseite las Ginger: »Muchas gracias por su hospitalidad. Saludos cariñosos te manda Felipe«.

»Ein paar Wochen nach seiner Abreise hat mir Felipe diese Ansichtskarte aus Chile geschickt. ›Vielen Dank für die Gastfreundschaft. Herzliche Grüße von Felipe‹. Er hat sich nie mehr gemeldet.«

Ihr Gegenüber war immer noch nicht mit der ganzen Wahrheit herausgerückt. Das spürte Ginger. Sie sollte ihm Zeit lassen und schweigen.

Nach einer Weile fuhr Feyerabend fort: »Felipe hatte Probleme mit Drogen. Sagte zumindest die Polizei, er selbst hat das bestritten. Er war deswegen sogar ein paar Tage in Haft. Können Sie sich das vorstellen? Einen Besucher aus dem Ausland ins Gefängnis zu werfen, weil er Dope raucht oder sonst was nimmt? In welchem Land leben wir denn?«

Feyerabend schien das aufrichtig zu empören. Wie naiv war dieser Mann? Ein Besucher aus dem Ausland, der ein bisschen was raucht, wird von der deutschen Polizei ins Gefängnis geworfen? Glaubte der alles, was ihm ein attraktiver Mann erzählte?

»Hat er vielleicht mit Drogen gehandelt?« Ein harter Vorwurf, falls es sich wirklich bloß um ein bisschen Shit handelte.

Feyerabend winkte unwirsch ab. »Felipe? Nie im Leben! Der war kein Drogendealer. Die Polizei sollte sich lieber um die Sorgen der steuerzahlenden Bürger kümmern, statt Ausländer zu schikanieren. Aber in diesem Land ändert sich nie etwas!«

Das war mit Sicherheit eine etwas unterkomplexe Sicht auf die Verhältnisse, aber sie wollte mit Feyerabend kein Streitgespräch führen. Es war vermutlich nicht zielführend, mit ihm über die deutsche Polizei zu diskutieren.

Außerdem hatte Ginger selbst nicht die besten Erfahrungen mit ihr gemacht und war nicht mehr bei dem Verein, warum sollte sie ihn also verteidigen?

Feyerabend war noch nicht fertig mit dem Thema.

»Damals wurde zum Beispiel bei mir eingebrochen. Ich habe mehrfach bei den Bullen anrufen müssen, bis überhaupt jemand kam, um meine Anzeige aufzunehmen, und dann hat der Beamte nur gemeint, da könne man nichts weiter machen, ob ich denn versichert sei? Wissen Sie, was ich glaube? Die Polizei hat selbst eingebrochen, die wollten Felipe Drogen unterschieben oder irgendwas in der Richtung.«

Verschwörungstheorien waren in den letzten Jahren in Mode gekommen. Das war eine der schlichteren.

»Wäre eine Hausdurchsuchung dafür nicht die passendere Gelegenheit gewesen?« Sie versuchte, zu lächeln und die Frage ernsthaft klingen zu lassen.

Feyerabend starrte sie verständnislos an.

»Wurden später bei Ihnen im Haus Drogen gefunden?«

Er schüttelte den Kopf. »Felipe ist dann ja abgereist. Die Polizei hatte keinen Grund mehr, bei mir im Haus nach Drogen zu suchen.«

»Haben Sie selbst welche gefunden?«

»Ich habe nicht gesucht.«

Das war das Praktische an Verschwörungstheorien, sie waren so anpassungsfähig.

»Wurde etwas gestohlen?«

»Eine teure Fotoausrüstung. Sie war zum Glück versichert. Von der Polizei hatte ich ja keine Hilfe zu erwarten. Sie können sich gar nicht vorstellen, wie mich das traumatisiert hat: die Vorstellung, dass jemand Fremdes in mein Haus eingedrungen ist, sich hier breitgemacht, alles durchwühlt hat. Und wenn ich mir vorstelle, dass das Staatsorgane gewesen sind, macht es die Sache überhaupt nicht besser.«

Feyerabend richtete sich in seinem Sessel auf. Die Vorstellung eindringender und wühlender Staatsorgane war ihm sichtlich unangenehm. Er machte eine wegwerfende Handbewegung.

»Sie glauben mir nicht. Manchmal glaube ich das selbst nicht.

Es ist ja auch egal, nach so langer Zeit. Vor allem hilft es Ihnen nicht, Uli zu finden. Haben Sie weitere Fragen?«

»Sie sagten vorhin, Sie hätten später noch einmal mit Uli gesprochen?«

Feyerabend dachte eine Weile nach. So schwer war die Frage eigentlich nicht zu beantworten.

»Ein halbes Jahr später haben wir uns zufällig in der Stadt getroffen. Uli hat mir erzählt, dass er noch einmal ganz neu anfangen wolle, als Gärtner in einem Ökobetrieb in Wiesbaden. Ich hab mich für ihn gefreut, aber er schien irgendwie angespannt. Er hat sich Vorwürfe wegen Felipe gemacht. Er sagte, er sei schuld, dass Felipe verschwunden sei, er sagte sogar, er habe ihn auf dem Gewissen. Ich habe gefragt, wie er das meint, aber darauf hat er nicht geantwortet. Ich habe ihm von der Karte erzählt, und das hat ihn irgendwie beruhigt. Er wollte sie unbedingt sehen, ich habe sie eingescannt und ihm per Mail geschickt. Wir hatten verabredet, uns wiederzusehen, ich habe ihm noch ein paarmal geschrieben, aber er hat sich nicht mehr gemeldet, nicht auf Mails, nicht auf Nachrichten auf Facebook oder Twitter. Eigentlich müsste ich ziemlich sauer sein.«

Feyerabend war noch sauer. Die Erinnerungen schienen ihn mitzunehmen. Für ihn schien das Gespräch beendet zu sein.

»Kann ich noch ein paar Fotos machen?«

»Ich verstehe nicht.«

»Von der Karte, vom Haus, vom Garten, als Gedächtnisstütze.«

Feyerabend war es egal. Ginger fotografierte. Dann verabschiedete sie sich.

»Ich wünsche Ihnen viel Glück bei Ihrer Suche. Grüßen Sie Uli, wenn Sie ihn finden.«

Über Feyerabends ebenmäßiges und braun gebranntes Gesicht huschte ein Hauch von Wehmut.

★★★

Sommerliche Hitze lag über dem Land. Eigentlich sollte sich niemand bewegen, nicht mehr tun als das absolut Unabweisbare. Dennoch fuhr ein ganzer Tross der Wiesbadener Polizei auf dem

Hof der Grorother Mühle vor. Mayfeld, Ackermann, dessen Kollege Maurer, Blum und Yilmaz, Adler von der Spurensicherung, Kollegen der Bereitschaft und Brandermittler des LKA.

Als Pfaff die feindliche Übermacht sah, wich alle Farbe aus ihrem Gesicht. »Ein ziemlicher Aufwand für eine Brandermittlung«, versuchte sie noch einen Scherz, aber als sie den Durchsuchungsbeschluss las, verging ihr das Witzereißen. Sie zischte etwas, das wie »Polizeistaatmethoden« klang, und setzte sich müde an den Tisch, an dem sie sich einige Stunden zuvor mit Mayfeld unterhalten hatte.

Mayfeld fühlte sich unwohl. Am Vormittag war er der festen Überzeugung gewesen, dass Mia Pfaff, auch wenn sie nicht aufrichtig ihm gegenüber war, mit den Verbrechen, deretwegen er ermittelte, nichts zu tun hatte. Dass sie eher zu den Guten gehörte. Er hatte deswegen um ihre Kooperation geworben. Jetzt bekam sie die geballte Staatsmacht zu spüren. Aber vielleicht hatte er sich getäuscht. Er war schon so oft angelogen worden, dass er manchmal meinte, er müsste genug Erfahrungen mit Lügen haben, um nicht weiter auf sie hereinzufallen. Aber genau das sagte ihm seine Erfahrung: Man konnte sich dessen nie sicher sein. Ohne Intuition war er in seinem Job aufgeschmissen, nur Faktensammeln brachte meist nicht weiter, aber wenn er zu viel auf sie gab, war er auch aufgeschmissen. Eigentlich ein Scheißjob.

Er betrat Bareis' Wohnung. Hier hatte das Feuer gründliche Arbeit geleistet. In dem Raum, der früher das Wohnzimmer gewesen war, stand auf den Resten einer Kommode das, was das Feuer von einer Musik- und Videoanlage übrig gelassen hatte. Die Regalwand daneben war verrußt und zerborsten, die Kassetten und DVDs waren zerstört.

»Sieht so aus, als ob das Feuer hier ausgebrochen wäre«, sagte Mayfeld zu einem der Kollegen vom LKA.

Der schüttelte den Kopf. »Es ist nicht ausgebrochen, es wurde gelegt. Hier wurde Brandbeschleuniger verwendet.«

Auch in der Küche war nicht viel heil geblieben. Einige Regale waren zusammengebrochen, Küchenutensilien und Geschirr lagen auf dem Boden und in der Spüle.

Mayfeld ging in das Bad der zerstörten Wohnung. Hier hatte das Feuer die wenigsten Spuren hinterlassen, außer einer feinen

Rußschicht, die sich über alles gelegt hatte, und dem penetranten Gestank schien alles seine alte Ordnung zu haben. Mayfeld griff nach einer Haarbürste, zog ein paar Haare heraus und steckte sie in ein Plastikbeutelchen. Vielleicht konnte er die noch einmal gebrauchen.

»Kommst du mal?« Aslan steckte seinen Kopf durch die rußgeschwärzte Tür. »Die Kollegen von der Bereitschaft haben etwas entdeckt.«

Sie verließen die Wohnung, gingen über den Hof und an den Stallungen vorbei. Hinter einem ersten Gewächshaus stand ein zweites, kleineres, das nur durch eine winzige Tür direkt gegenüber der Bruchsteinmauer betreten werden konnte. Drinnen war es warm, aber nicht zu heiß, dafür sorgte die Beschattung durch Jalousien, die unter dem Dach angebracht worden waren. Man brauchte nicht bei der Drogenfahndung gewesen zu sein, um zu erkennen, was hier angebaut wurde. Auf gut zweihundert Quadratmetern wuchs Cannabis sativa, eine professionelle Bewässerungsanlage sorgte für optimale Feuchtigkeit.

»Mach das Beste aus dem indischen Hanfsamen und säe ihn, wo du kannst«, bemerkte sein Kollege. »Sagte George Washington.« Aslan, der Rheingauer Bub mit türkischen Wurzeln, hatte auf einem katholischen Gymnasium eine profunde humanistische Bildung genossen und ließ das sein Umfeld mit einem schier unerschöpflichen Schatz von Zitaten aus allen historischen und literarischen Epochen spüren.

Sie schauten sich um. Überall Gras. Es war der Traum jedes Kiffers. Mayfeld verstand jetzt, warum Mia Pfaff nichts mit der Polizei zu tun haben wollte.

»Wollt ihr sehen, was ich gefunden habe?«, rief Nina vom Eingang des Gewächshauses den Kollegen zu. »Kommt mit!«

Gemeinsam gingen sie in den Hofladen, der in einem kleinen Nebengebäude zwischen den Gewächshäusern und dem Wohntrakt eingerichtet worden war. In das alte Gemäuer hatte jemand Theke und Schränke einer ebenso alten Apotheke eingebaut. In den Regalen standen Töpfchen und Tiegelchen mit allerlei Hausgemachtem. Konfitüren von allen Früchten, die man in der Region anbauen konnte, verfeinert mit Gewürzen und Bränden,

Marmelade von Zitrusfrüchten, Pesto, hergestellt aus den verschiedensten Kräutern und Nusssorten.

Nina holte ein in Alufolie eingewickeltes Päckchen aus einer der Schubladen unter der Theke und öffnete es. »Das hier ist allerfeinstes Dope.« Sie zerkrümelte etwas von der braunen harzigen Masse zwischen ihren Fingern. Dann deutete sie auf eine Packung Kekse. »Die tragen den Zusatz ›C‹. Ich wette, die bestehen nicht nur aus Dinkel, Zimt und Honig.« Sie nahm ein Glas und eine Flasche aus dem Regal. »Grünes Tomatenchutney ›C‹. Holunderblütenlikör ›C‹. Ein ganz entzückender Laden. Mit ›C‹ ist bestimmt kein Vitamin gemeint.«

»Das ist nicht witzig. Das hier ist eine Mordermittlung«, erinnerte Mayfeld seine Kollegin. Als er Ninas mitleidigen Blick sah, bereute er seine humorlose Bemerkung.

Er bat einen der uniformierten Kollegen, einen Hanfstängel von der kleinen Plantage zu holen, nahm das Päckchen Haschisch und ging zu der bekümmert dreinblickenden Mia Pfaff, die in der Sonne vor dem großen Gewächshaus saß.

»Was ist das?«, fragte er Pfaff und legte den Hanfstängel auf den Tisch. Eine ziemlich blöde Frage, gab er sich im Stillen selbst die Antwort.

»Das ist keine Droge. Das ist eine Blume. Gott hat sie hergebracht.«

Wollte ihn die Frau mit Hippiesprüchen veräppeln? Vermutlich sollte er Pfaff jetzt über den Ernst ihrer Situation belehren und zu uneingeschränkter Kooperation auffordern. Mayfeld hasste solche Sätze. In diesem Moment kamen Ackermann und Adler aus dem Haupthaus.

Der Leiter der KTU warf zwei Plastikpäckchen mit weißen Substanzen auf den Tisch. »Das ist Crystal Meth.« Adler deutete auf das Päckchen mit kristallinem Inhalt. »Und das ist Koks.« Er deutete auf das Päckchen mit dem feinkörnigen Pulver. »Hab ich beides bei Ihnen in der Wohnung gefunden, gleich im Eingangsbereich ist im Sockel eine Kachel locker.«

Mia Pfaff wurde noch blasser. Aber nicht vor Schreck, sondern vor Wut. »Was wollen Sie mir da unterschieben?«, zischte sie, und die Empörung war echt oder zumindest gut gespielt. »Mit

diesem Zeug habe ich nichts zu tun! Ich verarbeite nur, was auf meinem Grund und Boden wächst. Kokapflanzen gibt es nur in Lateinamerika, und Crystal ist sowieso der letzte synthetische Dreck. Meinen Sie im Ernst, ich verticke Koks an durchgeknallte Streber oder diese Nazidroge an arme Schlucker?«
»Also, Crystal ist schon ziemlich scheiße, aber Nazidroge?«, fragte Nina.
»Haben die Nazis benutzt«, wusste Aslan, der zu den anderen gestoßen war. »Also die echten Nazis. Methamphetamin nannte man damals Hermann-Göring-Pillen. Während er selbst vermutlich gekokst hat, bekamen seine Jagdflieger Methamphetamin. Das machte wach und rücksichtslos und war billig.«
»Wir sind hier nicht auf einem Drogenseminar«, ermahnte Ackermann die Kollegen.
»Hatten Sie deswegen Streit mit Uli Bareis, Frau Pfaff?«, fragte Mayfeld.
Mia Pfaff sprang von ihrem Stuhl auf. »Einen Scheiß hatte ich! Und schon gar nicht hatte ich mit Uli Streit wegen dieses Drecks, den Sie mir da unterschieben wollen. Ich weiß, dass es Leute gibt, die alles nehmen, Hauptsache, es macht irgendetwas in ihrer Birne, weil dort sonst so wenig passiert. Aber das sind nicht meine Kunden. Immer fit, immer leistungsbereit sein, diesen neoliberalen Blödsinn mache ich nicht mit!«
Warum spielte sich Pfaff als Überzeugungstäterin und Ideologin auf? Meinte sie, damit billiger davonzukommen? Oder hatte sie mit dem Zeug nicht nur ihre Kunden ins Verderben geschickt, sondern war in weitere Verbrechen verstrickt und versuchte nun, sich als aus der Zeit gefallene Hippietante zu inszenieren? Um Haschisch zu produzieren, brauchte man keine Beziehungen nach Lateinamerika, für Crystal Meth auch nicht, für Kokain jedoch waren sie nützlich. Vielleicht war das die Verbindung zu Felipe Murcia, dachte Mayfeld.
»Sie sind verhaftet wegen Verstoßes gegen das Betäubungsmittelgesetz«, sagte Ackermann. »Führt sie ab!«

★★★

Ginger fuhr über die A 66 zurück in den Rheingau. Ihr nächstes Ziel war Harry Rothenberger, das einzige Bandmitglied der New Petards, das Mia mit Namen und Anschrift kannte. Zwei Tage vor Ulis Verschwinden hatten sie zusammen in der Grorother Mühle geprobt. Am Telefon hatte Ginger Harry nicht erreicht, es würde ein Überraschungsbesuch werden.

Ginger hatte sich in Ulis Facebookaccount eingeloggt und auf diesem Weg einiges über seinen Freund Harry erfahren. Die New Petards coverten Songs aus den Siebzigern und Achtzigern und traten vor allem in Südhessen mit viel Erfolg auf. Harry war Keyboarder und Uli Gitarrist. Die letzten Monate hatte die Band keine Konzerte gegeben. Mehr Aufmerksamkeit als mit seiner Musik hatte Harry Rothenberger in den sozialen Medien zuletzt dadurch erregt, dass er ein Haus in Erbach an Flüchtlinge und Asylbewerber vermietet hatte. Die Feindseligkeit, die ihm seither entgegenschlug, hatte Ginger nicht überrascht, aber ziemlich angewidert. Jeder Depp traute sich in der Anonymität des Netzes, eine Meinung zu haben und sie kundzutun. Warnungen vor dem Vandalismus der neuen Bewohner oder der Hinweis, dass so ein Haus schnell mal abgebrannt sei, gehörten noch zu den harmloseren Äußerungen. Harry Rothenberger war allerdings niemand, der sich wegduckte. Er ließ die Anfeindungen auf seiner Seite stehen und kommentierte sie. Was er über Schrebergarten-Nazis und Salonfaschisten schrieb, war selten sachlich und hätte nicht die Weihen der politischen Korrektheit erhalten, die eine verständnisvolle, einfühlsame und sachliche Auseinandersetzung forderte. Ginger gefiel es umso besser.

Er selbst wohnte ebenfalls in Erbach, in einem Haus am Marktplatz. Sie stellte ihre Carducci vor dem Tor des Hauses ab, machte ein paar Fotos von Haus und Marktplatz und klingelte. Rothenberger war da und öffnete die Tür.

Er war Mitte vierzig, hatte schulterlanges Haar und einen Vollbart, der den größten Teil des Gesichts überwuchert hatte. Einer, der auf Rock 'n' Roller und Bürgerschreck machte, eine merkwürdige Mischung aus Mick Jagger und Bud Spencer. Sein Gesicht verriet Ginger allerdings einen eher gutmütigen Typen, Marke Hägar der Schreckliche.

»Was willst du?«, fragte er Ginger. Vielleicht lag es an ihren Motorradklamotten, dass er es für passend hielt, sie zu duzen.

»Ich will mit dir über Uli reden. Kann ich reinkommen?«

Der Rock'n'Roller nickte, bat sie ins Haus und führte sie ins Wohnzimmer. Drinnen sah es aus, als ob hier in den Siebzigern das letzte Mal renoviert worden wäre. Damals hatte Rothenberger vermutlich auch das letzte Mal aufgeräumt und geputzt. Die Teppiche riefen röchelnd nach einem Staubsauger, die Fensterscheiben hatten resigniert und blinzelten blind vor sich hin. Harry räumte einen Stapel Noten von einem Stuhl auf das Klavier und bot Ginger Platz an. Dann goss er ihr ungefragt Wasser in ein Glas, das auf dem Tisch stand, und deutete auf eine Bonbonniere, die mit kleinen Schokoladentäfelchen gefüllt war.

»Nimm dir«, sagte er und lächelte einladend. Er rückte sich einen rot gepolsterten und schwarz gebeizten Holzstuhl mit Armlehnen heran und setzte sich ihr gegenüber. »Was ist mit Uli?«

»Er ist verschwunden. Ich suche ihn.« Sie angelte sich eine Tafel aus dem Gefäß, wickelte sie aus dem Papier und biss ab. Zartbitterschokolade mit einem Hauch Fleur de Sel. Sie hatte es mit einem Kenner zu tun.

In Rothenbergers Augen sah Ginger Unruhe und Angst, noch mehr, als das bei Feyerabend der Fall gewesen war.

»Seit wann ist er weg?«, wollte er wissen.

Ginger erzählte ihm die Geschichte in aller Ausführlichkeit, die Späh-App und Ulis merkwürdige Aktivitäten am Samstagabend ließ sie weg. Rothenberger hörte aufmerksam zu.

»Ich habe keine Idee, wo Uli steckt«, versicherte er anschließend.

Ginger erschien das glaubhaft, trotzdem war sie überzeugt, dass er ihr etwas verschwieg. Während sie ihre Geschichte erzählt hatte, war Rothenberger zunehmend unruhig geworden. Wieder einmal beschlich sie eine ihrer Ahnungen.

»Du machst dir Sorgen.«

»Wohl wahr. Er ist ein Freund. Er hätte mir gesagt, wenn er abhauen wollte.«

Das war es nicht, was Harry beunruhigte, Ginger spürte es. Aber Rothenberger wollte nicht reden. Sie musste einen Umweg nehmen.

»Erzähl mir von Uli!«
Rothenberger kratzte sich am Bart. »Wird das hier eine Talkshow? Na gut. Wir sind Kumpels und Kollegen. Wir sind uns das erste Mal in Frankfurt über den Weg gelaufen. Aber richtig kennengelernt haben wir uns, als er hier in den Rheingau kam. Er hat bei Mia zu arbeiten angefangen, und wir trafen uns bei einer Bandprobe. Da haben wir uns an eine Session in Frankfurt erinnert. Die Welt ist klein, ich habe damals einen zweiten Gitarristen gesucht, Uli suchte eine Band, es hat gepasst. Seither machen wir zusammen Musik. Uli ist ein feiner Kerl, ein bisschen sehr in sich gekehrt, aber okay, absolut okay.«

Es folgte eine Aufzählung der Gigs, die sie in den letzten beiden Jahren hatten. Darmstadt, Frankfurt, Offenbach, Heppenheim. Ludwigshafen, Mainz, Limburg. Sie entfernten sich immer weiter von Uli.

»Hast du eine Idee, warum er abgehauen sein könnte? Oder warum ihm etwas passiert sein könnte?«

»Was soll ihm denn passiert sein?«, raunzte Rothenberger sie an.

»Hatte er Feinde?«

»Keine Ahnung.« Das Thema schien dem Dicken nicht zu behagen.

»Warum könnte er abgehauen sein?«

Rothenberger überlegte eine Weile. Er wusste nicht, was er sagen sollte, ob er überhaupt noch etwas sagen sollte. Er dachte nach. Man konnte ihm beim Denken zusehen. Es strengte ihn an, Schweißperlen bildeten sich auf seiner Stirn. »Was hast du vorhin gesagt? Du schnüffelst ihm in Mias Auftrag hinterher?«

»Wenn du es so nennen willst.«

Der Rock 'n' Roller war misstrauisch geworden.

Er stand auf, ging zu einem der überladenen Regale und holte eine Flasche Bourbon, schenkte sich ein Glas ein und hielt Ginger die Flasche hin.

»Nichts für ungut«, sagte er grinsend.

Ginger trank das Glas Wasser aus und goss sich Whiskey nach. Er hatte eine schöne Honignote, wie sie das bei Bourbon liebte. Jo würde jetzt die Nase rümpfen, für ihn waren nur Single Malts aus Schottland oder allenfalls Irland trinkbar, aber Googelchen konnte nicht immer recht haben.

»Das ist schon ein Ding, dass Mia eine Detektivin nach Uli suchen lässt. Ich kann Mia gut leiden, aber sie ist eine Hexe. Uli wollte seit einiger Zeit von ihr weg. Mich wundert bloß, dass er mir nicht erzählt hat, dass es jetzt so weit ist.«

»Warum wollte er weg?« Sie griff nach einem weiteren Täfelchen Zartbitterschokolade. Die passte gut zum Whiskey.

Rothenberger runzelte die Stirn. »Braucht er dafür einen Grund? Vielleicht hat er einfach die Nase voll von ihr.« Er nahm einen kräftigen Schluck aus seinem Glas. »Er hat Schulden bei ihr. Als er aus Frankfurt hierherkam, hatte er keinen müden Euro. Mia hat ihm nicht nur eine Wohnung und eine Ausbildungsstelle gegeben, sie hat ihm auch jede Menge Geld geliehen. So eine Abhängigkeit ist nicht gut, schon gar nicht, wenn man eine Beziehung hat. Immer wenn sie stritten, hat sie ihn an seine Schulden erinnert. Grenzt an Sklaverei, oder was meinst du?«

Ginger vergaß für einen Moment das Kauen. So eine war Mia also. Davon hatte sie nichts gewusst, hätte sie aber wissen können. Warum waren ihre Ahnungen an diesem Punkt ausgeblieben? Weil sie jung war und Mias Geld brauchte?

»Ich habe eine Erbschaft gemacht und Uli angeboten, seine Schulden zu bezahlen, ihn sozusagen auszulösen. Wollte er aber nicht.«

»Vielleicht wollte er keine neuen Abhängigkeiten?«

»Blödsinn, ich hätte ihm das Geld geschenkt. Ich hätte mich auch um einen neuen Probenort für die Band gekümmert.« Rothenberger nahm noch einen Schluck.

Das klang nach einem handfesten Krach zwischen Uli und Mia. Es erklärte, dass Uli abhauen wollte. Aber es erklärte nicht, warum Mia sie engagierte, um nach ihm zu suchen. Sie konnte nicht ernsthaft davon ausgehen, dass Ginger diese Geschichte nicht herausfinden würde. In welches Spiel war sie hineingeraten? Wollte Mia sie benutzen? Wofür? Sie wusste noch so verdammt wenig von Uli. Und von Mia. Aber Mia war ihre Auftraggeberin. Sie konnte schlecht Erkundigungen über sie einholen. Oder doch?

»Wer könnte wissen, wo sich Uli aufhält?«

Rothenberger kratzte sich wieder am Bart. »Viele Freunde hat er nicht, wenn ich das richtig sehe. In der Band hat er eigentlich nur mit mir was zu tun. Der Uli ist ein ziemlich zurückhaltender Junge, redet nicht viel. Natürlich könntest du mal seine Eltern fragen. Kannst du aber auch bleiben lassen. Uli hält nicht viel von ihnen, das sind komische Leute, haben immer einen Finger in der Bibel und sind in direktem Kontakt mit dem lieben Gott. Der alte Herr da oben hat kein glückliches Händchen mit seinen Freunden, wenn du mich fragst.« Hägar stieß ein raues Wikingerlachen aus.

Sie stocherte im Nebel, kam keinen Schritt weiter. »Du hast auch nicht nur Freunde.« Ein Versuch war es wert, vielleicht brachte sie ihn so zum Reden und er sie auf eine brauchbare Spur.

»Ich habe welche. Feinde habe ich auch, das ist wohl wahr. Aber was hat das mit Uli zu tun? Ich habe Stress mit meiner lieben Familie, der es nicht passt, dass ich das Haus von meinem Alten allein geerbt habe, und die nicht einverstanden ist mit dem, was ich damit mache. Ich habe Stress mit dem rechtsradikalen Pack, das sich in unserem schönen Land gerade breitmacht. Die machen mich an, weil ich mein Haus an arme Schlucker vermiete, die vor Arschlöchern in Afghanistan oder Syrien fliehen und hier auf neue Arschlöcher treffen. Verstehst du, was ich meine? Islamisten und Rechte, das ist doch dasselbe Dreckspack, Brüder im Geiste. Man kann doch nicht alle Flüchtlinge für ein paar Durchgeknallte haftbar machen. Ich halte ja auch nicht jeden Deutschen für einen Nazi. Obwohl es viel zu viele von denen gibt. Nennen sich heute bloß nicht mehr so. ›Besorgte Bürger‹ oder ›Asylkritiker‹ klingt gleich viel besser.«

Ginger vermutete, dass sich Rothenberger nicht besonders viel Mühe gab, Leute von seinem Standpunkt zu überzeugen. Besorgte Bürger in ihren Ängsten ernst zu nehmen und dort abzuholen, wo sie gerade standen, das war eindeutig nicht sein Ding.

»Wie findet das denn Uli?«

»Der ist total unpolitisch, so was interessiert den nicht. Leider. Glaubst du, er hat Stress mit irgendwelchen Rechten? Kann ich

mir nicht vorstellen. Der will nur seine Blumen gießen und ein Liedchen dabei trällern.«
Ginger verstand nicht, warum Rothenberger jetzt so überheblich lächelte. Von seiner Facebookseite wusste sie, dass er Musikunterricht gab, wenn er gerade nicht mit seiner Band durch Hessen tingelte oder sich verbale Scharmützel mit rechten Sprücheklopfern im Netz lieferte. Kein Grund, sich für was Besseres zu halten. Aber wer brauchte dafür schon einen besonderen Grund? Ginger wurde den Verdacht nicht los, dass Rothenberger sich vorsätzlich in Rage redete. Warum? Wollte er sie von etwas ablenken? Oder sich selbst? Oder geheimnisste sie etwas in die Unterhaltung hinein? Sollte sie nicht so viel psychologisieren? Übertrieb sie es mit ihren Ahnungen und der Intuition? Das war nicht völlig auszuschließen. Irgendetwas stimmte hier nicht.

»Ich glaube, dass du dir Sorgen um Uli machst. Vielleicht willst du mir noch etwas mitteilen. Hat Uli ein Geheimnis, das du mir nicht verraten möchtest?«

Doofer konnte man nicht fragen, das spürte sie in dem Moment, als die Worte ihren Mund verließen. Aber da waren sie schon draußen und konnten nicht zurückgeholt werden. Rothenberger guckte sie mitleidig an. Ginger merkte, dass sie es vermasselt hatte.

»Machst du den Job schon lange, Mädchen?«, fragte er. »Willst du mir was sagen, was du mir nicht sagen willst?«, äffte er sie nach. »Hat Uli ein Geheimnis? Bla, bla, bla. Ich sag mal so: Über Ulis Geheimnisse will ich mit dir nicht reden, noch nicht einmal darüber, ob ich sie kenne oder nicht. Aber ich kann dir gerne ein paar von meinen zeigen. Ich verspreche dir, das wird aufregend.« Seine Augen funkelten, er begann, anzüglich zu grinsen, und leckte sich die Lippen.

Bis zu diesem Zeitpunkt hatte Ginger Rothenberger in seiner ruppigen Art ganz sympathisch gefunden. Aber dass er sie genau in dem Moment anmachte, in dem sie sich ein bisschen blöd angestellt hatte, fand sie zum Kotzen. Trotzdem versuchte sie, freundlich zu bleiben. Es gab keinen Grund, einem Fehler einen weiteren folgen zu lassen.

»Vielleicht ein anderes Mal«, antwortete sie lächelnd. Dafür müsste ich dich mir mit einer Flasche Bourbon schönsaufen, fügte sie im Stillen hinzu.

Rothenberger schien enttäuscht, versuchte aber, gelassen zu wirken. »Ich glaube, wir beenden das Gespräch. Sag deiner Auftraggeberin, dass du bei mir nichts über ihren Freund herausbekommen hast. Gib mir deine Karte, wenn du so was hast. Vielleicht melde ich mich noch mal.«

»Kann ich ein paar Fotos von dir und dem Zimmer machen?«, fragte Ginger. Damit war es ihr zumindest gelungen, Harry Rothenberger zu verblüffen.

»Von dem Saustall hier? Ich glaube, du tickst nicht richtig. Cheerio!«

Rothenberger hob sein Glas und prostete ihr zu. Er war unzufrieden, es schien nicht so gelaufen zu sein, wie er sich das wünschte. Ginger glaubte nicht, dass es dabei nur um die Abfuhr ging, die sie ihm verpasst hatte. Oder um ihren Wunsch, seinen Saustall zu fotografieren. Es ging um etwas anderes. Aber mit ihr würde er darüber nicht reden, das spürte sie.

Als Ginger in der Wohnung in der Westendstraße eintraf, saß Jo mit einem Glas Rotwein in der Küche und arbeitete an seinem Notebook. Montagabends gab Yasemin einen Karatekurs. Das war ihr Ausgleich dafür, dass sie die ganze Woche auf Computerbildschirme starrte und auf Tastaturen herumklapperte. Ginger und Jo waren allein in der Wohnung. Nachdem das Gespräch mit Rothenberger so unglücklich verlaufen war, brauchte Ginger eine Ablenkung. Zur Abwechslung mal einen netten Kerl.

Googelchen konnte nicht nur reden. Er war auch dafür gut zu haben.

Eine Stunde später saßen sie wieder in der Küche, beide bestens gelaunt. Ginger putzte Salat, Jo rührte etwas in der Pfanne, Yasemin musste gleich kommen. Gleich zu Beginn ihrer Beziehung hatte die Freundin Ginger versichert, dass sie Männer nicht als Konkurrenz sah. Yasemin wusste, dass Ginger gelegentlich mit Jo zusammen war, aber Ginger wollte die Toleranz und Gelassenheit der Freundin nicht unnötig auf die Probe stellen. Da war der Karatekurs ganz praktisch.

Als Jo das Risotto mit den Calamaretti auf den Tisch stellte, stieß Yasemin zu ihnen.

»Perfektes Timing«, sagte sie strahlend. »Ich hab einen Riesenhunger.«

Sie machten sich über die Tintenfische und den Reis her und leerten dabei eine Flasche rheinhessischen Chardonnay. Ginger berichtete von ihren Recherchen, von Ulis lateinamerikanischem Freund, dessen Problemen mit der Polizei und von Ulis plötzlichem Wegzug aus Frankfurt.

»Feyerabend ist überzeugt, dass die Anschuldigungen gegen Ulis Freund an den Haaren herbeigezogen waren, er ging sogar so weit, der Polizei einen Einbruch bei sich zu Hause zu unterstellen, um ihm Drogen unterzuschieben. Dabei wurden bei ihm nie welche gefunden.«

»Das Problem mit den Verschwörungstheorien ist, dass es mittlerweile so viele gibt«, sagte Jo. »Alle stoßen wie wild Verdächtigungen aus, man verliert schnell den Überblick und kann kaum noch die Spreu vom Weizen trennen. Meistens lenken diese Theorien vom Wesentlichen ab, ganz im Gegensatz zu dem, was ihre Erfinder behaupten.« Das war auch der Grund dafür, dass Jo, der auf »epikur.net« und »durchblick.de« bloggte, mittlerweile lieber über Wein und Essen schrieb als über politische Themen. »Es sind zu viele Verrückte im Netz unterwegs, jeder redet vor sich hin oder schreit einen anderen nieder, die wenigsten reden miteinander, jeder misstraut jedem. Wirkliche Diskussionen werden immer seltener, die Äußerungen der Leute immer dümmer und roher. Aber ich schweife ab.«

»Du hast völlig recht. Ulis Erbacher Freund kann ein Lied davon singen.« Ginger berichtete über Harry Rothenbergers Ärger, über die Anfeindungen, denen er ausgesetzt war, seit er ein Haus an Flüchtlinge vermietete. »Aber er keilt ganz schön zurück.«

»Das bringt nichts«, meinte Jo.

»Immer gut erzogen zu diskutieren bringt es gegen die Rechten auch nicht«, widersprach Yasemin.

Sie sollten zum Thema zurückkommen, fand Ginger. »Ich habe den Eindruck, dass Rothenberger mir etwas verschwiegen hat. Er war beunruhigt, ist aber nicht mit der Sprache rausgerückt. Was habt ihr in der Zwischenzeit herausgefunden?«

Yasemin hatte ihre Brüder gefragt, was sie über die Rhine Devils wussten. »Cem meinte, dass die Devils versuchen, das Drogengeschäft im Rhein-Main-Gebiet an sich zu reißen. Mit den Osmanen hatten sie schon einige wüste Schlägereien. Der Typ, der dich aus dem Vereinslokal geschmissen hat, ist vermutlich Thorsten Messer, der Präsident der Wiesbadener Rhine Devils. Ein übler Kerl, brutal, frauenfeindlich und kackbraun. Berat hat gesagt, die Kartoffeln würden am liebsten nur noch deutschen Stoff verticken, sozusagen Scheiße aus nationaler Produktion.«

»Und deine Brüder sind die wahren Internationalisten«, sagte Jo süffisant. »Die sollten ihr Geschäftsfeld wechseln.«

»Die sind doch gar nicht in dem Geschäft«, behauptete Yasemin. »Sie kennen nur Leute, die sich mit dem Geschäft auskennen.«

»Und sonst?«

»Ansonsten habe ich mir Ulis Notebook angeschaut. Er hat zuletzt ein Video gerippt, das er auf einem externen Medium gespeichert hat. Und er hat alle möglichen Adressen gegoogelt.«

»Adressen in Würzburg, Stuttgart, Frankfurt, Wiesbaden, Krefeld, Siegburg und Hamburg«, ergänzte Jo. »Mit denen kann ich noch nichts anfangen, aber ich bleibe dran.«

»Ich habe heute genug gearbeitet«, fand Yasemin. Sie fuhr Ginger durchs Haar. »Der Kurs vorhin war ziemlich anstrengend. Machst du mir eine Massage?« Ihre Augen glitzerten. Ginger lachte. Es sollte ein verkehrsreicher Abend werden.

***

Spundekäs, Wisperforelle, Wildschweinsülze, Handkäs mit Musik: Montags standen die Klassiker der Straußwirtschaftsküche auf dem Programm. Julia arbeitete lang im Krankenhaus, und Mayfelds Schwiegermutter ließ es sich trotz ihres fortgeschrittenen Alters nicht nehmen, an diesem Tag das Regiment in der Küche zu führen. Die Leute genossen es. Für viele war das Essen sowieso nur Anlass, ein paar Schoppen zu trinken.

Mayfeld saß am Stammtisch bei denen, die immer da saßen:

Zora, Trude, Gucki, Batschkapp und seit einiger Zeit immer öfter auch Mayfelds Vater Herbert.

»Habt ihr wirklich die Mia Pfaff verhaftet?«, fragte Batschkapp und schenkte sich ein Glas Riesling ein. Selbst bei sommerlichen Temperaturen trug der Pensionär die Baskenmütze, der er seinen Spitznamen verdankte. »Die lustige Witwe von der Grorother Mühle?«

»Die arme Frau. Erst brennt ihr fast der ganze Hof ab, und dann muss sie in den Knast«, beschwerte sich die rote Zora, seit Jahrzehnten auf der Seite der Außenseiter und Outlaws. Sie nahm einen großen Schluck Spätburgunder zu sich.

»Die musst du nicht verteidigen, die ist keine arme Unterdrückte«, stichelte Gucki, ehemaliger Betreiber des Guckkastens, eines Eltviller Fotostudios. »Vor Jahren habe ich eine Imagebroschüre für die Grorother Mühle gemacht, als ihr Mann, der alte Pfaff, noch am Leben war. Die Dame machte zwar einen auf alternativ, lebte aber gerne auf großem Fuß.«

»Halt eine richtige Grüne und ihrer Zeit weit voraus«, lästerte Trude und schob sich eine Portion Wildschweinsülze in den Mund. »Gott, ist das lecker.«

Herbert Mayfeld verdrehte die Augen. »Es gibt schon genug Spießer, arme wie reiche.« Er schenkte Trude ein hinterhältiges Lächeln. »Da bin ich um jeden dankbar, der ein wenig aus dem Rahmen fällt. Bei Mia gibt es das beste Gras weit und breit. So wie es hier den besten Riesling gibt.« Er hob sein Glas und prostete der empörten Trude zu.

»Das kannst du jetzt wirklich nicht vergleichen«, zeterte sie und spießte mit der Gabel ein paar Bratkartoffeln auf.

»Ach.« Die Augen des alten Mayfeld funkelten vor Streitlust.

Wenn sein Vater so schaute, war die nächste manische Episode oft nicht weit. Mayfeld hatte keine Ahnung, ob ein Joint in so einem Zustand gut oder schlecht war. Vermutlich schlecht. Auf jeden Fall war er besorgt.

»Eine Spießerin ist die Mia wirklich nicht«, meinte Gucki. »Ich war mir sicher, dass sie die Mühle samt Ländereien und Aktiendepot des alten Herrn verkaufen würde, nachdem ihr Gatte nach nur vier Jahren Ehe das Zeitliche gesegnet und sie alles geerbt hatte. Ich dachte, sie nimmt das Geld, zieht nach Wiesbaden oder München oder Baden-Baden und süffelt nur noch Schampus, aber, Chapeau, sie hat sich anders entschieden.«

»Ist bei Riesling geblieben«, stellte Batschkapp zufrieden fest.

»Herr Pfaff ist früh gestorben?« Was Rheingauer Tratsch betraf, war Mayfeld immer noch blutiger Anfänger. Zugereister eben, auch wenn er seit Jahrzehnten hier lebte.

»Der war uralt«, berichtete Trude. »Die ideale Partie für eine wie die Mia.«

»Nur keinen Neid, Trude«, frotzelte der alte Mayfeld. Dann wendete er sich dem Kommissar zu. »Ich befürchte, mein Sohn hat sie wegen des bisschen Cannabis verhaftet ...«

»Das macht doch niemand ...«, fiel ihm Zora ins Wort.

»... und das hat sie nicht verdient. Sie ist eine tolle Frau, sie züchtet nicht nur alte, vom Aussterben bedrohte Haustierrassen, sie fördert auch die lokale Kultur. Gibt Konzerte in ihrer Mühle, lässt Gruppen auf ihrem Gelände üben, sponsert sie, statt das Geld in ihre Liegenschaften zu stecken. Die denkt nicht ans Geld.«

All das setzte das Betäubungsmittelgesetz nicht außer Kraft, dachte Mayfeld. Aber auch er fühlte sich nicht wohl mit Pfaffs Verhaftung.

»Dann passt ihr ein schöner Feuerschaden bestimmt gut in den Kram«, meldete sich Batschkapp zu Wort, »eine heiße Sanierung.«

»Das ist jetzt eine von den blöderen Unterstellungen, die ich in meinem langen Leben hören musste«, giftete Herbert seinen Freund an.

»Apropos heiße Sanierung«, nahm Gucki den Ball auf. »Weiß man mittlerweile was Näheres über den Brand in den alten Staatsweingütern?«

Vor einem Jahr war das Gebäude der ehemaligen Staatsweingüter in Eltville abgebrannt. Die Täter konnten bislang nicht ermittelt werden, und mit jedem Monat, der verging, war es unwahrscheinlicher, dass sich daran noch etwas ändern würde.

»Das ist ein einziges Trauerspiel«, klagte Batschkapp, der gerne über jedes Stöckchen sprang, das ihm sein Freund Gucki hinhielt. »Erst bauen sie den neuen Bunker am Steinberg, dann diskutieren die Politiker ewig, was man mit dem alten Gebäude machen

soll, und als sie es endlich verkauft haben, an einen sogenannten Investor, lässt der es Jahre lang leer stehen. War doch nur eine Frage der Zeit, bis das irgendwelche Irren abfackeln.«
»Und was sagt uns das?« Gucki ließ nicht locker.
»Ich frage nur: Cui bono? Wem nützt es?«
»Sag es uns!«
»Also«, raunte Batschkapp geheimnisvoll, »ich hab gehört, dass die Auflagen des Denkmalschutzes für den geplanten Umbau zum Hotel ruinös waren ...«
»... was im Rheingau bekanntlich der Normalfall ist ...«, pflichtete Trude ihrem Mann bei.
»... wenn man nicht die richtigen Leute kennt ...«, ergänzte die rote Zora.
»... und was konnte den Besitzern Besseres passieren, als dass die Bude abgefackelt wird? Da machen die zweimal Kasse: Die Versicherung zahlt, und der Umbau wird billiger.« Batschkapp schlug triumphierend auf den Tisch. Trudes letzte Bratkartoffeln tanzten um ein kleines Stück Wildschweinsülze herum.
»Die Versicherung zahlt doch nur bei einem wirtschaftlichen Schaden«, widersprach Gucki.
»Egal! Es war ein abgekartetes Spiel!« Batschkapp ließ kleinliche Einwände nicht gelten und beharrte auf seiner Meinung.
»Keiner weiß, was passiert ist. Aber es war eine Sauerei, so viel ist sicher.« Gucki lächelte maliziös.
»Ist doch so!«
Mayfeld schaltete ab. Die Theorien wurden wilder, die Unterstellungen bizarrer. Die ganze Welt war eine einzige monströse Folge von Intrigen, von Mord, Betrug und Lüge, wenn man der Runde Glauben schenken durfte. Alle steckten irgendwie unter einer Decke. Es wurde immer schwieriger, Skepsis von Paranoia zu unterscheiden.

Herbert stand unbemerkt von den anderen auf, ging zum Klavier in der Ecke und begann zu klimpern. Mayfeld erkannte einen Song von Tom Waits: »The Piano Has Been Drinking (Not Me)«.

★★★

```
#wotan: wir wollten mit dem projekt nicht an die öffent-
lichkeit
#barbarossa: sorry ging nicht anders
#wotan: wieso
#barbarossa: ich wollte nichts übersehen
#wotan: hast du alle unterlagen zusammen
#barbarossa: ich hoffe
#wotan: ich brauche sicherheit
#barbarossa: alles unter kontrolle
#wotan: das hoffe ich für dich hagen will dich sprechen
#barbarossa: in ordnung mdg ''/''
```

Barbarossa schloss den Chat. Wotan und Hagen gingen ihm ganz schön auf die Nerven. Er konnte ihre anmaßende Art immer schlechter ertragen, ihr Von-oben-herab. Für die war er nur ein Handlanger, der Mann fürs Grobe. Der die Drecksarbeit erledigte. Der zu parieren hatte. Parieren und Schnauze halten. Aber so ging das nicht mehr. Nicht mit einem Barbarossa. Nicht mit einem Mann der Tat wie ihm. Der das Heft des Handelns in Händen hielt. Der sich seine Gedanken machte. Barbarossa hatte seine eigenen Ideen und Ziele. Wotan und Hagen dachten nur noch an sich selbst. Die beiden waren korrumpiert, sie waren zu einem Teil des Systems geworden. Bei ihm war das anders. Diesen Auftrag würde er noch ausführen. Dann sah man weiter. Irgendetwas Großes würde kommen. War am Entstehen. Er musste die Gelegenheit nutzen. Er würde es den Leuten zeigen.

Was Hagen bloß von ihm wollte? Kameraden verpfeifen war überhaupt nicht sein Ding. Musste er ja auch nicht. Bloß treffen musste er sich mit den Kameraden, damit die Sache nicht aufflog. Dafür hatte er aber im Moment keine Zeit. Zum Glück hatte er eine kreative Ader und erfand gerne Geschichten. Das reichte meistens.

Erst musste er Wotans Auftrag erfüllen. Stress mit Hagen und Wotan konnte er überhaupt nicht gebrauchen, schließlich brauchte er deren Kohle. Die Werkstatt warf zu wenig ab, außerdem hatte er keinen Bock auf diese Arbeit.

Bea hatte vorgeschlagen, eine Liste zu machen mit Volksschädlingen, Gutmenschen und Ausländern. Und die zu beseitigen. Eine schöne Idee, aber er war dagegen. Nicht gegen die Liste, damit konnte man gar nicht früh genug anfangen. Aber für eine Säuberungsaktion war es noch zu früh. Im Moment war es nötig, die Leute wachzurütteln. Erst musste das Volk verstehen, in welcher Gefahr es sich befand. Erst dann war die Zeit gekommen für die große Säuberung.

★★★

Wenn er schläft, schmerzt sein Körper nicht, dann sieht er das Loch nicht, in dem er gefangen ist. Aber wenn er schläft, dann träumt er. Und in den Träumen kommen die Erinnerungen. Auch sie halten ihn gefangen.

Er ist Tios Sprinter. Daran hat er schon lange nicht mehr gedacht. Die anderen Jungs schauen ihn neidisch an. Er hat es geschafft. Ich zeige dir die göttliche Liebe, sagt Tio. Er riecht gut, darf warm duschen. Warum tut dann alles weh? Warum ist ihm schlecht? Warum übergibt er sich andauernd? Ist sein Glaube zu schwach? Wird er die göttliche Prüfung am Ende nicht bestehen?

Auf dem Nachttisch liegt die Pistole, im Koffer die Maschinenpistole. Die Feinde sind allgegenwärtig. Aber sie werden nicht siegen. Das sagt Tio immer wieder.

Er ist zu schwach. Als Tio weg ist, haut er ab. Er kennt alle Kameras, alle Mikrofone, die elektrischen Zäune und die Stolperdrähte. Hinter ihm bellen die Hunde. Sie können einen wie ihn zerfleischen. Das weiß er, er war selbst schon bei solchen Jagden dabei gewesen. Aber sie kriegen ihn nicht.

Beim ersten Mal kommt er bis in die Hauptstadt. Die Botschaft ist eine Falle. Sie holen ihn wieder ab. Zurück in der Villa gibt es Schläge, Schocks und Tabletten. Er sei ein Verräter, heißt es, er habe Tio im Stich gelassen. Vielleicht haben sie recht. Er verspricht, sich zu bessern, und bekommt eine zweite Chance.

Aber dann hält er es doch nicht aus, die viele Arbeit, das schlechte Essen, die Tabletten. Dass man nicht reden darf. Bei der zweiten Flucht geht er geschickter vor. Er verlässt sich auf einen Kumpel. Mit Felipe kann ihm nichts passieren, denkt er. Doch Felipe will nicht weiter. Felipe hat es gut, kennt die Seinen. Er kennt nur die Villa.

Schließlich hat er auch einmal Glück. Die Botschaft hilft ihm beim nächsten Mal.

Aber was heißt schon Glück. Alles schmeckt nach Verrat, riecht nach Verrat, fühlt sich an wie Verrat. Tio hat ihn verraten, er hat Tio verraten, Felipe hat ihn verraten, er hat Felipe verraten.

Er wird sich das nie verzeihen. Vielleicht ist das hier die Strafe für all den Verrat, für all die Sünden, die er begangen hat.

Der Deibel ist überall.

VIER

»Sind wir in der Mordsache Murcia durch die Aktion in der Grorother Mühle weitergekommen?«, fragte Mayfeld in die Runde. Ackermann, Adler, Blum, Yilmaz, Brandt und Dr. Lackauf hatten sich im Besprechungsraum des K11 versammelt, um über den Fortgang der Ermittlungen zu beraten. Mit Lackauf verband Mayfeld eine tiefe gegenseitige Abneigung, der Staatsanwalt hielt Mayfeld für einen widerspenstigen Aufrührer, umgekehrt hielt er Lackauf für einen hohlen Streber.

Mayfeld hatte gehofft, dass der Staatsanwalt auf der Karriereleiter auf einem möglichst unwichtigen Verwaltungsposten in einem Wiesbadener Ministerium landete und hängen blieb, und er war sich sicher, dass er schon längst aus dem Dienst entfernt oder ins Archiv verbannt wäre, ginge es nach Lackauf. Bislang hatte Mayfelds Chef, Kriminaloberrat Oskar Brandt, aber alle Beschwerden und Attacken des Staatsanwalts ins Leere laufen lassen.

»Zumindest haben wir die Bestätigung, dass der Zeuge Bareis die Wahrheit gesagt hat, was den Drogenhandel in der Mühle betrifft«, bemerkte Ackermann.

»Wir haben je zweihundertfünfzig Gramm Kokain und Crystal Meth in Pfaffs Wohnung gefunden«, ergänzte Adler, »im Hofladen außerdem cannabinolhaltige Plätzchen, Chutneys und Liköre.«

Mayfeld meinte, von Nina ein leises »Lecker« gehört zu haben.

»Ich hatte damals mit den Ermittlungen gegen Murcia zu tun«, fuhr Ackermann fort. »Wir hatten ihn im Verdacht, Teil eines Drogenhändlerrings zu sein. Ich gehe davon aus, dass sein Tod damit in Verbindung steht. Uli Bareis war nach eigener Aussage einer seiner Abnehmer, vielleicht hat er sich auch als Kurier anwerben lassen.«

»Und so einer macht freiwillig eine Aussage bei der Polizei?«, fragte Nina. Auch Mayfeld kam das nicht besonders plausibel vor.

»Vielleicht hatte Bareis mit Pfaffs Geschäften nichts zu tun«, räumte Ackermann ein. »Vielleicht wollte er sich an ihr rächen.«

Das war reichlich spekulativ, dachte Mayfeld. Sie hatten zu wenige Fakten. »Was ist mit Pfaffs Handy?«

Aslan meldete sich zu Wort. »Pfaff hat ihre gesamten SMS und WhatsApp-Nachrichten auf dem Smartphone gelöscht. Wir konnten die Verbindungsdaten für die SMS rekonstruieren, der Inhalt ist allerdings verloren. Am Abend des Brandes hat sie eine SMS von Uli Bareis bekommen.«

»Wann genau war das?«

»Wer leitet hier eigentlich die polizeilichen Ermittlungen?« Zum ersten Mal an diesem Tag griff Lackauf ins Gespräch ein, konstruktiv und sachbezogen wie immer. »Ist das Hauptkommissar Ackermann vom LKA?«

»Schon gut, Herr Dr. Lackauf.« Ackermann winkte ab und versuchte, freundlich zu lächeln, wirkte dabei aber ziemlich angestrengt. »Wir arbeiten glänzend zusammen.«

Die Miene des Staatsanwaltes verfinsterte sich. Was für ein Schmierentheater, dachte Mayfeld. Seit Lackauf ein Jahr ins Ministerium abgeordnet gewesen und ohne Beförderung zurückgekommen war, war er noch unerträglicher als früher. Ständig spreizte der Pfau sein Rad.

»Wann genau kam die SMS?«, wiederholte er seine Frage.

Aslan blätterte in seinen Unterlagen. »Um zweiundzwanzig Uhr, der Brand brach um zweiundzwanzig Uhr dreißig aus.«

»Wo war Mia Pfaff zu diesem Zeitpunkt?« Mayfeld wandte sich Ackermann zu, der sie am Vorabend vernommen hatte.

»Als der Brand ausbrach, befand sie sich im Kapellchen, einer Gaststätte ein paar Minuten von der Grorother Mühle entfernt. Sie sagte, sie sei allein dort gewesen.«

»Die Handydaten passen zu der Aussage«, ergänzte Yilmaz. »Um zweiundzwanzig Uhr kommt die SMS von Bareis, danach geht sie zum Kapellchen, wo sie bis zweiundzwanzig Uhr fünfundvierzig bleibt.«

»Und was hilft uns das im Fall Murcia?«, wiederholte Nina Mayfelds Frage vom Beginn der Morgenrunde. Sie entfernten sich von den Mordermittlungen, und es war überhaupt nicht absehbar, inwieweit sich dieser Umweg für sie lohnte.

»Ihr solltet eine Ermittlungsstrategie entwickeln, bevor ihr

euch in den Nahkampf mit den Details stürzt«, merkte Oskar Brandt an, der die Arbeit seiner Mitarbeiter wie immer aus einer gewissen Distanz beobachtete. »Vielleicht machen Klaus und Robert dazu ein paar Vorschläge.«
Brandt hatte recht. Ackermann und Mayfeld waren kein eingespieltes Team. Sie mussten sich besser absprechen.
Der Mann vom LKA ergriff das Wort. »Wie ich schon sagte, suchen wir den oder die Mörder Murcias vor allem im Drogenmilieu, weil es damals einen einschlägigen Verdacht gegen ihn gab. Das ist natürlich nur eine vorläufige Hypothese. Der einzige neue Hinweis, den wir bislang auf Murcia haben, ist die ziemlich vage Verbindung zwischen ihm und Uli Bareis. Ich habe die anfangs nicht besonders ernst genommen. Erst als mich Robert auf den Brand und Bareis' Verschwinden hingewiesen hat, kamen mir Zweifel an meiner Einschätzung. Aber möglicherweise ist diese Verbindung doch nicht so eng, hat der Brand mit der Sache nichts zu tun, hat Bareis seine eigene Agenda, die mit dem Fall Murcia nicht zusammenhängt.«
»Ist Bareis möglicherweise bloß ein Wichtigtuer?«, fragte Lackauf.
Das fragte der Richtige.
»Kann sein, kann nicht sein«, wiegelte Ackermann ab. »Es war auf jeden Fall richtig, diese Spur zu verfolgen. Wir haben so wenig in Händen. Wir sollten deswegen Mia Pfaff genauer unter die Lupe nehmen. Geschäftliche und private Kontakte und so weiter.«
»Für mich ist Uli Bareis keinesfalls raus aus der Geschichte«, sagte Mayfeld. »Wir müssen dringend noch einmal mit ihm reden. Können wir sein Handy orten und überwachen?«
»Er hat seine Aussage doch gemacht«, widersprach Lackauf. »Werfen wir ihm irgendetwas vor? Wenn nicht, wird es schwer, einen Richter von einem Eingriff ins Fernmeldegeheimnis zu überzeugen.«
Lackauf als Verteidiger der Bürgerrechte, das war ganz etwas Neues. Mayfeld ärgerte sich über sein Vorpreschen. Er hätte Ackermann den Vorschlag machen lassen sollen.
»Wir sollten Bareis' Kontakte überprüfen«, sagte Mayfeld. »Wir

müssen uns davor hüten, vorschnell Zusammenhänge zu sehen, wo vielleicht gar keine sind, bloß weil wir Ergebnisse brauchen. Wir dürfen aber auch nicht zu schnell etwas ausschließen.«
»Genauso gehen wir vor«, pflichtete ihm Ackermann bei. »Wir lassen beide nicht aus den Augen. Was wissen wir bislang über Mia Pfaff?«
»Sie ist seit 2006 verwitwet«, berichtete Nina. »Ich habe Pfaffs Computer durchforstet und mir ihre Vermögensverhältnisse angeschaut. Mia Pfaff ist Alleinbesitzerin der Grorother Mühle. Das Anwesen scheint sich in einer finanziellen Schieflage zu befinden, trotz Fördergeldern der EU.«
»Was fördert die EU denn dort?«, wollte Lackauf wissen.
»Die Zucht bedrohter Haustierrassen. Das scheint aber trotzdem nicht lukrativ zu sein. Vielleicht ist das der Grund, warum sie sich um ein einträglicheres Nebengeschäft bemüht hat. Als ihr Mann starb, verfügte Mia Pfaff über ein erhebliches Vermögen, das in den letzten Jahren kontinuierlich abgenommen hat. Diesen Abwärtstrend konnte sie erst in den letzten beiden Jahren stoppen.«
»Gibt es außer Uli Bareis weitere Angestellte?«, fragte Mayfeld. »Pfaff erwähnte ein rumänisches Paar, Adrian und Daniela Ionescu, die heute oder morgen von einem Kurzurlaub zurückkommen sollen.«
Von denen hatte Nina nichts im Computer gefunden.
»Es gab in der Mühle eine Svenja Meier, die wurde vor vier Wochen entlassen.«
»Die müssen wir befragen, vielleicht hat sie mit Pfaff eine Rechnung offen. Oder hat sonst etwas mitgekriegt.«
»Tolle Arbeit«, lobte Ackermann. »Mit wem hat die Pfaff in letzter Zeit telefoniert?«
Das wusste Aslan. »Mit Freunden aus Wiesbaden. Die habe ich schon kontaktiert. Die Buchmanns spielen jeden Freitag Doppelkopf mit Pfaff und Bareis. Dann mit Svenja Meier, der ehemaligen Mitarbeiterin aus Schierstein. Und mit Ginger Havemann, einer Privatdetektivin aus Mainz. Die beiden habe ich noch nicht erreicht.«
Mayfeld merkte auf. Was hatte Pfaff mit einer Privatdetektivin zu tun? War das ein privater Kontakt, oder hatte sie ihr einen

Auftrag gegeben? »Wie verfahren wir mit Mia Pfaff?«, wollte er wissen.

»Reicht das, was wir gegen sie in der Hand haben, für eine Anklage?«, fragte Ackermann Lackauf. Was für eine Frage. Aber wahrscheinlich machte es Ackermann richtig. Immer alles den Staatsanwalt entscheiden lassen.

»Auf jeden Fall«, antwortete Lackauf.

»Sollen wir sie in Haft behalten?«, fragte Mayfeld.

»Fluchtgefahr besteht nicht. Wir könnten sie gegen Auflagen freilassen und beobachten. Für den Fall, dass sie was mit dem Verschwinden von Murcia zu tun hat, hilft uns das möglicherweise mehr, als wenn wir sie in Haft lassen«, schlug Ackermann vor.

Der Staatsanwalt stimmte zu.

»Wir sollten mehr über Uli Bareis erfahren.« So schnell wollte Mayfeld sich nicht geschlagen geben. »Was hat Mia Pfaff über ihn gesagt? Hat er Angehörige?«

»Ich habe nichts Brauchbares von ihr gehört«, berichtete Ackermann. »Erstaunlich, wie oberflächlich Partnerschaften manchmal sind. Aber vielleicht wollte sie auch bloß nicht mehr sagen. Immerhin wusste sie die Adresse seiner Eltern. Die werde ich befragen, vielleicht wissen sie mehr über Freunde ihres Sohnes oder sogar, wo er sich aufhält. Ich versuche außerdem, Murcias damaligen Anwalt zu erreichen. Vielleicht kennt der auch Uli Bareis. Du könntest dich um Svenja Meier kümmern, Robert.«

»Mache ich.«

Die Runde vertagte sich. Als Ackermann gegangen war, gab Mayfeld Nina den Auftrag, Recherchen über die Privatdetektivin aus Mainz anzustellen. Und sie sollte herausfinden, ob es auch ohne richterlichen Beschluss eine Möglichkeit gab, Uli Bareis' Handy zu orten.

★★★

Er sieht die Bilder und ist wieder ein kleiner Junge. Sie haben ihm Medikamente gegeben, die machen ihn schläfrig und dumpf und gleichgültig. Sie haben ihm Elektroschocks verpasst. Es ist egal, was passiert, ändern kann er es sowieso nicht.

So wie damals.
Eine lähmende Schwere lastet auf ihm. Damals und heute verschwimmen. Es kommt alles zurück, es ist immer das Gleiche. Er liegt in einem schmuddeligen Bett, das Licht ist fahl und düster. Er sieht den fremden Mann. Er schließt die Augen. Aber die Bilder verschwinden nicht. Sie sind in ihm. Der Mann verschwindet nicht. Er ist in ihm.
Seine Finger sind ein rohes Stück Fleisch. Er hat die Schmerzen kaum ertragen. Aber er hat nichts gesagt. Hat er wirklich nichts gesagt? Oder hat er schon wieder jemanden verraten, aus Angst um sein Leben, aus Feigheit, aus Dummheit? Warum denkt er immer das Falsche, warum versteht er alles immer zu spät? Warum hat er an die falschen Dinge geglaubt, den falschen Menschen vertraut?
Warum ist er nicht endlich tot?
Felipe war immer voller Zorn. Er ließ sich nicht unterkriegen. Bis zuletzt. Er hat ihn auf dem Gewissen. Die Feinde sind zu mächtig. Die Feinde sind überall. Er ist schuld. Er war schon immer schuld.

***

Es gab Feigentörtchen zum Frühstück. Auf Jo war Verlass. Ein gutes Essen bringt gute Leute zusammen, sagte er oft. Es gab keinen Tag, an dem er sie nicht mit einem kleinen kulinarischen Highlight überraschte. Ginger fühlte sich müde und aufgekratzt, die Hitze der Nacht hatte sie mitgenommen und elektrisiert. Drei doppelte Espresso hatten daran nichts geändert.

Jo schob den Teller beiseite und zog sein Notebook heran. »Ich habe Ulis Passwort verstanden, ›1V6J0a9r7a3‹. Wenn man Zahlen und Buchstaben getrennt aufschreibt, dann ergibt das ›160973 VJara‹. Am 16. September 1973 wurde Victor Jara ermordet. Das ist ein chilenischer Sänger gewesen, und seine Mörder waren die Schergen der Pinochet-Diktatur. Der Name Pinochet sagt euch was?«

Er blickte in die Gesichter seiner beiden Wohnungsgenossinnen, seufzte bekümmert und klärte sie über den Militärputsch in dem lateinamerikanischen Land im Jahr 1973 auf, über die Ermordung des chilenischen Präsidenten Allende und vieler seiner Anhänger, darunter der bekannte Sänger. Über Verfolgung, Folter und Mord in den darauffolgenden Jahren unter der Herrschaft von General Pinochet, über die neoliberalen Wirtschaftsreformen, die unter dem Schutz der Diktatur durchgeführt wurden. Über die Kumpanei westlicher Regierungen mit dem Folterregime. Das alles war interessant und empörend, Googelchens Wissen war wieder einmal beeindruckend, aber Ginger verstand nicht, warum er ihr all das erzählte.

»Was hat das mit Uli Bareis zu tun?«, fragte sie.

»Uli war damals noch gar nicht geboren«, ergänzte Yasemin.

»Aber es hat ihn interessiert. So etwas gibt es, Menschen mit historischem Interesse, auch wenn ihr beiden nicht dazugehört«, konterte Herr Oberschlau. »Warum er sich gerade damit beschäftigt hat, das weiß ich auch nicht. Ich wollte euch ein wenig Arbeit übrig lassen. Es ist erst einmal nur der Hinweis, dass er sich dem Land verbunden fühlt. Oder seiner Musik. Wie hieß der Freund, von dem dir Feyerabend erzählt hat?«

»Felipe«, antwortete Ginger. Jetzt fiel der Groschen. »Der kam aus Chile.« Das konnte eine Spur sein.

Googelchen rief eine Seite im Netz auf und schob Ginger den Rechner hin. »In der letzten Woche hat die Wiesbadener Polizei einen Suchaufruf ins Netz gestellt und in der Zeitung veröffentlicht. Im Urlaub haben wir das nicht mitbekommen. Man hat in Assmannshausen die Leiche des chilenischen Staatsbürgers Felipe Murcia geborgen.«

Einen Moment kam es Ginger so vor, als stünde sie neben sich. Sie wusste nicht, ob es der wenige Schlaf war, der viele Kaffee oder die Überraschung über die Zusammenhänge, die sich gerade auftaten.

»Uli hat das gelesen und war deswegen bei der Polizei« vermutete sie. »Und danach ist er verschwunden.«

»Oder untergetaucht«, meinte Yasemin.

Ginger war irritiert. Wenn Ulis Freund Felipe die ganzen Jahre tot in einem Assmannshäuser Weinberg gelegen hatte, wer hatte dann die Ansichtskarte an Christian Feyerabend geschrieben? Oder war Felipe Murcia später aus Chile nach Deutschland zurückgekehrt und erst dann gestorben? Was hatte das alles mit Uli Bareis zu tun? Und mit der Nervosität von Feyerabend?

»Hast du schon herausgefunden, was es mit den Adressen auf sich hat, die Uli vor seinem Verschwinden gegoogelt hat?«

»Ich hatte Zeit heute Nacht«, antwortete Jo. »Konnte wegen der Hitze nicht schlafen. Die Adresse in Würzburg gehört zum Soziologischen Institut der Universität, in Ulm wohnt an dieser Adresse ein Rechtsanwalt Dr. Reichling, in Frankfurt geht es um ein Hochhaus mit jeder Menge Büros und Luxuswohnungen. In der Prinzessin-Elisabeth-Straße in Wiesbaden sind ein Winfried Braun und die Firma SSB gemeldet. Die Adresse in Krefeld ist ein Buchladen, an der Siegburger Adresse wohnt eine Frau Hippe, und die Adresse in Hamburg existiert nicht mehr.«

»Bringt uns das weiter, Googelchen?«

Bevor Jo antworten konnte, klingelte Gingers Telefon. Sie schaltete auf laut.

Dr. Meindl, der Mia Pfaff als Rechtsanwalt vertrat, teilte Ginger im Auftrag seiner Mandantin mit, dass sie in Haft genommen worden sei wegen des gewerbsmäßigen Anbaus von Haschisch und des Handels mit Kokain und Crystal Meth, letztgenannte Vorwürfe weise seine Mandantin entschieden zurück. Sie habe den Verdacht, dass ihr diese Drogen untergeschoben worden seien. Er hoffe, dass Frau Pfaff noch heute wieder aus der Haft entlassen werde.

»Handel mit Crystal oder Koks, das passt nicht zu Tante Mia«, sagte Ginger mit Bestimmtheit, nachdem sie das Telefonat beendet hatte. »Hier ist etwas oberfaul.«

»Aber wer sollte ihr Drogen unterschieben und warum?«, fragte Jo.

»Dieselben, die das Feuer gelegt haben, aus denselben Gründen«, vermutete Ginger. »Offensichtlich Feinde von Mia. Vielleicht war es Uli.«

»Ich finde, die Lage wird immer unübersichtlicher und bedrohlicher«, sagte Yasemin. »Ein Mord, Rockerbanden, Drogenhandel – du solltest der Polizei nicht in die Quere kommen. Und allen anderen, die in dieses Spiel verwickelt sind, noch viel weniger.«

Ginger spürte, dass Yasemin mit ihren Befürchtungen recht hatte. Sie ahnte, dass alles noch viel schlimmer sein könnte, als sie vermuteten. Aber den Leuten in die Quere zu kommen, die die Strippen bei diesem Spiel zogen, genau das hatte Ginger vor.

***

»Mein Anwalt hat mir abgeraten, mit der Polizei zu sprechen, erst recht nicht ohne seinen Beistand. Also, was wollen Sie?«
Mia Pfaff verschränkte ihre Arme vor der Brust. Dennoch schaute sie Mayfeld nicht so abweisend an, wie ihre Worte vermuten ließen. Auf die meisten Insassen färbte das Grau der Zellen ab, diese Erfahrung hatte der Kommissar in vielen Jahren immer wieder gemacht. Sie wurden müde und unscheinbar, oft schon nach einer Nacht. Bei Pfaff war das anders. Die Trostlosigkeit der Umgebung verstärkte den Kontrast, das Fehlen von Farbe unterstrich ihre Buntheit.

Er setzte sich neben sie auf die Pritsche. »Ich will mich mit Ihnen über Uli Bareis unterhalten. Ihre Cannabisplantage, Koks und Crystal interessieren mich nicht.«

Sie rückte ein wenig von ihm ab und sah ihn missbilligend von der Seite an. »Zu der Cannabisplantage stehe ich, der Rest wurde mir untergeschoben.«

Sie schien nicht vorzuhaben, sich an den Rat ihres Anwaltes zu halten. Aber Mayfeld hatte auch nicht den Eindruck, dass sie kooperieren wollte.

»Wer sollte das getan haben? Uli Bareis? Der Brandstifter?«

»Ich weiß nicht, wer mir diesen Dreck untergeschoben hat, Uli war es bestimmt nicht. Das müssten Sie eigentlich herausfinden, aber für Sie ist die Sache ja längst klar, Sie glauben mir nicht, für Sie bin ich eine gewissenlose Drogenhändlerin. Das ist Bullshit. Ich bin Landwirtin, Gärtnerin und Viehzüchterin.«

Die Frau baute Cannabis im großen Stil an und versuchte, sich als Opfer staatlicher Schikane und ehrliche Haut zu inszenieren. Mayfeld spürte, wie sich Ärger in ihm zusammenbraute. Den durfte er sich nicht zu Kopf steigen lassen, der Kopf sollte möglichst kühl bleiben, dann arbeitete er am besten. Pfaff konnte die Hanfplantage in der Kürze der Zeit nicht verschwinden lassen. Sie musste darauf hoffen, dass sich die Polizei in den Gewächshäusern und im Laden gar nicht umschauen würde, und mit einer Durchsuchung war auch nicht unbedingt zu rechnen gewesen, solange es nur um Brandermittlungen ging. Die anderen Drogen aus dem Haus zu schaffen hätte hingegen kaum Aufwand erfordert. Auch wenn sie das Risiko für gering hielt, damit aufzufliegen, hätte es sich gelohnt, dieses Risiko auszuschalten, weil es so einfach gewesen wäre. Vielleicht stimmte ja, was sie immer wieder behauptete.

»Sie müssen mir schon helfen. Haben Sie Feinde, kennen Sie Leute, denen Sie so etwas zutrauen würden? Ein halbes Pfund Kokain plus ein halbes Pfund Crystal Meth, das bringt auf dem Markt vierzigtausend Euro, die schießt man nicht einfach so in den Wind, bloß um jemanden zu ärgern.«

»Kostet die Scheiße wirklich so viel? Ich würde mir gerne eine Pfeife anstecken.«

Der Frau stand das Wasser bis zum Hals, sie saß im Knast und meldete Sonderwünsche an. Das nötigte Mayfeld einen gewissen Respekt ab. Die Zellen, in denen Gefangene der Polizei kurzzeitig in Gewahrsam gehalten wurden, befanden sich im Keller des Polizeipräsidiums. Eine von Pfaffs qualmenden Pfeifen würde vermutlich einen Großalarm auslösen, das ging also gar nicht. Er stand auf und klopfte an die Tür. Ein Beamter schloss auf. Der Kommissar ging mit der Gefangenen zur Schleuse, ließ sich Pfeife und Tabak aushändigen und verließ das Gebäude über die Feuertreppe und einen Nebenausgang.

»Tun Sie mir den Gefallen und rauchen Sie hier nur Tabak«, sagte er, als Pfaff sich ihre Pfeife stopfte. Die grinste und begann zu paffen.

»Ich habe keine Ahnung, wer das Zeug in solch rauen Mengen hat, dass er es mir unterschieben kann. Ich habe damit nichts zu tun. Ich verachte diesen Dreck, das Zeug rockt überhaupt nicht, das ist etwas für Yuppiestreber, damit sie sich noch besser ausbeuten und optimieren können und ihren Scheißkonkurrenzkampf besser durchstehen. Und Crystal ist sowieso das Allerletzte, macht dich wach und aggressiv, du wirst zu einem effektiven Killer und am Ende psychotisch. Die perfekte Nazidroge halt, passt zum Zeitgeist, aber ich bin kein Freund des Zeitgeistes.«

»Bitte keine weiteren Vorträge, Frau Pfaff. Wer könnte Ihnen schaden wollen? Sie haben vor Kurzem Svenja Meier entlassen.«
Die Erwähnung dieses Namens schien Pfaff nicht zu behagen. »Ich mag das Wort ›Schlampe‹ nicht, aber wenn es auf jemanden zutrifft, dann auf sie. Vielleicht haben ihre Freunde damit zu tun. Svenja hat überhaupt nicht zu uns gepasst. Sie treibt sich mit Rockern herum, ich meine, die heißen Devils oder so ähnlich. Aber ich hatte mit denen noch nie Stress, wüsste auch gar nicht, weswegen.«

»Zumindest den Handel mit Cannabis werden Sie ja wohl nicht bestreiten.«

»Sie meinen, diese Motorradgang wollte meine Bio-Dinkel-Cannabis-Kekse vertreiben? Im Ernst? Und selbst wenn: Macht man in diesen Kreisen nicht erst einmal ein Angebot? Und nur dann Ärger, wenn das Angebot abgelehnt wird? Ich hab kein solches Angebot erhalten.«

Mayfeld bezweifelte, dass Pfaff das ganze Gras zu Keksen verarbeiten und in ihrem Hofladen verkaufen konnte. Vermutlich brauchte sie noch andere Vertriebswege. Aber warum erwähnte sie die Rhine Devils überhaupt? War sie am Ende gar nicht so berechnend, wie Mayfeld dachte?

»Ich werde mit Meier und ihren Freunden reden. Warum haben Sie Frau Meier entlassen?«

»Sagte ich doch. Sie hat nicht zu uns gepasst. Ich wollte sie loswerden, bevor die Probezeit um ist.«

»Warum haben Sie sie überhaupt eingestellt, wenn sie nicht zu Ihnen passte?«

»Das Amt hat sie geschickt, und ich dachte mir, sie bekommt eine Chance. Aber das war dumm. Sie war faul. Das Einzige, was sie zustande brachte, war, große Töne zu spucken.«

»Und warum haben Sie eine Detektivin beauftragt?«

Pfaff zog missmutig an ihrer Pfeife. »Wie kommen Sie darauf, dass ich so etwas getan habe? Wenn Sie Ginger meinen: Ich bin ihre Patentante. Es war ein privates Gespräch.«

»Wovor haben Sie Angst? Und warum erzählen Sie mir höchstens die Hälfte der Wahrheit?«

Sie blickte ihn finster an. »Mein Hof ist fast abgebrannt, mein

Freund verschwunden, jemand will mich bei der Polizei reinreiten. Sind das nicht genug Gründe für Angst?«

»Hat Uli Bareis mit Ihnen über die Aussage gesprochen, die er bei uns machen wollte?«

Pfaff nahm die Pfeife aus dem Mund und schaute ihr Gegenüber forschend an. Die Wut war Neugier gewichen. »Warum fragen Sie? Er hat seine Aussage doch bereits gemacht. Angeblich hat er mich bei der Polizei verpfiffen. Das hat zumindest Ihr Kollege gestern behauptet. Warum sollte er mir das vorher ankündigen? Reden Sie nicht miteinander?«

Sie schüttelte den Kopf, als ob sie verzweifelt wäre über so viel Unverstand, und klopfte die Pfeife an der Mauer des Gebäudes aus.

»Vielleicht wollte er etwas sagen und hat es sich im letzten Moment anders überlegt.«

»Tja.«

»Kennen Sie diesen Mann?« Er zeigte Pfaff das Bild Murcias.

»Das hat mich Ihr Kollege schon gefragt. Sie haben es auch schon einmal gefragt. Ich kenne ihn immer noch nicht, weiß über ihn bloß, was in der Zeitung gestanden hat.«

»Ihr Freund hat Ihnen am Sonntag eine SMS geschickt. Sie sagten meinem Kollegen, dass Sie am Abend noch einmal ausgegangen seien. Kurz darauf wurde das Feuer gelegt.«

»Uli hat mit alldem nichts zu tun!«

»Was macht Sie da so sicher? Wann haben Sie zuletzt mit Uli gesprochen?«

Mia Pfaff war jetzt richtig wütend. »Das habe ich doch alles schon beantwortet. Ich habe ihn zuletzt am Samstagabend gesprochen. Er hat mit dem Brand nichts zu tun. Und mit diesem Murcia auch nicht. Mein Anwalt hat recht. Es war ein Fehler, mit Ihnen zu sprechen. Ich will wieder in meine Zelle. Sie müssen mich noch heute nach Hause lassen, wenn Sie mich nicht dem Haftrichter vorführen, hat Meindl gesagt.«

Mayfeld spürte ihre Angst. Sie sorgte sich um ihren Geliebten. Vielleicht befürchtete sie, dass er den Brand gelegt hatte. Aber an diesem Tag würde er sie nicht mehr erreichen.

Svenja Meier arbeitete in einem Gartencenter im Schiersteiner Gewerbegebiet. Sie war eine ziemlich gewöhnliche Schönheit mit dem Hang zu greller Schminke. Mayfeld fand sie, als sie einer Kundin die Vorzüge eines Unkrautvernichtungsmittels pries – garantiert bienenfreundlich und katzenverträglich, überhaupt garantiert ganz und gar ungiftig. Außer eben gegen die vielen Unkräuter, die den schönen Garten erstickten.

Mayfeld wartete, bis die Kundin das ungiftige Gift in ihrem Einkaufswagen verstaut hatte, und zeigte Meier seinen Ausweis. Sie war überhaupt nicht erfreut; das Dauerlächeln, von dem Mayfeld vermutet hatte, ein Chirurg habe es ihr ins Gesicht operiert, verschwand schlagartig. So konnte man sich täuschen.

»Und?«, raunzte sie ihn an.

Mayfeld fragte nach Uli Bareis.

»Keine Ahnung, wo der steckt. Interessiert mich auch nicht. Bin fertig mit dem Typen.« Sie machte eine wegwerfende Handbewegung.

»Sie waren mit ihm zusammen.« Es war mehr eine Feststellung als eine Frage.

»Und?«

Wie er es vermutet hatte. »Was ist er für ein Typ?« Das war vermutlich die falsche Frage an die falsche Person.

»Ein Typ halt. Wollen Sie ein psychologisches Gutachten oder was?«

»Sie haben doch bestimmt eine Meinung über ihn, wenn Sie mit ihm zusammen waren.«

»Wir haben nicht so viel gequatscht.« Sie grinste anzüglich.

Mayfeld wartete.

»Er ist komisch, manchmal kriegt er den Arsch nicht hoch, an anderen Tagen ist er im Nullkommanichts an der Decke. Das war mir zu anstrengend, und deswegen habe ich ihm gesagt, dass er Leine ziehen soll. Hat er nicht gemacht, er ist mir überall nachgestiegen. Warum sucht die Polizei nach ihm?«

»Er ist verschwunden.«

»Klar, sonst würden Sie nicht suchen. Hat er was ausgefressen?«

Mayfeld zeigte ihr das Foto von Murcia. »Kennen Sie diesen Mann?«

Sie schüttelte ihre blondierte Mähne. »Ist der auch verschwunden?«

»Er ist tot.«

Sie schaute sich das Bild noch einmal an. »Schade drum. Der sieht ganz schnuckelig aus.« Unter der Schminke war Svenja Meier blass geworden. Auch der schnoddrige Ton klang etwas kleinlauter.

»Sie haben Uli bei der Arbeit kennengelernt. Warum wurden Sie nach ein paar Monaten wieder entlassen?«

»Weil die Chefin, die alte Hexe, sich vor Eifersucht zerfressen hat. Aber Uli ist nicht ihr Eigentum. So hat sie sich aber aufgeführt. Hat Uli denn mit dem Tod von dem da zu tun?« Sie deutete auf Murcias Bild.

»Was war Ihr Job bei Mia Pfaff?«

»Verkauf am Stand in der Grorother Straße. Erst Spargel, dann Erdbeeren, dann Kirschen und Aprikosen. Jede Menge Kräuter. Marmeladen und so ein Kram. Mit dem Viehzeug hatte ich zum Glück nichts zu tun. Am Anfang hat mich die Alte mit ihrem Bioquatsch vollgelabert, hat dann aber schnell kapiert, dass ich damit nichts am Hut habe.«

Mayfeld konnte immer besser verstehen, dass Pfaff Svenja Meier entlassen, und immer weniger, dass sie sie überhaupt eingestellt hatte.

»Wo waren Sie am Samstagabend und am Sonntag?«

»Ich war die ganze Zeit mit meinem Freund zusammen. Thorsten Messer.«

Der Rest des Gesprächs verlief unergiebig. Wo er ihren Freund antreffen konnte, war die einzige Information, die er Svenja Meier noch entlocken konnte.

Der Name Thorsten Messer sagte Mayfeld etwas. Messer war Präsident des Wiesbadener Chapters der Rhine Devils. Das war bis vor ein paar Jahren einer der harmloseren Rockerclubs gewesen, ihre Unternehmungen waren vor allem folkloristischer Natur. Bis Messer den Vorsitz übernahm und aus dem Trachtenverein mit den schwarzen Lederklamotten eine schlagkräftige Motorradgang machte. Die Folklore behielten sie bei, schwere

Maschinen, leichte Mädchen, Unmengen Bier und laute Musik, sie hielten auch weiterhin ihr Vereinslokal an manchen Tagen für die Öffentlichkeit offen, aber das wurde mehr und mehr bloße Maskerade. Mittlerweile traute die Polizei den Devils alles zu, Prostitution, Drogenhandel, Menschenhandel. Doch außer Kleinigkeiten hatte man ihnen bisher nie etwas beweisen können, was auch daran lag, dass die Mitglieder in einer Art Nibelungentreue zusammenhielten und nie gegeneinander aussagten.

Es war schon bemerkenswert, wie es Menschen veränderte, wenn sie zu einem Verein gehörten, der vorgab, ihrer kleinen Existenz eine Bedeutung zu geben. Warum sollte das ausgerechnet bei einer Motorradgang anders sein? Vielleicht war es psychologisch auch gar nicht so kompliziert, wie Mayfeld dachte, und die Gruppe übte einfach Druck auf alle aus, die an Aufbegehren oder Ausstieg dachten.

In seinem bürgerlichen Leben arbeitete Thorsten Messer in einem Baustoffhandel in Schierstein. Dort traf ihn Mayfeld in der Mittagshitze an, als er mit einem Gabelstapler Paletten durch den Hof fuhr. Er war ein hünenhafter Mann mit einem mächtigen Schnauzer und trug ein braunes Achselshirt mit der Aufschrift »Die Treue ist das Mark der Ehre«, das sowohl seine mächtige Oberarmmuskulatur als auch seine nationale Gesinnung zur Geltung brachte. Mayfeld musste ihn mehrfach auffordern, sich von seinem Gefährt herunterzubegeben, um mit ihm auf Augenhöhe sprechen zu können.

Er gab vor, Uli nicht zu kennen, als Mayfeld ihm ein Bild des Verschwundenen zeigte.

»Aber Svenja Meier kennen Sie schon?«

»Und?«

»Das ist ihr Verflossener. Er ist verschwunden.«

Er schaute sich das Bild noch mal an. »›Verflossener‹ ist stark übertrieben. Sie hatte kurz was mit dem, bevor wir zusammengekommen sind. Der war ein paarmal im Vereinslokal. Svenja tanzt da. Wollte wahrscheinlich noch mal was Schönes von ihr sehen, nachdem sie ihn abserviert hatte. Ich hab ihm klargemacht, dass seine Anwesenheit bei uns nicht erwünscht ist.«

»Wie haben Sie das gemacht?«
Messer lachte. »Mit freundlichen Worten.«
Mayfeld zeigte Messer das Bild von Murcia. Den kannte der Hüne auch nicht.
»Kennen Sie die Grorother Mühle?«
»Da hat Svenja gearbeitet, bei so einer alten Ökoschlampe. Hat letztens gebrannt dort.«
»Woher wissen Sie das?«
Messer lachte. Er klang wie ein rostiges Ölfass. Er näherte sein Gesicht dem von Mayfeld und rümpfte die Nase. »Man konnte es riechen.«
Mayfeld roch die Ausdünstungen Messers, Schweiß, Tabak und den Alkohol der vergangenen Nacht. Er sah die Schweißperlen auf dessen Schultern und dem Gesicht. »Wo waren Sie am Samstag- und am Sonntagabend?«
Messer ging einen Schritt zurück und stieg wieder auf seinen Gabelstapler. »Sie meinen doch nicht ernsthaft, ich hätte von dem Brand angefangen, wenn ich was damit zu tun hätte? Das war vorgestern, mittlerweile weiß jeder davon. Warum verdächtigen Sie anständige und hart arbeitende Deutsche? Gibt es nicht genug ausländisches Gesindel, mit dem Sie sich beschäftigen könnten?«
»Sie meinen jetzt wahrscheinlich türkische Drogenhändler wie die Grey Osmans.«
Messer grinste, schlug auf das Lenkrad seines Gefährtes und brüllte: »Das haben Sie gesagt.«
»Wo waren Sie am Samstag- und am Sonntagabend?«
Messer schaute Mayfeld an wie ein Drache, der überlegte, einen lästigen Zwerg zu zerdrücken. Der Kerl fühlte sich verdammt sicher.
»An beiden Tagen war ich abends in unserem Vereinslokal, zusammen mit Svenja und den Kumpels. Am Sonntagabend sind wir später zu ihr gefahren. Bin dort erst am Montagmorgen wieder weg. Ist eine heiße Braut, die Svenja.« Er startete die Maschine.
Mayfeld legte seine Hand auf Messers Arm. »Das Gespräch ist zu Ende, wenn ich es sage.«

Der Hüne schaltete den Motor wieder aus. »Sie machen mir fast Angst, Herr Kommissar.« Er lachte, als ob er einen guten Witz gemacht hätte.

»Sie hatten nicht zufällig ein geschäftliches Problem mit der Besitzerin der Mühle?«

»Ich verkaufe Backsteine und Fliesen, sie Kräuter und Obst. Wo soll da das Problem sein?«

»Wir sprechen uns wieder.«

Messer setzte den Gabelstapler in Bewegung.

★★★

Es dauerte elend lang, bis Ginger in Lorch ankam. Überall buddelten sie die Straße auf, als ob es im Untergrund einen Schatz zu finden gäbe, an allen Ecken und Enden blockierten die Grabungen und Baustellen den Verkehrsfluss, hinderten Ampeln und Sperrungen die Leute am Vorankommen. Und das bei Temperaturen und Luftfeuchtigkeit wie im Dampfbad. Aber irgendwann war auch die längste Durststrecke vorüber, und Ginger konnte in die Wisperstraße in Lorch einbiegen, die durch das enge Tal entlang des Flusses führte.

Vor dem Haus der Eheleute Preuss stellte sie ihr Motorrad ab und machte Fotos der Häuser und der Straße. Herr und Frau Preuss waren gute Bekannte von Mia Pfaff und Nachbarn der Familie Bareis. Ginger hatte sich telefonisch angekündigt, Frau Preuss führte sie ins Wohnzimmer, dessen Erkerfenster sich zum Wispertal hin öffneten. Die beiden waren nette Herrschaften. Die alte Dame erkundigte sich besorgt nach Mia, sie hatte sie telefonisch nicht erreichen können. Ginger informierte über den Brand, erwähnte die viele Arbeit, die jetzt anfalle, gab beruhigende Auskünfte über den Zustand des Mühlenanwesens. Dass sich Mia in Polizeigewahrsam befand, erwähnte sie nicht.

Herr und Frau Preuss erkundigten sich mitfühlend nach der Länge der Staus auf dem Weg in den unteren Rheingau, und Ginger würdigte den idyllischen Blick auf den kleinen Fluss. Frau Preuss erzählte von ihrem wunderbaren Urlaub am Lago Maggiore, aus dem sie am Samstag zurückgekommen waren, Ginger erzählte von den skandinavischen Sommernächten, die sie in der letzten Woche genossen hatte, bevor es ihr endlich gelang, das Gespräch auf den Grund ihres Besuchs zu lenken.

»Die Familie Bareis ist ja nicht von hier«, begann Frau Preuss.

»Sie sagt das so, als ob sie das schon verdächtig macht«, bemerkte Herr Preuss augenzwinkernd.

»In was für ein Licht er mich rückt«, frotzelte Frau Preuss, ohne ihren Mann eines Blickes oder gar der direkten Anrede zu würdigen. »Um genau zu sein: Sie sind 1999 hierhergezogen. Herr Bareis hat beim Bund gearbeitet.«

»Wo?«

»Im Sanitätsdepot der Bundeswehr«, erklärte Herr Preuss. »Alles längst abgewickelt. Als der Bund hier dichtgemacht hat, ist Herr Bareis in Rente gegangen.«

»Er war Soldat?«

Herr Preuss schüttelte den Kopf. »Er war ziviler Angestellter. Was er dort gemacht hat, weiß ich nicht, ich weiß auch nicht, was er gelernt hat.«

»Die erzählen ja nie was von sich«, stellte Frau Preuss bekümmert fest. »Nichts weiß man von denen. Noch nicht mal in die Kirche gehen sie.«

»Zumindest nicht in die richtige Kirche, also die katholische«, ergänzte Herr Preuss.

»Wir sind da ja tolerant«, versicherte Frau Preuss. »Aber merkwürdig ist es doch. Darf ich Ihnen wirklich kein Gläschen Wein anbieten? Oder ein paar Erdnüsse?«

Ginger lehnte ab, bat aber um ein Wasser.

Als Frau Preuss aus der Küche zurückkam, fuhr sie fort: »Fromm sind die schon. Oder, Karl?«

»Die gehen zu einem Bibelkreis in Espenschied. Evangelisch.«

»Das heißt evangelikal, Karl.«

»Meinetwegen. Wissen Sie, was das ist, evangelikal?«, fragte Herr Preuss.

Ginger hob ahnungslos die Schultern.

Frau Preuss wusste es. »Das sind so Zweihundertprozentige. Immer einen Bibelspruch auf den Lippen und keinen Spaß unter der Kutte. Ist doch so! Oder, Karl?« Sie lachte, als ob sie etwas

Unanständiges gesagt hätte. Katholiken durften das, sie konnten ja nachher beichten.

»Und der Sohn?«, fragte Ginger.

»Ganz anders als die Eltern, ganz anders«, sagte Frau Preuss.

»Lebendiger, lebenslustiger. Mich hat es nicht gewundert, dass der es bei den Alten nicht lange ausgehalten hat. Er hat ein, zwei Jahre beim Laquai im Wingert gearbeitet, und dann ist er fort nach Frankfurt. Nach ein paar Jahren ist er wieder zurückgekommen und war ziemlich fertig. Kreuzunglücklich war der, sag ich Ihnen. Man könnte auch sagen, er war verstört, durch den Wind, hat einen Schlag weggehabt. Hat aber nichts gesagt. Ganz wie die Eltern.«

»Vorhin hast du gesagt: ›Ganz anders als die Eltern.‹«

»Ist doch egal. Wie war noch mal die Frage?«

»Machen Sie einfach weiter, passt schon.«

Das ließ sich Frau Preuss nicht zweimal sagen. Sie erzählte, wie Uli eine Weile gar nicht mehr aus dem Haus wollte und die Eltern für ihn beteten, wie er irgendwann dann doch wieder aus dem Haus ging, wie sie mit ihm ins Gespräch kam und er von seiner Liebe zur Musik erzählte, dass es in Frankfurt eine Weile ganz gut geklappt habe mit der Musik, aber das sei kein richtiges Pflaster für ihn gewesen, Frankfurt. Zu unruhig, zu hektisch, er liebe halt mehr das Land und die Landwirtschaft.

»Und da ist mir die Mia eingefallen. Unsere älteste Tochter Karin und die Mia sind zu den Ursulinen in Geisenheim gegangen, die haben zusammen Abitur gemacht, warten Sie mal, wann war das denn? Karl, kannst du mal helfen?«

»Ist doch egal«, knurrte Herr Preuss, der immer stiller wurde.

»Das weißt du doch gar nicht im Vorhinein«, protestierte Frau Preuss. »Für eine Detektivin kann alles wichtig sein, was einem einfällt, das sagen sie im Fernsehen auch immer. Oder, Frau Havemann?«

Herr Preuss verdrehte die Augen.

»Also, Ihnen ist Mia eingefallen.«

»Die Karin und die Mia, die haben den Kontakt zueinander nie verloren. Ich hab also unserer Karin gesagt, frag doch mal deine Freundin Mia, ob sie nicht jemanden braucht auf ihrer Mühle.

Der Mia war ja ein paar Jahre zuvor der Mann gestorben, also der war ja schon alt und war zuletzt bestimmt keine große Hilfe mehr gewesen, aber immerhin, besser ein Mann als gar kein Ärger, sage ich immer. Oder, Karl? Lange waren die nicht verheiratet. Aber er hat das Geld in die Ehe mitgebracht, das ersetzt vieles. Also, die Karin geht zur Mia, erzählt ihr das mit dem Uli, die Mia überlegt kurz, lädt den Uli zum Kennenlernen ein, seitdem hat sie einen Gärtner und, was soll ich sagen, einen jungen Mann.«
Sie schaute schief zu ihrem Karl.
»Mehr kann ich Ihnen leider nicht erzählen.«
Ihr Mann lachte verstohlen.
»Das war wunderbar, vielen Dank«, versicherte Ginger.
Sie nahm das Bild von Murcia, das ihr Jo ausgedruckt hatte, und zeigte es den beiden. »Haben Sie diesen Mann schon einmal gesehen?«
Frau Preuss schüttelte den Kopf. »Der ist aber schnuggelich. Leider nein.« Sie schien das wirklich zu bedauern.
Herr Preuss schaute lang auf das Foto. »Sicher bin ich nicht«, sagte er dann. »Aber ich glaube, der war mal beim Uli zu Besuch. Gleich, als er aus Frankfurt zurückgekommen ist. Ist aber nicht lange geblieben.«
Wie man es nimmt.
»Was ist mit dem? Erzählen Sie mal!«, bat Frau Preuss.
Wegen des Urlaubs am Lago Maggiore hatten sie Murcias Bild in der Zeitung nicht gesehen. Was Karl Preuss da sagte, ließ Ulis Rolle in der Geschichte in keinem guten Licht erscheinen. Erst wohnte Murcia bei ihm in Frankfurt, dann ging Uli überstürzt zurück nach Lorch, wirkte verstört, dann tauchte Murcia bei ihm auf, um kurze Zeit später wieder zu verschwinden. Jahre später wurde seine Leiche ein paar Kilometer weiter gefunden, und Uli tauchte unter. Das sah gar nicht gut aus für Uli. Sie müsste Herrn Preuss jetzt sagen, dass er mit dieser Information zur Polizei gehen sollte. Einerseits. Andererseits wollte Mia nicht, dass Uli Schwierigkeiten bekam. Und Mia zahlte sechshundert Euro pro Tag. Plus Spesen. Und sie brauchte das Geld.
»Ich möchte jetzt gerne zur Familie Bareis gehen. Meinen Sie, die werden mit mir reden?«

Frau Preuss war sichtlich enttäuscht, sie hätte die Unterhaltung gerne fortgesetzt. Sie gab sich einen Ruck.

»Ich werde mit Ihnen rübergehen. Ich bin die Einzige im Ort, mit der sie überhaupt reden.«

Es bedurfte vieler Worte und einiger Überredungskunst von Irmgard Preuss, bis Gisela und Martin Bareis Ginger in ihr Haus ließen. Es war ein kleines, schmuckloses Haus mit einer Einrichtung, die an eine nicht genau zu bestimmende Epoche der Spießigkeit erinnerte. Die beiden waren ungefähr im Alter ihrer Nachbarn, Herrn und Frau Preuss', wirkten aber mindestens eine Generation älter, mehr oder weniger scheintot. Entsprechend waren sie angezogen. Sechziger Jahre oder früher, immerhin 20. Jahrhundert. Sie baten Ginger in »die gute Stube« und ließen sie auf einem beigen Sofa Platz nehmen.

Ginger hatte ihr kleines Zweithandy angestellt. Es sendete an ihr Smartphone, das das Gespräch aufzeichnete. Normalerweise machte sie so was nicht, aber eine Ahnung hatte ihr gesagt, dass es in diesem Fall so richtig war. Das Handy hatte quasi darum gebettelt. Gleich zu Beginn ließ sie das kleine Gerät in die Polsterritzen der Couch gleiten.

»Sie wissen, dass Ihr Sohn verschwunden ist?«

Eine blöde Einleitung für ein Gespräch, aber Ginger war nichts Besseres eingefallen angesichts zweier alter Leute, die sie stumm anstarrten und auf sie wirkten, als ob sie das Leiden der ganzen Welt auf sich genommen hätten.

»Er wohnt bei Mia Pfaff in Frauenstein und ist verschwunden.«

Schweigen und Starren bei den Eltern von Uli Bareis. Alte Gesichter voller Gram und Verbitterung, ohne jeden Zug von Weichheit oder Weisheit. Ohne Rührung.

»Wissen Sie vielleicht, wo er ist? Ich würde gerne mit ihm sprechen. Mia würde gerne mit ihm sprechen.«

»Gottes Wege sind unergründlich«, sagte Martin Bareis mit monotoner Stimme.

Das war sicherlich richtig, aber sie wollte nur Ulis Wege ergründen, nicht gleich die von Gott. Das sagte sie aber lieber nicht.

»Selbstverständlich. Doch wo ist Uli? Wissen Sie es?«

»Wir haben nichts von ihm gehört. Jeder muss seinen eigenen Weg gehen. Gott ist unser aller Richter«, meinte Ulis Mutter.

Ihr Mann ergänzte: »Wer seine Eltern oder seine Kinder mehr liebt als mich, kann nicht zu mir gehören. Wer nicht bereit ist, sein Kreuz auf sich zu nehmen und mir zu folgen, der ist meiner nicht wert. So spricht Jesus im Matthäus-Evangelium.«

Die Nachbarn hatten nicht zu viel versprochen.

»Sie wissen also nicht, wo er sich aufhält. Haben Sie eine Idee, warum er verschwunden sein könnte?«

»In der Heiligen Schrift heißt es: ›Deine eigene Bosheit züchtigt dich, und deine Treulosigkeiten strafen dich. Erkenne doch und sieh, dass es schlimm und bitter ist, wenn du den Herrn, deinen Gott, verlässt und wenn bei dir keine Furcht vor mir ist!‹, spricht der Herr, der Herr der Heerscharen««, antwortete Martin Bareis.

»So heißt es bei Jeremia«, präsierte seine Frau.

Heilige Maria und Josef, die waren ja nicht auszuhalten, dachte Ginger.

»Sie gehen davon aus, dass ihm etwas zugestoßen ist?«, fragte sie nüchtern.

Die beiden schwiegen, obwohl es bestimmt noch genügend Bibelzitate gab, die Unglück auf eigene Verfehlungen zurückführten. Wussten die beiden etwas, oder kam in der Antwort nur ihre normale Boshaftigkeit und Verbitterung zum Ausdruck?

»Warum war die Polizei wohl sonst bei uns?«, fragte Herr Bareis.

Das war immerhin ein selbst formulierter Satz und kein Bibelzitat. Die Polizei war ihr also zuvorgekommen. »Konnten Sie der Polizei denn weiterhelfen?«

Beide schüttelten den Kopf. Sie erinnerten dabei ein wenig an Synchronschwimmer.

Ginger zeigte ihnen das Foto Murcias. »Kennen Sie diesen Mann?«

Die Mienen der beiden verfinsterten sich noch weiter, erstaunlich, dass das überhaupt möglich war.

»Nein, den kennen wir nicht«, antworteten sie, wieder in der Manier von Synchronschwimmern.

»Dieser Mann kommt aus Chile. Welche Verbindung hat Uli mit Chile?«

Die beiden wechselten erstaunte Blicke miteinander. Das Ganze wirkte gekünstelt.

»Es ist besser, wenn Sie jetzt gehen«, sagte Martin Bareis.

Gisela Bareis stand ohne weitere Worte auf, ging zur Tür, öffnete sie und wies nach draußen. Ginger verließ das ungastliche Haus.

Ein paar Meter vom Haus der Bareis entfernt führte eine Treppe hinunter zum Fluss. Am Ufer stand eine Bank. Ginger holte ihr Smartphone aus der Tasche. Die Sprachqualität, in der das kleine Handy, das sie bei den Bareis gelassen hatte, sendete, war akzeptabel.

»Du musst Herrn Hirt anrufen«, hörte sie Gisela Bareis sagen. Martin Bareis stimmte seiner Frau zu. Nach einer Weile war er wieder zu vernehmen.

»Guten Tag, Herr Hirt. Hier Bareis. Die Polizei war da, ein Herr Ackermann. Und gerade eben eine Detektivin, Ginger Havemann aus Mainz. Sie sind wegen Uli hier gewesen. Die Detektivin hat nach Chile gefragt und dieses Bild aus der Zeitung gezeigt. Wir haben natürlich nichts gesagt. Ich hoffe, wir haben diese Angelegenheit zu Ihrer Zufriedenheit erledigt. Ja, Herr Hirt. Natürlich, Herr Hirt. Gott segne Sie, Herr Hirt.«

»Ich habe das Gleichnis vom verlorenen Sohn aufgeschlagen«, sagte Gisela Bareis. »Vielleicht ist ja doch noch Hoffnung. Vater, ich habe gesündigt gegen den Himmel und vor dir und bin hinfort nicht mehr wert, dass ich dein Sohn heiße; mache mich zu einem deiner Tagelöhner ...«

Ginger steckte ihr Smartphone weg und ging zurück zum Haus der Bareis, klingelte. Sie hatte Glück, Martin Bareis kam an die Tür.

»Was wollen Sie schon wieder?«, fragte der alte Mann unwirsch.

»Es tut mir schrecklich leid«, log Ginger. »Ich habe mein Handy bei Ihnen liegen lassen. Es muss mir auf dem Sofa aus der Tasche gerutscht sein.« Sie schob sich an Bareis vorbei und ging ins Wohnzimmer.

»Da ist es ja!«
Sie griff in die Polsterspalte und hielt das Gerät triumphierend in die Höhe. Dann schaute sie auf das Display. »Oh Gott, was für ein Pech, jetzt ist der Akku leer, und ich muss so dringend telefonieren. Wären Sie so lieb und ließen mich mal Ihr Telefon benutzen? Ich bin auch gleich wieder weg!«
Die Aussicht auf ihr baldiges Verschwinden stimmte Herrn und Frau Bareis gnädig. Gisela Bareis wies mit einer stummen Geste auf den Apparat. Zum Glück war es ein Modell, das schon über Tasten und ein Display verfügte, und keines mit Wählscheibe. Sie drückte die Wiederholungstaste und versuchte, sich die Nummer einzuprägen. Dann drückte sie die Nummer wieder weg und rief bei sich zu Hause an, sprach ein paar belanglose Sätze auf den Anrufbeantworter.
»Gott zum Gruß«, verabschiedete sie sich.

Sabine Buchmann hatte ihr Immobilienbüro in einem kleinen Pavillon in der Wiesbadener Geisbergstraße. Am Freitagabend, wenige Stunden vor Ulis Verschwinden, waren Mia und Uli bei den Buchmanns zu Besuch gewesen, zur allwöchentlichen Doppelkopfrunde, die abwechselnd in der Grorother Mühle und im Haus der Buchmanns in der Hergenhahnstraße stattfand. Vom Pavillon und von der Straße davor machte Ginger ihre obligatorischen Fotos.
Sabine Buchmann war Ende vierzig, eine Businessfrau der freundlicheren Sorte. Sie begrüßte Ginger und bot ihr einen Espresso sowie einen Platz in einer stillen Ecke des Büros an, in dem noch drei Mitarbeiterinnen der Maklerin telefonierten oder Kunden berieten.
»Fürchterlich, was Mia da passiert ist«, begann Buchmann das Gespräch. »Ich meine nicht den Brand, da ist sie ja hoch versichert, übrigens auf meinen Rat hin. Ich meine den Ärger mit der Polizei.«
»Das wissen Sie schon ...«
»Mias Anwalt ist ein guter Bekannter von mir.« Ginger war verwundert über diese Erklärung. »Sie hat ihm natürlich erlaubt, mit mir darüber zu sprechen«, fügte Sabine Buchmann lächelnd hinzu.

Natürlich.

»Sie wird in dieser Stunde wieder freikommen, weil die Staatsanwaltschaft keinen Haftbefehl beantragt hat.«

Eine ungewöhnlich gut informierte Freundin.

»Was wollen Sie denn von mir wissen, was Ihnen Mia nicht auch sagen könnte?«

»Mich interessiert, wie Uli am Freitag auf Sie gewirkt hat. Ob Sie eine Idee haben, warum er verschwunden ist. Wir wissen ja immer noch nicht, ob er freiwillig untergetaucht ist oder ob ihm etwas zugestoßen ist.«

»Ist das nicht eher ein Fall für die Polizei?«

»Das möchte Mia nicht so gerne.«

»Kommt es denn darauf an?«

»Er ist noch nicht lange weg. So schnell reagiert die Polizei gewöhnlich nicht, wenn kein klarer Hinweis auf Fremd- oder Eigengefährdung vorliegt. Wie hat er auf Sie gewirkt?«

Buchmann überlegte eine Weile. »Er war nicht gut drauf. Einmal hat er vergessen, eine Hochzeit anzusagen, sodass ein stilles Solo draus wurde, das er krachend verloren hat. Wenn Sie wissen, was ich meine.«

Ginger kannte die Doppelkopfregeln. »Warum war er denn nicht gut drauf? Haben Sie einen Verdacht, eine Ahnung?«

Buchmann schwieg wieder eine Weile. Sie war offensichtlich mit sich uneins.

»Mich wundert es nicht, dass Uli verschwunden ist. Ich glaube, Mia und Uli sind seit einer Weile nicht mehr glücklich miteinander. Mia will alles unter Kontrolle haben. Sie müssten die einmal beim Kartenspielen erleben, wie sie ihn zusammenstaucht. Sollte ich eigentlich nicht über eine Freundin sagen, aber ich halte es für gut möglich, dass er eine Auszeit braucht.«

Das passte zu dem, was ihr Harry Rothenberger tags zuvor erzählt hatte. Mia musste damit rechnen, dass sie das herausbekam. Was war ihr Plan? Wollte sie, dass sie den durchgebrannten Liebhaber aufspürte und zurückbrachte? Sollte Ginger Teil ihres Kontrollsystems werden? Dass Mia ernsthaft besorgt war, sprach nicht dagegen, Kontrollfreaks waren über alles Mögliche ernsthaft besorgt. Oder spielte Ginger eine Rolle in einem Spiel, dessen

Regeln sie nicht kannte? Oder war Mia einfach nur besorgt und viel weniger berechnend, als Ginger gerade mutmaßte?

»Wissen Sie, wo er sich aufhalten könnte?«

Das wusste Buchmann nicht. Sie riet Ginger, deswegen Harry Rothenberger zu fragen, der sei Ulis bester Freund, falls er überhaupt so etwas wie einen besten Freund habe.

Ginger zeigte Buchmann das Bild von Murcia.

»Ist das nicht der Tote, der letzte Woche im Rheingau gefunden wurde? Den kenne ich nicht.«

»Haben Sie letzte Woche mit Mia und Uli darüber gesprochen?«

»Nein, warum denn?«

»Uli und Felipe Murcia kannten sich.«

»Das ist aber ein merkwürdiger Zufall.« Buchmann schien aufrichtig überrascht. »Dann glauben Sie also nicht an eine Beziehungskrise als Ursache für Ulis Verschwinden?«

»Ich glaube nicht an Zufälle.« Ginger stand auf. »Ich muss weiter, in die Prinzessin-Elisabeth-Straße, zu Winfried Braun. Kennen Sie den?«

Buchmann schmunzelte. »Ich kenne viele Leute. Was ist mit Winfried Braun?«

»Uli hat sich für diese Adresse interessiert. Wissen Sie, warum?«

Darauf konnte sich die Maklerin keinen Reim machen. »Die Villa ist eine der ersten, die ich vermittelt habe. Das war 1989 oder 1990. Herr Braun hat dort seine Wohnung und einen Teil seiner Firma. Irgendetwas mit Sicherheitstechnik.«

Ginger bedankte sich und verließ das Büro.

Als sie an der Villa in der Prinzessin-Elisabeth-Straße vorfuhr, verließ Winfried Braun gerade sein Anwesen auf einer Harley-Davidson.

»Zu Ihnen wollte ich«, rief sie dem groß gewachsenen Mann auf der 1200er Sportster zu. Braun war Ende fünfzig und für sein Alter ziemlich gut erhalten. Einer, dem man ansah, dass er auf der Sonnenseite des Lebens wandelte. Einer, dem man sich besser nicht in den Weg stellte.

»Wie angenehm. Was verschafft mir die Ehre?« Er klang freund-

lich und charmant, dabei musterte er sie unverhohlen. Vielleicht war es aber auch das Motorrad, dem seine Aufmerksamkeit galt.
»Eine Carducci Adventure, eine tolle Geländemaschine. Auf der Basis einer 1200er Harley, wie es aussieht.«
»Ja, aber ein älteres Modell als Ihre, von 2003.«
»Wie kriegt man die aus Kalifornien hierher?«
»Man braucht dafür ein Schiff und viel Geduld mit den Zollbehörden.« Am besten hatte man dort einen Bekannten.
Braun grinste breit. »Sie würden mir die nicht verkaufen?«
»Bestimmt nicht.«
»Auch nicht für viel Geld?«
»Auch nicht für viel Geld. Deswegen bin ich nicht hergekommen.«
Braun lachte. »Dachte ich mir schon. Was kann ich für Sie tun?«
Ginger stieg von ihrer Maschine, ging zu Braun und gab ihm ihre Karte.
»Privatdetektivin? Brauchen Sie Arbeitsmaterial? Überwachungskameras, Abhörgeräte, Sicherheitssysteme für Immobilien, für EDV-Anlagen und für Mobiltelefone, das haben wir alles in unserem Portfolio. Allerdings verkaufen wir Systemlösungen, keine einzelnen Produkte. Meine Firma finden Sie seit ein paar Jahren übrigens in Mainz-Kastel, hier ist nur noch ein kleiner Teil der Verwaltung.«
Ginger zeigte Braun ein Bild von Uli.
»Ich suche diesen Mann, er ist verschwunden, seine Partnerin hat mich beauftragt, ihn zu finden.«
Ein spöttisches Lächeln huschte über Brauns Gesicht. »Bei mir hat er keinen Unterschlupf gefunden. Wie kommen Sie auf mich? Ich kenne diesen Mann nicht.«
Hier kam sie nicht weiter. »Okay, dann hat sich das erledigt.«
»Ihnen hingegen würde ich sofort Unterschlupf anbieten. Wir könnten über Motorräder fachsimpeln, bis uns etwas noch Besseres einfällt.«
»Ich überleg es mir.« Sie lächelte einladend.
»Wollen Sie mir nicht verraten, wie Sie auf mich gekommen sind?«

Vielleicht erfuhr sie ja doch etwas. Sie hatte Brauns Interesse geweckt. »Er hat vor seinem Verschwinden Ihre Adresse gegoogelt.«

Braun dachte einen Moment nach. Er lächelte schon wieder. »Vielleicht wollte er seinen Computer vor unbefugtem Zugriff schützen. Was meinen Sie: Hatte er dafür einen Grund?«

Sie hätte den Mund halten sollen. »Wer hat den nicht?«

Braun lachte jetzt lauthals. »Sie haben recht, und genau an diesem Punkt hätte ich ihm weiterhelfen können. Aber der Mann hat sich nicht an mich gewandt.« Das klang ziemlich bestimmt.

»Auch nicht per E-Mail?«

»Das kann ich Ihnen natürlich erst sagen, wenn Sie mir seinen Namen verraten, Frau Havemann.«

Die Falle war zu offensichtlich gewesen. Falls Braun log, dann auf jeden Fall halbwegs geschickt. »Uli Bareis. Wenn er sich noch bei Ihnen meldet ...«

»Werde ich das wie bei allen Geschäftspartnern mit Diskretion behandeln.«

»... könnten Sie ihn bitten, sich mit mir in Verbindung zu setzen.«

»Das lässt sich machen. War's das? Werden Sie sich bei mir melden?«

»Glaub schon.«

»Wunderbar. Einen schönen Tag noch.«

Er startete seine Maschine und fuhr davon.

Ginger machte ein paar Fotos des Anwesens. Das Telefon spielte »Smoke on the Water«, Mias Erkennungsmelodie.

»Ich bin wieder raus und auf dem Weg nach Hause. Warum befragst du eigentlich meine Freunde über Uli und mich?«

»Ist das nicht mein Job?«

»Wir sollten uns treffen.«

***

Am Mittag hatte sich Carl von Ploetzing telefonisch im Wiesbadener Polizeipräsidium gemeldet. Nina hatte den Anruf von Murcias ehemaligem Anwalt zu Mayfeld weitergeleitet, da sie

Ackermann nicht erreichen konnte. Oder wollte. Mayfeld hatte ein Treffen mit von Ploetzing vereinbart.

Seine Kanzlei befand sich in einem jener Hochhäuser, die in den letzten Jahren in der Bankenmetropole renoviert worden waren und die neben Luxuswohnungen Rechtsanwälten, Steuer- und Unternehmensberatern ein Domizil boten.

Ein livrierter Pförtner öffnete die mit Panzerglas gesicherte Tür, Mayfeld betrat die Eingangshalle aus Marmor, Edelstahl und Glas. Nach einem Telefonat holte der Pförtner den Aufzug ins Erdgeschoss, gab einen Code ein und schickte Mayfeld in die achte Etage des Nobelhochhauses.

Dort wurde er von Carl von Ploetzing empfangen, der ihn in sein Büro führte. Edelstahl, Edelhölzer und Betonfliesen prägten die lichtdurchfluteten Räume, die großzügigen Fenster eröffneten den Blick auf die Frankfurter Skyline.

»Ihre Kanzlei habe ich mir anders vorgestellt«, bemerkte Mayfeld.

Von Ploetzing, ein schlanker und hochgewachsener Mann Ende fünfzig, fuhr sich durch das lange graue Haar und lächelte. »Sie meinen, wer einen ausländischen Drogendealer vertritt, sollte in einer schäbigen Hinterhofkanzlei hausen?«

»Nur wenn es sich um kleine Dealer handelt«, entgegnete Mayfeld im liebenswürdigsten Ton.

»Meine Kanzlei war bis vor wenigen Jahren im Nordend beheimatet, vielleicht hätten Sie das etwas passender gefunden. Ich habe es mir immer zum Prinzip gemacht, neben meinen internationalen Kunden auch sogenannte kleine Leute zu vertreten, die sich einen Anwalt mit meinen Honorarforderungen normalerweise nicht leisten können. Aus sozialer Verantwortung und um geerdet zu bleiben.«

Mayfeld war fast gerührt. Warum hielt der Anwalt einen Vortrag darüber, dass er ein guter Mensch war? Hielt er ihn für so blöd, dass er das glauben würde? Wenn er so erfolgreich und gerissen war, wie die Einrichtung seiner Kanzlei es nahelegte, dann hatte er doch bestimmt subtilere Methoden, einen Kriminalbeamten auf die falsche Fährte zu setzen oder anderweitig ruhigzustellen. Oder meinte der Anwalt es wirklich so, wie er sagte?

Das Wahrscheinlichste war, dass Murcia kein kleiner, sondern ein großer Drogendealer gewesen war.

»Die kleinen Leute werden sich nur noch selten hierher verirren«, sagte Mayfeld.

»Die Zeiten haben sich geändert«, versetzte der Anwalt. »Ich möchte unserem Gespräch vorausschicken, dass ich auch nach dem Tod meines Mandanten an die anwaltliche Schweigepflicht gebunden bin. Aber ich werde im Rahmen meiner Möglichkeiten behilflich sein. Felipe Murcia war übrigens kein Drogendealer. Er hat das jedenfalls immer bestritten, und er wirkte auf mich auch nicht so.«

Das sind die Schlimmsten, wollte Mayfeld entgegnen, aber das überzeugte ihn selbst nicht. Er sagte sich, dass er weniger voreingenommen an den Fall herangehen sollte. Es ging darum, Fakten zu sammeln, Hinweise zu prüfen, nicht Vorurteile über vermeintliche lateinamerikanische Drogendealer oder erfolgreiche Anwälte zu bestätigen.

»Es ist nicht ungewöhnlich, dass Beschuldigte die ihnen zur Last gelegten Taten bestreiten.«

»Man hat Kokain bei ihm gefunden, keine riesige Menge, gerade etwas mehr als den Eigenbedarf. Bei einem Drogenscreening gab es nur Hinweise auf Haschischkonsum. Insgesamt war es ziemlich dünn, was Polizei und Staatsanwaltschaft vorzuweisen hatten. Deswegen wurde der Haftbefehl gegen meinen Mandanten ausgesetzt.«

»Wir haben es mittlerweile mit einem Tötungsdelikt zu tun …«

»Ich weiß.«

»… und mich würde interessieren, ob Sie sich irgendeinen Grund außerhalb von Drogenhandel und organisierter Kriminalität vorstellen können, warum Felipe Murcia ermordet wurde.«

»Ich habe meinen Mandanten damals gefragt, wer ihm schaden wolle. Dazu hat er nichts gesagt. Ich glaube, er hatte Angst.«

»Das höre ich von einem mutmaßlichen Drogenhändler gerne«, sagte Mayfeld.

Von Ploetzing runzelte unwillig die Stirn. »Gefällt Ihnen das Ende der Geschichte?«

»Ermordet zu werden gehört zum Berufsrisiko von Drogenhändlern. Einen Hinweis, dass es einen anderen Grund für seinen Tod gibt, haben Sie also nicht.«

»Ich höre mit Interesse, dass Sie nach einem solchen Grund suchen.«

Der Anwalt hatte recht. Warum tat er das? War er sauer, dass man ihm einen Kollegen vom LKA vor die Nase gesetzt hatte? War er ein eigensinniger Bulle, der es nicht ertragen konnte, wenn sich jemand in seinem Revier breitmachte? Gab es andere Gründe für sein Unbehagen? Er bewegte sich auf dünnem Eis. Aber das hatte ihn noch nie gekümmert.

»Ich mache meine Arbeit. Dazu gehört, alle Möglichkeiten zu prüfen.«

»Bemerkenswert.«

»Haben Sie nach seiner Haftentlassung noch einmal von Murcia gehört?«

Der Anwalt verneinte das.

»Im Zusammenhang mit dem Mord an Murcia suchen wir Uli Bareis, den wir gerne als Zeugen vernehmen möchten. Er ist verschwunden.« Mayfeld zeigte von Ploetzing ein Bild. »Kennen Sie diesen Mann?«

Der Anwalt betrachtete das Foto lange.

»Ich meine, das war der Mann, mit dem sich mein Mandant kurz vor seiner Verhaftung geprügelt hat. Er wollte mir nie sagen, worum es dabei ging. Aber er erhoffte sich Hilfe von ihm und hat mir ein Bild von ihm gezeigt. Ich glaube, dass er bei ihm gewohnt hat, aber ich habe diesen Mann nie gesprochen. Schließlich habe ich Murcia auch ohne seine Aussage freibekommen. Als ich ihn in Preungesheim aus dem Gefängnis holte, wollte er wieder zu ihm.«

Mayfeld versuchte, sich an die Akte Murcia zu erinnern. Von einer Prügelei hatte dort nichts gestanden. Kurze Zeit nach seiner Entlassung aus Preungesheim war Murcia tot gewesen.

Die weitere Befragung des Anwaltes verlief unergiebig. Mayfeld fuhr zurück nach Wiesbaden. Auf der Fahrt telefonierte er mit Nina, die einiges über die Detektivin herausgefunden hatte.

★★★

#wotan: ist unser freund noch da
#barbarossa: er wartet noch
#wotan: es ist an der zeit
#barbarossa: gerne
#wotan: ginger havemann mainz
#barbarossa: bekannt
#wotan: will eine große reise machen
#barbarossa: ich such was schönes für sie

Barbarossa hatte schlechte Laune. Es lief nicht so, wie er sich das gedacht hatte.
Er saß vor dem Kyffhäuser und grübelte. Er war in Gedanken. Das musste manchmal sein. Von vornherein war der Wurm drin gewesen in dieser Geschichte. Die Idee mit dem Feuer hatte es nicht gebracht. Hatte zu viel Aufmerksamkeit erregt. Konnte sein, dass sein Versteckspiel nicht aufging. Dann wären Wotan und Hagen sauer. Und er hatte noch immer nicht geliefert. Scheiß auf die beiden. Aber sie hatten die Kohle. Immer hatten die falschen Leute die Kohle. Das Volk hatte das Nachsehen. Vor allem das deutsche. Aber das wird sich ändern. Die werden sich alle noch wundern.
Er brauchte einen Plan, wie er die Detektivin beseitigen konnte. Die musste weg, da hatte Wotan recht. Kein Thema. Irgendwie sah die fremdländisch aus. Es würde ein Fest werden, wenn er sie zur Strecke brachte. Vor allem sollte es langsam gehen. Sie sollte um ihren Tod betteln, um den Gnadenstoß. Den er ihr großzügig gewähren würde. Irgendwann. Der Typ im Kyffhäuser musste auch weg. War am Ende doch keine so gute Idee gewesen, den am Leben zu lassen. Obwohl er sich alles genau ausgedacht hatte.
Heute Morgen war er ziemlich grob zu dem Typen gewesen. Die guten alten Daumenschrauben waren eine tolle Sache. Auf die Idee war er im Foltermuseum in Rüdesheim gekommen. Sollte noch einer sagen, Bildung sei zu nichts nütze. Wie der gewinselt hatte. Was für ein Schwächling. Bea hatte das ziemlich geil gemacht. Die machte alles geil.
Der Typ wollte besonders schlau sein. Hatte damit gedroht,

wenn ihm was passiere, komme alles ans Licht. Bluffte der, oder hatte er noch ein Ass im Ärmel? Das musste er unbedingt herausbekommen. Deswegen das Nachdenken. Was suchte er? Vermutlich einen Stick. Wer konnte den haben? Er bekam Kopfschmerzen. Nachdenken war ziemlich anstrengend. Vor allem wenn man in der Sackgasse steckte und nicht weiterkam.

Er sollte nachsehen, ob er Nachrichten bekommen hatte. Das Spiel ging weiter.

Drüben in der Ecke saß Bea und machte sich die Nägel.

»Ich muss mal weg«, rief er ihr zu.

Sie rannte ihm hinterher.

»Wohin?«

»Bin in zwei Stunden zurück.«

Warum konnte sie nicht einfach die Klappe halten und machen, was er ihr sagte? Die national gesinnten Frauen waren auch nicht mehr das, was sie einmal waren. Aber auch das würde sich wieder ändern.

Er setzte sich in den Defender und fuhr nach unten. Als er die Bundesstraße erreichte, fuhr er Richtung Rüdesheim. Dort nahm er die Fähre.

Eine Viertelstunde später las er die Nachricht.

Er hatte das Problem lokalisiert. Manchmal musste man Glück haben. Das Glück des Tüchtigen. Die Detektivin musste warten. Er schickte sofort eine SMS zurück. »Alles okay. Ich komme vorbei.«

Dann schaltete er das Smartphone wieder aus. Er lachte in sich hinein. Genau das würde er tun. Er wendete den Defender und fuhr zurück auf die Fähre.

★★★

Ginger stellte ihre Carducci auf dem Hof der Grorother Mühle ab. Mia kam ihr aus einem der hinteren Gewächshäuser entgegen.

»Diese Barbaren haben den ganzen Hanf zerstört«, schimpfte sie. Als hätte sie keine anderen Sorgen.

»Wundert dich das? Sei froh, dass sie dich so schnell wieder rausgelassen haben«, konterte Ginger.

Sie setzten sich an den Gartentisch vor dem vorderen Gewächshaus.
»Wer hat denen den Tipp mit der Cannabisplantage gegeben?«, fragte Ginger.
Mia stopfte sich ihre unvermeidliche Pfeife. »Keine Ahnung«, antwortete sie schroff. »Sie behaupten, es sei Uli gewesen. Aber das kann nicht sein.«
»Was macht dich so sicher?«
»Auf welcher Seite stehst du?«, blaffte Mia sie an. »Warum sollte Uli das tun? Er hat hier doch alles. Den Hanf anzubauen und zu verarbeiten, das war seine Idee. Warum sollte er das alles kaputtmachen? Und mich auch noch ans Messer liefern, indem er mir Koks unterschiebt? Der Dreck, den sie bei mir gefunden haben, kostet vierzigtausend Euro. Woher sollte er die haben? Denk doch mal nach!«
»Vielleicht will er von dir weg, Mia. Du hast ihn in einen goldenen Käfig eingesperrt. Er ist finanziell von dir abhängig.«
»Man beißt nicht die Hand, die einen füttert!« Wie Mia vor ihr saß, mit struppigem Haar und in Rauchwolken gehüllt, erinnerte sie Ginger an die Hexe aus »Hänsel und Gretel«.
»Er flieht vor genau dieser Einstellung!«
»Klugscheißerin! Dafür bezahle ich dich nicht!«
»Soll ich gehen?« Es standen sechshundert Euro täglich auf dem Spiel. Plus Spesen. Aber Gingers Geduld ging dem Ende zu.
»Natürlich nicht!«
»Gut. Dann wirst du ertragen müssen, dass ich meine Meinung sage, egal, ob sie dir gefällt oder nicht. Okay?«
»Mach weiter!« Mia zog heftig an ihrer Pfeife, die weitere Rauchschwaden ausstieß. Sie schaute verdrießlich.
»Warum hast du das Dope in deinem Laden nicht verschwinden lassen?«
»Das hatte ich vor. Ulis Laborausrüstung habe ich schon weggeschafft. Als Nächstes habe ich mySpy von meinem PC und vom Handy gelöscht. Und dann kamen auch schon die Bullen mit dem verdammten Durchsuchungsbeschluss, erlassen aufgrund einer erfundenen Aussage. Erfunden von den Bullen!«
Noch jemand mit einem Hang zur Paranoia. »Warum sollten

die dich denn auf dem Kieker haben? Uli könnte für jemanden arbeiten.«

»Ich weiß aber nicht, für wen. Bis vor Kurzem hätte ich nicht geglaubt, dass ich überhaupt Feinde habe. Ich habe keine Drohungen erhalten, keine Angebote, die ich abgelehnt hätte, nichts dergleichen, ich würde dir das doch spätestens jetzt sagen.«

Das glaubte ihr Ginger.

»Hat Uli mit dir je über einen Felipe Murcia gesprochen?«

»Nie. Das haben sie bei der Polizei andauernd gefragt. Was ist mit dem?«

»Ist ein Bekannter von Uli, der 2008 verschwunden ist.«

»Das weiß ich.«

»Die Polizei sucht nach seinem Mörder. Uli hatte kurz vor seinem Tod mit ihm Kontakt.«

»Woher willst du das wissen?«

»Das haben mir die Nachbarn von Ulis Eltern erzählt.«

»Und denen glaubst du?«

»Das sind deine Freunde. Warum sollten sie lügen?«

»Das sagst du nicht der Polizei. Ich will nicht, dass du Uli in Schwierigkeiten bringst. Das ist nicht dein Auftrag. Haben wir uns verstanden?«

»Es muss nicht bedeuten, dass er für seinen Tod verantwortlich ist.«

»Trotzdem: Ich will das nicht. Verstanden?«

»Okay.« War es doch Liebe und Loyalität, was Mia antrieb? Ginger wurde aus ihrer Patentante nicht klug.

»Such einfach weiter, Ginger. Ich habe Angst, dass Uli in großen Schwierigkeiten steckt.«

»Dann sollten wir mit der Polizei kooperieren.«

»Denen traue ich nicht.«

Da war nichts zu machen. Sie wurde dafür bezahlt, einen Auftrag zu erfüllen. Solange es nicht grob illegal oder schwachsinnig war, was Mia forderte, sprach nichts gegen die sechshundert Euro täglich.

»Uli hat Schulden bei dir.«

»Was hat das damit zu tun, dass er verschwunden ist? Er ist in Not.«

Oder tot. »Ich weiß nicht, ob das was mit seinem Verschwinden zu tun hat. Wie viele Schulden sind es?«

Sie nannte einen hohen fünfstelligen Betrag. »Wer hat dir das gesagt?«

»Harry Rothenberger. Er hat Uli angeboten, die Schulden abzulösen.«

Mia knallte die Pfeife auf den Gartentisch. »Dieser gottverdammte Hund. Ich sponsere seine Nostalgieband seit Jahr und Tag, und er hat nichts Besseres zu tun, als sich in meine Beziehung einzumischen.«

Schon wieder jemand, der die Hand biss, die ihn fütterte.

»Der wird sich noch wundern. Und du suche meinen Uli!«

Mia stand auf. Die Unterredung war beendet.

»Siebzehn, achtzehn, neunzehn, zwanzig. Das reicht.«

Der Trainer des Fitnessstudios war zufrieden. Ginger wälzte sich von der Sit-up-Bank herunter. Ihr reichte es auch. Sie hatte ein auf sie maßgeschneidertes Zirkeltraining durchlaufen, zumindest hatte der Trainer das behauptet, und wusste nun mit Sicherheit, was sie zuvor nur geahnt hatte: Diese Art von Sport war nichts für sie. Zu viele chromblitzende Maschinen, in die man sich einklemmen und an denen man sich abarbeiten musste. Zu viele Popsongs und zu wenig frische Luft. Aber das hatte sie gar nicht herausfinden wollen.

»Uli kommt jede Woche mehrfach?«, fragte sie Mark, ihren persönlichen Fitnesstrainer.

»Kannst eigentlich die Uhr nach ihm stellen«, sagte Mark. »Montags, dienstags, mittwochs um siebzehn Uhr, samstags um vierzehn Uhr schlägt er hier auf. Heute ist der dritte Tag, an dem er nicht kommt. Ich denke, er ist im Urlaub. Aber wenn du eine Freundin von ihm bist, müsstest du das ja besser wissen als ich.«

Ihre Neugier schien Mark allmählich misstrauisch zu machen. Schon als sie ihn nach Ulis Freunden hier im Studio gefragt hatte, hatte er skeptisch geschaut. Leider hatte Uli hier keine Freunde.

Zum Abschied wechselte sie mit dem Trainer ein paar warme Worte. Ja, das Training war toll gewesen, nette Leute hier, ein ganz neues Körpergefühl wird sich entwickeln, sie überlegt es sich, bei einem Zweijahresvertrag gibt es einen Rabatt und die Proteindrinks billiger, wirklich ein tolles Angebot, wirklich alles super, wir sehen uns, tschüss.

Ginger ging duschen und zog sich wieder an. Im Umkleideraum erkannte sie Svenja Meier, die gerade gekommen war. Ginger grüßte und erntete statt einer Erwiderung des Grußes einen finsteren Blick.

»Hat man vor dir nirgendwo seine Ruhe?«, raunzte Svenja.

»Bist du regelmäßig hier?«, fragte Ginger.

Svenja murmelte etwas, das nach einer vulgären Bezeichnung für die weiblichen Geschlechtsteile klang, und verzog sich in den Trainingsraum.

Ginger verließ die Umkleide des Sportstudios. Der Erkenntnisertrag ihres Besuchs war ausgesprochen überschaubar. Unten in der Empfangshalle kam ein Mann Anfang fünfzig auf sie zu. Jeans, Leinenhemd und ein zerknittertes Jackett, Wuschelkopf und Dreitagebart, eher rund als eckig gebaut. Etwas zu alt für sie, aber sonst ganz schnuckelig.

»Kommissar Mayfeld, Kripo Wiesbaden«, stellte er sich vor und zeigte ihr seinen Dienstausweis.

Er hatte lebendige Augen und ein sympathisches Lächeln, aber das gemütliche Gesicht konnte täuschen. Etwas an seinem Auftreten – die aufrechte Körperhaltung, der klare Blick, die feste Stimme – sagte Ginger, dass man sich mit diesem Mann trotz seiner weichen und verträglichen Anmutung besser nicht anlegte, außer man nahm nachhaltigen Ärger in Kauf. Nun, sie würde ja sehen.

»Sie sind Ginger Havemann? Ich muss mit Ihnen sprechen. Setzen wir uns hier in die Ecke.« Er wies auf eine Sitzgruppe aus Korbsesseln, die in der Nähe des Ausgangs zwischen Palmenkübeln standen.

»Ihr Wunsch ist mir Befehl«, sagte Ginger. Der Kommissar ignorierte die Ironie in ihrer Antwort.

»Welchen Auftrag haben Sie von Mia Pfaff bekommen? Sollen Sie nach Uli Bareis suchen?«

Mit freundlichen Floskeln schien sich Mayfeld nicht lange aufzuhalten.

»Warum fragen Sie, wenn Sie die Antwort schon wissen?«
Noch lächelte der Kommissar. »Um sicherzugehen. Sollen Sie ihn suchen?«
»So ist es.«
»Ich muss unbedingt mit ihm sprechen. Er ist Zeuge in einem Mordfall. Zeuge, nicht Beschuldigter. Sagt Ihnen der Name Felipe Murcia etwas?«
Und schon standen die sechshundert Euro pro Tag auf dem Spiel. Jetzt wäre ein Hinweis auf die Beobachtungen von Herrn Preuss von vor acht Jahren angebracht. Zeuge oder Beschuldigter, das konnte sich schnell ändern.
»Ich habe von Murcia in der Zeitung gelesen. Das ist der Chilene, der ums Leben gekommen ist. Was haben Murcia und Bareis miteinander zu tun?«
Das Gesicht des Kommissars wurde eine Spur unfreundlicher.
»Sie kannten sich, und Sie wissen das.«
Wenn sie zugab, von der Verbindung der beiden zu wissen, würde er als Nächstes fragen, woher. Dann müsste sie über Feyerabend berichten, der ihr erzählt hatte, Uli Bareis habe sich für Murcias Verschwinden verantwortlich gefühlt. Uli hatte dem Freund gesagt, er sei daran schuld. Das sollte der Kommissar nicht erfahren. Wenn Mayfeld aber von allein auf Feyerabend stieß und der dann erzählte, dass Ginger schon länger von der Verbindung zwischen Uli und Murcia wusste, konnte es ungemütlich für sie werden. Sie sollte versuchen, das Thema zu wechseln.
»Wenn Sie Uli nicht als Beschuldigten suchen, warum haben Sie dann die Grorother Mühle durchsucht?«
Mayfeld wurde ungeduldig. Das Gemütliche in seinem Gesicht war verschwunden. Er war offensichtlich jemand, der es übel nahm, wenn man ihn für dumm verkaufen wollte. Eine nachvollziehbare Einstellung.
»Das geht Sie erstens gar nichts an, zweitens richtete sich die Durchsuchung nicht gegen Uli Bareis, und es lenkt drittens vom Thema ab.«
Er wollte unbedingt wissen, was sie über die Verbindung zwischen Uli und Murcia wusste. Das war sein Thema. Und sie wollte es ihm keinesfalls sagen.

»Das tut es nicht. Uli soll meine Auftraggeberin wegen des Anbaus von ein paar Hanfpflanzen angezeigt und sie fälschlicherweise des Handels mit Koks und Crystal bezichtigt haben.«
»Wir haben all das bei ihr gefunden.«
»Wenn er das getan hat, gibt es für Frau Pfaff keinen Grund, der Polizei bei der Suche nach ihm behilflich zu sein, damit er seine Verleumdungen wiederholen kann. Und wenn er das nicht getan hat, gibt es für meine Auftraggeberin keinen Grund, der Polizei zu vertrauen, die genau das behauptet. Warum sollte ich also mit Ihnen zusammenarbeiten?«
»Weil es um die Aufklärung eines Mordes geht.«
»Ich hindere Sie nicht an Ihrer Arbeit.«
Der Kommissar war jetzt sauer, vermutlich so, wie man auf ein bockiges Kind sauer war, das sich den offensichtlichsten Einsichten verschloss. Seine Einstellung war ganz schön von oben herab.
»Gut, Sie behindern mich nicht bei meiner Arbeit. Vermutlich steht das außerhalb Ihres Vermögens. Aber Sie machen Ihre eigene Arbeit schlecht, Frau Havemann. Mia Pfaff hat Angst, bitte ersparen Sie mir Ihren Widerspruch. Ich glaube, sie hat Angst, dass ihrem Freund etwas passiert ist. Vielleicht steckt er in Schwierigkeiten. Wir sollten zusammenarbeiten.«
»Das ist für jemanden, gegen den Sie eine Anklage vorbereiten, nicht unbedingt einsichtig.«
»Sie machen alles schlimmer. Überlegen Sie sich das noch einmal, und sprechen Sie mit Frau Pfaff darüber. Sie waren doch mal eine von uns.«
»Ich bin aber keine mehr von euch.«
»Das mit dem Unfall war eine fürchterliche Katastrophe, und jemanden nicht in den Dienst zu übernehmen, weil er damit zunächst nicht klarkommt, das ist so ziemlich die mieseste Art, wie eine Behörde darauf reagieren kann. Aber Verbitterung und verletzter Stolz werden Sie nicht weiterbringen.«
Sie wollte nicht glauben, was sie da hörte. Woher wusste dieser Polizist von dem Unfall?
»Wollen Sie mir eine Moralpredigt halten?«
»Mit Moral hat das nur am Rande zu tun.«

»Stimmt. Mehr mit dem Aushebeln des Datenschutzes. Sie haben meine Personalakte gelesen.«

Der Kommissar schwieg. Wollte er sie auf seine Seite bringen oder ihr zeigen, dass er alles über sie wusste? Wollte er Verständnis zeigen oder drohen? Oder beides? Der brauchte gar nicht so fürsorglich zu tun, die Masche nahm sie ihm nicht ab.

»Denken Sie darüber nach.« Der Kommissar stand auf, gab ihr ein Kärtchen und verließ die Eingangshalle des Sportstudios.

Ginger folgte ihm, fotografierte das Fitnesscenter und den Parkplatz davor und machte sich auf den Weg in die Westendstraße.

***

Mayfeld fuhr nach Hause. Vom Sportstudio bis zu seiner Wohnung in der Villa am Rhein war es nicht weit, gerade lange genug für die Radionachrichten. Der sogenannte Islamische Staat hatte sich zu einem Attentat in Istanbul bekannt, bei dem fünfzig Menschen ums Leben gekommen waren. In der Türkei hatte die Regierung einige hundert kurdische Bürgermeister wegen angeblicher Terrorismusunterstützung ihres Amtes enthoben. In Indonesien hatte der neu gewählte Präsident die Bürger dazu aufgefordert, Drogendealer zu töten, was zu einer Welle der Lynchjustiz geführt hatte. In den USA hatte der Präsidentschaftskandidat der Republikaner ein Einreiseverbot für alle Muslime gefordert, absurderweise auch für die amerikanischen.

Die Welt schien aus den Fugen zu geraten.

In Berlin war das vermisste Mädchen wieder aufgetaucht, das zuletzt mit ein paar nordafrikanisch aussehenden Männern gesehen worden war. Das Mädchen hatte sich wegen Schulproblemen nicht nach Hause getraut und war vorübergehend bei einem Freund untergetaucht. Das hinderte eine große Anzahl von Demonstranten nicht daran, erneut vor einem Flüchtlingswohnheim gegen die Bedrohung von Frauen durch Muslime zu demonstrieren. Die es ja durchaus gab. Genauso wie die Bedrohung durch Juden, Christen, Atheisten. Dagegen wurde nicht demonstriert. Der sogenannte Islamische Staat hatte die Verantwortung für einen Mord in Franken übernommen. Die Polizei ging dagegen von einer Beziehungstat aus, was eine rechte Partei veranlasste, den Behörden Vertuschungsabsichten zu unterstellen.

Schwülwarme Luft bestimmte weiter das Wetter in Deutschland. Im äußersten Südosten war es bereits zu heftigen Gewittern und Überschwemmungen gekommen.

Mayfeld parkte den Volvo unter der Kastanie vor der Villa und ging nach oben in die Wohnung. In der Küche fand er einen Zettel von Julia mit ein paar Anweisungen, was er für ein gemeinsames Essen um halb acht tun könnte. Die Welt war aus den Fugen, aber essen musste man trotzdem, am liebsten deutlich besser, als es die Lage eigentlich erlaubte. Er holte die vorgegarten Kartoffeln aus dem Kühlschrank und machte sich ans Werk.

Eine halbe Stunde später saß er mit Julia auf dem Balkon und machte sich über Bratkartoffeln, grüne Soße und kaltes Roastbeef her. Deutsche Woche in der Küche, scherzte Julia und ließ sich von Mayfeld einen Blanc de Noirs aus dem Weingut ihrer Eltern nachschenken.

»Ich fühle mich mit den Ermittlungen nicht wohl«, fasste er seinen Bericht zusammen.

»Das heißt?«

»Es ist nicht gut, wenn mir Leute aus dem LKA ins Handwerk pfuschen. Ich habe die Reibungsverluste unterschätzt, die das verursacht. Ich bekomme kein klares Bild, wenn man mir Ermittlungsergebnisse nur in der Zusammenfassung mitteilt. Manchmal sind es Kleinigkeiten, die die wichtigen Hinweise auf Zusammenhänge liefern. Und diese Kleinigkeiten bekomme ich nur mit, wenn ich mit den Leuten selbst spreche. Deswegen rede ich mit Zeugen oder Beschuldigten, obwohl das der Kollege bereits getan hat, und die Betroffenen fragen sich, was da eigentlich bei der Polizei aneinander vorbeiläuft. Die einen wundert es, die anderen freut es vermutlich.«

Julia schien diese Antwort nicht zufriedenzustellen. »Und jetzt mischt sich auch noch eine Detektivin ein. Hast du dir wirklich ihre Personalakte besorgt?«

Mayfeld wurde die Diskussion unangenehm. »Jetzt komm du mir nicht auch noch mit Bürgerrechten und Datenschutz. Damit hat mich heute Morgen schon der Staatsanwalt genervt. Wir dürfen noch nicht mal das Handy des verschwundenen Bareis orten.«

»Und das berechtigt dich, die Vertraulichkeit von Personalakten zu missachten? Ein starkes Stück. Weißt du, was ich glaube? Es passt dir nicht, dass sie dir einen Kollegen vom LKA vor die Nase gesetzt haben. Das hast du ja selbst gerade eingeräumt. Es passt dir nicht, dass der dich nicht richtig informiert. Von Ackermann weißt du nichts, außer vagen Hinweisen auf die organisierte Kriminalität. Und dann hältst du dich an die schwächste Beteiligte und spielst den Sheriff, der alles darf.«

So hatte Julia nicht mit ihm zu reden. Tat sie normalerweise auch nicht. Was nahm sie sich raus? Er erklärte ihr auch nicht, wie sie ihren Job zu machen hatte.

»Tut mir leid«, lenkte sie ein, bevor er zu einer passenden Antwort ansetzen konnte. »Das war nicht fair.«

Mayfeld war froh über Julias Entschuldigung, aber ganz daneben lag sie mit ihrer Vermutung nicht. Sie hatte den Finger in eine Wunde gelegt. Er wusste verdammt wenig, verdammt viel weniger als Ackermann. Das wurmte ihn, und das konnte er sich auf Dauer nicht gefallen lassen.

»Das mit der Personalakte war natürlich nicht ganz korrekt. Aber vielleicht muss ich für die Lösung des Falles noch viel mehr Regeln brechen.« Er wusste selbst noch nicht genau, welche Regeln er damit meinte, aber er ahnte, dass er den Punkt getroffen hatte. Darüber wollte er jetzt allerdings nicht weiter nachdenken.

»Was macht der heilige Bernhard?«, fragte Julia, die offensichtlich das Thema wechseln wollte.

Bernhard von Clairvaux war der Meinung gewesen, dass im Kampf gegen das Böse der Zweck die Mittel heilige. Damit blieben sie beim selben Thema. Mayfeld wollte aber ebenfalls weg davon.

»Der heilige Bernhard war nicht nur ein Fanatiker und Intrigant, er war eine bizarre und widersprüchliche Persönlichkeit. In seiner Jugend hat er es krachen lassen, den Rest seines Lebens hat er nicht nur seine Gegner heftig bekämpft, sondern auch sich selbst gequält, so gut er konnte. Nur so könne man Jesus

nachfolgen. Vom vielen Fasten wurde er magenkrank und hatte während der Messen immer einen Speikübel neben sich stehen.«
Julia rümpfte die Nase. »Klingt nach einer schweren Essstörung, verbunden mit einer Persönlichkeitsstörung.«
»Und so jemanden stellte die Kirche als Vorbild hin«, seufzte Mayfeld.
»Leute, die etwas Bedeutendes bewegen oder Menschen führen, sind nicht unbedingt angenehme Zeitgenossen. Das ist heute nicht anders als damals. Unter Topmanagern ist der Anteil von Psychopathen von allen Berufsgruppen am höchsten. Hat dein Bernhard denn auch Gutes angerichtet?«
»Seine puristische Ästhetik war stilbildend für die Architektur seiner Zeit. Er war ein begnadeter Briefeschreiber und galt als bedeutender Mystiker. Er war bekannt für seine Predigten über das Hohelied der Liebe.«
Julia stand auf und trat hinter Mayfeld, legte ihre Hände auf seine Schultern und beugte ihren Kopf über seinen. Ihre Locken fielen über sein Gesicht und kitzelten ihn.
»Das war das Stichwort, auf das ich gewartet habe«, flüsterte sie.

***

Ginger war froh, wieder zu Hause zu sein. Jo war unterwegs bei einer Weinverkostung, Yasemin saß in der Küche und hatte bei einem Tequila auf sie gewartet. Sie gab Ginger einen langen salzigen Kuss. Danach holte sie eine Ceviche und eine Flasche Crémant aus dem Kühlschrank.

Sie machten sich über den marinierten Wolfsbarsch her. Ginger erzählte von dem arroganten Kommissar und seiner merkwürdigen Auffassung von Kollegialität. Erst spionierte er ihre Personalakte aus, dann spielte er den mitleidsvollen Kollegen und setzte sie unter Druck, gegen ihre Mandantin zu arbeiten.

Yasemin teilte ihre Verärgerung nicht. »Vielleicht meint es der Typ ja gut mit dir und war einfach nur aufrichtig. Kann doch sein, dass er es scheiße fand, wie die Leitung der Polizei mit dir umgesprungen ist. Und dass Uli in Schwierigkeiten ist und ihr am besten zusammenarbeitet, das kann auch sein. Eine Mordermittlung ist wahrscheinlich wirklich eine Nummer zu groß für dich.«

Yasemin stand auf und holte ihr Notebook. »Wir kommen jetzt zu unserem Beitrag zum Datenschutz«, sagte sie grinsend und öffnete mySpy auf ihrem Computer. »Oh«, entfuhr es ihr. »Hast du dein Handy nicht an?«

Das hatte Ginger im Fitnessstudio ausgeschaltet und anschließend nicht wieder angemacht, da war ihr Mayfeld dazwischengekommen. »Hab ich was verpasst?«

»Uli hat eine Nachricht von seinem Freund Harry bekommen. ›Wo steckst du? Ich mach mir Sorgen. Melde dich, sonst mache ich Ernst und stelle die Sachen ins Netz.‹«

Ginger schlug mit der Hand auf den Tisch. »Ich wusste, dass er mir etwas verschweigt.«

»Er ist vermutlich nicht der Erste in dieser Geschichte, der es mit der Wahrheit nicht allzu genau nimmt«, sagte Yasemin. »Aber du wirst jetzt nicht auf die Idee kommen, heute Abend noch etwas in der Sache zu unternehmen?«

»Die Idee hatte ich sofort. Aber ich kann ihm ja schlecht von mySpy erzählen. Ich fahre morgen früh zu ihm.«

»Wie schön.« Yasemin stand auf und räumte das Geschirr vom Tisch. Dann setzte sie sich breitbeinig auf Gingers Schoß. »Jo hat die Ceviche mit Tigermilch gemacht. Das soll das sexuelle Verlangen verstärken. Spürst du es auch?«

»Und wie.«

***

Ein richtiger Gutmensch hatte diese SMS geschickt. Vermietete sein Haus an dreckige Flüchtlinge statt an Volksgenossen. Das ganze Land war von diesen Gutmenschen verseucht. Richtig versifft war das arme Deutschland. Man musste den Mut haben, mit dem Pack aufzuräumen. Da hatte Bea schon recht. Eine große Reinigungsaktion war angesagt für die deutsche Heimat, im Interesse der Volksgesundheit. Das links-grün-liberale Gutmenschentum hatte den Volkskörper wie ein Tumor befallen.

Und dieser Tumor wucherte überall. So wurden das Volk und seine Abwehrkräfte immer weiter geschwächt.

Dieser Typ behauptete, er denke an andere, nahm frech die Werte des christlichen Abendlandes für sich in Anspruch. Dabei dachte er nur an sich und seinen Profit. Wollte sich wichtigmachen, sich an der ach so tollen eigenen Moral aufgeilen. Aber jetzt kam ihm genau der Richtige in die Quere. Barbarossa.

Er konnte mehrere Fliegen mit einer Klappe schlagen. Seinen Job zu Ende führen. Die Kohle kassieren. Und ein Zeichen gegen den Zeitgeist und den Niedergang setzen. Die Leute wachrütteln. Am Ende war alles zu etwas gut. Sein Plan nahm Gestalt an. Er konnte der Vorsehung dankbar sein.

FÜNF

In der Morgenbesprechung der Soko Höllenberg hatten Mayfeld und seine Mitarbeiter von Ackermann den Auftrag erhalten, die Wiesbadener Rhine Devils zu beschatten. Das war der Tiefpunkt der Zusammenarbeit mit dem LKA, da waren sich Nina, Aslan und Mayfeld einig. So etwas konnte das Drogendezernat erledigen. Oder man sparte sich die Aktion, es gab bestimmt überall Wichtigeres zu tun.

Die drei gingen vom Besprechungszimmer in Mayfelds Büro, um sich zu beraten.

»So kann der nicht mit uns umspringen«, zürnte Mayfeld.

»Bislang hat er es gekonnt«, widersprach Nina und schmunzelte.

»Sein Hochmut nimmt genau so viel Platz ein, wie wir ihm einräumen«, pflichtete Aslan seiner Kollegin bei.

»Ist das wieder ein Zitat?«, fragte Mayfeld. »Meinst du, es ist nur Hochmut? Oder Dummheit? Ich werde in der Mordsache Murcia auf jeden Fall weiterermitteln. Ich kann von euch nicht verlangen, dass ihr mitmacht. Wenn ihr nicht wollt, dann führt die Überwachung der Devils durch. Es wäre sowieso am besten, wenn wir diesen Auftrag nicht ganz schleifen ließen.«

»Wir tun das Nötigste und ansonsten das, was wir für notwendig und richtig halten«, sagte Nina. »So wird der Job ein bisschen spannender.« Sie lachte, als müsste sie sich Mut machen.

»Ungehorsam ist für jeden, der die Geschichte kennt, die recht eigentliche Tugend des Menschen«, ergänzte Aslan. »Sagte Oscar Wilde.«

Mayfeld hatte nichts anderes von seinen Kollegen erwartet. Auf Nina und Aslan konnte er sich unbedingt verlassen. Wenn es eng wurde, gab es noch Brandt, der ihnen Rückendeckung geben könnte.

»Lasst uns noch mal zusammenfassen, was wir in der Mordsache bislang wissen«, sagte Mayfeld. »Murcia wurde vor acht Jahren getötet. Er war damals in Drogengeschäfte verwickelt und kurz vor seinem Verschwinden inhaftiert gewesen. Er kannte

Uli Bareis, der sich einen Tag nachdem wir ein Foto von Murcia veröffentlicht haben, bei uns meldet, uns aber wenig sagt, was zur Klärung des Falles beiträgt. Er sagt nur, dass er Murcia kannte, was wir womöglich auch von allein herausgefunden hätten, und bringt seine Chefin und Partnerin mit Drogengeschäften in Zusammenhang. Dann verschwindet er, seine Wohnung brennt kurz darauf ab. Seine Chefin bestreitet eine Verwicklung in Drogengeschäfte, allerdings finden wir auf ihrem Anwesen eine ganze Hanfplantage und jeweils ein halbes Pfund Kokain und Crystal. Mia Pfaff lässt eine Detektivin nach dem Verschwundenen suchen. Die ist, warum auch immer, nicht besonders kooperativ.« Das alles hatten sie schon ein paar Dutzend Male durchgekaut, irgendetwas hatte er bestimmt übersehen, aber Vermutungen halfen ihnen jetzt nicht weiter.

»Pfaff bestreitet, in den Handel mit Koks oder Crystal verwickelt zu sein ...«, sagte Aslan.

»... aber die Hanfplantage kann sie nicht auch noch wegdiskutieren«, fiel Nina dem Kollegen fröhlich ins Wort.

»Wir gehen davon aus, dass der Mord an Murcia, die Aussage von Bareis, die Hanfplantage, die Drogenfunde, Bareis' Verschwinden und der Brand miteinander zusammenhängen«, fuhr Mayfeld fort.

»Wir haben sonst keine Anhaltspunkte«, sagte Nina.

»Wir suchen wie der Betrunkene, der in der Nacht auf dem Nachhauseweg einen Schlüssel verloren hat, diesen Schlüssel unter den Straßenlaternen. Er kann aber überall liegen«, bemerkte Aslan.

Nina lachte. Der Vergleich schien ihr zu gefallen. »Wo soll der arme Kerl denn sonst suchen? Im Dunkeln, wo er nichts sieht? So blöd ist nicht einmal ein Besoffener.«

»Es ist aber auch blöd, zu vermuten, dass der Schlüssel unter einer Laterne liegt, bloß weil dort Licht ist«, erwiderte Aslan.

»Es kann alles zusammengehören. Es kann nichts zusammengehören. Es können einige Dinge zusammengehören und andere nicht. Wir müssen alles bezweifeln«, sagte Mayfeld.

»Wir sind total am Schwimmen«, fasste Aslan die Lage zusammen.

Nina runzelte die Stirn. »Und wir wissen nicht, wohin wir schwimmen sollen. Und der Bademeister vom LKA ist auch doof. Schöne Scheiße.«

Ninas Handy klingelte. Sie telefonierte eine Weile. »Ich habe all meinen Charme spielen lassen wegen der Handyortung. Ich habe den Kollegen, der das macht, rumgekriegt. Gerade hat er angerufen. Uli Bareis' Handy war die ganze Zeit ausgeschaltet. Bis auf eine Viertelstunde gestern Nachmittag, da war es in Bingen eingeloggt.«

»Was wurde in der Viertelstunde mit dem Handy gemacht?«

Nina schüttelte den Kopf. »Das ohne richterlichen Beschluss herauszufinden wäre zu auffällig gewesen. Dafür hat mein Charme nicht gereicht.«

Mayfeld seufzte. »Ich verstehe nicht, warum sich Ackermann nicht vehementer für eine Überwachung von Bareis' Handy eingesetzt hat.«

»Bareis ist entweder tot oder in großer Not, oder er führt uns an der Nase herum.« Nina lachte ausnahmsweise nicht. »Alles ist möglich. Er ist entweder ein Wichtigtuer oder ein wichtiger Zeuge oder ein raffinierter Täter. Gehe zurück auf Los. Ziehe keine viertausend Mark ein.«

»Das ist vielleicht eine gute Idee«, warf Aslan ein.

»Viertausend Mark einziehen?«

»Mit der Geschichte noch einmal ganz von vorn anzufangen.«

»Tun wir das nicht schon die ganze Zeit?«

»Die Geschichte beginnt vor acht Jahren in Frankfurt«, warf Mayfeld ein, dem Aslans Gedanke einleuchtete. »Ein Chilene wird wegen Drogenbesitzes und des Verdachts auf Drogenhandel festgenommen. Wo hat er damals gewohnt? Mit wem hatte er damals Kontakt? Wer hat gegen ihn ermittelt? Hat jemand außer mir die alte Akte gelesen?«

»Ermittelt hat damals wie heute Ackermann«, sagte Aslan. »Die Akte ist nicht sehr ergiebig.«

»So sehe ich das auch. Da steht nur das Nötigste drin. Kaum Informationen zum Umkreis von Murcia, zur Vorgeschichte, zu den Gründen für den Verdacht gegen ihn. Das ist aber nicht ungewöhnlich für einen Fall, in dem es nie zur Anklage gekommen ist. Kontakt hatte er mit Uli Bareis, das wissen wir immerhin. Wo hat der damals gewohnt? Machst du mal eine Abfrage, Nina?«

Nina ging an Mayfelds PC, gab ein paar Daten ein. »Er wohnte in Niederursel. An derselben Adresse wohnte zu der Zeit ein Christian Feyerabend. Der ist bis heute dort gemeldet.«

Er sollte noch einmal mit Ackermann reden. Er sollte die alte Akte noch einmal lesen. Aber all das hatte er in den letzten Tagen schon mehrfach und vergeblich getan.

»Ich werde mit Feyerabend reden«, beschloss Mayfeld. »Ihr kümmert euch unterdessen um die Devils. Nina, du könntest deinen Charme noch mal spielen lassen. Vielleicht kommst du mit der Überwachung von Bareis' Handy doch weiter. Aslan, versuche, Mia Pfaff zu einer Zusammenarbeit zu bewegen. Und schaut euch Ulis Facebookseite an, vielleicht findet ihr etwas über Freunde von ihm heraus.«

Es war insgesamt recht wenig, was ihm eingefallen war.

Die beiden Kollegen gingen. Mayfeld ließ den Blick aus dem Fenster über die benachbarte Schrebergartenkolonie schweifen. Der Himmel verfinsterte sich, dunkle Gewitterwolken zogen sich am Horizont zusammen. Seit gestern hatte er das Gefühl, irgendetwas zu übersehen. Überschwemmten ihn die Fakten? Hatte er einen blinden Fleck? Hatte der blinde Fleck etwas damit zu tun, dass er es immer weniger ertrug, von Lackauf ausgebremst zu werden? Oder sich Ackermann unterordnen zu müssen? Das konnte es nicht sein. Er war Profi und Kummer mit Staatsanwälten und Kollegen gewohnt.

Es klopfte an der Tür. Brandt kam herein. Sein Chef, früherer Lehrer und zuverlässiger Förderer war alt geworden. Das Gesicht hatte tiefe Falten bekommen, die schweren Tränensäcke ließen ihn immer mehr einer französischen Bulldogge ähneln. Eines hatte sich mit den Jahren allerdings nicht geändert: Selbst an Hundstagen wie diesem trug der Kriminaloberrat einen korrekten Dreiteiler aus teurem englischem Stoff und, als eine Art Kontrastprogramm, ausgelatschte Mokassins.

»Mach das Fenster auf«, bat er Mayfeld, setzte sich auf den Besucherstuhl und zündete sich eine Zigarette an, die er aus einem silbernen Etui herausgefingert hatte. Aus der Anzugjacke holte er eine kleine silberne Muschel und stellte den mobilen Aschenbecher aufgeklappt vor sich auf Mayfelds Schreibtisch. »Läuft nicht so gut«, stellte er fest.

»Ich weiß gar nicht, ob ich mich darüber freuen soll, dass du mich im Fall Murcia dringehalten hast. Wir tappen im Dunkeln, Ackermann macht sein Ding, beschäftigt meine Leute mit Blödsinn.«

»Nina hat es mir gerade erzählt. Deswegen bin ich hier. Ich konnte bei der Besprechung vorhin leider nicht dabei sein. Soll ich dich von dem Fall abziehen?«

»Geht es dir gut?«

»Wie meinst du das?«

»Du warst beim Arzt.«

Brandt lächelte und zog genüsslich an seiner Zigarette. »Dir kann man auf Dauer nichts verheimlichen. Ja, ich war beim Arzt. Das Herz. Ich soll sofort mit dem Rauchen aufhören. Aber ich denke gar nicht daran. Wenn es vorbei ist, ist es vorbei.«

Mayfeld war alarmiert, Brandt war nicht nur sein Vorgesetzter, er war auch sein Freund. Allerdings hatte eine derart fatalistische Einstellung auch ihre Vorteile. Man war nicht so leicht unter Druck zu setzen von Gesundheitstechnikern, Gesundheitsfanatikern und Gesundheitsmanagern.

»Du hast meine Frage noch nicht beantwortet: Soll ich dich von dem Fall abziehen?« Brandt legte die Stirn in Falten, ganz französische Bulldogge.

»Auf keinen Fall. Für mich ist es noch nicht vorbei.«

Jetzt lächelte der Kriminaloberrat über das ganze Gesicht und hielt den Kopf etwas schief. »Das wollte ich hören. Ich werde es nicht zulassen, dass man euch wie kleine Kinder behandelt. Das ist der Vorteil, wenn du nichts mehr zu verlieren hast. Niemand kann dir etwas anhaben.«

Es klang nicht gut, was Brandt da sagte, zumindest nicht, was ihn persönlich betraf.

»Du machst mir Angst, Oskar.«

Brandt winkte unwirsch ab. »Ich halte bestimmt noch bis zur Pension durch.«

»Darum geht es doch nicht …«
»Ich habe einen guten Freund beim LKA. Den werde ich zu Ackermann befragen. So was mache ich normalerweise gleich, wenn sich einer von denen in meinem Bereich breitmachen will. Aber ich war gesundheitlich nicht auf der Höhe. Vielleicht kann ich dem Kollegen eine Botschaft zukommen lassen, dass er in Zukunft weniger nassforsch auftritt.«

An die Zeit nach Brandts Pensionierung wollte Mayfeld lieber nicht denken. Er war der geborene Netzwerker, kannte überall die wichtigen Leute, und das, ohne in irgendeiner politischen Partei zu sein oder sich irgendwo liebedienerisch eingeschleimt zu haben. Und stand loyal zu seinen Mitarbeitern, denen er, wo immer es ging, den Rücken freihielt. Kaum war er einmal krank, lief es schief im Dezernat.

»Ich brauche vor allem ein paar Informationen, warum das LKA an dem Fall so interessiert ist.«

»Das krieg ich raus.«

Brandt tippte die Asche ab, hustete, schloss den Taschenaschenbecher und verließ Mayfelds Zimmer.

★★★

»Hier bitte, meine Liebe!« Roman hatte die Brötchenhälften dick mit Butter bestrichen, auf die untere Hälfte Rädchen von Mainzer Fleischwurst gelegt, die obere Hälfte mit Kirschmarmelade beträufelt. Er schob den Teller zu Soraya hinüber.

»Hier bitte, lieber Roman«, antwortete Soraya, goss mit zittriger Hand Kaffee in die Porzellantasse und schob sie zu Roman.

»Ich mach das selbst«, sagte Ginger schnell, als Soraya Anstalten machte, auch sie zu bedienen.

»Wie immer«, sagte Soraya lächelnd.

»Wie immer«, antwortete Ginger. Frühstück bei Oma und Opa, immer mittwochs um neun in der Mainzer Kapuzinerstraße, mit Weck und Worscht, Kaffee und Kirschmarmelade.

»So frühstücken wir wirklich schon immer«, erzählte Oma. »Jedenfalls solange ich mich erinnern kann.«

Opa nickte. »Seit nach dem Krieg.«

»An den Krieg habe ich keine Erinnerungen. Ist schon so lange her.« Ein trauriges Lächeln huschte über Omas zartes, fast durchsichtiges Gesicht.

»Du warst fünf, als er zu Ende ging«, stellte Ginger fest und säbelte sich ein großes Stück Fleischwurst vom Ring.

»Er hat mir immer die Brötchen geschmiert, und ich habe ihm zu trinken eingeschenkt. Stimmt's, Roman?«

»Natürlich stimmt das, Soraya.«

Ginger schaute sich um. Die Möbel in der großen Wohnküche sahen noch älter aus als Oma und Opa, waren aber genauso gut erhalten. Über der Küchentheke hing Kupfergeschirr wie bei Mia, aber es machte einen friedlicheren Eindruck als bei der Tante. Über der Essecke hingen verblichene Fotografien, die Opa und seinen Vater zeigten, zusammen mit Geigen, Cellos und Künstlern, die auf den Instrumenten spielten.

»Wie habt ihr euch kennengelernt?« Zu Beginn der Behandlung hatte Dr. Triebfürst von Ginger alles Mögliche über ihre Familie wissen wollen, über die Havemanns aus Lorch und die Rosenbergs aus Mainz. Da war ihr aufgefallen, dass sie über die Familie ihrer Mutter recht wenig wusste, obwohl sie mit ihr viel mehr zu tun gehabt hatte als mit der väterlichen Linie, den Weinbauern und Schiffern aus dem unteren Rheingau.

»Wir kennen uns schon immer«, war Omas selbstverständliche Antwort.

»Danach hast du noch nie gefragt«, stellte Opa fest. »Ist auch nicht so spannend, wie wir uns kennengelernt haben.«

Er schlürfte bedächtig seinen Kaffee und schob die Tasse zu Soraya. »Bitte noch eine Tasse, meine Liebe. Soll ich dir noch ein Brötchen schmieren, Soraya?«

»Nein danke, vielleicht später.« Oma goss Kaffee nach und schob die Tasse zurück. »Bitte schön, Roman.«

Ginger spürte plötzlich einen Kloß im Hals und merkte, wie Tränen ihre Augenwinkel füllten. So würde sie später, im Alter, auch gerne frühstücken. Ob sie dafür ihren Lebens- und Liebesstil ändern müsste?

»Gehst du jetzt öfter zu diesem Psychologen?«, fragte Oma und stopfte das letzte Rädchen Wurst in den Mund.

»Zweimal in der Woche, montagmorgens und donnerstagnachmittags. Eigentlich will er, dass ich noch öfter komme.«
»Na, der hat Nerven«, empörte sich Oma.
»Ist das so einer mit Couch?«, fragte Opa.
Ginger nickte. »Ein Psychoanalytiker. Willst du meine Frage eigentlich nicht beantworten?«
Opa tat zerstreut. »Welche Frage? Mein Gott, wie vergesslich ich werde.«
»Wie habt ihr euch kennengelernt, Oma und du?«
Opa lächelte. »Will das dieser Psychofritze wissen?«
»Psychoanalytiker.«
»Das meine ich doch. Will er die ganze Familiengeschichte wissen?« Opa wurde ernst, sammelte sich, bevor er leise weitersprach. »So sind sie, diese Psychofritzen. Früher habe ich überhaupt nicht gerne darüber gesprochen. Unserem Volk ist zu viel Schlimmes passiert, und es hat niemanden interessiert. Ich habe lange gedacht, dass man die Vergangenheit am besten ruhen lassen sollte. Manchmal denke ich es noch heute. Ich bin mir gar nicht sicher, ob es gut ist, wenn jemand weiß, dass wir Sinti sind.«
»Aber ich bin deine Enkelin.«
»Wir haben dir auch nie verschwiegen, dass du eine Sinteza bist, dich hat das nur nicht weiter interessiert.«
Da hatte Opa recht.
Er fuhr fort. »Also gut, bringen wir es hinter uns. Die Steinbachs und die Rosenbergs sind seit vielen Generationen in Mainz ansässig, unsere Familien sind schon lange nicht mehr über Land gefahren. Wir hatten Wohnungen in der Birnbaumsgasse und in der Fischergasse. Wie alle anderen auch. Mein Vater hat nach dem ersten großen Krieg eine Instrumentenbauerwerkstatt in der Rotekopfgasse betrieben. Ich war fünf, als sie uns abgeholt haben. Es war im Mai 1940.«
»Abgeholt? Wer hat euch abgeholt?«
»Die Polizei. Sie haben uns ins Präsidium in der Klarastraße gebracht. Von dort mussten wir zum Güterbahnhof laufen, dort wurden wir in Viehwaggons gesteckt und ins Zuchthaus Hohenasperg gebracht. Das ist in Süddeutschland. Soraya hat diese Reise im Bauch ihrer schwangeren Mutter gemacht.«

»Ich hatte das gemütlichste Abteil«, scherzte Oma. Opa schien das Sprechen von Satz zu Satz schwererzufallen. »Von dort wurden wir nach Polen deportiert. Das nannte man damals Generalgouvernement Ost. In Polen konnten unsere Familien zusammen fliehen und sich in den Wäldern verstecken. Dort wurde Soraya geboren. Ich kenne sie also schon immer, seit ihrer Geburt.«

Eine Sandkastenliebe, wollte Ginger sagen, aber was Opa da erzählte, klang nicht nach Sandkasten und Kindergeburtstag, sondern nach Hunger und Kälte und Gefahr.

»Später haben sich unsere Familien wieder nach Deutschland durchgeschlagen, noch während des Krieges. Wir sind bei Verwandten in Lothringen untergekommen, dann haben wir uns in der Südpfalz versteckt. Bis alles vorbei war.«

»Das war möglich?«

»Gegen Ende des Kriegs ging es in Deutschland drunter und drüber. Und es musste einfach gehen. Sorayas und meine Mutter hatten Heimweh nach Deutschland, nach dem Land, das sie so schlecht behandelt, das ihnen alles genommen hatte. Die beiden haben sich durchgesetzt. Sorayas Mutter war eine Frau mit scharfen Sinnen und einer guten Orientierung. Sie diente unserer Gruppe als Kundschafterin. Meine Aufgabe war es, ihr Kind nach dem Abstillen zu tragen und zu füttern.«

»Jetzt ist es genug mit den alten Geschichten«, unterbrach Oma das Gespräch. Sie war während der letzten Minuten auf ihrem Stuhl hin und her gerutscht, wie eine Schülerin, die auf das Stundenende hoffte, um nicht mehr drangenommen zu werden. »Es ist genug für heute. Mach mir noch einen Weck!« Opa tat sofort, um was sie ihn gebeten hatte. »Mit Kirschmarmelade!«

»Und dein Vater hat die Instrumentenwerkstatt nach dem Krieg zurückbekommen?«, fragte Ginger, als der Großvater seine Aufgabe erledigt hatte. Vielleicht war es leichter, über die Zeit nach dem Krieg zu reden, als alles wieder besser geworden war.

Opa schüttelte traurig den Kopf. »Es war alles weg, als er zurückkam. Niemand hat ihm geholfen. Die Leute hatten andere Sorgen, als einem Zigeuner seine Habe zurückzugeben. Vor Gericht hat er kein Recht bekommen. Die Richter haben in den fünfziger Jahren in einem Urteil behauptet, unsere Verfolgung sei nicht rassisch begründet, sondern sei eine polizeiliche Präventivmaßnahme zur Bekämpfung der Zigeunerplage gewesen. Zigeunerplage, so sahen das viele auch nach dem Krieg, und so sehen sie das noch heute. Diese Haltung ist nicht weg, bloß weil heute niemand mehr ›Zigeuner‹ sagt. Ich wollte deiner Mutter und dir diese Verachtung ersparen, deswegen habe ich kaum über unser Volk gesprochen. Vielleicht war das falsch.«

Oma zitterte beim Einschenken etwas stärker als sonst. »Jetzt ist der Kaffee in der Untertasse«, schimpfte sie. »Können wir nicht über etwas anderes sprechen?« Sie schaute flehentlich zu Ginger. »Wie geht es beruflich?«

Sie hatte den alten Leuten genug zugesetzt. »Ist gut, Oma. Vielen Dank, Opa.«

»Jetzt bist du dran mit dem Erzählen«, beharrte Oma auf ihrer Frage.

Ginger berichtete von ihrem Fall, dem verschwundenen Uli Bareis, dem Feuer in der Grorother Mühle.

»Ist das denn der richtige Beruf für dich, mein Kind?« Oma klang besorgt. »Vielleicht solltest du Onkel Mateo fragen, ob du bei ihm in der Werkstatt anfangen kannst. Was meinst du, Roman?«

»Das habe ich Ginger schon vor Langem gesagt. Aber sie will nicht.«

Die Großmutter blickte bekümmert zu ihrer Enkelin. »Manchmal ist es besser, wenn man die Dinge auf sich beruhen lässt. Ich habe kein gutes Gefühl.«

Noch jemand mit Vorahnungen.

»Pass bitte gut auf dich auf, Ginger. Versprichst du uns das?«
»Mach dir keine Sorgen, Oma. Natürlich werde ich das tun.«
Das wird nicht leicht, flüsterte eine innere Stimme.

★★★

Er hatte dabei gelacht. Es war ein Rausch, nur viel besser. Ein Orgasmus, nur viel besser. Es war überhaupt das Allerbeste, was ein Mann erleben konnte. Zu spüren, dass MANN existierte.

Danach war der Sex besser. Besser als nach Killerspielen oder Splatterfilmen, obwohl es danach auch schon ziemlich geil war. Er war da! Man musste mit ihm rechnen! Seine Gegner hatten Angst vor ihm! Er fühlte sich lebendig wie nie zuvor. Bea krümmte sich unter ihm. So war es recht. Hier hatte sie ihren Platz. Er sah ihre vor Angst geweiteten Augen, große Seen, in die er hinabtauchen wollte. Oder besser doch nicht. Er ließ locker. Sie schnappte nach Luft. Dann wieder zudrücken. Zustoßen. Loslassen. Zudrücken. Zustoßen. Sie wimmerte und bettelte um Gnade. Natürlich gewährte er diese Gnade. Er war schließlich kein Unmensch. Endlich war sie still. Und er erklärte ihr die Welt. Er konnte das, denn er hatte viel im Netz gelesen. Philosophie und solche Sachen.

Alle großen Menschen waren Verbrecher, es kam in der Weltgeschichte nur auf die großen Verbrecher an. Fast in allen Verbrechen drückten sich zugleich Eigenschaften aus, die an einem Mann nicht fehlen sollten. Mut, Kühnheit, Stärke, Kraft. Wo Heroismus war, da gab es kein Verbrechen mehr. Die Weltgeschichte war ein Kampf auf Leben und Tod, Herr oder Knecht sein, darum ging es, das hatte er auf einer Internetseite gelesen. Töten oder getötet werden, darum ging es. Im Akt des Tötens kam der Mann zu sich selbst. Oder so ähnlich.

Das Handy klingelte. »Hagen ruft an«, meldete das Display. Missmutig ließ er sich in seinem Vortrag unterbrechen und nahm das Gespräch an. Hagen wollte wissen, wann er den nächsten Bericht bekomme, ob alles okay sei. Ob er sicher sein könne, dass nichts schiefgehen werde.

Natürlich würde nichts schiefgehen, versicherte Barbarossa.

Er fieberte dem nächsten Fest entgegen, dem nächsten Triumph des Willens.

★★★

Sie hatte Harry Rothenberger angerufen, aber er hatte sich nicht gemeldet. Das konnte alle möglichen Gründe haben, aber Ginger hatte ein ganz mieses Gefühl. Schon wieder eine ihrer Ahnungen. Der Krake Angst umklammerte ihren Kopf. Das musste sie beenden, also fuhr sie nach Erbach, so schnell sie konnte. Wäre besser gewesen, sie hätte das gleich gestern Abend gemacht, aber da waren die Vorahnungen noch nicht so deutlich gewesen, und der Krake hatte noch geschlafen. Manchmal grenzten ihre Vorahnungen an Aberglauben. Magisches Denken hatte Dr. Triebfürst das genannt, einen Ausdruck kindlicher Regression angesichts von Hilflosigkeit und Überforderung, nicht immer leicht zu unterscheiden von Intuition – eine Art großer und erwachsener Schwester dieser Art zu denken, Ausdruck von Durchlässigkeit gegenüber dem Unbewussten und Sensibilität gegenüber dessen Signalen. Zum Glück drückte sich der Doktor meistens nicht so geschwollen aus.

Bereits am Vormittag war es unerträglich heiß und die Lederklamotten zu tragen eine Tortur. Sie stellte das Moped vor Harrys Haus ab. Die Tür zum Haus am Erbacher Marktplatz stand offen. Kein gutes Zeichen. Sie machte ein Foto.

Sie rief nach Harry. Niemand antwortete. Kein gutes Zeichen.

Aus dem Haus schlug ihr ein süßlicher Geruch entgegen. Sie kannte diesen Geruch. Er erinnerte sie an Daniel, der neben ihr auf dem Autositz verblutet war. Gar kein gutes Zeichen.

Sie betrat das Haus.

Im Wohnzimmer lauerte das Böse.

Harry Rothenberger thronte auf seinem rot gepolsterten, schwarz gebeizten Stuhl – warum bloß nahm sie diese Details wahr? – neben dem Klavier, in all dem Chaos, das seit ihrer letzten Begegnung noch viel schlimmer geworden war. Seine Hände waren mit den Armlehnen verschmolzen, wie in einem letzten Kampf verkrampft hielten sie sich dort fest, blutverschmiert, grotesk verrenkt; seine Füße waren bloß noch Klumpen Fleisch. Der Kopf war zur Seite geneigt, die Augen offen, das Gesicht starrte sie ungläubig an. Die Mundwinkel grinsten diabolisch, waren bis zu den Ohrmuscheln blutig ausgefranst. Unterhalb des Kinns, quer über den gesamten Hals, klaffte eine Wunde, die den Blick auf Speise- und Luftröhre erahnen ließ. Harrys Hemd war blutgetränkt. Auf dem Holzboden um den Stuhl herum schimmerte eine Lache Blut rotbraun und verströmte den süßfauligen Geruch des Todes.

Gleich würde sie den Boden unter den Füßen verlieren und in dem blutigen Sumpf versinken, der sie in sich hineinzog. Komm zu mir, flüsterte eine Stimme, und sie war sich nicht sicher, ob es Harrys oder Daniels Stimme war. Du kannst nicht entkommen. Ich warte.

Ginger wandte sich ab und übergab sich in eine Ecke des Raums. Sie würde nicht durchdrehen, auch wenn es ihr gerade schwerfiel. Sie würde nicht durchdrehen, wiederholte sie immer und immer wieder.

Was für ein Tier hatte Harry das angetan?

***

Mayfeld schaute sich in dem Zimmer um. In der Mitte des Raums stand ein Stuhl mit dem obszön zur Schau gestellten Leichnam eines Gefolterten, mitten in einer Lache von Blut. In einer Ecke stand ein Klavier, auf dem sich Noten stapelten. An der Wand links davon hingen Plakate, die auf Konzerte einer Band namens The New Petards hinwiesen. Ansonsten waren die Zimmerwände bis zur Decke von Regalen bedeckt, und jemand hatte die Kartons und Kisten, in denen Rothenberger alles Mögliche aufbewahrt hatte, auf den Boden geleert: Noten, Dokumente, Videokassetten, CDs, Whiskeyflaschen, Postkarten, Fotos.

Noch nie war Mayfeld Zeuge einer derart grausamen Hinrichtung gewesen. Ein Mensch war wie Dreck behandelt worden. Er bemühte sich dennoch um Sachlichkeit. Arm- und Fußgelenke waren mit Kabelbindern an den Stuhl gefesselt worden. Die Finger waren gebrochen, die Füße zerschlagen, die Mundwinkel bis zu den Ohrmuscheln aufgerissen und die Kehle durchtrennt worden. Es hatte dem Täter Spaß gemacht, sein Opfer so zu behandeln, es war sein ultimativer Triumph. Er wollte, dass es alle wussten: Er hatte die Macht, Menschen auf jede erdenkliche Art und Weise zu demütigen, und er war dazu bereit.

Die Signatur des Bösen.

Wie erbärmlich. Jeder Mensch hatte die Macht, andere in eine Falle zu locken, zu foltern und zu töten. Oder auf einem Markt in die Luft zu sprengen. Oder in einer Schule mit Gewehr-

schüssen niederzustrecken. Oder mit einem Lkw zu überfahren. Er musste nur alle menschliche Rücksichtnahme abstreifen und sich einreden, diesem Akt der Unmenschlichkeit hafte etwas Großartiges, Erhabenes, Wegweisendes an. Er unterstreiche die Großartigkeit von Nation, Rasse, Religion oder auch nur, als metaphysische Schrumpfform des ideologischen Ressentiments, die Unbedingtheit des persönlichen Hasses. Wenn man eine solche Einstellung der ganzen dummen und vorgeschobenen Begründungen entkleidete, blieb im Kern übrig: unbedingter Hass, der alle menschlichen Bindungen zerstörte. Wahrscheinlich funktionierte das auch ganz ohne Rechtfertigung. Vielleicht reichte es manchem als Beweggrund, dass er in der Lage war, so etwas zu tun, um es zu tun. Vielleicht war das der Kick. Die Macht, über andere verfügen zu können, sobald man die moralischen Hemmungen abschüttelte. Sobald man die menschlichen Bindungen verleugnete. Falls die überhaupt bestanden.
Oder war es ganz anders? War alles nur eine Inszenierung, die von den wahren Motiven ablenken sollte?
»Chef?«
Nina holte ihn aus seiner düsteren Meditation. Er war nicht hier, um die Schlechtigkeit der Welt oder der Menschen zu beklagen und philosophisch zu analysieren, sein Job war, diese Schlechtigkeit zu dokumentieren und zu bekämpfen, einzudämmen und zu ahnden. Möglichst sachlich, ohne persönliche Betroffenheit oder intellektuelle Ausschweifungen.
»Willst du mit der Zeugin reden, die das Mordopfer gefunden hat?«
»Ich komme gleich.«

»Sie schon wieder.«
Die Detektivin, der er gestern nahegelegt hatte, sich aus dem Fall herauszuhalten oder wenigstens zu kooperieren, saß in der Küche des verwaisten Hauses. Motorradhose, verschwitztes T-Shirt, schwarze lockige Haare, die auf die Schultern fielen. Neben ihr auf dem Boden standen ein Rucksack und ein Motorradhelm. Sie war etwas blass um die Nase, die gestern so lebendigen und neugierigen Augen waren leer. Er ersparte sich das »Hatte

ich Ihnen nicht gesagt, Sie sollen ...?«, das ihm auf den Lippen lag. Für Rechthaben war jetzt nicht der richtige Zeitpunkt.

»So viel Blut«, murmelte sie, »so viel Blut.«

Nina hatte ihm die Akte des Verkehrsunfalls besorgt, in den die Detektivin vor ein paar Jahren verwickelt gewesen war. Ihr Freund war damals neben ihr verblutet. Mayfeld konnte erahnen, wie sie sich jetzt fühlte.

Er fasste sie bei der Hand, sie zuckte zusammen, ließ ihn aber gewähren. Es war nicht gut, in einem solchen Moment allein zu sein.

»Frau Havemann, wir müssen reden.« Und lauter: »Frau Havemann!«

Sie tauchte aus ihrer Trance auf, nahm ihn in den Blick, allmählich kam Leben in ihre Augen zurück.

»So etwas macht kein Tier.«

Mayfeld nickte. »So etwas macht nur ein Mensch. Einer, den ich finden werde. Sie werden mir dabei helfen, indem Sie mir genau erzählen, was Sie hier zu suchen hatten.«

Sein nüchterner Ton schien sie in die Realität zurückzuholen. Sie straffte ihren Oberkörper, richtete sich auf, schüttelte sich, als könne sie so die Last loswerden, die der Anblick des zu Tode Gefolterten auf sie gelegt hatte.

»Haben Sie Uli Bareis hier gesucht?«

»Ja.«

»Sie können ruhig etwas ausführlicher antworten. Jetzt ist nicht die Zeit für Rivalitäten oder falsche Rücksichtnahme, die Loyalität zu Ihrer Auftraggeberin ist nicht mehr wichtig. Sie sehen doch, was hier passiert ist.«

Allmählich schien sie zu verstehen.

»Harry und Uli waren befreundet. Harry ist einer der letzten Menschen gewesen, die Uli vor seinem Verschwinden getroffen hat. Deswegen wollte ich ihn sprechen.«

»Und wie es der Zufall so will, kommt er kurz zuvor zu Tode.«

Mayfeld konnte angesichts von so viel Verstocktheit den sarkastischen Ton in seiner Stimme nicht unterdrücken. Glaubte diese Frau wirklich, ihn mit halben Wahrheiten abspeisen zu können?

»Es reicht jetzt. Warum haben Sie ihn gerade jetzt aufgesucht?«

Irgendetwas bewegte sich im Gesicht der jungen Frau, entspannte sich, sie schien einen Entschluss gefasst zu haben.

»Also gut. Ich war bereits vorgestern bei Harry, habe aber nichts Wichtiges von ihm erfahren. Ein paar Andeutungen über einen Streit zwischen Mia und Uli, die eine harmlose Erklärung für Ulis Verschwinden geben könnten, das war es auch schon. Aber ich hatte den Eindruck, dass er mir nicht die ganze Wahrheit sagte. Er war sehr beunruhigt über Ulis Verschwinden, das war mit Händen zu greifen, aber er erzählte mir nur Banalitäten. Ich bin an diesem Tag nicht weitergekommen. Deswegen wollte ich noch einmal mit ihm reden.«

Nicht die ganze Wahrheit zu sagen, das schien in diesem Fall endemisch zu sein. Bislang hatte sie kaum etwas Neues gesagt. Er ließ ihr noch etwas Zeit, auch wenn sich seine Geduld mit der Detektivin dem Ende zuneigte.

»Meine Auftraggeberin hat auf Ulis Handy eine App installiert, die es ihr erlaubt, seinen Telefonverkehr zu überwachen.«

»Natürlich ohne dessen Wissen.« Schöne neue Welt, dachte Mayfeld. Deswegen hatte sich die Detektivin schwer damit getan, mit der Sprache herauszurücken. Aber Mayfeld wollte sich nicht allzu sehr empören. Auch er hatte es in diesem Fall mit den Regeln nicht allzu genau genommen.

»Das Handy ist in der letzten Zeit fast immer ausgeschaltet. Aber manchmal geht es ins Netz. Beim ersten Mal, als es nach Ulis Verschwinden im Netz war, wurde Mia ins Kapellchen gerufen, und die Mühle brannte ab. Gestern Abend hat Harry Uli eine SMS geschickt, er werde irgendetwas ins Netz stellen, wenn sich Uli nicht melde, und der hat zurückgeschrieben, er komme vorbei. Ich wollte von Harry wissen, was es mit diesem Chat auf sich hat. Wie Sie sehen, kam ich zu spät.«

»Wissen Sie, was Harry ins Netz stellen wollte?«

»Nein, eben nicht.«

»Haben Sie Uli jemals gesehen?«

»Seit ich den Auftrag bekommen habe? Nein. Fast wäre es mir gelungen, ihn zu treffen, als er Mia ins Kapellchen bestellte. Ich konnte das Handy orten, es war in der Nähe des Wallufer Fasses eingeloggt, aber als ich dort eintraf, war er schon wieder weg.

Allerdings hat ihn jemand mit einer Begleiterin dort gesehen. Wir haben uns ganz knapp verpasst.«
»Und dieser Jemand war sich ganz sicher?«
»Er hat ihn auf dem Foto, das ich ihm gezeigt habe, sicher erkannt.«
»Das würde bedeuten, dass Uli Bareis untergetaucht ist und möglicherweise sowohl mit dem Brand in der Grorother Mühle als auch mit der Ermordung von Harry Rothenberger in Verbindung steht. Sie ahnen schon eine ganze Weile, dass er ein übles Spiel spielen könnte, aber Sie wollten den Geliebten Ihrer Auftraggeberin nicht belasten.«
Sie nickte wortlos. Wenn Uli Bareis in den Mord an Rothenberger verwickelt war, dann hatte Havemanns Weigerung, mit der Polizei zu kooperieren, wertvolle Zeit gekostet, in der Bareis nicht gestoppt worden war. Was den armen Teufel drüben im Wohnzimmer möglicherweise das Leben gekostet und ihm einen grausamen Tod beschert hatte. Das wusste Havemann. Die juristischen und vor allem die moralischen Konsequenzen für die Detektivin waren gravierend.
»Ich kann mir nicht vorstellen, dass Uli Bareis das alles gemacht hat. Es macht keinen Sinn, das Haus, in dem er wohnt, anzuzünden, seinen besten, vielleicht seinen einzigen Freund derart bestialisch zu ermorden. Er ist ein stiller Typ, kein Gewalttäter.«
Natürlich konnte sie sich das nicht vorstellen. Vor allem konnte sie die moralische Last kaum tragen, wenn das stimmte. Sie hatte jemanden gewähren lassen, der möglicherweise Amok lief, der alte Rechnungen beglich, neue Rechnungen aufmachte oder was auch immer in seinem kranken Hirn vor sich ging. Den hatte sie, solange es irgendwie ging, vor den Blicken der Polizei geschützt. Das würde sich Mayfeld an ihrer Stelle auch nicht vorstellen wollen.
»Sie kennen den Mann doch gar nicht. Sie wissen nicht, was in seinem Kopf vorgeht. Wenn einer Amok läuft, heißt es nachher ganz oft, er war still und unauffällig. Die Leute laufen nicht monatelang vorher mit Schaum vor dem Mund durch die Gegend. Bei islamistischen Attentätern ist es genauso, man nennt es dann Blitzradikalisierung. Ich glaube eher daran, dass da etwas längere

Zeit gärt und niemand hinschaut, weil niemand etwas davon wissen will. Man blendet aus, was nicht ins Bild, nicht in die eigene Bequemlichkeit passt, solange es geht. Und nachher ist die Überraschung groß.«

»Und Sie machen das ganz anders. Halten jeden für einen potenziellen Massenmörder. Oder noch besser: erahnen die Richtigen. Das glauben Sie doch selbst nicht.«

Ginger Havemann stand auf. Sie hatte ihre Fassung wiedergefunden, war wieder im Kampfmodus. Mayfeld konnte jetzt die Schrift auf ihrem T-Shirt entziffern. »Too cool for you«.

»Ich hoffe für Sie, dass Uli Bareis mit diesem Mord nichts zu tun hat. Anderenfalls werden Sie sehr viel Ärger bekommen, Frau Havemann.«

»Na klar. Weil ich nicht hellsehen konnte.«

»Weil Sie Ermittlungen behindert haben.«

Ein uniformierter Kollege betrat die Küche und unterbrach ihren Streit. Jung, bemüht, diensteifrig.

»Ein Herr Münch aus der Nachbarschaft hat heute Nacht einen Wagen gesehen, der nicht hierhergehört, einen Defender«, berichtete der Polizeibeamte.

»Können Sie nicht warten, bis ich hier fertig bin?«, herrschte Mayfeld ihn an.

»Ich dachte, es ist vielleicht wichtig«, versuchte der Beamte sich zu rechtfertigen.

»Halten Sie sich draußen zur Verfügung.« Er würde dem Kollegen das mit der Vertraulichkeit von Ermittlungsergebnissen wohl noch einmal erklären müssen.

»Uli Bareis kannte übrigens Felipe Murcia, dessen Tod Sie ebenfalls untersuchen«, sagte Havemann. »Die beiden haben in Frankfurt zusammengewohnt.«

»Weiß ich bereits, aber schön, dass Sie es erwähnen.« Das meinte er ganz ernst. Vielleicht hörte die Detektivin endlich mit dem Versteckspiel auf.

»Bareis hat vor seinem Verschwinden einige Adressen gegoogelt, wollen Sie die haben?«

»Bringt uns das weiter?«

Sie zuckte mit den Schultern. »Weiß nicht. Sein Notebook ist verschwunden. Ich habe eine Kopie der Festplatte. Sind Sie daran interessiert?«

Na also, ging doch. »Lassen Sie mir die zukommen.«

»Kann ich jetzt gehen?«

»Noch nicht. Was haben Sie über das Opfer herausgefunden, über Harry Rothenberger? An dem sind Sie doch schon länger dran als ich.«

»Alter Rock'n'Roller, linker Macho. Verdiente sein Geld mit einer Nostalgieband, The New Petards, die Songs der Siebziger und Achtziger covert, und als Musiklehrer. Hat ein Haus geerbt, das er an Flüchtlinge vermietet hat, und bekam deswegen andauernd Stress mit rechten Arschlöchern im Netz. Ich glaube, auch mit seiner Familie, die nicht einverstanden ist, wie er mit dem Erbe seines Vaters umgeht. Besorgte Bürger halt.«

»Hat er Ihnen das erzählt?«

»Teils hat er es mir erzählt, teils kann man es im Netz nachlesen. War's das?« Die Detektivin schien es eilig zu haben.

»Vergessen Sie die Daten von Bareis' Festplatte nicht.« Er winkte sie zur Tür, als wollte er sie verscheuchen. »Keine Extratouren mehr! Ich war schon zu nachsichtig mit Ihnen.«

Havemann stand auf, griff nach dem Motorradhelm und ihrem Rucksack und verließ den Raum. »Versprochen«, murmelte sie beim Hinausgehen.

Eine widerspenstige und attraktive Frau. Mayfeld schaute ihr nach. »I'm not your babe«, stand auf der Rückseite ihres T-Shirts.

Draußen warteten Nina und der uniformierte Kollege.

»Wir müssen Rothenbergers Exfrau informieren, vor allem seine beiden Kinder. Soll ich das machen?«

»Ich mache das.« Vielleicht hatte die Familie Informationen, die wichtig waren.

»Der Kollege hat die Anschrift rausgesucht.«

Der Beamte streckte ihm einen Notizzettel entgegen, Mayfeld nahm ihn entgegen und verzichtete auf die Ermahnung.

Nicole Römer wohnte im Bachhöller Weg in Erbach, in einem Bungalow zwischen Schule, Kindergarten und freiwilliger Feuerwehr.

Mayfeld hasste es, Todesnachrichten zu überbringen, in diesem Fall wusste er noch weniger als sonst, was ihn erwartete, schließlich war es die Ex und nicht die Frau des Toten, die er benachrichtigen musste.

Nicole Römer war zu Hause, die Lehrerin hatte Sommerferien. Sie war eine Mittvierzigerin mit blondem Bubikopf und sportlichem Outfit, mit der Ausstrahlung eines guten Kumpels.

Sie nahm die Nachricht im ersten Moment gefasst auf, bat Mayfeld ins Haus und setzte sich mit ihm an den Esstisch im großzügig geschnittenen und lichtdurchfluteten Wohnzimmer.

Eine Minute später hatte sie endlich verstanden, was er gerade gesagt hatte. Ihr Gesicht erstarrte, dann überwältigte sie ein tiefes und nicht enden wollendes Schluchzen. Mayfeld machte ein paar hilflose Gesten, reichte ihr ein Taschentuch, brachte ihr ein Glas Wasser aus der Küche, fragte nach weiteren Angehörigen von Harry Rothenberger und von Nicole Römer, alles ohne irgendeinen erkennbaren Effekt.

Nach einer endlosen Weile, die er kaum ertragen konnte, weil er sich so hilf- und nutzlos vorkam, hörte das Weinen auf.

»Danke, dass Sie hiergeblieben sind«, sagte Frau Römer.

Es war also doch nicht alles nutzlos gewesen.

»Sie sind wahrscheinlich überrascht von meiner Reaktion. Wir haben uns vor drei Jahren getrennt und uns scheiden lassen, sind aber gute Freunde geblieben. Wie ist es passiert?«

Auf diese Frage wollte Mayfeld lieber nicht antworten. Also erzählte er etwas von ermittlungstaktischen Gründen, die ihm nicht erlaubten, darüber Auskunft zu geben. Frau Römer akzeptierte das.

»Warum haben Sie sich scheiden lassen? Ich kenne viele Paare, die verheiratet bleiben, von denen man nicht behaupten kann, dass sie gut miteinander befreundet sind.«

»Ich konnte seine Affären nicht ertragen, jedes Jahr mindestens eine oder zwei. Das gehörte für ihn zum Leben eines Rock'n' Rollers. Money for nothing, chicks for free.« Sie lächelte wehmütig. »Ich kam mit seinen Vorstellungen einer offenen Beziehung nicht zurecht, ich habe es lange versucht, aber es ging nicht. Genau genommen habe ich also gar kein Anrecht, irgendetwas zu erfahren.«

»Sie sind die Mutter seiner Kinder, hat mir ein Kollege gesagt.«
Sie schüttelte den Kopf. »Da hat er Ihnen etwas Falsches gesagt. Jan und Lara sind nicht seine Kinder, sie stammen aus einer früheren Beziehung von mir.«

Dann war sein Besuch hier komplett überflüssig. Noch nicht einmal das hatte der junge Kollege richtig gemacht.

»Aber es ist gut, dass Sie uns benachrichtigen. Harry hat die beiden Kinder geliebt wie seine eigenen. Er wollte sie adoptieren, aber leider hat ihr leiblicher Vater dem nicht zugestimmt.« Sie lachte bitter. »Kümmert sich nicht die Bohne um seine Kinder, aber wenn es um eine Adoption geht, erinnert er sich an die sogenannten Blutsbande. Harry wollte die Adoption sogar noch nach unserer Trennung.«

Sie machte eine Pause.

»Es klingt vielleicht hässlich, so kurz nach einer Todesnachricht über Erbschaften zu reden, aber er wollte die Adoption vor allem deswegen, weil die Kinder später einmal sein Vermögen erben sollten. Er hat sonst niemanden, dem er etwas vererben wollte.«

»Keine sonstige Familie?«

»Doch, aber gerade die sollte nichts bekommen.«

Das Gespräch nahm eine interessante Wendung. »Erzählen Sie mehr!«

»Er war deswegen bei einem Notar, der ein Testament für ihn entworfen hat, damit die Kinder dennoch erben können. Martina hat getobt, als Lara das ihr gegenüber ausgeplaudert hat.«

»Wer ist Martina?«

»Harrys Halbschwester. Die Sache ist die, dass Martina und Harry eine gemeinsame Mutter hatten, aber verschiedene Väter. Martina hat die Mutter bis zu ihrem Tod gepflegt, Harry hat sich da ziemlich zurückgehalten. Typisch Mann halt. Den Vater, Harrys Vater, der eigentlich nur Martinas Stiefvater war, hat sie auch gepflegt. Sie können sich vielleicht vorstellen, was in der Familie los war, als der Vater vor zweieinhalb Jahren starb und alles seinem leiblichen Sohn vermacht hat und nichts, überhaupt nichts seiner Stieftochter. Der alte Rothenberger hat ein Leben lang auf seinem Geld gesessen, nichts davon ausgegeben, nichts abgegeben, sogar seine Frau ist arm wie eine Kirchenmaus gestorben, weil der Alte Gütertrennung vereinbart hatte. Ich habe Harry gesagt, gib deiner Schwester was ab, sie hat es verdient, aber Harry ist stur geblieben. Er wollte alles ›für seine Kinder‹, wie er Jan und Lara immer genannt hat, behalten. Und außerdem konnte er Martina nicht ausstehen. Er hielt sie für eine primitive Spießerin, ihre politischen Ansichten passten ihm nicht. Manchmal habe ich gedacht, er hat das Haus nur an Flüchtlinge vermietet, um Martina eins auszuwischen. Was soll man davon halten, wenn jemand das Richtige tut, aber aus den falschen Gründen?«

Nicole Römer stand auf, ging zu einem Sideboard, holte ein Notebook und öffnete es.

»Ich bin mit Harry natürlich auch auf Facebook befreundet. Wollen Sie mal seine Seite sehen?«

Sie ließ Mayfeld auf das Display schauen. Harry Rothenberger hatte jede Menge unfreundlicher Kommentare auf seiner Seite stehen lassen und sie sarkastisch kommentiert. Sie drehten sich alle um die Tatsache, dass er ein Haus mitten in Erbach an Flüchtlinge vermietet hatte.

»Diese Einträge sind von seiner lieben Schwester«, sagte sie und deutete auf einige besonders giftige Kommentare. »Hornblower‹ nennt sie sich im Netz. Originell, finden Sie nicht?«

So hätte das Mayfeld nicht genannt. In den Beiträgen war davon die Rede, dass, wer sich »mit solchen Menschen« einlasse, daran zugrunde gehen werde. Ob es nicht schon genug ausländische Drogendealer im Land gebe? Dass er an seiner Gier ersticken solle. Dass er immer daran denken solle, dass der IS den Leuten, die ihm zu nahe kommen, die Kehle durchschneide.

Äußerungen direkt aus der Jauchegrube. Überall waberte der Hass.

Die Antworten Harrys liefen darauf hinaus, dass die »Schreiberlinge« mit ihren Kommentaren vor allem den eigenen Charakter bloßstellten und zeigten, was für armselige und vor Neid zerfressene Arschlöcher sie seien. Mayfeld fand das zwar sehr drastisch formuliert, im Kern aber zutreffend.

»Hat Harry sein Testament schon gemacht?«

»Das weiß ich nicht. Beim Notar war er bereits, aber ich meine, dass er es noch nicht unterzeichnet hat. Das müssten Sie den

Notar fragen, aber ich weiß noch nicht einmal, bei welchem er gewesen ist.«

Vielleicht war es gar kein sadistisch motivierter Mord gewesen, kein Amoklauf, kein Rachefeldzug. Vielleicht hatte der Täter etwas gesucht. Mayfeld dachte an die umgestülpten und geleerten Kartons in Rothenbergs Wohnzimmer. Vielleicht hatte er oder sie ein Testament gesucht, und die Hinrichtung hatte etwas mit persönlicher Rache zu tun, mit Enttäuschung und jahrelanger Demütigung und Zurücksetzung. Aber konnten solche Motive die Wucht und Grausamkeit des Mordes erklären? Es handelte sich eindeutig um die Tat eines Psychopathen. Doch warum sollte der nicht in dieser Familie zu finden sein?

»Ich kann mir nicht vorstellen, dass diese Dinge etwas mit dem Mord an Harry zu tun haben sollen. Martina ist nachtragend, Ralf, das ist ihr Mann, kann ziemlich jähzornig sein, aber das sind doch keine Mörder. Die reagieren sich im Netz ab, verreißen sich das Maul, hetzen und sticheln bei den Nachbarn, aber das war es.«

Er hatte schon überzeugendere Verteidigungen gehört, die sich später als unhaltbar erwiesen hatten. Er ließ sich die Adresse von Martina Horn geben, er würde sich die Familie genauer ansehen.

»Kennen Sie diesen Mann?«

Mayfeld legte ihr ein Bild von Murcia vor. Frau Römer konnte damit nichts anfangen. Er schob ein Foto von Uli Bareis nach.

»Das ist Uli. Der Gitarrist aus Harrys Band. Warum interessiert Sie der?«

»Ich interessiere mich für das gesamte Umfeld des Verstorbenen.« Das war bestenfalls die halbe Wahrheit.

»Haben Sie von allen Menschen aus seiner Umgebung Fotos bei sich? Na, egal. Uli ist ein guter Freund von Harry. Ich kenne ihn von den Bandproben, da bin ich früher mit den Kindern immer mitgegangen.«

»Dann kennen Sie auch Mia Pfaff?«

»Na klar, Mia, die Mäzenin.« Nicole Römer lächelte spöttisch.

»Sie halten nicht viel von ihr?«

»Doch, doch.«

Das erste Mal hatte Mayfeld den Eindruck, dass Nicole Römer nicht die Wahrheit sagte.

Sie hielt das nicht lange durch. »Ehrlich gesagt, nein. Sie ist eine Frau, die meint, sie könne sich alles kaufen. Sie hat ihr ganzes Geld nicht erarbeitet, alles, was sie besitzt, hat sie von ihrem Mann geerbt; sie kann es nicht zusammenhalten, sie gibt es einfach aus, für alles, was sie für wichtig hält. Für alte Nutztierrassen, Siebziger-Jahre-Bands, jüngere Männer. Gehört alles zu ihren Marotten. Was hat sie mit Harrys Tod zu tun?«

Nachdem sie den ersten Schock über die Todesnachricht überwunden hatte, war Nicole Römer in Fahrt gekommen und teilte ordentlich aus. Bislang war noch keiner gut weggekommen, den sie erwähnt hatte.

»Das klingt nach verwöhnter Frau. Sie betreibt aber doch eine Landwirtschaft, da muss man hart zupacken können.«

»Mit ein paar osteuropäischen Hilfskräften, die für einen Hungerlohn arbeiten. Trotzdem bezweifle ich, dass der Betrieb großartig Gewinn abwirft, das bisschen Gemüse ist nicht der Rede wert, und mit den Tieren kann man kein Geld verdienen. Das ganze Anwesen ist bloß Fassade, so kam mir das zumindest immer vor. Okay, ich bin die letzten drei Jahre nur noch ab und zu dort gewesen, aber ich glaube nicht, dass sich da viel geändert hat.«

»Das ist das Schöne hier im Rheingau, dass jeder jeden kennt.«

Nicole Römer lachte grimmig. »Für mich als Frankfurter Mädchen war das erst mal gewöhnungsbedürftig. Aber Sie haben recht, hier kennt jeder jeden, alle sind, zumindest um ein paar Ecken, miteinander verwandt oder hängen sonst wie zusammen. Mia ist zum Beispiel eine Cousine von Ralf.«

»Und der ist wiederum wer?«

»Sagte ich doch vorhin, der Mann von Martina. Ich glaube, so haben sich Mia und Harry überhaupt kennengelernt.«

Die Verflechtungen wurden allmählich unübersichtlich.

»Gehörte Ihr Ex zu den jüngeren Männern, die sich Mia Pfaff als Marotte geleistet hat?«

Nicole Römer machte eine wegwerfende Geste. »So viel jünger war der gar nicht.«

»Gehörte er dazu?«

»Was weiß ich. Seit Harry zu Geld gekommen ist, wahrscheinlich nicht mehr. Vorher vielleicht schon. Mia ist wirklich eine merkwürdige Person. Hängt an diesem Uli wie verrückt, ich weiß gar nicht, was sie an dem findet. Aber das hält sie nicht davon ab, jede Menge Affären zu haben. Na ja, sie kann es sich halt leisten. Manchmal tun Menschen Dinge aus dem einzigen Grund, dass sie es sich leisten können.«

»Das klingt nicht danach, als ob Uli Bareis in der Grorother Mühle einen leichten Stand hat.«

»Nein, danach klingt es nicht. Er hat dort ziemlich viel zu schlucken. Er tut das vermutlich, weil ihm die Perspektiven fehlen. Wenn einer mit dreißig eine Gärtnerlehre anfängt, dann muss vorher ziemlich viel schiefgelaufen sein, finden Sie nicht? Ich frage mich, wie sie das mit dem Lehrvertrag überhaupt hingekriegt hat, gelernte Gärtnerin ist Mia bestimmt nicht.«

An Mia Pfaff ließ Nicole Römer kein gutes Haar.

»Kennen Sie Uli näher?«

Sie schüttelte den Kopf. »Ein in sich gekehrter Mensch. Warum machen Sie sich kein eigenes Bild von ihm?«

»Würde ich gerne, aber er ist verschwunden.«

Sie wirkte überrascht. »Das ist merkwürdig. Harry und Uli waren befreundet, zumindest sah es für mich so aus. Jetzt ist der eine tot, der andere verschwunden. Was hat das zu bedeuten?«

Wenn er das wüsste.

Mayfeld fragte, ob Frau Römer eine Vermutung habe, wo Uli sein könnte, aber dazu hatte sie keine Idee.

Beim Hinausgehen fiel ihm ein, dass er eine naheliegende Frage nicht gestellt hatte.

»Wo waren Sie heute Nacht?«

Nicole Römer fand an der Frage nichts Ungewöhnliches, und wenn doch, dann ließ sie es sich nicht anmerken.

»Zu Hause, allein. Die Kinder sind in Sprachferien. Ist das ein Problem? Brauche ich ein Alibi?«

Mayfeld winkte ab. Nein, das war kein Problem.

Oder doch?, fragte er sich, als er zurück zum Marktplatz ging. Sie hatte genug Grund, wütend auf ihren Ex zu sein. Sie hatte genug Grund, wütend auf Mia Pfaff zu sein. Sie hatte jede Menge

Verdacht in Richtung seiner Familie und in Ulis Richtung gestreut. Sie hatte kein Alibi.

Aber er traute ihr so ein Verbrechen nicht zu.

Er ging zurück zu Rothenbergers Haus am Markt. Vor dem Eingang traf er Horst Adler.

»Wir sind mit der Spurensicherung fertig. Allzu groß ist das Haus ja nicht. Da muss jemand einen Riesenhass gehabt haben. Nicht nur, weil er das Opfer so zugerichtet hat. Auch im Haus wurde sozusagen kein Stein auf dem anderen gelassen. Kein Karton blieb ungeleert, es gibt kein Kissen, das nicht aufgeschlitzt wurde. In dem Haus herrschte bestimmt schon zuvor das nackte Chaos, aber jetzt ist es unbeschreiblich.«

»Das war entweder Zerstörungswut, oder jemand hat etwas gesucht.«

»Oder beides.«

»Haben wir irgendwas, das uns weiterhilft?«

»Jede Menge Fingerabdrücke und DNA-Spuren. Ob die helfen, wird sich zeigen, sie können von jedem harmlosen Besucher stammen. So schmuddelig, wie es in dem Haus aussieht, wurde da selten geputzt. Das Zeitfenster, aus dem die Spuren stammen könnten, ist also sehr groß. Die einzige Sache, die mir etwas Hoffnung macht, sind die Fingernägel des Toten, soweit sie noch vorhanden sind. Unter denen befindet sich nicht nur jede Menge Dreck, sondern auch Blut und so was wie Hautfetzen. Wenn das kein eigenes Blut sein sollte, hätten wir einen starken Hinweis auf den Täter.«

»Das würde bedeuten, dass es einen Kampf gegeben hat. Gibt es sonst noch Abwehrverletzungen?«

»Auf den ersten Blick nicht. Aber das kann man erst nach der Obduktion sagen.«

»Klar. Wann ungefähr ist der Tod eingetreten?«

»Ich bin kein Pathologe. Aber ich würde schätzen, zwischen zehn Uhr abends und vier Uhr früh.«

»Wo steckt überhaupt der Doktor? Wer hat Dienst in der Rechtsmedizin?«

»Dr. Enders ist verständigt. Die sind in Frankfurt total überlastet: eine Wasserleiche, die aus dem Main gefischt wurde, ein Skelettfund in Oberursel, die Ferienzeit, die Personalpolitik des Landes und so weiter. Er wird die Leiche so bald wie möglich, spätestens morgen früh obduzieren. Das LKA ist auch schon da.«

Adler deutete mit einer Kopfbewegung hinter Mayfeld.

»Warum informiert mich niemand?«, hörte Mayfeld Ackermanns verärgerte Stimme.

Er drehte sich um. Vor ihm standen der Kommissar aus dem LKA und sein Kollege Maurer, der ihn schon vorgestern in der Grorother Mühle begleitet hatte. Ein blasser Mann Mitte fünfzig, mit blassblauem Hemd und blassbeigem Anzug. Einer, den man sofort vergaß, wenn er aus dem Blickfeld geraten war.

»Es hat dich doch jemand in Kenntnis gesetzt, sonst wärst du nicht da, sogar mit Unterstützung«, antwortete Mayfeld, eine Spur zu scharf, wie er noch während des Redens spürte.

Ackermanns Gesicht verhärtete sich.

»Es war nicht absehbar, ob dieser Fall mit unserem gemeinsamen Fall zusammenhängt«, fügte Mayfeld in konzilianterem Ton hinzu.

Das Gesicht des Kollegen vom LKA entspannte sich wieder.

»Und, gibt es mittlerweile Hinweise darauf?«

Er hätte Ackermann liebend gerne aus dem Fall draußen gehalten, aber das ging definitiv nicht.

»Der Tote ist mit Mia Pfaff und Uli Bareis bekannt«, berichtete er. »Gefunden hat den Toten Ginger Havemann, eine Mainzer Detektivin, die von Mia Pfaff beauftragt worden ist, nach Uli Bareis zu suchen. Es ist aber nicht sicher, ob der Mord an Rothenberger mit diesen Verbindungen zu tun hat.«

»Natürlich kann man zu einem so frühen Zeitpunkt noch nichts sicher sagen. Aber es liegt doch nahe, dass die Fälle zusammengehören.«

»Es gibt Hinweise darauf, dass es sich um einen familiären Streit wegen einer Erbschaft handelt. Oder um ein politisch motiviertes Verbrechen, der Tote war erheblichen Anfeindungen ausgesetzt, weil er ein Haus an Flüchtlinge vermietet hat.«

Ackermann runzelte die Stirn und hob eine Augenbraue. »Ein Hassverbrechen? Hier im Rheingau?«

»Das ist mittlerweile überall möglich.«
»Du hast recht, Robert. Und deswegen ist das LKA zuständig. Ich schlage vor, dass wir die beiden Fälle als zusammenhängend betrachten und gemeinsam weiterermitteln. Kümmerst du dich um Rothenbergers Familie? Falls der Mord einen familiären Hintergrund hat, ist es eh dein Fall. Einverstanden?«
Dagegen war nichts einzuwenden.
»Ich war gerade auf dem Weg zu ihnen.«

Vielleicht hing alles mit allem zusammen, dachte Mayfeld auf dem Weg ins benachbarte Hattenheim. Er stand vor einem Bahnübergang und wartete, dass der endlos lange Güterzug irgendwann vorbei war. Es folgte ein zweiter Güterzug, der mit ohrenbetäubendem Lärm durch den an und für sich idyllischen Ortsteil von Eltville raste. Und dann noch ein dritter. Arme Anwohner.

Vielleicht hing alles mit allem zusammen. Der Familienzwist um Rothenbergers Erbe, politisch motivierter Hass, das Verschwinden von Uli Bareis, der Tod von Harry Rothenberger und auf eine noch völlig undurchsichtige Weise der Mord an Felipe Murcia, dem Drogendealer aus Chile. Vielleicht waren in diesem Konglomerat aber auch einige falsche Fährten dabei. Zwar wurde ein Familienzwist bisweilen mit Gewalt ausgetragen, aber gleich so massiv? Andererseits reichte ein Psychopath, der in die Sache verwickelt war, um sie so eskalieren zu lassen. Nirgends gedieh der Hass so intensiv wie in kranken Familien. Ein politisch motivierter Mord im Rheingau? Passte so etwas nicht eher in den Osten Deutschlands? Es war zu bequem, das Böse immer anderswo zu verorten, auch wenn das alle gerne hätten. Mittlerweile träufelte das Netz den Hass in alle Regionen Deutschlands, Europas, der Welt. Falls er nicht schon überall schlummerte und nur darauf wartete, geweckt zu werden.

Aber was Felipe Murcia, Uli Bareis und Harry Rothenberger miteinander zu tun haben sollten, das blieb Mayfeld ein Rätsel. Und die Lösung des Rätsels musste weit in die Vergangenheit zurückreichen, denn Murcia war schon acht Jahre tot. Oder die Fälle hingen nicht zusammen. Oder er übersah etwas Wesentliches. Das auf jeden Fall.

Die Bahnschranke öffnete sich. Mayfeld folgte der Straße Richtung Hallgarten. Familie Horn wohnte in einem großen grauen Anwesen am Rande des Orts, das aus mehreren Lagerhallen, einer Werkstatt für Schmiede- und Metallarbeiten sowie einem Wohnhaus bestand.

Er klingelte. Nach einer geraumen Weile öffnete eine Frau Anfang fünfzig, deren sorgfältig gepflegtes Äußeres nicht ganz zu der staubig grauen Umgebung passte. Und auch nicht zu dem leichten Fuselgeruch, der von ihrem intensiv blumigen Parfüm nur unvollständig überdeckt wurde. Hinter der fast perfekten Maske aus Make-up musterte ihn ein misstrauisches Augenpaar.

Mayfeld stellte sich vor und zeigte seinen Ausweis. Frau Horn führte ihn widerwillig ins Haus und ließ ihn im vorderen Teil des Gebäudes, wo sich das Büro der »HORN GmbH & Co. KG« befand, vor einem metallenen Schreibtisch Platz nehmen.

»Ich habe eine schlechte Nachricht ...«, begann Mayfeld.

»Ich weiß«, unterbrach ihn Martina Horn. »Mein Halbbruder ist tot.«

»Woher ...?«

»Eine Nachbarin von Harry hat mich angerufen. So was bleibt hier nicht lange geheim. Sie wissen bestimmt, dass ich nicht das beste Verhältnis zu meinem Halbbruder habe. Hatte. Also erwarten Sie jetzt keine übertriebenen Trauerbekundungen.«

Zumindest in diesem Punkt war sie aufrichtig.

»Was wollen Sie wissen?«

»Hatte Harry Rothenberger Feinde? Ich meine, außer Ihnen?«

Sie zog geräuschvoll ihren Naseninhalt hoch, eine abfällige Geste, die nicht besonders gut zu dem damenhaften Eindruck passte, den sie vor dem Schminkspiegel hatte herstellen wollen.

»Fragen Sie besser nach Leuten, die nicht seine Feinde waren, dann wird die Liste kürzer«, antwortete sie schnippisch. »Na ja, mit ein paar Leuten hat er sich schon vertragen, mit den jeweils aktuellen Weibern natürlich und mit dem Gesocks, das er in meinem Haus hat wohnen lassen.«

»In Ihrem Haus?«

Sie winkte ab, so als ob sie eine lästige Fliege verscheuchen wollte.

»Offiziell gehört es ihm. Gehörte es ihm. Es ist eigentlich unser Haus, und es müsste mein Haus sein, das Haus in der Taunusstraße, wo die ganzen Ausländer wohnen. Davon haben Sie bestimmt schon gehört.«

»Sein Vater hat es ihm vererbt, er konnte damit machen, was er wollte.«

»Ja, und was dabei herausgekommen ist, das sehen wir jetzt. Wer sich mit solchen Leuten einlässt, mit dem nimmt es oft ein schlimmes Ende.«

»Wen oder was meinen Sie damit?«

»Na, dieses Flüchtlingspack!«

»Ich möchte nicht, dass Sie so verächtlich über Flüchtlinge reden. Die Leute haben Ihnen nichts getan.«

Martina Horns Gesicht wurde blass und starr. Ihre Unterlippe zitterte.

»Nichts getan?«, zischte sie. Speicheltröpfchen nieselten auf die blank polierte Schreibtischplatte. »Nichts getan? Diese Leute haben sich in meinem Haus breitgemacht. Haben Sie sich dort mal umgeschaut? Haben Sie den Dreck gesehen, den dieses dahergelaufene Pack dort macht? Meinem lieben Herrn Bruder ist das natürlich nicht aufgefallen, der lebt ja selbst so versifft. Und habe ich das gerade richtig verstanden? Sie wollen mir tatsächlich vorschreiben, was ich zu sagen habe und was nicht? Wollen Sie mir auch noch vorschreiben, was ich zu denken habe? Sind wir schon wieder so weit in diesem Land? Für mich ist und bleibt das Pack. Das wird man ja wohl noch sagen dürfen.«

Die Tür des Büros wurde geöffnet, ein älterer Mann im Blaumann kam herein und stellte sich als Ralf Horn vor.

»Kundschaft?«, fragte er seine Frau.

»Polizei«, antwortete sie mit finsterem Blick.

Mayfeld zeigte ihm seinen Ausweis.

»Harry ist tot« klärte Martina Horn ihren Mann auf. »Hab ich dir nicht gesagt, dass es so mit ihm enden wird? Das hat er davon, dass er sich mit diesen Leuten einlässt.«

Diese Frau war dumm, dreist oder verbittert. Oder alles gleichzeitig.

»Wollen Sie damit sagen, dass er umgebracht wurde, weil es

Leute gibt, die nicht mochten, dass er das Haus an Flüchtlinge vermietet? Also Leute mit Ihrer Einstellung?«

Martina Horn reagierte mit großer Empörung. »So macht die Polizei ihre Arbeit. Anständige Deutsche verdächtigen, wo doch jeder weiß, was gerade in Deutschland passiert. Was für einer Mordserie wir gerade ausgesetzt sind. Sind Sie blind oder unfähig oder böswillig, Herr Kommissar?«

Das war der Unterschied zu früher, dachte Mayfeld. Solchen Mist hatten die Leute vermutlich schon immer gedacht, zumal Alkoholiker, kurz vor dem Absturz in die Gosse. Aber heute trauten sich immer mehr Leute, solche Dinge laut zu sagen, mit bestem Gewissen und ohne Respekt vor irgendwem oder irgendwas, natürlich auch nicht vor der Polizei. Und es gab auch immer mehr Bürger aus der Mitte der Gesellschaft, die sich um so etwas Altmodisches wie Höflichkeit und Anstand nicht mehr scherten.

»Lass gut sein, Martina«, brummte Herr Horn. Seine Kiefer malmten, der Blick war starr auf Mayfeld gerichtet. »Es ist nicht richtig, was Harry mit meiner Frau und dem Haus seines Vaters gemacht hat«, sagte er überraschend ruhig zu Mayfeld. »Harry hat nie richtig gearbeitet in seinem Leben und verschleudert jetzt das Erbe seines Vaters, das ärgert meine Frau. Schließlich hat sie den Vater bis zu seinem Tod gepflegt und nicht der Herr Musiker. Was wollen Sie eigentlich genau wissen?«

»Die Polizei redet mit jedem aus dem Umfeld des Toten. Wir müssen uns ein Bild machen, damit wir den oder die Täter finden.«

»Dann gehen Sie in die Taunusstraße zu den Ausländern«, giftete Martina Horn, die sich nicht so schnell beruhigen ließ. »Wer schneidet denn den Menschen die Kehle durch, das sind doch diese Moslems!«

Das war Täterwissen, fuhr es dem Kommissar durch den Kopf.

»Woher wissen Sie, wie Ihr Bruder getötet wurde?«

Die Frau blickte ihn höhnisch an und hielt ihm ihr Smartphone vors Gesicht. »Kann man überall bei Facebook und Twitter nachlesen.«

»Muslimische Halsabschneider in Erbach«, »IS in Südhessen«, »Kommt der Terror jetzt zu uns?« und »Danke, Frau Merkel« waren die harmloseren Einträge, die Mayfeld überflog.

Das mit dem Täterwissen konnte er vergessen.

»Erben Sie jetzt eigentlich das Vermögen Ihres Halbbruders?«, fragte Mayfeld.

»Macht mich das verdächtig?«, fragte Frau Horn zurück.

»Es wäre zumindest ein Motiv.«

»Falls kein Testament existiert, wird meine Frau erben«, antwortete Ralf Horn, der weiter um Beruhigung der Situation bemüht war. »Und das ist mehr als gerecht.«

»Falls kein Testament existiert, in dem er Lara und Jan Römer als Erbe einsetzt.«

»Egal, was für ein Testament. Wurde denn eines gefunden?« Nach außen blieb Ralf Horn die Ruhe selbst.

»Wir lassen Sie das wissen. Eine letzte Frage: Wo waren Sie gestern Abend und heute Nacht?«

Martina Horns Gesicht war vor Wut verzerrt. Bevor sie antworten konnte, fiel ihr ihr Mann ins Wort.

»Lass gut sein, Martina. Der Kommissar muss das doch fragen. Wir waren gestern Abend alle zusammen und haben erst gegessen, dann Fernsehen geschaut, meine Frau, ich, unser Sohn Karsten und seine Freundin. Danach sind wir alle zu Bett gegangen, meine Frau und ich, Karsten und Stefanie. War's das?«

Mayfeld ließ sich die Telefonnummern von Karsten und Stefanie geben.

»Vorläufig schon.« Mayfeld verabschiedete sich.

Auf der Rückfahrt nach Erbach fiel Mayfeld ein, dass er noch den Nachbarn sprechen musste, der ein auffälliges Auto beobachtet hatte, was immer das bedeuten sollte.

Karl Münch wohnte wie Harry Rothenberger am Erbacher Marktplatz, zwei Häuser von diesem entfernt. Als Mayfeld an der Haustür klingelte, antwortete von drinnen ein trockenes Bellen, das von einer Art Schniefen unterbrochen wurde. Kurz darauf öffnete ein älterer Herr weit in den Achtzigern die Tür, hinter ihm trippelte ein schwarzer Mops. Herr Münch war ziemlich rüstig, aber auch ziemlich schwerhörig. Von irgendwoher kannte Mayfeld den Mann.

»Kommen Sie herein, Herr Weinfeld. Sie sind bei der Polizei?«

Mayfeld zeigte dem Mann seinen Ausweis, aber der alte Herr winkte freundlich ab.

»Ich glaube Ihnen doch, Herr Weinfeld, wo kämen wir hin, wenn wir der Polizei nicht mehr glauben würden? Das ist übrigens Nepomuk.« Er deutete auf den kleinen Hund.

Mayfeld wollte antworten, dass er nur beweisen wolle, *dass* er bei der Polizei sei, aber er ließ es lieber. Nepomuk schnüffelte derweil an Mayfelds Hosenbein. Es schien ihm zu gefallen, was er roch.

Münch führte ihn in seine »gute Stube«, auf dem Boden ein Perserteppich, die Schränke aus deutscher Eiche rustikal, die Sessel aus cognacfarbenem Rindsleder. Der Mops sprang, erstaunlich beweglich, auf einen der Sessel und machte es sich dort bequem.

»Kann ich Ihnen etwas anbieten, Herr Weinfeld? Ein Glas Wein, einen Trester?«

»Mayfeld, ich heiße Mayfeld.«

Herr Münch hörte aufmerksam zu, dann nickte er verständnisvoll und deutete entschuldigend auf seine Ohren.

»Ich mag keine Hörgeräte, die pfeifen immer so schrill. Mayfeld, jetzt habe ich es verstanden.«

Er überlegte einen Moment. Dann fingerte er eine Brille aus seiner Weste.

»Die Augen wollen auch nicht mehr so. Aber mit Brille geht es schon noch.« Er musterte Mayfeld. Dann huschte ein Lächeln über sein Gesicht.

»Sind Sie der Mann von der Julia Leberlein aus Kiedrich?«

»So ist es.«

Herr Münch strahlte. »Dann richten Sie ihr meine herzlichsten Grüße aus. Fragen Sie sie, ob sie sich noch an den Lehrer Münch aus der Kiedricher Schule erinnert. Ich hatte die Julia nämlich in der dritten und vierten Klasse.«

Jetzt erinnerte sich Mayfeld an den Mann. Auch wenn er noch recht rüstig war, hatte er sich in den letzten Jahren doch so stark verändert, dass ihn Mayfeld zunächst nicht erkannt hatte. Bis vor ein paar Jahren war er regelmäßiger Gast in der Straußwirtschaft der Leberleins gewesen.

»Sie sind schon lange nicht mehr bei uns in Kiedrich gewesen.«

Münch nickte. »Fahr nicht mehr so gerne Auto, wenn ich ein Glas getrunken habe«, bemerkte er.

Das Alter war nichts für Feiglinge. »Gute Idee«, bekräftigte Mayfeld die Einstellung des alten Herrn.

»Und seit meine Frau tot ist, macht es auch nicht mehr so viel Spaß.«

»Das tut mir leid. Sie haben heute Nacht etwas Auffälliges bemerkt, haben mir die Kollegen berichtet.«

»Ich gieße mir aber erst ein Glas ein. Oder ist es noch zu früh?«

Die Frage war nur rhetorisch gemeint. Er stand auf, holte sich ein Weinglas aus dem Eichenschrank und goss sich aus der Flasche ein, die auf dem Tisch stand. Der Mops beobachtete sein Herrchen aufmerksam. Als Herr Münch das Glas zum Mund führte, kommentierte er das mit einem kurzen, freundlichen Bellen.

»Rotwein ist für alte Knaben eine von den besten Gaben«, sagte Münch augenzwinkernd. Dann wandte er sich zu seinem Hund. »Ja, Nepomuk, du kriegst nachher auch was zu saufen, nicht nur das Herrchen, ja klar. Fein, Nepomuk!«

Der Hund runzelte die Stirn und legte den Kopf schief.

»Wo waren wir stehen geblieben?«

»Sie haben ausgesagt, dass Sie heute Nacht etwas Auffälliges bemerkt haben.«

»Ja richtig. Aber das habe ich doch schon erzählt. Wollen Sie es noch einmal hören?«

»Deswegen bin ich hier.«

»Noch einmal? Na gut, ich dachte gar nicht, dass das so wichtig ist. Also: Seit mein Lottchen nicht mehr da ist, kann ich nur noch selten durchschlafen. Und bevor ich mich im Bett hin und her wälze, mache ich lieber einen kleinen Spaziergang mit Nepomuk. Der begleitet mich überallhin, auch mitten in der Nacht. Ein Prachtkerl, finden Sie nicht? Ich sage immer: Ein Leben ohne Mops ist möglich, aber sinnlos.« Der alte Herr kicherte leise in sich hinein. »Und so war das auch in der letzten Nacht. Um halb zwei bin ich aufgewacht, und als ich um zwei immer noch nicht wieder eingeschlafen war, habe ich mich angezogen und bin mit Nepomuk meine Runde gelaufen. Die geht immer die Rathausstraße runter zur Rheinallee, dann die Marktstraße wieder zurück. Und da habe ich das Auto gesehen, direkt vorn an der Rathausstraße stand ein Land Rover Defender in so einer komisch gescheckten Lackierung. Camouflage-Lackierung heißt das, haben mir Ihre Kollegen beigebracht. Er stand noch nicht lange da, die Motorhaube war noch warm.«

»Das haben Sie überprüft?«

Der alte Mann lächelte stolz. »Ich weiß auch nicht, warum ich das gemacht habe. Aber in den Krimis machen die Detektive es auch immer so. Und den Wagen habe ich noch nie hier gesehen. Der gehörte hier nicht hin.«

Mayfeld nickte interessiert. »Haben Sie sich das Kennzeichen gemerkt?«

Münch schüttelte den Kopf. »Rüdesheimer Kennzeichen. Mehr weiß ich nicht. Das hat mich Ihre Kollegin auch schon gefragt. So weit wollte ich es mit dem Detektivspielen doch nicht treiben.«

Offensichtlich hatte Nina Herrn Münch auch schon befragt. Dann hätte er sich das sparen können.

»Als ich zurückkam, stand das Auto immer noch da. Die Motorhaube war schon etwas kühler.«

»Und das waren Ihre Beobachtungen? Oder ist Ihnen sonst noch etwas aufgefallen?«

»Bei Harry Rothenberger brannte die ganze Zeit Licht. Aber das ist an und für sich nichts Ungewöhnliches. Und Nepomuk hat ganz eigenartig auf das Auto reagiert.« Der Mops bekräftigte die Aussagen seines Herrchens mit einem kurzen und kräftigen Bellen. »Das kommt Ihnen vielleicht merkwürdig vor, aber Nepomuk reagiert immer so auf neue Autos. Die Autos, die öfter an der Straße stehen, lassen ihn kalt.«

Mayfeld stand müde aus dem Ledersessel auf und bedankte sich höflich für Münchs Aufmerksamkeit und Wachsamkeit. Was man halt Leuten sagte, die es gut gemeint haben.

Münch führte Mayfeld zur Tür.

»Ehrlich gesagt, habe ich den Eindruck, dass Sie etwas enttäuscht sind. Bei Ihrer Kollegin war es nicht viel anders.«

»Ah ja.«

»Mit der macht die Zusammenarbeit bestimmt viel Spaß«, sagte Münch und lachte spitzbübisch. Er klopfte gegen seine Brille. »Bei der habe ich genau hingeschaut. Man gönnt sich ja sonst nichts. Mannomannomann. Aber wie ja richtig auf ihrem T-Shirt steht: ›Too cool for you‹. Hat sie wohl recht.«

Hatte er sich gerade verhört? Das durfte doch nicht wahr sein. Was bildete sich dieses Weibsstück ein?

»Eine mit schwarzen Locken und Lederhose?«

»Genauso war sie angezogen. Sie hat übrigens angekündigt, dass Sie noch kommen würden. Wirklich eine ganz und gar aparte Person, finden Sie nicht auch?«

»Unbedingt. Hat sie sich ausgewiesen?«

Der Alte strahlte ihn an. »Die hätte ich auch ohne Ausweis überall rangelassen.«

Nepomuk bellte zustimmend.

★★★

```
#hagen: was macht barbarossa
#wotan: seinen job hoffentlich
#hagen: die sache läuft aus dem ruder
#wotan: will keine details wissen
#hagen: solltest du aber die kavallerie ist schon vor ort
#wotan: ich wollte kein aufsehen
#hagen: diskretion geht anders
#wotan: die kavallerie reitet wohin wir wollen
#hagen: unterschiedliche regimenter
#wotan: barbarossa ist dein mann
#hagen: nur noch deiner
#wotan: vielleicht nicht mehr lange
#hagen: ich schalte ihn ab
#wotan: ich auch
```

★★★

Ginger saß in der Küche und steckte eine Reispapierrolle in den Mund. Googelchen war großartig. Sein Fingerfood ebenfalls.

Es hatte eine ganze Weile gedauert, bis sie von dem Horrortrip runtergekommen war. Nach ihrem Coup beim alten Münch war sie mehrere Stunden mit dem Motorrad durch das Rheingaugebirge gerast. Die Konzentration auf die Maschine und die Straße hatte sie abgelenkt und wieder geerdet, der Fahrtwind hatte die unerträgliche Spannung, die sich ihrer bemächtigt hatte, weggeblasen.

Sie musste sich beschäftigen. Sie öffnete ihr Notebook und starrte auf das Display. Sie klickte alle Fotos durch, die sie vom Handy auf ihren Computer geladen hatte. Alle Fotos, die sie in den letzten vier Tagen gemacht hatte. Irgendetwas musste sie tun, sie konnte nicht einfach nur dasitzen und den Ereignissen des Tages nachsinnen, wie sie das sonst gerne tat. Dann kamen die Bilder vom Vormittag wieder. Von der Hinrichtung. Das wollte sie nicht, das hielt sie nicht aus.

Sie war mit ihren Nachforschungen in eine Sackgasse geraten, stecken geblieben, und für irgendetwas mussten diese Fotos doch gut sein, auf irgendeine Idee musste sie kommen, wenn sie alles, was sie bislang recherchiert und fotografiert hatte, noch einmal durchging, wenn nötig noch einmal und noch einmal. Das ahnte sie. Die Idee war ihr auf der Heimfahrt nach Wiesbaden gekommen.

Sie musterte die Bilder. Die Fotos von der Grorother Mühle, vor dem Brand. Ulis Wohnung, die Küchenspüle mit den Pollinatoren und Bubblebags und das Wohnzimmer mit dem Notebook auf der Kommode und den DVDs. Ulis Weg von der Mühle zum Kapellchen, die Wegpunkte, an denen der Standpunkt des Handys gespeichert wurde, an einer Kreuzung im Weinberg, an der Bruchsteinmauer des Grorother Hofs. Der Garten des Kapellchens mit den Sonntagsgästen, der Parkplatz davor. Die Söhnleinstraße in Schierstein. Das Clubhaus der Rhine Devils und die Mopeds der Frauenfreunde auf dem Parkplatz. Das Wallufer Fass und der Parkplatz davor, zweimal fotografiert. Die Grorother Mühle nach dem Brand, der verkohlte Dachstuhl, Ulis Küche, das verrußte Wohnzimmer, die Kommode ohne Notebook. Wohnung und Garten von Christian Feyerabend in Niederursel, der Schuppen im Hintergrund. Harry Rothenbergers Haus. Die Wisperstraße in Lorch, die Häuser der Eheleute Preuss und Bareis. Der Pavillon von Sabine Buchmann in der Wiesbadener Geisbergstraße. Die Villa von Winfried Braun in der Prinzessin-Elisabeth-Straße. Der Parkplatz des Fitnesscenters in Walluf. Jede Menge Häuser, jede Menge Motorräder und Autos. Zu wenige Gesichter.

Sie ging die Fotos noch einmal durch. Ihre Intuition sagte ihr, dass in den Bildern der nächste Hinweis zu finden war. Dr. Triebfürst hatte ihr einmal geraten, die Situation, in der eine Vorahnung das erste Mal auftrat, genau zu untersuchen, der Schlüssel zur Bedeutung von Vorahnungen sei oft dadurch zu finden, dass man den auslösenden Moment identifizierte. Eigentlich ein logischer und naheliegender Gedanke, der bloß nicht zu der überirdischen Anmutung von solchen Ahnungen passte.

Wann hatte sich die Überzeugung gebildet, sie müsse sich diese langweiligen Bilder auf dem Handy noch einmal ansehen? Sie versuchte sich zu erinnern. Diese Idee war ihr gekommen, als sie frustriert von dem netten alten Herrn aus Erbach wegfuhr. Sie hatte sich als Polizistin ausgegeben, bloß um zu erfahren, dass Herr Münch einen Mops namens Nepomuk hatte, dass beide unter Schlafstörungen litten und nachts Spaziergänge vom Markt und der Rathausstraße über die Rheinallee und die Marktstraße zurück zum Markt machten. Dass Rotwein für alte Knaben eine von den besten Gaben war. Und dass Herr Münch einen Defender mit Camouflage-Lackierung gesehen hatte, der nicht nach Erbach gehörte, wie er meinte. Genauso wie sein Mops, der dafür ein Näschen hatte. Die Amtsanmaßung hatte sich wirklich gelohnt. Hoffentlich erzählte der alte Herr anderen nichts über ihren Besuch, vor allem nicht Mayfeld. Dessen Geduld hatte sie jetzt wirklich genug strapaziert.

Was war der Auslöser für ihre Idee mit den Fotos gewesen? Ein alter Mann mit Schlafstörungen und einem Faible für Rotwein und Wilhelm Busch und für junge Frauen mit schwarzen Locken? Ein Mops namens Nepomuk mit einem Gespür für Autos, die nicht in die Straße gehörten? Eine Amtsanmaßung, ihr schlechtes Gewissen gegenüber einem mittelalten, rundlichen Kommissar? Nicht wegen der Regelverletzung, sondern wegen des Vertrauensbruchs, sie hatte ihm versprochen, keine Extratouren mehr zu fahren. Und irgendwie begann sie, ihn zu mögen. Ein Defender, der nach Meinung von Herrn und Mops nicht nach Erbach gehörte, aber eine Rüdesheimer Nummer hatte?

Ein Defender mit Camouflage-Lackierung.

Sie schaute sich die Fotos noch einmal an. Die Autos vor dem Kapellchen, vor dem Weinfass und in der Söhnleinstraße. Auf dem ersten Foto aus Walluf fand sie, was sie die ganze Zeit gesucht hatte. Zwischen einem Golf und einem RAV4 stand in der ersten Reihe des Parkplatzes ein Defender in Camouflage-Optik. Sie vergrößerte das Bild und schärfte nach. Das Rüdesheimer Kennzeichen war klar zu erkennen. Sie notierte es.

Das konnte ein Zufall sein, aber es wäre schon ein ziemlich ungewöhnlicher Zufall. Und Ginger glaubte nicht an Zufälle. Noch ungewöhnlicher war der Vergleich des ersten mit dem zweiten Bild, das sie an diesem Abend in Walluf von genau derselben Stelle gemacht hatte, weil sie nicht sicher gewesen war, ob sie schon eines gemacht hatte. Normalerweise hätte sie im Handyspeicher nachgeschaut. Aber sie hatte intuitiv ein zweites Bild gemacht, sicher ist sicher, hatte sie sich gesagt. Und auf diesem zweiten Bild war der Defender verschwunden. Vermutlich war in der Zwischenzeit einer der Gäste vom Wallufer Weinfass aufgebrochen.

Niemand außer dem Mann, der sich Alex nannte, hatte an diesem Abend Uli Bareis in Walluf gesehen. Zwischen dem Zeitpunkt, als sie das erste und das zweite Bild aufgenommen hatte, war er aufgebrochen. Er war zu dem Parkplatz gegangen, den Ginger zweimal fotografiert hatte. Damals hatte sie es nicht merkwürdig gefunden, dass er als Einziger Uli Bareis gesehen hatte. Sie hatte es auch nicht merkwürdig gefunden, dass Uli nicht am Weinstand saß, obwohl er bis kurz zuvor dort telefoniert hatte und sie niemanden hatte weggehen sehen. Sie hatte gedacht, sie habe ihn knapp verpasst, aber nicht nachgeprüft, wie eng das Zeitfenster war, an dem sie aneinander vorbeigelaufen sein konnten. Aber sie hatte den Parkplatz vor dem Weinfass zweimal fotografiert.

Endlich hatte sie eine Spur. Wer war Alex?

»Haben die Röllchen geschmeckt? Ein vietnamesisches Rezept«, fragte Jo seine Mitbewohnerin, als er die Küche betrat.

»Vorzüglich, Googelchen. Schön, dass du da bist. Wo steckt Yasemin? Ich brauche eure Hilfe.«

Jo schaute auf seine Armbanduhr. »Ich war auf einer Veranstaltung des deutschen Weininstituts, über die ich für ›#mahlzeit!‹ berichten soll. Ich habe mir den ganzen Nachmittag Vorträge über die Bedeutung des Terroirs für die Charakteristik deutscher Weine angehört, dazu jede Menge Wein probiert.«

»Und willst jetzt deine Ruhe?« Jetzt keinen Schmollmund ziehen, keinen Welpenblick aufsetzen. Sie musste das zur Not allein durchziehen.

»Quatsch, ich brauch nur eine Viertelstunde Pause. Und ein Bier nach all dem Wein. Ich hab dir viel zu erzählen.«

Er holte sich ein Tannenzäpfle und ein paar Röllchen aus dem Kühlschrank.

»Du hast übrigens noch deine Motorradsachen an«, bemerkte er kopfschüttelnd.

Als sie nach Hause gekommen war, hatte sie tatsächlich vergessen, sie auszuziehen, gerade mal den Helm hatte sie abgesetzt.

Yasemin betrat die Küche, ging auf Ginger zu und gab ihr einen Kuss auf die Stirn. Dann einen in jedes Ohr. Am Schluss einen auf die Nase und einen auf den Mund.

»Du bist ja noch in voller Montur. Wie war dein Tag?«

Ginger erzählte widerwillig, was sie in Erbach erlebt und erfahren hatte. Die Schilderung des toten Rothenberger versuchte sie so kurz und sachlich wie möglich zu halten.

»Das ist ja fürchterlich«, flüsterte Yasemin und strich ihr über das Haar.

Jo hatte Essen und Trinken beiseitegestellt und starrte sie an.

Diese Art Empathie konnte Ginger im Moment nicht gebrauchen. Sie war froh, dass sie das Erlebte, vor allem das Gefühl, ins Bodenlose zu stürzen, das sie am Morgen fast überwältigt hatte, im Laufe des Tages wieder losgeworden war.

»Ich bin darüber hinweg«, behauptete sie und schob Yasemin den Zettel mit dem Kennzeichen des Defenders hin.

»Kannst du herausfinden, wer der Halter dieses Wagens ist?«

Es dauerte eine Weile, bis Yasemin sich einen Ruck gab und antwortete.

»Klar kann ich das. Ich hacke mich in den Computer der Zulassungsstelle, das dauert ein paar Stunden, vielleicht die ganze Nacht, danach kann ich dir Name und Anschrift des Halters mitteilen. Hast du nicht einen Kumpel bei der Zulassungsstelle, der dir gerne einen Gefallen erweisen würde? Ich meine schon. Ich meine, da brennt jemand sogar danach, dir einen Gefallen tun zu dürfen. Es fällt mir als viel gefragte Hackerin schwer, das zu sagen, aber manchmal kommt man offline schneller voran.«

Googelchen kicherte leise vor sich hin.

Im letzten Winter hatte sie im Mainzer Weinhaus Hottum einen Typen kennengelernt, der bei besagter Behörde arbeitete. Draußen war es kalt und windig und drinnen warm und laut und eng gewesen, und so waren sie sich nähergekommen. Yasemin war es egal, es war schließlich nur ein Mann gewesen. Der Typ würde ihr bestimmt gerne einen Gefallen tun.

Yasemin grinste. »War nur Spaß. Cem kann das bei der Zulassungsstelle morgen früh ganz schnell in Erfahrung bringen. Er kennt da jemand. Mein Bruder erledigt das, mach dir keine Gedanken.«

»Danke, Yasemin«, sagten Ginger und Jo gleichzeitig.

»Dann machen wir uns also an die Arbeit. Business as usual«, sagte Jo. »Ist vielleicht das Beste. Ich habe mich zusammen mit Yasemin heute Morgen noch einmal mit den Adressen beschäftigt, die Uli Bareis vor seinem Verschwinden gegoogelt hat. Ich habe mich mit ihnen unter einem neuen Blickwinkel beschäftigt: Uli hat diese Adressen gegoogelt, bevor er seine Aussage im Polizeipräsidium gemacht hat. Zuvor hat er das Bild des 2008 verschwundenen Felipe Murcia in der Zeitung gesehen. Es könnte also sein, dass diese Adressen aus dem Jahr 2008 stammen. Dann wäre es wichtig, herauszufinden, wer dort 2008 gewohnt hat oder was dort 2008 passiert ist.«

»Und?«, fragte Ginger.

»Rede du, Yasemin«, bat Jo.

»An der Wiesbadener Adresse waren bereits 2008 Winfried Braun und die Firma SSB, Sicherheits-Systeme Braun, gemeldet.

Die Frankfurter Adresse war auch damals schon ein Hochhaus mit einer Vielzahl von Büros, Kanzleien von Steuerberatern und Anwälten sowie Luxuswohnungen, auch da gab es nichts Neues. Die Würzburger Adresse gehörte zum Institut für Soziologie der Universität, auch nichts Neues. An der Stuttgarter Adresse war 2008 ein Dr. Theo Müller gemeldet, das ist der Geschäftsführer der Haiger und Kohl KG, einer schwäbischen Waffenschmiede mit internationaler Ausrichtung. Produzieren vor allem Kleinwaffen. Bei der Hamburger und der Siegburger Adresse bin ich nicht weitergekommen, aber interessant ist, was wir zu der Krefelder Adresse herausgefunden haben. Dort wohnte 2008 ein Dr. Knebel, und die Adresse ist in diesem Jahr bekannt geworden, weil dort eine Funa stattgefunden hat.«

»Eine was?«, fragte Ginger.

»Eine Funa. Das Wort kommt aus dem lateinamerikanischen Spanisch und heißt so viel wie Tumult«, erklärte Jo. »In Chile gibt es eine Tradition der Funa. Man zieht vor das Haus eines Verbrechers aus der Pinochet-Zeit und macht Rambazamba, um die Verfolgung dieser Verbrechen einzufordern. In Chile tat sich der Staat in der Vergangenheit schwer damit, viele Täter sind bislang straffrei ausgegangen, das ist der Preis, den die chilenische Demokratie für den friedlichen Übergang von der Diktatur zur Demokratie zahlen musste. Verstehst du, Ginger? Chile. Victor Jara. Felipe Murcia. Da könnte es eine Verbindung geben.«

Ginger kam das ziemlich weit hergeholt vor. Aber sie hatten kaum Ansatzpunkte und mussten für jeden Hinweis dankbar sein. »Was hat eine chilenische Funa in Deutschland zu suchen? Was hat dieser Dr. Knebel auf dem Kerbholz?«

»Dr. Knebel war einer der Ärzte der Colonia Dignidad«, erklärte Jo.

»Muss man die kennen?«

»Ich habe mich belesen, du wirst sie kennenlernen. Das war eine evangelikale Sekte aus Siegburg, deren Mitglieder in den fünfziger Jahren nach Chile ausgewandert sind und dort zunächst ein landwirtschaftliches Gut aufgebaut haben. Ihr Gründer, Paul Schäfer, hatte die unumschränkte Macht, und die hat er dazu gebraucht, ein totalitäres und extrem sexualfeindliches Regime zu führen. Sexualfeindlich mit Ausnahme seiner eigenen Gelüste und möglicherweise ausgewählter anderer. Es soll dort zu Entführungen und Missbrauch in unvorstellbarem Ausmaß gekommen sein, Opfer waren sowohl deutsche wie auch chilenische Kinder.« Ginger konnte keine Verbindung zu ihrem Fall erkennen. Aber es klang gruselig, und sie war neugierig geworden. »Dr. Knebel hatte mit diesen Schweinereien zu tun?«

»Wer sich widersetzte, wurde mit Elektroschocks und Psychopharmaka diszipliniert, das warf man Dr. Knebel vor, außerdem die Beteiligung an Folterungen politischer Gefangener während der Militärdiktatur. Denn neben ihrer bigotten Frömmelei und der Pädophilie zeichnete sich die Colonia Dignidad durch eine extrem rechte politische Einstellung aus. Man hatte Kontakt zu Rechtsradikalen in ganz Europa und in Lateinamerika, man unterstützte die chilenischen Faschisten bei der Beseitigung ihrer Gegner und war ihnen beim Waffenhandel behilflich. Nach anfänglicher Sympathie im Westen wollte offiziell kaum jemand was mit der Diktatur zu tun haben, deswegen gab es ein Waffenembargo. Da hat die Colonia als angeblich karitative Organisation beim Schmuggel geholfen.«

»Colonia Dignidad, heißt das nicht Kolonie der Würde? Als Name nicht wirklich passend für so einen Verein«, bemerkte Ginger.

»Ungefähr so passend wie ›Arbeit macht frei‹ am Eingang eines Konzentrationslagers«, pflichtete Yasemin bei.

»Wann geschah das alles?«, wollte Ginger wissen.

Jo war in seinem Element. »Der Putsch in Chile war 1973, 1990 trat der Diktator Pinochet zurück, blieb aber bis 1998 Oberbefehlshaber der chilenischen Streitkräfte. Die Colonia verlor 1991 ihre Steuerprivilegien in Chile, wurde aber nie richtig aufgelöst. Bis 1998 stand sie unter dem Schutz des Militärs, und Paul Schäfer wurde erst 2005 verhaftet.«

»Wie kann es sein, dass sich so ein Verein derartig lange gehalten hat?«

»Das ist eine gute Frage«, meinte Jo. »Manche ehemaligen Mitglieder leben noch heute unbehelligt in Deutschland, trotz internationaler Haftbefehle aus Chile. Ob die Gründe dafür nur in bürokratischen Hindernissen liegen, wie immer behauptet wird, kann ich nicht beurteilen. Aber die Leute waren extrem gut vernetzt. Sie hatten beste Kontakte zur chilenischen Rechten, und die ist ja nicht verschwunden oder ohne Einfluss, bloß weil sie nicht mehr an der Macht ist. Die Leute hatten beste Kontakte zu Geheimdiensten und Waffenhändlern aus Lateinamerika und Europa. Sie wurden bis weit in die achtziger Jahre von deutschen Diplomaten, konservativen Politikern und Geheimdiensten unterstützt. Die sind auch nicht alle plötzlich einflusslos geworden. Vermutlich gibt es noch einen anderen Grund: Der Führer der Sekte, Paul Schäfer, hat ein ausgeklügeltes Überwachungssystem in der Colonia installiert. Nach seiner Verhaftung wurden auf dem Gelände zentnerweise Akten, Tonbandprotokolle und Videos gefunden. Man geht davon aus, dass diese Materialien unter anderem dazu dienten, Menschen zu erpressen oder die Colonia vor Verfolgung zu schützen.«

»Der deutsche Staat ist sowieso immer extrem langsam und fehleranfällig, wenn es um die Verfolgung rechtsradikaler Gewalttaten geht«, lästerte Yasemin. »Siehe Umgang mit den Nazis nach dem Krieg, siehe Organisation Gehlen, siehe das Münchner Oktoberfestattentat, siehe die NSU-Morde, siehe die phänomenale Aufklärungsquote bei den aktuellen Brandstiftungen und, und, und. Hat vermutlich alles gar nichts zu bedeuten.«

»Lust auf eine neue Verschwörungstheorie?«, stichelte Jo.

»Bloß weil es an den Haaren herbeigezogene Verschwörungstheorien gibt, heißt das nicht, dass es keine Verschwörungen gibt«, konterte Yasemin. »Just because you're paranoid doesn't mean they aren't after you.«

»Ist schon recht«, versuchte Ginger ihre Freundin zu besänftigen. »Aber was hat das alles mit unserem Fall zu tun?«

Jo seufzte. »Wenn ich das wüsste. Dr. Knebel ist 2012 gestorben, hochbetagt und unbehelligt. Es gibt noch ein paar ehemalige Führungsmitglieder, die in Deutschland leben, aber die sind alle alt und krank, ich kann mir nicht vorstellen, dass sie noch die kriminelle Energie haben, die es braucht, um in dieser Geschichte mitzumischen. Aber andererseits passt vieles zusammen. Das Passwort auf Ulis Computer, Felipe Murcia, der Besuch aus Chile, die Krefelder Adresse. Und was die anderen Adressen betrifft: Die Haiger & Kohl KG stand in Verdacht, in illegale Waffengeschäfte mit der Colonia verwickelt gewesen zu sein. Und der Lehrstuhlinhaber der Würzburger Soziologie, übrigens ein Spezi von Franz Josef Strauß, war lange Jahre einer der prominentesten Unterstützer der Colonia in Deutschland.«

»Der war allerdings 2008 schon gestorben«, ergänzte Yasemin. »Soweit man weiß, eines natürlichen Todes.«

»Wie hieß der Sektenführer?«

»Paul Schäfer.«

»Schäferstunde« hatte es in der SMS geheißen, die Uli empfangen hatte, bevor er verschwunden war. Noch so ein Zufall, an den Ginger nicht glauben mochte. Aber sie durften sich nicht verrennen.

»Der Mord an Harry Rothenberger, wie passt der in diese Geschichte?«

»Auf den ersten Blick passt er gar nicht, und für einen zweiten Blick hatte ich noch keine Zeit«, räumte Jo ein.

»Ich kann mir vorstellen, dass der Mann, der sich Alex nannte, etwas mit Ulis Verschwinden und dem Mord an Rothenberger zu tun hat«, überlegte Ginger. »Aber der ist Anfang vierzig, so alt wie Uli. Die waren Kinder, als die Colonia Dignidad ihr Unwesen trieb. Ich nehme doch an, dass die Kolonie mittlerweile aufgelöst ist!«

»Natürlich nicht.« Yasemin lachte sarkastisch. »Das Vermögen wurde privatisiert und der Verein umbenannt in Villa Bavaria. Der bekommt staatliche Unterstützung aus Deutschland, angeblich zur Resozialisierung der verbliebenen Mitglieder.«

»Das ist jetzt nicht wahr ...«

»Das ist wahr«, sagte Jo. »Aber es spricht viel dafür, dass der kriminelle Kern der Colonia Dignidad aufgelöst ist; die Leute, die weiterhin im Süden Chiles verharren, scheinen gebrochene Menschen zu sein. In den siebziger und achtziger Jahren war es tatsächlich nahezu unmöglich, aus der Colonia zu fliehen, Menschen, die das versuchten, wurden von den Schergen Schäfers oder den Sicherheitskräften Chiles wieder eingefangen oder von der deutschen Botschaft zurück in das Lager geschickt. Aber ab

Ende der achtziger Jahre geriet die Macht der Sekte ins Wanken, es gab erfolgreiche Fluchtversuche, wer ab diesem Zeitpunkt dort blieb, der tat das nicht wegen der Gefängnisanlagen um ihn herum, sondern weil die Colonia die Seelen erfolgreich kolonisiert, weil sie Gefängnismauern und Zäune in den Köpfen der Leute errichtet hatte.«

»Du glaubst also nicht, dass diese Sekte als kriminelle Organisation noch eine Rolle spielt.«

»Kann ich mir nicht vorstellen.«

»Schön, hilft uns aber nicht weiter. Dann war die ganze Recherche für die Katz.«

»Möglich.«

»So viel Böses, so viel Verbrechen, so viel Hass kann nicht folgenlos zu Ende gehen, einfach verschwinden«, sinnierte Yasemin.

»Meinst du das philosophisch und im Allgemeinen oder kriminalistisch und konkret?«, fragte Ginger.

»Beides.«

»So eine Geschichte wird Rache, Erpressung oder Verdunkelungsversuche nach sich ziehen«, meinte Jo.

»Vor allem, wenn die staatlichen Stellen bei der Aufklärung versagen«, ergänzte Yasemin. »Die Hinnahme von Unrecht gebiert neue Monster.«

Ginger spürte, dass sie einen wichtigen Schritt vorangekommen waren, dass die Recherchen für die Aufklärung des Falls wichtig waren. Es gab jede Menge Puzzleteile, die nach Chile wiesen, in eine düstere Vergangenheit, aber es ergab sich kein klares Bild. Nachrichten aus einer fernen Welt vermischten sich mit den grausamen Bildern des Tages. Diese verblassten nicht, mit jeder Stunde, die verging, wurden sie gegenwärtiger.

»Mir schwirrt der Kopf, ich muss ins Bett.«

Kommt ihr mit?, hätte Ginger am liebsten beide gefragt. Aber der Tag war anstrengend genug gewesen. Wenige Minuten später lag sie in voller Montur in ihrem Bett. Als sie es bemerkte, war es zu spät; endlich Ruhe, dachte sie noch und schlief ein.

★★★

Natürlich war der Mord an Harry Rothenberger das beherrschende Thema am Stammtisch im Gutsausschank der Leberleins. Solche Nachrichten verbreiteten sich schnell.

»Und dann haben sie dem armen Kerl auch noch die Kehle durchgeschnitten«, sagte Trude und spießte ein Garnelen-Zucchini-Röllchen auf. Sie ließ sich durch nichts und niemanden ihren gesunden Appetit verderben.

»Mahlzeit«, kommentierte Gucki.

»Stimmt das?«, fragte Batschkapp Mayfeld.

»Dazu kann ich aus ermittlungstaktischen Gründen nichts sagen.« Selten war Mayfeld dieser Spruch hohler vorgekommen. Man konnte die Details überall im Netz nachlesen, es fehlten bloß noch Bilder des geschändeten und gedemütigten Opfers. Eine Ermittlungstaktik, die Informationen zurückhielt, die außerhalb des Polizeiapparates nur der Täter kennen konnte, war damit hinfällig.

»Es heißt, die Tat könnte einen islamistischen Hintergrund haben«, bemerkte Batschkapp. »Und die Polizei habe diese Information zurückgehalten, um das zu vertuschen.«

»Und das glaubst du?«

Batschkapp machte ein beleidigtes Gesicht und hob beschwichtigend die Hände.

»Ich erzähle nur, was die Leute so reden.«

»Für einen islamistischen Hintergrund der Tat gibt es keine Anhaltspunkte«, antwortete Mayfeld.

»Außer dass sie dem Rothenberger die Kehle durchgeschnitten haben«, sagte Trude. »Ein Beweis ist das natürlich nicht, aber Anhaltspunkt würde ich es schon nennen.«

»Es wird viel Dreck im Netz produziert«, bemerkte Zora. »Wer sich mit solchen Leuten einlässt, muss sich nicht wundern und so weiter. Mit solchen Leuten sind die Flüchtlinge gemeint, an die der Rothenberger sein Haus vermietet hat, und nicht wundern muss er sich, wenn er deswegen umgebracht wird. Ich weiß gar nicht, worüber ich mehr kotzen möchte, über die Dreistigkeit, mit der den armen Schluckern von Flüchtlingen unterstellt wird, sie hätten was mit dem Mord zu tun, oder über die Häme, die man über Harry Rothenberger auskübelt.«

»Es ist halt zu viel in dieser Richtung passiert in der letzten Zeit«, meinte Trude.

»Was meinst du damit?«, hakte Zora nach.

»Die ganzen Anschläge, Paris, Nizza, Würzburg, Ansbach. Da kann man es schon mit der Angst zu tun bekommen, ohne dass man gleich in die rechte Ecke gestellt werden darf.«

»Trude, die verfolgende Unschuld«, giftete Zora.

»Streitet euch nicht, Kinder«, warf Herbert ein. Wenn Mayfelds Vater das mäßigende Element war, dann stand es um den Frieden in der Gruppe nicht allzu gut.

»Das will der Täter vermutlich nur bezwecken«, meinte Gucki.

»Wer auch immer es ist«, stimmte Batschkapp zu.

»Bei allem, was passiert, muss ich an die fürchterlichen Bilder aus dem Fernsehen denken«, sagte Trude. »Das geht ganz automatisch. Da steckt kein Rassismus dahinter, das musst du mir glauben, Zora. Ich weiß selbst, dass neunundneunzig Prozent der Leute, die zu uns gekommen sind, friedliche Menschen sind. Aber was ist mit dem einen Prozent, dem man nicht trauen kann? Ein Prozent von einer Million sind zehntausend Personen, die besser nicht hier wären.«

»Ein Prozent von achtzig Millionen sind achthunderttausend Deutsche, die besser auch nicht hier wären«, entgegnete Zora.

»Das kann man nicht vergleichen«, widersprach Batschkapp.

»Wieso nicht?«, fragte Gucki, bekam von Batschkapp aber keine Antwort.

»Die Pedigisten und die Salafisten sind sich ziemlich ähnlich«, meinte Herbert. »Sie säen Hass und hoffen auf einen Bürgerkrieg, einen Religionskrieg. Manche tun das nur mit Worten, andere mit Taten. Wenn wir uns hier deswegen entzweien, haben sie eine Schlacht gewonnen.«

Darauf konnten sich zum Glück alle einigen. Niemand hielt etwas von einem Kreuzzug, dem Dschihad oder sonstigen heiligen Kriegen. Das Gespräch wendete sich anderen Themen zu, dem wechselhaften Wetter, den unsicheren Prognosen über die diesjährige Weinqualität und dem Woihinkelche aus Julias Küche.

Er müsste herausbekommen, wer die Detailinformationen über den Mord als Erster ins Netz gestellt hatte, überlegte Mayfeld.

Das konnte jemand von der Polizei sein, der sich wichtigmachen wollte, das konnte die Mainzer Detektivin sein, aus welchem Grund auch immer. Oder der Täter.

★★★

»Geht's gut?«, fragte Hagen. »Oder gibt es Probleme?«
»Ich habe alles im Griff, mach dir keine Sorgen.«
»Ich sag meinen Leuten ja immer, wenn es Probleme gibt, kommt damit zu mir. Nicht erst, wenn etwas angebrannt ist, sondern vorher, solange ich noch helfen kann.«
Das hatte er ihm noch nie gesagt. Barbarossa hatte bislang den Eindruck gehabt, dass Hagen lieber nicht so genau wissen wollte, was er machte, welche Aufträge er für Wotan erledigte. Alles war gut, solange nichts schieflief. Solange er Hagen ein paar echte und ein paar gefakte Informationen lieferte und Wotan signalisierte, dass er zufrieden war, floss die Kohle.
»Du musst dir wirklich keine Sorgen machen.«
»Mach ich mir aber. Ich rede mit vielen Leuten, habe überall meine Ohren. Und überall redet man von Problemen. Von Lieferverzögerungen, von unerwünschter Öffentlichkeit. Ich bin ja sehr für Pünktlichkeit und Diskretion.«
Hagen hatte eine graue Beamtenseele.
»Ich bringe alles wie verabredet zu Ende.«
»Das freut mich zu hören. Es ist im Moment viel los. Ich mag es lieber, wenn es etwas ruhiger ist.«
Hagen würde noch seine Überraschungen erleben.
»Ein paar Informationen für die Akten wären auch mal wieder schön.«
Mit den Kameraden hatte er schon lange nichts mehr zu tun. Das waren Maulhelden, keine Männer der Tat, so wie er. Aber er würde dem Affen Zucker geben. Würde sich in ein paar Facebookgruppen einloggen und sich umhören, ein bisschen was dazuerfinden und das Ganze als klandestine Information verkaufen, kein Problem.
»Bekommst du, sobald ich meinen Auftrag abgeschlossen habe.«

»Oder willst du mal Urlaub machen?«
Da hatte jemand offenbar die Hosen gestrichen voll.
»Ich habe zu tun.«
»Du erledigst alle Probleme.«
»So kann man es ausdrücken.«
Er würde sie alle erledigen.

★★★

Vielleicht ist es seine Bestimmung, immer wieder Opfer zu sein. Vielleicht ist das die Strafe für seine Sünden. Eine Weile hat er daran nicht mehr geglaubt, anders gedacht, gemeint, er könnte frei sein. Aber das stimmt nicht. Niemand ist frei. Er am allerwenigsten.

Er hat Tio verraten. Er hat Felipe verraten. Und jetzt hat er vielleicht auch noch Harry auf dem Gewissen.

Warum ist er so dumm? Warum ist er so böse?

Wie ist er in die Gewalt dieses Monsters geraten?

Er hätte nicht zu dem Treffen fahren sollen, die Nachricht kam ihm gleich komisch vor. Aber das Codewort stimmte, also hat er es gemacht.

Er hätte umkehren sollen, als der Defender den Weg versperrte.

Aber die Frau lächelte so süß und so einladend und so hilflos.

Die Frau, die ihm später die Daumenschrauben angesetzt und die Zigarette auf seinem Oberschenkel ausgedrückt hat.

Die beiden haben ihm von Anfang an ihr Gesicht gezeigt. Das heißt nichts Gutes. Jetzt muss er bezahlen.

SECHS

Julia hatte es gut gemeint. Aber er hätte nicht frühstücken sollen. Nordseekrabben mit Avocadomousse, Feigen mit Gorgonzola, Croissants mit Orangenmarmelade. Als Dr. Enders ihn anrief, war es zu spät gewesen.

»Ich beginne gleich mit der Obduktion der Erbacher Leiche. Willst du dabei sein?«

»Natürlich will ich das«, hatte Mayfeld geantwortet.

Wenn er die Fäden in diesem Fall in der Hand halten wollte, dann durfte er so etwas nicht anderen überlassen. Julia hatte wegen seines schnellen Aufbruchs geflucht, was selten vorkam, aber Mayfeld hatte sich davon nicht beeindrucken lassen.

Jetzt stand er in dem gekachelten Raum im Südfriedhof, in dem die Frankfurter Rechtsmediziner Wiesbadener und Rheingauer Leichen für die Polizei sezierten. Das einzig Gute an diesem Raum war die emsig arbeitende Klimaanlage. Trotz der frühen Stunde war es draußen bereits unerträglich schwül.

Er hätte auf Julia hören sollen. Er hätte sich wenigstens nicht so beeilen sollen, wenn er schon unbedingt hierherkommen musste. Eine telefonische Zusammenfassung der Ergebnisse hätte möglicherweise gereicht.

Enders war ein langer und hagerer Mann, der in den letzten Jahren noch hagerer geworden war. Er hätte ohne Weiteres in jeder Theateraufführung den Tod spielen können, ganz ohne Maskenbildner.

Der Arzt beugte sich über den voluminösen Leichnam von Harry Rothenberger. Er hatte gerade mit der Kreissäge das Brustbein geteilt und den Schnitt mit einem kräftigen Skalpell in den Bauchraum verlängert. Nun entfernte er dort den Magen und das Gedärm, legte alles in eine metallene Schüssel, die ihm sein Assistent, ein rundlicher Mann mit roter Nase, gebracht hatte.

»Ich würde vermuten, die letzte Mahlzeit unseres Patienten war eine Pizza Frutti di Mare, begleitet von einer größeren Menge

Rotwein«, sagte er, nachdem er sich eine Weile mit dem Inhalt der metallenen Schüssel befasst hatte.

Mayfeld hatte das Gefühl, dass jede einzelne Krabbe, die er heute Morgen verspeist hatte, sich auf den Weg zurück in die Nordsee machen wollte.

»Bringt euch das weiter?«

»Weiß ich noch nicht, aber danke für die Info.«

Dr. Enders löste die Leber Rothenbergers aus dem Bauchraum und legte sie auf die Waage.

»Heißt dein Wein nicht auch Rothenberg?«, fragte der Arzt.

»Ja, schon.«

»Die Wingerte gehören deiner Frau, und du baust den Wein im Weingut deiner Schwiegereltern aus, richtig?«

»Richtig.«

Der Arzt hob das glänzende und pralle Organ in die Höhe. »Das hier ist deutlich mehr als die Rheingauer Standardleber«, erklärte er. »Das ist die fetteste Fettleber, die ich seit Langem in den Händen gehalten habe.« Er strahlte wie ein Angler, der einen besonders großen Fisch gefangen hatte. »Der Mann hat definitiv viel zu viel Alkohol getrunken. Zwei Promille hatte er übrigens bei seinem Tod im Blut. Jetzt sind Herz und Lunge dran.«

Dr. Enders entfernte auch diese Organe, inspizierte sie, wog das Herz.

»Wir haben jede Menge Whiskeyflaschen in seiner Wohnung gefunden.«

»Ach so. Dann war es also nicht der Wein. Das Herz ist ebenfalls viel zu groß. Das hat man oft bei Trinkern. Hast du im Moment viel im Weinberg zu tun?«

Wollte Enders ihn nur ablenken? Oder war das die Art, wie er mit den Belastungen seines Jobs umging? Alles ganz beiläufig tun?

»Die letzte grüne Lese wäre jetzt angesagt. Das ist das Nächste, was ich mache, wenn ich den Fall abgeschlossen habe.«

»Was ist das, eine grüne Lese?« Enders beschäftigte sich mittlerweile mit der Lunge seines Patienten.

»Man schneidet einen Teil der Trauben weg. Ist gut für die Trauben, die übrig bleiben. Alle Aromastoffe werden in ihnen konzentriert. Und wenn sie lockerer hängen, ist die Feuchtigkeit auch nicht so schlimm. Die ist in diesem Jahr definitiv ein Problem.«

»Apropos problematische Feuchtigkeit. Unser Patient hatte Wasser in der Lunge. Ein beginnendes Lungenödem. Könnte von einer Herzschwäche herrühren. Ich sag dir, der wäre nicht alt geworden. Wie wird der sechzehner Jahrgang?«

»Das entscheidet sich am Ende, also im September und Oktober.«

Enders nickte verständnisvoll. »Das Ende ist immer das Entscheidende. Meine Rede.«

Er füllte die Bauchhöhle des Toten mit Zellstoff und nähte den Schnitt mit groben Stichen wieder zu.

»Die entscheidenden Befunde haben sich übrigens bei der äußeren Inspektion ergeben. Da warst du noch auf dem Weg hierher. Bevor der Mann an seinem Blutverlust sterben musste – oder durfte –, wurde er gefoltert.«

Enders deutete auf die Wunden Rothenbergers an Armen und Beinen. »Brandwunden, vermutlich durch brennende Zigaretten zugefügt. Da war ein ziemliches Vieh am Werk.«

»Ein Sadist?«

»Weiß ich nicht. Könnte auch jemand sein, der irgendeine Information aus dem armen Kerl herauspressen wollte. Oder jemand, der für andere eine Botschaft hinterlassen wollte. Das wäre dann möglicherweise eine andere Sorte Psychopath, keiner, dem es um Lust oder Macht geht, sondern schlicht ein völlig gefühlloser Mensch.«

Er deutete auf die Finger des Toten.

»Die Fingerendglieder sind teilweise zerquetscht. Als ob der Täter Daumenschrauben benutzt hätte.«

Dann deutete er auf die ausgefransten Mundwinkel von Rothenberger. »Das erinnert an das sogenannte Glasgow-Smile. Eine Foltermethode, bei der man den Menschen die Mundwinkel einschneidet. Wenn die Opfer dann schreien, reißen die Wangen bis zu den Ohren ein.«

Mayfeld wurde schwindelig. Am besten versuchte er jetzt, logisch nachzudenken, und wenn es nur der Ablenkung vor Übelkeit und Schwindel diente.

»Die Nachbarn haben keine Schreie gehört.«
»Das wundert mich nicht. Rothenberger hat diese Wunden, im Gegensatz zu allen anderen, nämlich erst post mortem zugefügt bekommen. Er hat wenigstens das nicht mehr gespürt.«
»Warum macht das jemand? Sollte das eine Art Zeichen sein?«
»Keine Ahnung. Vielleicht hat der Typ auch nur zu viele schlechte Filme gesehen. Da zeigen sie so was gerne.«
Mayfeld fiel die Videosammlung von Uli Bareis ein. Er musste nachfragen, um was für Filme es sich handelte. Vielleicht konnte man da noch irgendetwas rekonstruieren.
Dann deutete Enders auf die breite Wunde quer über den Hals.
»Am Ende hat man ihm die Kehle durchschnitten, also die Luftröhre und die Halsschlagadern durchtrennt.«
»Deswegen glauben manche Leute im Netz an einen islamistischen Hintergrund der Tat.«
»Was irgendwelche inferioren Knallköpfe im Netz meinen, ist für die Ermittlungen der Polizei doch hoffentlich völlig egal?«
»Natürlich. Für das Klima im Land ist es leider nicht egal.«
»Psychopathen gibt es überall, in jedem Volk, in jeder Religion, in jedem politischen Lager. Um so richtig extrem zu werden, ist irgendeine Form von Persönlichkeitsstörung wahrscheinlich unabdingbar. Aber davon habe ich ehrlich gesagt keine Ahnung.«
Mayfeld wollte sich mit Enders lieber über die Fakten unterhalten, statt ihm beim Psychologisieren zuzuhören. »Rothenberger war an einen Stuhl gefesselt. Hat er sich vorher gewehrt?«
»Hat er. Wir haben Gewebespuren unter seinen Fingernägeln gefunden. Dort, wo er noch Fingernägel hatte. Das deutet auf einen Kampf hin.«
»Und warum erzählst du mir das erst jetzt?«
Enders lächelte. »Hättest du mir anderenfalls überhaupt noch weiter zugehört?«
»Das tun die wenigsten, was?«
Enders' Lächeln wurde zu einem schiefen Grinsen.
»Ich habe schon einen Kurier mit den DNA-Proben in euer Labor geschickt. Dann gibt es noch eine Sache.«

Enders hob eine Schulter des Toten etwas in die Höhe und deutete auf zwei Punkte am rückwärtigen Teil des rechten Oberarms.

»Diese zwei Punkte sind kleinere Verbrennungen, vor dem Tod zugefügt, wie alle anderen Verbrennungen, die der Leichnam aufweist. Sie sind als Folterspuren jedoch zu klein, zu oberflächlich. Das hat nur ein wenig gepikt. Es passt eher zu den Kontaktmalen eines Elektroschockers.«

»Es kam also erst zu einem Kampf zwischen dem alkoholisierten Rothenberger und seinem Mörder, bei dem Rothenberger seinen Gegner gekratzt hat, und danach wurde das Opfer durch einen Elektroschocker außer Gefecht gesetzt?«

»So könnte es gewesen sein.«

»Gibt es eine andere Erklärung?«

»Du bist der Kriminalist.«

Irgendetwas passte nicht. Irgendetwas bereitete ihm Unbehagen an dieser Geschichte. Es war nicht nur das Offensichtliche, die Grausamkeit des Vorgehens. Aber Mayfeld wusste nicht, was es war.

»Wieso haben Sie nicht unverzüglich den zuständigen Beamten vom LKA verständigt?«, giftete Lackauf ihn an.

»Soll ich das in Zukunft in jedem Mordfall tun?«, blaffte Mayfeld zurück.

Es war unglaublich, wie sich dieser geschniegelte Karrierist in der Morgenbesprechung der Soko Höllenberg aufführte. Er schien vor allem daran interessiert, ihm ein Versäumnis, eine Unbotmäßigkeit, einen Regelverstoß nachzuweisen. Ihm ans Bein zu pinkeln wie ein kleiner Kläffer. Die Lösung des Falls war für den Staatsanwalt offensichtlich zweitrangig. Es war genau diese Kleinkariertheit, die bislang verhindert hatte, dass Lackauf richtig Karriere machte, trotz aller Versuche, nach unten zu treten und nach oben zu buckeln, trotz des Jahres im Justizministerium, das sonst jeder Karriere einen kräftigen Schub versetzte. Aber das war kein wirklicher Trost.

Ackermann verdrehte die Augen. »Ich war doch schnell vor Ort«, versuchte er, den Staatsanwalt zu beschwichtigen.

»Versuchen wir, zu einer sachlichen Diskussion zurückzukehren«, mahnte Brandt. »Was spricht denn dafür, dass die Fälle Murcia und Rothenberger zusammenhängen?«

Ackermann erteilte Adler das Wort.

»Am Abend seines Todes hatte Rothenberger telefonischen Kontakt mit Uli Bareis. Rothenberger hat Bareis eine SMS geschickt, Bareis hat geantwortet. Das wissen wir von den Verbindungsdaten des Providers. Der Inhalt der Nachrichten wurde gelöscht, den kennen wir also nicht.«

»Wir haben den Telefonverkehr von Bareis leider nicht überwacht«, bemerkte Mayfeld spitz.

Lackauf warf ihm einen wütenden Blick zu, sagte aber nichts.

»Bareis kannte Murcia, Bareis kannte Rothenberger. Beide sind tot, und Bareis ist untergetaucht«, sagte Ackermann.

»Ich komme gerade von Rothenbergers Obduktion«, ergänzte Mayfeld. »Unter einigen seiner Fingernägel wurden Gewebespuren gefunden. Wenn deren DNA mit der von Bareis übereinstimmt, haben wir einen dringend Tatverdächtigen.«

»Aber warum ist der zu uns ins Polizeipräsidium gekommen? Warum macht so ein Typ bei der Polizei eine Aussage?«, fragte Nina. »Erst Sugarmum bei den Bullen anschwärzen, dann ihr Haus abfackeln, dann einen guten Freund zu Tode foltern. Der Mann hat merkwürdige Angewohnheiten, wenn das alles stimmt.«

»Nina meint damit, dass die Motivlage bei Uli Bareis sehr unklar ist«, erläuterte Aslan das Statement seiner Kollegin.

»Ich habe mit Ginger Havemann gesprochen, die die Leiche gefunden hat. Frau Havemann ist, wie ihr ja wisst, von Mia Pfaff beauftragt worden, nach dem verschwundenen Uli Bareis zu suchen. Sie hat Zugang zu Bareis' Telefonverkehr …«

»Wie denn das?«, unterbrach ihn Ackermann.

»Über eine App. Sie hat darüber auch Zugang zu seiner Cloud.«

»Und warum erfahren wir erst jetzt davon?«, beschwerte sich Lackauf. Der Mann hatte eindeutig einen Sprung in der Platte.

»Weil sie es mir erst gestern erzählt hat. Frau Havemann weiß also Dinge, die die Polizei nicht weiß.«

»Mach es nicht so spannend, Robert«, sagte Ackermann.

»Harry Rothenberger hat Uli Bareis eine SMS geschickt, er solle sich melden, ansonsten werde er etwas ins Netz stellen, und Uli Bareis hat geantwortet, er werde vorbeikommen. Das war in den Stunden vor dem Mord.«

»Hat irgendjemand eine Ahnung, was Rothenberger ins Netz stellen wollte?«, fragte Brandt.

Niemand hatte eine Ahnung.

»Wahrscheinlich das, was der Mörder in Rothenbergers Haus gesucht hat«, bemerkte Nina. »Das Haus sah jedenfalls so aus, als ob jemand etwas ganz dringend gesucht hätte.«

»Rothenberger sah auch so aus«, ergänzte Aslan.

»Rothenberger verfügte über eine Information, die er veröffentlichen wollte. Deswegen musste er sterben«, fasste Mayfeld seine Vermutungen zusammen. »Uli Bareis recherchierte vor seinem Verschwinden einige Adressen. Vielleicht haben die mit den Informationen zu tun, die Rothenberger hatte. Havemann wollte mir die Adressen heute Morgen mailen. Wir sollten uns diese Adressen anschauen.«

»Das mache ich, Robert. Schick sie mir«, entschied Ackermann.

»Konzentriert ihr euch nicht zu sehr auf Bareis als Täter?«, fragte Brandt. »Gibt es noch andere Erklärungsansätze für den Mord?«

Mayfeld berichtete von den Anfeindungen gegen Rothenberger im Netz und von Martina Horn. »Es gibt Streit in der Familie um das Erbe, und es gibt jede Menge Idioten, die Rothenberger wegen seiner Einstellung zur Flüchtlingsfrage bedroht haben. Das geht über den üblichen Shitstorm deutlich hinaus.«

»Sie vermuten ein politisches Motiv im Bereich Extremismus?«, fragte Lackauf. Plötzlich drückte er sich ganz verdruckst aus.

»Ich meine Rechte. Sogenannte besorgte Bürger.«

»Werden Sie nicht gleich polemisch, Mayfeld. Solche Leute foltern niemand. Die rufen dummes Zeug auf Demonstrationen, allenfalls werfen sie einen Brandsatz in ein Flüchtlingsheim, was schon schlimm genug ist.«

»Ich werde gar nicht polemisch. Was Sie sagen, stimmt für die meisten dieser Leute. Vielleicht ist aber auch ein Durchgeknallter dabei, der das alles ganz ernst nimmt. Wo ein Sympathisantenumfeld ist, da gibt es auch Terroristen. Das war bei der RAF so, das ist bei den Islamisten so und bei den Rechten. Das ist eine Möglichkeit, die wir nicht übersehen sollten.«

»Auf keinen Fall«, pflichtete Ackermann ihm bei. »Einen Imageschaden wie bei den NSU-Morden braucht die Polizei bestimmt nicht noch einmal.«

»Jetzt verfallen Sie mal nicht in Panik«, mahnte Lackauf.

Niemand hatte vor, in Panik zu verfallen. Es hatte bloß niemand vor, Scheuklappen anzulegen. Niemand außer Lackauf.

»Für mich stellt sich das so dar«, sagte Nina. »Entweder ist Uli Bareis der Täter – warum auch immer. Weil er in irgendwelche Drogengeschäfte verwickelt ist. Oder weil er sich plötzlich radikalisiert hat. Warum soll so etwas bloß islamistischen und nicht auch rechtsradikalen Idioten möglich sein? Oder er ist das Opfer. Dann ist jemand anders der Schuft. Jemand, der sein Handy benutzt. Es kann um Drogengeschäfte gehen, um Rechtsradikalismus oder Islamismus oder um was ganz anderes, zum Beispiel Erpressung.«

»Wie kommst du darauf?«, wollte Ackermann wissen.

»›Wenn du dich nicht meldest, stell ich etwas ins Netz‹, hat Rothenberger an Bareis geschrieben. Klingt das für dich nicht nach Erpressung? In Rothenbergers Haus wurde irgendwas gesucht, das war keine blinde Zerstörungswut, die dort gewaltet hat. Das deutet auf Erpressung hin.«

»Die Handschrift des Mordes an Rothenberger weist in Richtung eines Psychopathen oder in Richtung organisierte oder politisch motivierte Kriminalität«, bemerkte Aslan. »Ich kann mir nicht vorstellen, dass ein Erbstreit so eskalieren kann.«

»Verbrechen sind nicht immer so logisch, wie wir es gerne hätten«, gab Nina zu bedenken.

»Das schließt sich alles gegenseitig nicht aus. Es kann sich beim Mörder um einen Psychopathen mit extremen politischen Ansichten handeln, der für die organisierte Kriminalität arbeitet. Diese Kombination ist vermutlich gar nicht so selten. Alles ist möglich«, meinte Mayfeld. Die Spekulationen nahmen überhand.

»Wir werden auf keinen Fall unsere alten Hypothesen über Bord werfen«, sagte Ackermann. »Die Drogenspur ist weiterhin heiß. Haben wir was Neues von Pfaff, was Neues von den Devils?«

Aslan und Nina schauten sich an, jeder wartete auf eine Antwort des anderen, beide wirkten verlegen und genervt. Schließlich antwortete Aslan.

»Pfaff hat nach ihrer Entlassung die Grorother Mühle nicht verlassen. Sie hatte Besuch von Havemann und von ihrem Anwalt. Die Ionescus sind zurück. Das ist das rumänische Paar, das in der Mühle arbeitet.«

»Haben wir was über die?«, fragte Ackermann.

»Keinerlei Informationen«, sagte Blum. »Sie sind nicht gemeldet, Finanzamt und Krankenkassen wissen auch nichts von den beiden.«

»Illegale Beschäftigung«, sagte Lackauf triumphierend. »Das Sündenregister von Pfaff wird immer länger.«

»Und was ist mit den Devils?«

Nina schüttelte den Kopf. »Da gab es keinerlei Aktivitäten. Die letzten Tage ist niemand von denen in irgendeiner Form auffällig geworden, die Kollegen von den Drogen haben nichts Neues über sie. Die wären ja auch schön blöd, wenn sie nicht ein paar Tage die Füße still hielten. Warum überlassen wir eigentlich dem Drogendezernat nicht die Observation? Für unseren Fall bringt das überhaupt nichts.«

»Das lassen Sie mal die Sorge von Herrn Ackermann sein«, wies Lackauf sie zurecht.

»Macht bitte noch ein paar Tage weiter«, sagte Ackermann. »Ich habe ein besseres Gefühl dabei.«

Nina rollte mit den Augen, Aslan seufzte. Ackermann verteilte die Aufgaben. Die Runde ging auseinander. Brandt und Mayfeld blieben zurück.

»Effektive Polizeiarbeit sieht anders aus.« Mayfeld hatte die Nase gestrichen voll. Ackermann bemühte sich zwar um einen freundlichen Ton und machte die albernen Spielchen des Staatsanwaltes nicht mit, aber das war auch schon alles, was Mayfeld Positives über den Kollegen sagen konnte. »Wir verzetteln uns, wir gehen fahrlässig mit unseren Ressourcen um. Zwei meiner besten Leute vertun ihre Zeit mit nutzlosen Observationen.«

»Du wolltest doch auch, dass Pfaff freigelassen wird.«

»Die Observation müssen nicht die beiden machen. Soll er doch seine eigenen Kollegen einspannen, diesen Maurer zum Beispiel.«

»Ob es dir passt oder nicht, Robert: Er leitet die Ermittlungen. Er verteilt die Aufgaben.«

In diesem Moment kam Adler in den Besprechungsraum gestürmt.

»Volltreffer!«, rief er. »Nachricht aus dem Labor: Unter den Fingernägeln von Rothenberger wurde DNA von Uli Bareis gefunden.«

Mayfeld stöhnte. »Was treibt dieser Typ für ein Spiel? Sagt Ackermann Bescheid. Wir fahnden nach Uli Bareis.«

***

Die drei Freunde saßen beim Frühstück. Ginger steckte den letzten Fetzen Kaiserschmarrn in den Mund, löffelte die Schale mit dem Zwetschgenkompott aus und leerte die Cappuccinotasse bis zur Neige. Seit sie Rothenbergers Leiche gefunden hatte, hatte sie andauernd Hunger. Oder ihr war übel. Dauernd musste sie an die Menschenfresser vom Tobasee auf Sumatra denken, von denen sie Dr. Triebfürst neulich erzählt hatte. Am Nachmittag hatte sie die nächste Stunde beim Doktor. Einerseits freute sie sich darauf, andererseits war es ihr nicht geheuer, dass sie sich so darauf freute. Vielleicht sollte sie mal eine Stunde ausfallen lassen. Am besten stürzte sie sich in die Arbeit. Einfach immer weiter nach vorn gehen.

Yasemins Handy klingelte. Sie sprach einen Moment mit Cem, machte sich Notizen und beendete das Gespräch mit einem »Danke schön«.

»Der Kumpel von Cem hat sofort geliefert. Der Halter des Defenders mit der Tarnfarbenlackierung heißt Albert Dörfel und wohnt in Rüdesheim. Ich habe dir die Adresse aufgeschrieben.« Sie schob Ginger einen Zettel über den Tisch. »Ich werde mal schauen, was es über den im Netz gibt. Viel Zeit habe ich allerdings nicht, am Nachmittag habe ich einen Termin bei einem Steuerberater, der ein neues Sicherheitskonzept für seine Kanzlei bestellt hat.«

»Ich bin heute in Frankfurt bei einer Champagnerverkostung. Du musst mich also ebenfalls entschuldigen«, sagte Jo.

»Kein Problem«, antwortete Ginger. Ihre Intuition sagte ihr allerdings etwas anderes. Sie kam der Lösung des Falles näher. Da konnte es sehr wohl ein Problem sein, wenn sie auf sich allein gestellt war.

»Bist du sicher?«, fragte Yasemin. »Ich glaube, dass dieser Fall eine Nummer zu groß für uns ist. Gestern hast du eine grauenvoll zugerichtete Leiche entdeckt. Auf was wirst du heute stoßen? Auf den Mörder? Warum gehst du nicht einfach zur Polizei, sagst diesem Mayfeld alles, was du weißt, und lässt ihn seinen Job machen? Apropos Polizei: Hast du dem Kommissar schon die Adressen geschickt?«

»Das mach ich als Erstes. Aber was soll ich ihm denn sonst noch mitteilen?«

»Die Sache mit der Colonia Dignidad?«

Ginger schnaufte verächtlich. »Das wird er als Spekulation abtun. Wir sind darauf rein assoziativ gekommen. Ulis Passwort passt dazu, einige der Adressen, die Uli gegoogelt hat, passen vielleicht, nur eine Adresse passt genau, das erste Mordopfer stammt aus Chile. Ich höre den Kommissar schon sagen: ›Wir können unmöglich unsere Ressourcen aufgrund derart windiger Spekulationen binden. Sie schauen zu viele Krimis, gnädige Frau.‹«

»Würde er wirklich gnädige Frau sagen?«, fragte Jo.

»Das ist das Einzige, was er vielleicht nicht sagen würde.«

»Ich habe gestern Abend weiterrecherchiert, bin die Adressen, die Uli Bareis überprüft hat, ein weiteres Mal durchgegangen. Ein Anwalt, der an der Frankfurter Adresse seine Kanzlei hat, wird immer wieder im Zusammenhang mit der Verteidigung von Verdächtigen aus dem Bereich der organisierten Kriminalität genannt. Ein zweiter Anwalt hat schon mehrfach Rechtsradikale vor Gericht vertreten.«

»Und? Macht das die Anwälte in deinen Augen verdächtig?«

»Hier geht es doch nicht um politische Korrektheit«, warf Yasemin ein. »Das ist doch interessant.«

»Okay. Was hast du noch herausgefunden?«

»Winfried Braun hatte schon viele Unternehmen. Schon in den späten Achtzigern betrieb er Import/Export-Firmen im Bereich Medizintechnik und Maschinenbau mit Verbindungen in den Nahen und Mittleren Osten und nach Lateinamerika. In den letzten Jahren hat er vor allem das Geschäft mit Sicherheitstechnik ausgebaut. Er soll mehrere Großaufträge von hessischen Landesbehörden bekommen haben.«

»Und was ist daran verdächtig?«

»Die Verbindung zu Lateinamerika. In den achtziger Jahren herrschten dort überwiegend Diktatoren.«

Ginger schüttelte den Kopf. »Wir müssten wesentlich mehr über Braun wissen, damit sich die Polizei für ihn interessiert. Dass er alles Mögliche exportiert, ist doch völlig in Ordnung. Er ist einer unserer Exportweltmeister. Dass er bei der Auswahl seiner Geschäftspartner nicht besonders wählerisch ist, ist auch nichts Strafbares, sondern business as usual. Also: Was soll ich der Polizei mitteilen?«

»Du könntest ihnen wenigstens die Adresse von Dörfel geben.«

Ginger lachte. »Der Vorschlag ist noch besser als dein erster, Yasemin. Ich gehe zu Mayfeld und sage: ›Guten Tag, Herr Kommissar, ich muss Ihnen etwas gestehen. Gestern habe ich mich verbotenerweise als Ihre Mitarbeiterin ausgegeben und ausgenutzt, dass ich ein Gespräch zwischen Ihnen und einem Ihrer Kollegen mitgehört habe. Aber das werden Sie mir bestimmt verzeihen, wenn Sie hören, dass nicht nur dem alten Nachbarn des Mordopfers, sondern auch mir bei meinen Recherchen ein Defender in Camouflage-Lackierung aufgefallen ist. Der stand einmal an einem Ort, wo ich Uli Bareis, den ich illegal überwacht habe, vermutet habe. Ich habe mir auf eine Art, über die ich nicht gerne sprechen möchte, den Namen des Halters besorgt und würde vorschlagen, dass Sie diesen wenn schon nicht verhaften, dann wenigstens überwachen lassen.‹ Das ist ein Superplan.«

Yasemin winkte ab. »Du willst den Fall nicht abgeben. Du

kannst nicht akzeptieren, dass du machtlos bist, an deine Grenzen stößt. Das ist nicht professionell. Das macht dich verwundbar.«
»Ich pass schon auf mich auf.« Sie hatte das zumindest vor. Aber sie fühlte, dass Yasemin recht hatte.

Ginger half Yasemin und Jo beim Abwasch. Dann holte sie ihr Notebook und setzte sich damit an den Küchentisch. Die beiden Freunde verzogen sich. Yasemin würde noch eine Weile an dem Fall arbeiten, Jo hatte in seinem Laden zu tun.

Ginger stellte die Adressen zusammen und schickte Kommissar Mayfeld eine Mail. Von Dörfel schrieb sie nichts. Von der Colonia Dignidad erst recht nicht. Sie ging auf die Website der Polizei. Dort sah sie ein Foto von Uli. Er wurde gesucht. Warum in aller Welt? Verdächtigten sie ihn des Mordes an Harry Rothenberger? Aus dem Text des Suchaufrufs ging das nicht eindeutig hervor, aber es lag nahe.

Es gab einfach keinen Grund für Uli, seinen Freund Harry zu töten, schon gar nicht auf so bestialische Art und Weise. Es gab zumindest keinen Grund, den sie kannte. Nein, es gab bestimmt überhaupt gar keinen Grund. Das war eine falsche Fährte. Ginger spürte das. Sie musste ihren Job weitermachen, den Spuren nachgehen, die die Polizei nicht interessierten. Vielleicht waren genau sie die fehlenden Puzzleteilchen. Vielleicht war Uli einer Sache auf der Spur, deretwegen Harry sterben musste. Vielleicht war er deswegen untergetaucht.

Eine Stunde später kam Yasemin in die Küche zurück. »Dieser Dörfel hat eine erstaunlich schwache Präsenz im Netz. Keine Website, keine E-Mail-Adresse, kein Eintrag in sozialen Netzwerken, zumindest nicht unter seinem Namen. Ich habe kein Bild von ihm gefunden. Bloß noch eine zweite Adresse, Dörfel Landmaschinenreparatur in Lorch. Soll uns Cems Kumpel ein Bild von Dörfel beschaffen?«

»Geht das?«

»Na klar, dauert aber. Ich könnte auch versuchen, mich in den Server der Zulassungsstelle einzuhacken, aber auch das dauert. Heute habe ich keine Zeit dafür.«

»Ich werde ihn in Rüdesheim aufsuchen.«

»Was soll das bringen? Warte doch erst mal ab.«

»Ich will mir ein Bild von ihm machen. Ich will herausfinden, ob er tatsächlich derjenige war, der vorgab, Uli gesehen zu haben.«

»Das weißt du spätestens nächste Woche, vielleicht auch schon morgen, wenn ich ein Bild besorgt habe. Wenn er etwas mit den Verbrechen zu tun hat, ist es gefährlich, ihn aufzusuchen, wenn nicht, ist es nutzlos.«

»Wenn du die Hitze nicht verträgst, solltest du dich von der Küche fernhalten.«

»Blödsinn.« Yasemin hatte Angst, spürte Ginger. Vielleicht war das gar nicht so unvernünftig.

»Es gibt vermutlich mehrere Defender mit Camouflage-Lackierung im Rheingau. Der alte Münch hat sich nur daran erinnert, dass der Wagen, den er vor Rothenbergers Haus sah, eine Rüdesheimer Nummer hatte, nicht an das genaue Kennzeichen. Es kann also sein, dass Albert Dörfel nicht in Erbach war, als Harry Rothenberger starb.«

»Sag ich doch«, versetzte Yasemin.

»Aber diese Adresse ist der einzige Anhaltspunkt, den wir haben. Selbst wenn ich alle Halter aus dem Rheingau kennen würde, die einen solchen Defender haben, würde ich hier anfangen. Er ist jemand, der auf jeden Fall schon einmal in dieser Geschichte aufgetaucht ist. Dass jemand wegen eines Glases Wein von Rüdesheim nach Walluf fährt, ist zwar möglich, aber nicht besonders naheliegend. Was hatte er in Walluf zu tun? Er ist, kurz nachdem sich Ulis Handy aus dem Netz ausgeloggt hat, weggefahren. Er ist vermutlich der Mann, der behauptet hat, Uli dort gesehen zu haben. Das zumindest kann ich herausbekommen, wenn ich ihn mir noch einmal anschaue.«

»Du meinst, dieser Dörfel benutzt Ulis Handy?«

»Genau das meine ich.«

»Es könnte auch umgekehrt sein.«

»Uli benutzt Dörfels Defender? Glaub ich nicht.«

»Warum nicht?«

»Ich hätte Uli in Walluf gesehen. Oder irgendjemand sonst hätte ihn gesehen. Wahrscheinlich war er gar nicht dort, stattdessen war Dörfel dort und hat Ulis Telefon benutzt. Aber das ist auch egal. Selbst wenn Uli seinen Wagen benutzte, muss ich

Dörfel auf jeden Fall kennenlernen. Und sei es bloß, um auszuschließen, dass er etwas mit der Sache zu tun hat.«

»Er kennt deinen Namen nicht. Er weiß bloß, dass jemand nach Uli sucht. Es ist nicht klug, sich ihm mit Namen und Anschrift zu präsentieren.«

»Ich nehme ein bisschen elektronisches Equipment mit, vielleicht kann ich etwas installieren, das uns weiterbringt.«

»Du willst dich in Gefahr bringen und nebenbei noch ein paar Gesetze brechen? Geht's noch?«

Die Sorge um ihre Gesetzestreue nahm sie Yasemin nicht ab, es war ein weiterer gut gemeinter Versuch, Ginger aus der Gefahrenzone zu bringen. »Ich pass schon auf mich auf«, wiegelte sie ab.

»Dickkopf«, zischte Yasemin.

Ginger packte ihren Rucksack. Zu ihrem Equipment gehörten ein Notebook und eine Festplatte, eine Abhörwanze, ein GPS-Tracker und ein Bewegungsmelder. Ein Klappmesser, ein Leatherman Marine und ein Feinmechaniker-Werkzeugset. Ein Satz Dietriche. Drei Tafeln Zartbitterschokolade. Außerdem eine Walther P38, Kaliber 9 Parabellum, mit drei Ersatzmagazinen. Als ob sie in den Krieg ziehen würde. Parabellum: Si vis pacem para bellum. Wenn du Frieden willst, bereite dich auf den Krieg vor. So waren heute die Zeiten.

Das Haus stand am Rande von Rüdesheim in der Marienthaler Straße. Von hier hatte man freien Blick auf die Abtei St. Hildegard und den Nothgotteskopf. Was für ein Name für einen Berggipfel, dachte Ginger. Wie konnte es sein, dass Gott in Not war? Lag es an seinen Anhängern, an den vielen falschen Freunden? Hatte Gott ein Fanproblem?

Die Straße lag müde und erschöpft in der Sommerhitze. Vom Rheintal zogen dunkle Wolken zum Taunus, bald würden sich Gewitter über dem Rheingau entladen und der Hitze ein vorübergehendes Ende bereiten. Die Sommerferien, die Hitze oder das nahende Gewitter hatten die Straße leer gefegt, kein Mensch bewegte sich hier.

Dörfels Haus war ein unscheinbares Gebäude mit ungepflegtem Vorgarten. Am Gartentörchen standen die Namen »Albert Dörfel« und »Karo Müller« auf dem Klingelschild. Ginger hatte ihr Motorrad ein paar Straßen weiter abgestellt und läutete. Niemand reagierte, sie klingelte mehrfach, nichts passierte. Sie sah sich um, immer noch war niemand auf der Straße, auch in den benachbarten Häusern tat sich nichts, kein Vorhang bewegte sich an einem der Fenster.

Sie atmete tief durch, öffnete das Gartentor. Sie holte aus ihrem Rucksack einen kleinen Bewegungsmelder und legte ihn hinter dem Torpfosten unter die Kirschlorbeerhecke, die schon seit Langem auf einen Schnitt wartete. Dann ging sie zügigen Schrittes zur Haustür und klingelte erneut. Wieder passierte nichts.

Jetzt wäre es richtig, umzudrehen, den Bewegungsmelder einzusammeln, zum Motorrad zu gehen und nach Hause zu fahren, dachte Ginger. Oder nach Lorch zu fahren, vielleicht war Albert Dörfel in seiner Werkstatt für Landmaschinen. Oder dort anzurufen. Lauter korrekte und langweilige Möglichkeiten. Ginger entschied stattdessen, sich auf dem Grundstück umzusehen. Ihre Intuition legte ihr das nahe. Genauer gesagt hatte sie die vage Hoffnung, auf der richtigen Spur zu sein und hier an Informationen zu kommen, die ihr sonst verschlossen blieben.

Sie ging um das Haus herum. Die Situation war ausgesprochen vorteilhaft, die Gelegenheit günstig. Auf der Rückseite des Hauses verwehrten auf zwei Seiten des Grundstücks Laubbäume die Sicht, auf der dritten Seite schloss sich ein Weinberg an. Die Terrassentür des Hauses war verschlossen. Seitlich der Terrasse ging eine Betontreppe nach unten zu einer Kellertür. Auch die war verschlossen. Aber das Schloss war alt, kein Sicherheitsschloss, sondern eines, das mit einem einfachen Bartschlüssel zu öffnen war. Oder mit einem Dietrich.

Sie schaute nach allen Seiten. Nirgendwo Nachbarn, die sie beobachteten. Nirgendwo eine Kamera. Zur Sicherheit setzte sie sich eine Sonnenbrille auf die Nase. Das kleine Einbrecherbesteck hatte sie dabei. Nach zwei Minuten war sie im Haus.

Sie zog ihr Handy aus der Jackentasche und warf einen Blick darauf. Der Bewegungsmelder gab kein Signal von sich. Der Kellerflur war düster, sie schaltete eine Taschenlampe an. Drei

Türen gingen vom Flur ab. Sie führten in einen Heizungs- und Wäscheraum, einen Werkzeugkeller und in einen Vorratsraum. Eine Treppe führte nach oben.

Das Erdgeschoss bestand aus einer großen Küche, einer Abstellkammer und einem Wohnzimmer. Das Wohnzimmer war mit Sesseln, Sofas und Regalen aus einem schwedischen Möbelhaus eingerichtet, an den Wänden hingen Fotos der Rüdesheimer Germania und mittelalterlicher Burgen. Ginger war enttäuscht von der Normalität, die ihr entgegensprang. Was hatte sie bloß erwartet?

Die CD-Sammlung bestand größtenteils aus Mainstreampop und Schlagern. Daneben standen Platten von Bands, die Ginger nicht kannte, deren Namen aber nichts Gutes erahnen ließen. Freikorps, Rheinwacht, Landser. Auf der Anrichte stand das Modell eines älteren Flugzeugs. »Sturzkampfbomber Junkers Ju 87« war der Sockel beschriftet. In einem der Regale fand Ginger, was sie gesucht hatte: das Bild eines Paares, mutmaßlich der beiden Bewohner des Hauses, aufgenommen in der Seilbahn, die zur Germania oberhalb von Rüdesheim fuhr. Bei dem Mann handelte es sich um den Typen, den sie am Wallufer Weinstand getroffen hatte und der Uli Bareis gesehen haben wollte: Mitte vierzig, groß gewachsen, schütteres Haar, kantiges Kinn, Schnauzbart. Er sah gar nicht so unsympathisch aus, wären da nicht seine kalten Augen gewesen. Aber vielleicht sah sie die Kälte auf dem Foto nur, weil ihr Dörfels CD-Sammlung nicht gefiel und es angenehmer war, sich vorzustellen, dass sie bei einem kaltäugigen Unsympathen eingebrochen war. Die Frau neben ihm war Mitte zwanzig, blond und auf eine durchschnittliche Weise hübsch. Sie blickte stolz, fast triumphierend in die Kamera, was nicht ganz zu der schiefen Kopfhaltung passte, mit der sie sich an ihren Gefährten anlehnte. Ginger fotografierte das Bild mit ihrem Handy und ging ins Obergeschoss.

Neben Schlafzimmer und Bad befanden sich zwei ineinander übergehende Arbeitszimmer. Im vorderen Zimmer lagen Unterlagen zu Dörfels Werkstatt für Landmaschinen sowie Lehrmaterial für die Flugprüfung zum Privatpiloten, außerdem Informationen über eine Cessna Skylane und ein Werbeprospekt des Flugplatzes in Mainz-Finthen. Nichts Besonderes. Das hintere der beiden Zimmer hatte es allerdings in sich. Über den halbhohen Regalen hingen Plakate, mit denen die Bewohner ihre politischen Ansichten mehr als deutlich machten. »Wir sind nicht das Weltsozialamt«, »Gute Heimreise«, »Geld für die Oma statt für Sinti und Roma«, »Gas geben«, »Nationaler Widerstand«, »Gegen die Islamisierung des Abendlandes«. Eine Karikatur mit dem rosaroten Panther und dem Kürzel NSU.

Die beiden netten Menschen mit der Vorliebe für deutsche Burgen und Flugzeuge schienen eine ziemlich braune Gesinnung zu kultivieren. Sie öffnete das Notebook auf dem Schreibtisch. Natürlich passwortgeschützt. Sie suchte an den Stellen, wo man solche Passwörter häufig fand. Dieses Mal lag der Zettel unter der Schreibunterlage. Heimattreu18. Das hätten sich die beiden auch ohne Zettel merken können. Die Heimat hatte solche Freunde nicht verdient, fand Ginger. Aus dem Rucksack holte sie ihr Notebook, eine externe Festplatte und ein USB-Kabel, verband alles miteinander und gab ein paar Befehle in die Tastatur ein. Das Überspielen der Festplatteninhalte würde nur wenige Minuten dauern. Ginger war überrascht, wie viel kriminelle Energie sie gerade entwickelte. Dass der Zweck die Mittel heiligte, das hätte sie noch vor Kurzem weit von sich gewiesen. Wenn der Typ, dem der Computer gehörte, einfach nur ein rechtes Arschloch war, dann war das, was sie hier tat, durch nichts zu rechtfertigen. Bei den Bullen würde sie sich über eine solche Vorgehensweise mächtig aufregen. Und sie gehörte ja noch nicht einmal zu denen. Trotzdem war sie intuitiv davon überzeugt, dass es richtig war, was sie tat. Die Zeiten waren rau geworden.

Ganz schön praktisch, so eine Intuition, die einem Dinge erlaubte, die mit Sicherheit verboten waren.

Der Bewegungsmelder aus dem Vorgarten schickte ein Signal auf ihr Smartphone. Scheiße, noch eine Minute dreißig bis zum Ende des Kopiervorgangs. Sie rannte ins vordere Arbeitszimmer, von dort ging ein Fenster zum Vorgarten. Das Gartentor war geschlossen, niemand näherte sich dem Haus. Mit Ausnahme einer schwarzen Katze. Jetzt bloß nicht abergläubisch werden, von wegen schwarze Katze. Ginger entspannte sich und schaute sich in dem Zimmer um.

Auf dem Schreibtisch lag ein in die Jahre gekommener Prospekt des Gewerbeparks Wisper. Auf dem Areal eines ehemaligen Bundeswehrdepots sollten Werkstätten und kleine Produktionsstätten entstehen. Die Nutzung der unterirdischen Stollen, die die Bundeswehr während des Kalten Kriegs in den Hang unterhalb des Ranselbergs getrieben hatte, um medizinisches Gerät vor einem feindlichen Angriff zu schützen, könne mit der Gemeinde verhandelt werden, nachdem die militärische Nutzung der Anlage im Jahr 2008 beendet worden sei. Ginger hatte vor Kurzem in der Zeitung davon gelesen. Die überirdische Ansiedlung von Gewerbe hatte funktioniert. Für die Stollen hatte sich kein Interessent gefunden. Jetzt sollten sie verfüllt werden. Die zweite Adresse, die Yasemin für Dörfel gefunden hatte, befand sich dort. Dörfel hatte seine Werkstatt in dem Gewerbepark.

Ginger ging zurück in das hintere Arbeitszimmer, wo das Kopieren der Festplatte beendet war. Sie entfernte ihr Notebook und verstaute es zusammen mit der Festplatte in ihrem Rucksack, öffnete die Registry von Dörfels Computer und löschte einige Einträge, um ihre digitalen Spuren zu verwischen, bevor sie ihn herunterfuhr. Sie wollte ihr Glück nicht zu sehr herausfordern, nicht überziehen. Es war besser, hier schleunigst zu verschwinden. Sie ging den Weg zurück, den sie gekommen war, verließ das Haus über den Kellerausgang, verschloss die Tür mit dem Dietrich und lugte um die Ecke nach vorn in den Vorgarten. Aus der Ferne hörte sie Donnergrollen, über dem Hinterland von Bingen entluden sich erste Blitze.

Ginger durchschritt den verwilderten Vorgarten, sammelte am Gartentor den Bewegungsmelder ein und betrat die Straße. Eine ältere Dame hastete an ihr vorbei und warf ihr einen verwunderten Blick zu. Ginger grüßte freundlich und machte, dass sie weiterkam. Angesichts des aufziehenden Gewitters kein allzu auffälliges Verhalten, hoffte sie.

★★★

Barbarossa öffnete das Tor zur Unterwelt und betrat den Stollen des Kyffhäusers. Der Eingang befand sich hinter seiner Werkstatt und führte direkt in den Stollen im Berg. Früher war hier eine Art Notausgang gewesen. Ein Kumpel hatte ihm die Schlüssel besorgt, und er hatte sich Kopien davon angefertigt. So hatte er sein geheimes Reich unter der Erde gefunden. Lange Zeit hatte er keine Ahnung gehabt, wozu er den Kyffhäuser nutzen sollte, jetzt endlich hatte sich eine Gelegenheit ergeben.

Von hier aus hatte er Zugang zu einem weitverzweigten Stollensystem, aber er nutzte nur einen kleinen Teil, einen Nebengang, der sich von den restlichen Gängen leicht abtrennen ließ. Die Tür, die von innen zu ihm führte, war verschlossen, das Schloss hatte er ausgetauscht. Eine Vorsichtsmaßnahme, die ihn vor Entdeckung schützen sollte. Es war aber extrem unwahrscheinlich, dass sich irgendjemand von der Gemeinde hierherverirrte.

Er ging in den Raum, in dem der Haufen lag. Zieh ihn aus dem Verkehr und lass ihn verschwinden, hatte der Auftrag gelautet. Niemand sollte allerdings wissen, wann genau er verschwunden war. Er sollte nicht sofort sterben. Es sollte so aussehen, als ob er abgehauen wäre. Und er sollte alle Datenträger und alle Film- und Tonträger des Typen vernichten. Hatte er alles gemacht, aber dann war es doch nicht recht gewesen. Angeblich war es zu auffällig gewesen, was er gemacht hatte. Aber wie bitte hätte er all diese Videos beiseiteschaffen sollen außer durch ein Feuer? Da hätte sich Wotan klarer ausdrücken müssen.

Er hatte diese Auftragsarbeiten so was von satt. Bea hatte eine Liste von Volksverrätern aufgestellt, die sollten sie abarbeiten, statt Leute wegzuräumen, die Wotan im Weg standen. Bei dem wusste man nie, ob es um was Politisches oder um was Geschäftliches oder Privates ging. Meistens war es was Geschäftliches. Hagen war wieder ein anderer Fall. Der wollte vor allem Informationen und ansonsten seine Ruhe.

Er musste diese Sache hinter sich bringen und schauen, dass er möglichst viel Kohle dafür bekam. Vielleicht war mehr drin, als er bislang gedacht hatte. Dann wäre er unabhängig und könnte machen, was er wollte. Ein freier Radikaler.

Der Haufen Mensch lag auf der Pritsche und regte sich nicht. Wie auch, wo er ihn festgebunden hatte. Barbarossa sah genau hin. Beugte sich über ihn, näherte sich mit der Wange Nase und Mund des Gefangenen. Spürte den Lufthauch seines Atems. Er war also noch nicht komplett am Ende.

Barbarossa richtete sich wieder auf und schlug ihm hart ins Gesicht. »Wach auf, Arschloch!«

Das Arschloch öffnete die Augen, blinzelte.

Er hielt ihm einen USB-Stick unter die Nase.

»Ist das deine Lebensversicherung, Arschloch?«

Genau die Angst, die jetzt in den Augen des Mannes aufflackerte, hatte er sehen wollen. Er hatte den Schatz gehoben, sein Auftrag war beendet.

»War nicht so schlau von dir, mir zu drohen. Dein Freund war so nett, dir eine Nachricht zu schicken. Was du mir nicht sagen wolltest, hat er mir verraten, seinen Namen, seine Anschrift und so weiter. Der ist ja ein richtiger Gutmensch, dein Freund. Es hat mir besonders viel Spaß gemacht, ihn zum Schweigen zu bringen. Was ist überhaupt drauf auf diesem Stick?«

Der Haufen stöhnte.

»Ich versteh dich nicht.« Barbarossa musste lachen.

»Kannst das Maul halten. Ich schau es mir einfach an. Möchtest du noch etwas sagen?«

Der Haufen war kaum zu verstehen. Es klang wie: »Gibt noch mehr Kopien.«

Barbarossa überlegte eine Weile. Konnte das stimmen?

»Wo?«

Der Haufen antwortete nicht. Gestern hatte er von genau einer Kopie gesprochen, die seine Lebensversicherung war. Die hatte er. Wenn er diesen Bluff mit den vielen Kopien schluckte, musste er den Kerl bis in alle Ewigkeit verschonen. Das ging gar nicht.

»Dann werde ich jetzt die Daumenschrauben holen und dich so lange bearbeiten, bis du mir verraten hast, wo die anderen Kopien sind. Einverstanden?«

»Keine Kopien«, stöhnte der Haufen.

»Na also, geht doch.«

Er ging zurück zur Tür.

»Heute wirst du sterben, Arschloch.«
Er war stark, er war mächtig, niemand konnte ihn aufhalten.

★★★

Ginger fuhr auf ihrer Carducci die Uferstraße den Rhein entlang. Die ganze Strecke über erschwerten Baustellen und Ampeln das Fortkommen. Das kannte sie von vorgestern, obwohl es sich anfühlte, als sei seither ein halbes Jahr vergangen. Der Himmel wurde immer düsterer. Auf einer kleinen Rheininsel sah sie den Mäuseturm. Ginger erinnerte sich an die Geschichte, die man ihr im Heimatkundeunterricht erzählt hatte. Ein geiziger Mainzer Bischof hatte während einer Hungerzeit seine Schäfchen nicht an die Kornspeicher herangelassen und als diebische Kornmäuse verspottet. Daraufhin hatte Gott in seiner Not alle Kornmäuse und Flussratten losgeschickt, damit sie den missratenen Stellvertreter heimsuchten. Das taten die Tierchen, verfolgten den Bischof bis auf den Zollturm der Rheininsel. Dort fraßen die Nager ihn bei lebendigem Leib auf. Hieß es in der Legende wirklich »Gott in seiner Not«? Wahrscheinlich nicht, es würde aber Sinn machen. Gott hatte seine liebe Not nicht nur mit vielen Fans, sondern auch mit den meisten selbst ernannten Stellvertretern.

Die Ampel schaltete auf Grün, sie fuhr weiter bis zur nächsten Baustelle. Was war Dörfel für ein Mensch? Ein politisch extrem rechts eingestellter, so viel war klar, aber welche Sorte Nazi genau, das konnte sie schlecht abschätzen. Eine Springerstiefelglatze war er schon mal nicht. Eher ein Salonfaschist oder ein Schrebergartennazi? Ein Verteidiger des christlichen Abendlandes oder ein völkischer Neuheide? Oder ein dumpfbackiger Perverser? Oder alles zusammen? Oder bloß ein besorgter Bürger? Es gab in letzter Zeit wieder so viele Varianten im Angebot …

Vor der nächsten Baustelle schaltete die Ampel auf Rot. Die wichtigste Frage hatte sie sich noch gar nicht gestellt. Was zum Teufel hatte ein Rechtsradikaler in dieser Geschichte zu suchen? Beziehungsweise spielte seine politische Gesinnung überhaupt eine Rolle? Dass ein Typ wie Dörfel mit Rothenberger überquer lag, konnte sich Ginger ohne Weiteres vorstellen. Aber was hatte er mit Uli zu tun? Für Uli spielte Politik überhaupt keine Rolle. Hatte sie bis vor Kurzem gedacht. Dass er sich für eine rechte Sekte in Chile interessiert hatte, wies zwar in eine andere Richtung. Aber die Geschichte der Colonia Dignidad lag dermaßen weit in der Vergangenheit, dass sie sich nicht vorstellen konnte, was einer wie Dörfel damit zu tun haben sollte. Er war zu jung, und sie hatte in seinem Haus keinerlei Hinweise auf Frömmelei gefunden. Seine Spinnereien waren anderer Natur.

In Lorch unterquerte sie die Bahnlinie und nahm den Weg ins Wispertal. Hier war sie früher oft entlanggefahren. Die wildromantische Straße durch den Taunus war bei Motorradfahrern extrem beliebt. Während der Saison wurde im Wispertal alle paar Wochen einer aus der Kurve getragen, rannte sich den Schädel ein, stieß mit einem Autofahrer zusammen und verlor seine Maschine, seine Gesundheit oder sein Leben. Das hätte ihr bei ihrer gestrigen Spritztour durch den Taunus auch passieren können. Der Krake Angst griff nach ihren Eingeweiden. Sie atmete ruhig und tief. So verlor er seine Kraft.

An der Heiligkreuzkapelle bog sie von der Straße ab. Hier begann der Gewerbepark Wispertal. Das Areal mit den ehemaligen Kasernen war eingezäunt, in den tristen Bauten waren Flüchtlinge untergebracht. Eine Karte am Eingang des Parks gab einen Überblick über die hier ansässigen Gewerbebetriebe. Ein Weingut, eine Bäckerei, ein holzverarbeitender Betrieb, eine Spedition, eine Lackiererei, ein Heizungsbauer, eine Autowerkstatt und Dörfels Landmaschinenwerkstatt.

Sie fuhr die Straße eine Weile weiter, vorbei an neuen Lagerhallen und alten Militärgebäuden. Kurz vor dem Straßenende bog ein geschotterter Weg von der Betonpiste ab und führte zum bewaldeten Hang des Tals. An den Hang angeschmiegt lag eine Werkstatt, davor standen zwei rostige Traktoren – und ein Defender in Camouflage-Lackierung. Ginger stellte ihre Carducci am Straßenrand ab. Sie schickte eine SMS an Yasemin. »Bin im Gewerbepark Wispertal in Lorch. Dörfel ist hier in seiner Werkstatt.« Sie schickte die GPS-Daten hinterher. Sicher ist sicher, dachte sie und ging auf den Defender zu.

Riesige schwarzblaue Wolkentürme hatten sich über dem

Wispertal aufgebaut. Der Wind frischte jäh auf und fegte durch die Bäume, die bedenklich ihre Köpfe neigten und schüttelten. Tu es nicht, rauschten sie. Bleib weg, heulte der Wind.

»Immer weitergehen, nicht stehen bleiben«, murmelte Ginger vor sich hin. »Ich pass schon auf mich auf.«

Die ersten schweren Tropfen fielen auf den Weg. Sie lief zum Werkstattgebäude. »Land und Boden – Maschinenreparatur« stand auf einem verwitterten Metallschild neben der Eingangstür, »Betriebsferien bis 4. September« auf einer Pappe darunter. Sie lugte durch ein Fenster ins Innere der Werkstatt. Im Vorraum, den sie einsehen konnte, befand sich kein Mensch. Dahinter schloss sich die Garage an. Seitlich der Garage gab es einen befahrbaren Eingang zum eigentlichen Werkstattbereich.

Ginger drückte vorsichtig die Klinke der Tür, sie war nicht abgeschlossen. Ein Blick in die Ecken des Vorraumes gab Entwarnung: Nirgendwo waren Lichtschranken, Bewegungsmelder oder Kameras angebracht, die ihren unangemeldeten Besuch dem Werkstattbesitzer ankündigen könnten. Der Vorraum war groß, bestimmt vierzig Quadratmeter. Am einen Ende standen ein paar wacklige Besucherstühle und ein staubiger Schreibtisch, am anderen Ende des Raums ein großes Regal mit einem Sammelsurium von Aktenordnern, Prospekten, mechanischen Ersatzteilen und Werkzeugen. Dahinter stand, vom Rest des Raumes nicht einsehbar, ein Bett, das in letzter Zeit benutzt worden war, daneben ein leerer Kasten Bier.

In der Mitte des Vorraums führte eine große Tür nach hinten zur eigentlichen Werkstatt. Stimmen näherten sich der Tür. Ginger zog sich hinter das Regal zurück, schlüpfte, ohne viel nachzudenken, unter das Bett. Zu sehen war sie jetzt nicht mehr, aber aus der Nummer kam sie auch nicht mehr so leicht raus. Sie war jetzt ziemlich unbeweglich.

Ein Mann und eine Frau betraten den Vorraum.

»Was machen wir jetzt mit Bareis, Barbarossa?«, fragte die Frau.

»Spätestens heute Abend schaffen wir ihn fort«, antwortete der Mann, den sie Barbarossa nannte. »Wenn es gewittert, können wir es auch früher machen, dann ist kein Schwein auf der Straße. Du fährst den Defender in die Werkstatt, wir packen ihn in einen

Sack und fahren zur Anlegestelle. Dann versenken wir ihn im Rhein.«

»Lebendig? Mit Steinen im Sack?«, fragte die Frau.

»Blödsinn, Bea. Du denkst immer nur ans Quälen.« Barbarossa lachte. Er klang wie eine Mischung aus Freddy Krüger und Joseph Goebbels auf Speed. »Es soll aussehen wie ein Selbstmord. Wenn die Leiche nicht gleich gefunden wird, sieht man keine Spuren mehr von dem, was wir mit ihm gemacht haben.«

»Du meinst, es könnten die Fische oder die Ratten gewesen sein, die ihn angefressen haben?« Auch Bea lachte jetzt, und es klang nicht viel besser. »Wenn es wie ein Selbstmord aussehen soll, sollte man aber Rheinwasser in seinen Lungen finden.«

»Wir haben doch die Wanne auf dem Boot. Wir ersäufen ihn und schmeißen ihn dann über Bord.«

»Coole Idee.«

»Rede deutsch!«

»Völlig abgefahren!«

»Geht doch.«

»Aber dann wird er schnell gefunden.«

»Oder wir hängen ihm einen Mühlstein um den Hals. Dann ersparen wir uns das Ersäufen in der Wanne.«

Der Regen wurde heftiger und begann laut gegen die Scheiben zu prasseln. Gewittergrollen drang von fern an Gingers Ohr.

»Eigentlich schade.« Bea kicherte wie ein kleines Mädchen, das von einem bösen Geist besessen war. »Und was machen wir dann?«

»Dann schauen wir uns den Stick an, von dem Bareis meinte, er sei seine Lebensversicherung. Ich will wissen, wohinter Wotan so verbissen her ist.«

»Du gibst ihm den Stick aber schon?«

»Na klar, ich erfülle meinen Auftrag.«

»Es ist bestimmt gefährlich, sich mit Wotan anzulegen.«

»Du darfst dich halt nicht so blöd anstellen wie Bareis oder Rothenberger. Ich glaube, aus der Sache ist viel mehr rauszuholen. Wotan hat Kohle ohne Ende.«

»Dann brauchst du Hagen nicht mehr.«

»Die ganze Verräterscheiße geht mir sowieso auf den Zeiger.«

»Und dann?«
»Kümmere ich mich um die Detektivin. Die hat Rothenberger gefunden, die hat das Handy von Bareis überwacht. Sie hat mich in Walluf gesehen. Sie weiß zu viel.«
»Gibt es Probleme mit der Polizei?«
»Kannst du vergessen.«
»Du bist der Größte.«
»Klar. Fährst du mal den Defender in die Werkstatt? Und hol vorher eine Kiste Bier im Supermarkt.«
Die Schritte des Manns näherten sich dem Bett. Er griff nach dem Bierkasten. Als er ihn anhob, klirrten und klapperten die Flaschen, als ob sie die ungebetene Besucherin in ihrer Nachbarschaft verraten wollten.
»Nimm den leeren Kasten mit.«
Bea ging mit dem Bierkasten nach draußen. Der Regen war noch stärker geworden. Ginger griff nach ihrem Smartphone und stellte es lautlos, das hatte sie vorhin vergessen. Die Telefonnummer von Mayfeld hatte sie noch nicht im Handy gespeichert, das war ein ziemlich blöder Fehler. Die Karte des Kommissars aus dem Rucksack zu holen würde zu viele Geräusche machen. Blieb Yasemin. Sie schickte ihr eine SMS. »Bin in der Werkstatt. Albert Dörfel und eine Komplizin halten Uli Bareis gefangen. Wollen ihn noch heute töten und wegschaffen. Sag Mayfeld Bescheid.«
Sie hatte Glück, Yasemin antwortete sofort. »Pass auf dich auf. Ich informiere die Polizei. Warte auf Verstärkung. Unternimm nichts, was dich in Gefahr bringt. Allein hast du keine Chance.«
Die Werkstatttür wurde geöffnet. Bea kam schon wieder zurück. Mittlerweile goss es draußen in Strömen.
»Du sollst doch Bier und den Defender holen«, fuhr Barbarossa seine Kumpanin an. »Stört dich vielleicht das bisschen Regen?«
»Ich habe vorn an der Straße das Motorrad gesehen.«
»Welches Motorrad?«
»Diese Ka-Dingsbums von der Detektivin.«
»Die Carducci? Scheiße, von der Sorte gibt es nicht so viele. Die Schlampe ist hier.«
Ein Stuhl wurde gerückt, fiel um, Barbarossa stampfte durch den Raum. Zum Glück schaute er nicht unter das Bett. War

ja auch ein ziemlich unwahrscheinlicher Ort für das Versteck einer Lauscherin. Barbarossa ging in die Werkstatt, kam fluchend zurück, ging nach draußen, fluchte wegen des Regens.

»Diese Schnüfflerin ist irgendwo hier in der Nähe, ich kann das riechen.« Barbarossa stöhnte wie ein asthmatisches Wildschwein. Zumindest klang es in Gingers Ohren so. »Scheiße, ich muss nachdenken.«

Eine Weile war es still. Barbarossa dachte offenbar nach.

»Wir ändern unseren Plan. Du holst den Defender, ich gehe zu Bareis. Das Risiko, dass er uns lebend entkommt, ist mir zu hoch. Ich kille ihn jetzt.«

Er kam hinter das Regal und näherte sich dem Bett. Ginger sah seine dreckigen Stiefel direkt vor ihrem Gesicht. Barbarossa nahm etwas vom Bett. Als er sich wieder entfernte, erkannte Ginger ein Kopfkissen, das er hinter sich herzog.

»Ich drück ihm die Luft ab.«

»Kann ich dabei sein?«

»Hol endlich den Defender!«

Bea ging motzend nach draußen, Barbarossa verließ den Raum Richtung Werkstatt.

Pass auf dich auf. Warte auf Verstärkung. Unternimm nichts, was dich in Gefahr bringt. Allein hast du keine Chance. »Erzähl mir nie, wie meine Chancen stehen«, murmelte Ginger und robbte unter dem Bett hervor, holte ihre Walther P38 aus dem Rucksack, entsicherte sie, warf sich den Rucksack über die Schultern und folgte Barbarossa.

Sie durchquerte eine Werkstatthalle, an deren Ende ein Trecker stand. Auf der anderen Seite der Halle war ein Notausgang geöffnet. Durch den musste Barbarossa verschwunden sein. Ginger hastete hinterher. Die Halle reichte bis zum Hang, direkt gegenüber dem Notausgang führte ein Waldweg hinauf zu einer schweren Eisentür, die in den Berg hineinführte. Auch diese Tür stand offen.

Dahinter öffnete sich ein Stollen, der vom fahlen Licht einer Kellerlampe notdürftig erhellt wurde. Die Wände waren grob gehauen und nass. Der Putz bröckelte. Am Ende des Gangs sah sie einen Mann um die Ecke biegen. Ginger rannte hinterher. Als sie an der Biegung des Stollens ankam, verlangsamte sie ihre Schritte. Vorsichtig lugte sie um die Ecke. Barbarossa stand dreißig Meter weiter vor einer Tür und öffnete sie. Er schaute zurück wie ein Raubtier, das bei der Jagd gestört wurde.

Wenn er sie gehört oder gesehen hatte, ließ er es sich nicht anmerken. Er stand einfach nur regungslos da und starrte witternd in ihre Richtung, in der Hand das Kopfkissen, mit dem er Uli Bareis die Luft abdrücken wollte. Dann drehte er sich langsam um und ging in den Raum hinter der Tür.

Gerade als sie ihm nachsetzen wollte, hörte sie Schritte hinter sich, dann einen gellenden Schrei. »Albert!«

Sie wirbelte herum, sah Bea auf sich zurennen. Unbewaffnet. Das ließ sie mit dem Schuss zögern. Sie hörte ein trockenes Bellen hinter sich, spürte einen ziehenden Schmerz im linken Oberarm, warf sich zu Boden, schoss in Richtung des Angreifers. Einmal, zweimal, dreimal. Albert fasste sich erst an die rechte Hüfte, dann an die linke Schulter, humpelte in die Dunkelheit der Stollengänge davon, offensichtlich überrascht von der Entschlossenheit ihrer Gegenwehr.

Sie setzte zu einem vierten Schuss an, als sie von hinten angefallen wurde, beißend, kratzend, fauchend. Da kämpfte eine wütende Wildkatze. Ginger schlug Bea den Griff der P38 vor die Stirn und beendete damit ihren Kampfesmut. Am liebsten hätte sie ihre Gegnerin jetzt niedergeschossen. Tu es, zischte die Walther, sie würde es nicht anders machen, aber Ginger hörte nicht darauf.

Stattdessen rannte sie zu der Tür, vor der Dörfel gestanden hatte. Sie war noch offen. Ein gehetzter Blick in den Stollen: Niemand war zu sehen. Aus dem Raum hinter der Tür drang ein Stöhnen zu ihr, das wie der Jammer der ganzen Welt klang. Es war gefährlich, die Tür zu verlassen und den Blick auf den Stollen aufzugeben, aber es war unmöglich, das Stöhnen und Jammern unbeantwortet und ungetröstet zu lassen. Sie warf einen Blick in das Zwielicht des Raums. Ein Stahlschrank ragte in den Raum hinein. Davor stand ein Bett, auf dem Bett lag ein Bündel. Ein Bündel Mensch, ein Bündel Elend.

»Ich will nicht sterben«, hörte sie das Bündel röcheln.

»Uli Bareis? Ich hole Sie hier raus«, schrie Ginger.
»Mach mich los«, flehte die röchelnde Stimme. »Bitte!«
Ein kurzer Blick nach hinten, einer zu dem Bündel. Der Mann war an das Stahlbett gefesselt. Es war ein Fehler, was sie jetzt machte, die Wände des Verlieses riefen es ihr zu. Aber sie konnte nicht anders, sie musste diesen Mann befreien, auch wenn sie dafür den Stollengang für einen Moment aus dem Blick verlor. Sie hastete zu dem Bett, hatte ihr Klappmesser schon gezückt, als sie ankam, durchtrennte die Kabelbinder an Hand- und Fußgelenken.

Es dauerte zu lange. Als Uli frei war und sie zur Tür zurückstürzen wollte, stand Dörfel im Eingang und feuerte auf sie. Sie warf sich zur Seite, schoss zurück. Sie war unverletzt geblieben.

Uli Bareis war von der Pritsche aufgestanden und taumelte auf die Tür zu. Ein weiterer Schuss Dörfels traf seine Schulter. Ginger verschoss die letzten drei Patronen ihres Magazins, stürzte auf Uli zu, riss ihn mit sich. Zerrte ihn hinter den Stahlschrank im hinteren Teil des Raumes. Robbte in Deckung, als die nächsten Schüsse in den Schrank einschlugen. Hastig wechselte sie das Magazin. Als Dörfel den nächsten Schuss abfeuerte, schoss sie zurück. Das war ein Fehler. Sie hätte Ruhe geben und warten sollen, bis sich die Wildsau auf der Lichtung zeigte. Jetzt wusste er, dass sie noch ein paar Patronen im Magazin hatte.

»Havemann?«, schrie Dörfel. »Willst du den totalen Krieg?«

Der Typ war völlig durchgedreht. Und im Vorteil. »Hab ich eine Wahl?«

Wieder das Joseph-Goebbels-Lachen. »Natürlich nicht.«

»Albert«, hörte sie Bea rufen. »Barbarossa! Geht es dir gut?« Die Nazibraut war aufgewacht, hatte sich von ihrem Schlag erholt. Sie war zu sanft gewesen. »Diese Drecksschlampe wollte dich töten. Geht es dir wirklich gut? Du bist verletzt.«

Eine erfreuliche Nachricht. Danke für die Info, Bea.

Dörfel feuerte eine Salve gegen den Stahlschrank, hinter dem sich Ginger und Uli verschanzt hatten.

Sie hielt sich zurück. Sie hatte noch sechs Patronen im Magazin. Die wollte sie nicht leichtfertig vergeuden.

»Hast du dein Pulver verschossen, Drecksschlampe?«

»Versuch doch, es herauszufinden«, schrie sie zurück.
Das wollte der Drecksack offensichtlich nicht. Zumindest hatte sie ihm für einen Moment das Maul gestopft. Leider wirklich nur für einen Moment.
»Ich habe eine bessere Idee. Ich werde dich abfackeln. Das passt zu einer Hexe wie dir am besten. Hast du gehört, Havemann? Du kannst auch herauskommen und dich abknallen lassen. Das geht schneller.«
»Sie sollen langsam verbrennen«, kreischte Bea.

★★★

»Ich rede nur mit Kommissar Mayfeld!«
Eine kleine muskulöse Frau mit nachtschwarzem Haar und entschlossenem Blick drängte sich an Aslan Yilmaz vorbei in Mayfelds Zimmer.
»Sind Sie das?«
»Und wer sind Sie?«
»Yasemin Zilan. Ich bin die Freundin von Ginger Havemann. Freundin und Mitarbeiterin. Warum gehen Sie nicht an Ihr Handy?«
Mayfeld schaute genervt auf das Mobiltelefon auf seinem Schreibtisch. »Ladevorgang in dreißig Minuten abgeschlossen«, zeigte das Display an. »Was geht Sie das an, Frau Zilan?«
»Wir haben keine Zeit zu verlieren. Sie müssen mitkommen. Meine Freundin ist in Gefahr«, sagte sie barsch.
»Erzählen Sie mir, was los ist, und lassen Sie den Kommandoton«, sagte Mayfeld möglichst ruhig.
Das kleine Energiebündel schnaubte wie ein ungeduldiges Pferd, das sich nur unwillig am Losgaloppieren hindern ließ.
»Ginger hat den Aufenthaltsort von Uli Bareis ausfindig gemacht. Er wird von einem Mann namens Albert Dörfel in dessen Werkstatt in Lorch festgehalten. Dörfel hat eine Komplizin. Die beiden wollen Uli Bareis töten. Er ist in Lebensgefahr.«
»Woher wissen Sie …?«
»Sie hat mir eine SMS geschickt. Ginger ist vor Ort.«
»Und wie ist Ginger …?«

»Das ist doch egal. Detektivarbeit eben.«

»... auf Dörfel gekommen?«

Yasemin verdrehte die Augen. »Also gut. Ihr ist bei Recherchen genauso ein Defender aufgefallen, wie er vor Rothenbergers Haus stand, als er ermordet wurde. Sie hat den Fahrer überprüft. Sie hat ihn beobachtet, verfolgt und belauscht. Detektivarbeit eben.«

»Wo genau ist Havemann?«

»Ich habe die GPS-Daten.«

Mayfeld lachte. »Das ist kein Spiel. Kein Geocaching und kein Pokémon Go.«

»Sie brauchen sich nicht lustig über mich zu machen. Sie ist ebenfalls in Dörfels Werkstatt und in Gefahr.«

»Wann hatten Sie zuletzt Kontakt mit ihr?«

»Vor einer guten Viertelstunde habe ich eine SMS bekommen: ›Bin in der Werkstatt. Albert Dörfel und eine Komplizin halten Uli Bareis gefangen. Wollen ihn noch heute töten und wegschaffen. Sag Mayfeld Bescheid.‹ Aus irgendeinem Grund glaubt Ginger an Sie.« Yasemin lächelte grimmig.

»Und seither?«

»Ist das Handy nicht mehr erreichbar. Kein Empfang, keine GPS-Daten, nichts mehr.«

Mayfeld stand auf, zog sich ein Pistolenhalfter an und nahm seine SIG Sauer aus der Schreibtischschublade.

»Vergessen Sie Ihr Handy nicht«, frotzelte Yasemin.

»Zilan, die Stürmische«, bemerkte Aslan kopfschüttelnd. »Soll ich Ackermann informieren?«, fragte er Mayfeld. »Oder das SEK bestellen?«

Mayfeld war alarmiert, er glaubte Gingers Freundin. Aber was er bislang in der Hand hatte, war zu wenig und zu vage, um das große Orchester in den unteren Rheingau zu bestellen. Und einen falschen Alarm konnte Mayfeld sich nicht leisten. Lackauf wartete nur auf eine Gelegenheit, ihn abzuschießen.

»Ich will mir erst einen Eindruck vor Ort verschaffen. Wenn es wirklich so dringend ist, haben wir dafür ...«

»Es *ist* so dringend«, zischte Yasemin.

»... sowieso keine Zeit mehr. Aslan, du kommst mit. Sag Nina

Bescheid. Sie soll versuchen, Havemanns Handy zu orten, das hat oberste Priorität.«

Wenige Minuten später hasteten sie durch den Regen über den Parkplatz des Polizeipräsidiums und stiegen in Mayfelds alten Volvo.

»Erstaunlich, dass der noch eine Zulassung für die Straße hat«, frotzelte Yasemin beim Einsteigen.

»Sie können auch laufen«, keilte Mayfeld zurück. Bei Kritik an seiner alten Schwedenstahl-Kiste reagierte er dünnhäutig.

★★★

Barbarossa lief in der Werkstatthalle hin und her. Ein rostiger Trecker glotzte ihn blöde an. Er war ungeduldig. Bea war schon viel zu lange weg. Zumindest kam es ihm so vor. Vielleicht hatte er ihr auch zu viele Aufgaben aufgebürdet. Schließlich war sie bloß eine Frau. Aber so schwer konnte es doch nicht sein, zwei Kanister Benzin, einen Feuerlöscher, einen Kasten Bier, Verbandszeug und ein paar Hermann-Göring-Pillen zu organisieren.

Hoffentlich hatte sie sich gemerkt, dass sie Benzin und keinen Diesel besorgen sollte. Diesel hatte er hier jede Menge. Aber der Scheißdiesel brannte nicht so leicht. Hoffentlich fand sie die Pillen. Mit Amphetaminen im Blut war er ein besserer Kämpfer, diese Erfahrung hatte er schon ein paarmal gemacht. Die notwendigen Grausamkeiten fielen ihm dann leichter, er wuchs über sich hinaus. Außerdem waren ihm dann die Schmerzen egal. Er hatte zwei Streifschüsse abgekriegt, nichts Ernstes, aber es tat verdammt weh, auch wenn er ein Mann war, dem das eigentlich nichts ausmachen sollte.

Der Gedanke an seine beiden Gefangenen machte ihn rasend vor Wut, vor allem die Detektivin trieb ihn zur Weißglut. Havemann, das Aas. Dass ihn eine Frau in Schwierigkeiten brachte, war eigentlich unvorstellbar. Und dennoch hatte es dieses Flintenweib geschafft. Jetzt hockte sie zwar in der Falle, aber sie hatte eine Waffe und eine ihm unbekannte Menge Munition bei sich. Er konnte also nicht einfach in den Raum hineinspazieren und sie abknallen, dazu hatte ihn die Schlampe ja mehr oder weniger aufgefordert. Dann würde sie ihm eins auf den Pelz brennen. So blöd war er nicht.

Wenn Bea bloß bald käme, damit er loslegen konnte.

***

Die Fahrt nach Lorch zog sich hin. Der Regen wurde immer stärker und prasselte gegen die Windschutzscheibe. Blitz und Donner folgten rasch hintereinander, eine Entladung jagte die nächste. Alle Straßenbauer der Region schienen damit beschäftigt zu sein, aus der B 42 einen Hindernisparcours zu machen, einen Parcours, der jetzt allerdings nahezu verwaist war, da die Arbeiter vor dem Regen in ihre Bauhütten geflüchtet waren.

Mayfeld war gerade auf eine Umleitungsstrecke durch Oestrich-Winkel eingebogen.

»Jetzt wäre eine gute Gelegenheit, alles zu erzählen, was Sie und Ihre Freundin bislang recherchiert haben«, sagte er zu Yasemin. »Sie scheinen an dem Fall dichter dran zu sein als wir.«

»Überrascht Sie das?«, fragte Yasemin spitz.

Aslan stöhnte auf. »Dafür ist jetzt keine Zeit.«

»Was wissen Sie über die Werkstatt, in der Bareis festgehalten wird?«

»Nicht viel. Ich hab gestern bloß kurz im Netz recherchiert: Die Werkstatt liegt in einem Gewerbepark. Dort befand sich früher mal ein großes Bundeswehrdepot. Das war es aber auch schon.«

Mayfeld seufzte. Das Gespräch gestaltete sich nicht gerade ergiebig.

»Als Rüdesheimer Junge weiß ich dann wohl besser Bescheid«, warf Aslan ein. »In Lorch gab es mehrere große Bundeswehrdepots, ein Munitionsdepot, ein Sanitätsdepot und Kasernen. Zu den Depots gehörten oberirdische Gebäude, Lagerhallen und Verwaltungsgebäude sowie zwei ausgedehnte unterirdische Stollenanlagen. Das eine Stollensystem durchzieht den Ranselberg, das zweite die Berge südlich davon. Dort befanden sich die Kasernen und das Sanitätsdepot. Die Stollen waren so ausgelegt, dass sie einem massiven Bombenangriff hätten standhalten können.

Die ganze Anlage wurde 2008 geschlossen, als die Bundeswehr aus Lorch abzog.«

»Und was ist daraus geworden?«

»Die Stollen unter dem Ranselberg sind immer noch verschlossen. In den Kasernen südlich der Wispertalstraße wurden Flüchtlinge untergebracht, auf dem Rest des Geländes ist ein Gewerbepark entstanden. Die dortigen Stollen mit ihren Haupt-, Neben- und Notausgängen sind ebenfalls verschlossen.«

Aslan berichtete über die Versuche der Stadt Lorch, dort Industrie anzusiedeln. Der untere Rheingau lag zwar an zwei der wichtigsten Verkehrsadern Deutschlands, dem Rhein und der rechtsrheinischen Bahnstrecke, die Leute hier hatten aber außer dem Lärm nichts von dieser »verkehrsgünstigen« Lage. Der lokale Verkehr mühte sich durch die enge B 42, die in den letzten Jahren von Erdrutschen oder Bombenfunden immer wieder lahmgelegt worden war, während der Güterverkehr von den Alpen kommend bis zur Nordsee und zurück durch das enge Rheintal raste.

Mayfelds Volvo hatte mittlerweile eine der Bombenfundstellen passiert und fuhr am Rheinufer entlang durch Rüdesheim. Als sie sich dem Bahnhof näherten, schlossen die Schranken des Bahnübergangs.

★★★

Wenn er Zeit hätte, könnte er die beiden verdursten lassen, überlegte Barbarossa. Das ging schneller als verhungern, aber er hatte keine Ahnung, wie lange es dauerte. Und Zeit hatte er keine. Nicht nur wegen Wotan, der darauf drängte, dass er seinen Job erledigte, sondern auch weil er nicht sicher sein konnte, wer wusste, wo die Detektivin steckte, hinter wem sie her war. Im Stollen gab es keinen Handyempfang, das hatte er ausgetestet. Aber wen hatte das Miststück vorher informiert?

Er stapfte ins Büro und ging zum Schreibtisch. Er hatte sich aus dem Netz ein Foto der Detektivin geholt, nachdem ihn Hagen auf sie aufmerksam gemacht hatte. Ein Ausdruck lag auf der Schreibunterlage. Er nahm es, zerknüllte es und warf es auf den Steinboden. Dann fingerte er eine Streichholzschachtel aus seiner Jacke und zündete das Bild an. Die Hexe krümmte sich, die Flammen erfassten ihre Kleidung, ihre Haut, ihre Haare, ihr Gesicht. Sie verkohlte. So war es gut. So würde es kommen.

Er stellte sich vor, wie er mit Bea die Molotowcocktails in das Verlies werfen würde. Wie er das Krematorium verschließen würde. Wie er dem Schreien der beiden Gefangenen lauschen würde, ihrem Bitten, ihrem Flehen, ihrem Heulen, ihrem Wimmern.

Ein unbeschreibliches Glücksgefühl durchflutete ihn. Er hatte sie in der Hand. Sie würden ihm nicht entkommen. Er hatte alles im Griff, niemand konnte ihn stoppen.

Wenn die Schreie aufhörten, wären die beiden zumindest kampfunfähig. Vielleicht könnte er ihnen zuletzt noch seinen Triumph ins Gesicht lachen, bevor sie verreckten, vielleicht blieb ihm dieser letzte Genuss auch verwehrt, weil sie schon tot wären, wenn er nach ihnen sehen würde, vielleicht hatten sie sich auch selbst den Gnadenschuss gegeben, um das unerträgliche Leiden abzukürzen. Man würde sehen.

Danach würde er die Leichen verschwinden lassen. Das Stollensystem war weitverzweigt, und es gab mehrere Notausgänge. Einer lag mitten im Wald, in einem engen Tal, wohin sich nur Fledermäuse und ab und zu verrückte Fledermausschützer verirrten. Da konnte er die verkohlten Reste von Bareis und Havemann verscharren, das wäre noch sicherer als der Höllenberg, damals bei diesem verschissenen Chilenen.

Und dann würde er sich um den Stick kümmern und um das Geheimnis, hinter dem der verfickte Wotan her war wie der Teufel hinter der armen Seele. Das Geheimnis konnte man bestimmt zu Geld machen, davon hatte Wotan genug. Da konnte er ruhig ein wenig an seinen alten Kameraden abgeben.

Wo steckte Bea bloß? Dass alles immer an Kleinigkeiten hing, zum Beispiel daran, dass das Benzin in der Werkstatt ausgegangen war oder er die Pillen zu Hause vergessen hatte.

Er trug ein paar alte Lumpen zusammen, die in der Halle herumlagen, und legte sie neben die Kiste mit den leeren Bierflaschen.

Bea war immer noch nicht zurück. Er konnte sich in der Zwischenzeit den Inhalt des Sticks reinziehen.

★★★

»Sie haben immer noch so gut wie nichts über die Recherchen Ihrer Freundin erzählt«, stellte Mayfeld fest. »Mit Loyalität hat Ihre Geheimniskrämerei nichts mehr zu tun. Es ist bloß dumm.«
Yasemin seufzte. »Sie haben recht.«
Dann erzählte sie alles, was sie über Gingers Recherchen wusste. Sie berichtete von Mias Auftrag, ihrer Angst vor Entdeckung der Hanfplantage, von der merkwürdigen SMS, die Uli Bareis erhielt, seiner auffallend langsamen Fahrt zum Kapellchen, von Mias Eifersucht wegen Svenja Meier, von den Rhine Devils und dem merkwürdigen Verhalten von Ulis Handy im Netz.

Mittlerweile stand Mayfelds Wagen vor der nächsten roten Ampel an einer Baustelle vor Assmannshausen.

Yasemin berichtete dann von Gingers Besuch bei Christian Feyerabend, von der Verbindung zwischen Uli Bareis und Felipe Murcia, von Ulis Eltern, von deren bigotter Frömmelei und von der Beobachtung der Nachbarn, die Murcia vor dem Haus der Bareis in Lorch gesehen haben wollten. Und von dem merkwürdigen Anruf, den Ulis Eltern nach Gingers Besuch getätigt hatten. Sie erzählte von Harry Rothenberger, seiner rätselhaften SMS an Uli Bareis und seinem Stress mit dem rechten Pack, wie sie es nannte. Und von den Adressen, die Uli Bareis recherchiert hatte. Von den merkwürdigen Bezügen zur Colonia Dignidad.

Von dieser Sekte hatte Mayfeld gehört, aber er wusste auch, dass deren Zeit schon lange vorbei war, ihre Anführer verhaftet, dement oder tot.

★★★

Endlich hörte Barbarossa das Nageln des Defenders. Bea fuhr in die Werkstatt und sprang aus dem Wagen.
»Alles erledigt«, rief sie voller Stolz. »Bier, Benzin, Feuerlöscher, Verbandszeug, Speed.«

»Wir reden hier kein Englisch«, herrschte er sie an.

»Sorry. Ich meine, Entschuldigung. Es heißt Hermann-Göring-Pillen.«

»Na also. Geht doch. Wieso hast du so lange gebraucht?«

»Ich war an zwei Tankstellen, damit ich nicht so auffalle. Der eine Tankwart hat schon komisch geschaut, warum ich mit dem Diesel Benzin im Ersatzkanister brauche.«

»Der Türke?«

»Der Türke.«

»Um den sollten wir uns später kümmern.«

Bea gluckste vor Glück.

»Sonst hast du keine Entschuldigung für deine Verspätung?«, knurrte Barbarossa. Es war immer gut, den Weibern klarzumachen, wer oben und wer unten war.

»Ich war zu Hause.«

»Na und? Ist doch gerade um die Ecke.«

»Du kannst so eklig sein. Aber pass auf, es hat sich gelohnt.«

Natürlich hatte es sich gelohnt. »Wo sind die Pillen?«

Sie warf ihm eine kleine Tüte zu. »Das meine ich nicht. Ich habe Frau Müller getroffen.«

»Die alte Schachtel von gegenüber? Was soll sich daran gelohnt haben?«

»Genau die vertrocknete Kuh meine ich. Sie hat mich nach meiner Freundin gefragt, die kurz vorher bei uns im Haus war. Ich habe ihr die Detektivin geschildert, genau die Schlampe war es.«

»Scheiße, Scheiße, Scheiße«, zischte Barbarossa.

»Die haben wir doch im Sack!«

»Du kapierst gar nichts! Sie war bei uns im Haus! Man kann sie mit uns in Verbindung bringen. Sie hatte unsere Adresse. Sie hat möglicherweise Mitarbeiter, die die Adresse auch haben. Wir haben nicht mehr viel Zeit. Wir machen es jetzt.«

Sie holten die Benzinkanister aus dem Defender. Barbarossa öffnete eine Flasche Bier, kippte sie hinunter und warf eine Pille ein. Dann schüttete er Benzin in die leere Flasche und verstopfte die Öffnung mit einem Lumpen.

»Kannst die leeren Flaschen nehmen«, sagte er zu Bea.

Er rülpste, holte ein großes Pflaster aus dem Verbandskasten und erneuerte den Verband an der Hüfte. Obwohl es nur ein Streifschuss war, hatte das Blut aus der Wunde die Mullbinden völlig durchweicht. Dafür würde die Hexe gleich brennen.

Als er mit dem Verband fertig war, hatte Bea einen der Benzinkanister in Flaschen verfüllt. Es waren acht Molotowcocktails geworden. Er würde Bea vorschicken. Sie wollte es nicht anders.

»Wir gehen jetzt zum Verlies. Ich mache die Tür auf, und du darfst die Mollis werfen.«

»Ich liebe dich.«

★★★

Mayfelds Volvo erreichte Lorch. Sie unterquerten die Bahn und fuhren auf die Straße, die sich zwischen Ranselberg und Lehrener Kopf ins enge Wispertal schlängelte. An einer alten Kreuzwegkapelle erreichten sie den Abzweig in den Gewerbepark Wispertal. Der Regen prasselte mit unverminderter Kraft auf das Dach und gegen die Windschutzscheibe des Wagens. Sie fuhren eine nasse Betonpiste entlang, die an Kasernen, einem Weingut, einer großen Bäckerei, Holzlagern und Werkstatthallen vorbeiführte. Vereinzelt standen Autos am Wegesrand, kein Mensch war zu sehen. Die Straße endete als Sackgasse.

»Da!« Yasemin deutete auf ein Motorrad, das am Rande der Piste abgestellt war. »Gingers Moped.« »Moped« war eine gelinde Untertreibung für die bullige Enduro-Maschine. Sie deutete auf eine Werkstatt im Hintergrund. »Da stecken sie.«

Die Garagenhalle stand am Ende des Gewerbeparks, unmittelbar am Waldrand und an den Hang des Lehrener Kopfes angeschmiegt. Aslan deutete auf einen grünen Schornstein hinter der Garage und ein Tor, das zwischen den Bäumen hinter der Regenwand schemenhaft sichtbar war.

»Da ist einer der Nebeneingänge zum Stollensystem.«

Von der Garage führte ein Trampelpfad zu dem Tor. Es kam Mayfeld so vor, als ob sich zwei Gestalten auf das Tor zubewegten.

Mayfeld parkte seinen Wagen am Straßenrand. Es war besser, wenn man ihre Ankunft möglichst spät bemerkte. Er hastete mit Aslan und Yasemin über den Parkplatz zur Werkstatt. Nach wenigen Sekunden war er bis zur Haut durchnässt. Unter einer Dusche hätte es länger gedauert.

Sie betraten die Werkstatt, die Tür zum Büro stand offen. Es war verwaist. Ein muffiger Geruch lag in der Luft, der Regen trommelte unablässig auf das Blechdach. Die Tür gegenüber dem Eingang war angelehnt, von dort gelangten Mayfeld und seine beiden Begleiter in die Werkstatthalle. Auch sie war menschenleer. Es roch penetrant nach Benzin. Ein alter Trecker rostete vor sich hin, daneben stand ein Defender. Die Motorhaube des Geländewagens war noch warm. Neben einer Bierkiste entdeckte Mayfeld die Quelle des Benzingestanks, zwei Molotowcocktails und eine kleine Benzinlache, notdürftig mit einem Lumpen aufgewischt.

»Ich hab da ein ganz mieses Gefühl«, bekannte Aslan. Mayfeld ging es genauso. Eine Beratung, um sich auf eine kluge Strategie zu einigen, wäre jetzt gut. Das SEK zu verständigen und auf Hilfe zu warten wäre die korrekte Vorgehensweise. Für all das war jetzt keine Zeit.

Yasemin deutete auf eine weitere Hallentür. »Da geht es zum Berg.«

Mayfeld entsicherte seine Waffe, Aslan tat es ihm nach.

»Sie bleiben hier«, wies er Yasemin an, ohne wirklich an eine Wirkung seiner Worte zu glauben.

Sie verließen die Halle und rannten den Hang hinauf, Yasemin folgte den beiden Polizisten. Die Tür, die in den Berg führte, war nicht abgeschlossen.

Sie betraten den Stollen. Eine Art Notbeleuchtung war eingeschaltet und erhellte das Gangsystem mit trübem Licht. Aus der Ferne waren Stimmen zu hören. Ein Schlüssel wurde in einem Schloss gedreht, Türscharniere quietschten. Die drei hasteten durch das Halblicht voran.

Schüsse zerrissen die Stille. Ihr heiseres Bellen wurde vom Echo der Stollenwände vervielfältigt. Ein gellender Schmerzensschrei und weitere Schüsse folgten, dann zischende Explosionen.

Mayfeld stürmte voran. Als er um die nächste Ecke bog, sah er einen groß gewachsenen Mann, neben ihm lag eine leblose Person. Der Mann entzündete einen Molotowcocktail und warf ihn durch eine geöffnete Tür. Der Lärm des explodierenden Brandsatzes erfüllte die Unterwelt des Berges. Der Mann entdeckte ihn und schickte Mayfeld eine wütende Schusssalve entgegen. Er spürte einen ziehenden Schmerz im linken Bein und knickte ein. Er kroch in eine Nische, die dürftigen Schutz bot. Zwei weitere Schüsse schlugen neben ihm ein, ein Querschläger sirrte metallisch durch den Felsgang.

Hinter ihm ächzte Aslan, der sich gegen die Wand des Stollens drückte. Er hielt sich die blutende Schulter, seine Waffe war ihm aus der Hand gefallen. Yasemin robbte sich auf dem Boden bis zu der Pistole. Mayfeld schoss auf den Angreifer, bis das Magazin leer war. Aber auch der hatte Schutz in einer Nische gefunden. Während er das Magazin wechselte, feuerte Yasemin auf den Mann, der nun auch aus dem Raum gegenüber der Nische unter Beschuss geriet. Plötzlich hatte er eine weitere Flasche in der Hand, schleuderte den Brandsatz gegen die Polizisten. Eine Feuerwalze raste auf sie zu, Glassplitter flogen durch die Luft. Mayfeld presste sich einen Moment auf den Boden, dann schoss er weiter. Ohne eine Antwort zu bekommen.

Er lugte aus der Nische um die Ecke in den Gang. Aus der Tür gegenüber der Nische drang Rauch und Qualm in den Stollen, durch die Schwaden erkannte er eine Frau, die in den Gang hinaustaumelte und etwas hinter sich herzog. Einen menschlichen Körper.

»Ginger!« Yasemin lief mit einem Schrei auf ihre Freundin zu, rannte sie fast um, umarmte sie, stützte sie.

Mayfeld rappelte sich auf und humpelte nach vorn, es ging leichter, als er gedacht hatte. Aslan folgte ihm. Der beißende Qualm wurde dichter.

»Wir müssen als Erstes die beiden in Sicherheit bringen«, rief Mayfeld keuchend.

Gemeinsam zogen sie das Menschenbündel, das Ginger im Schlepptau gehabt hatte, und die leblose Person, die Dörfel zurückgelassen hatte, in Richtung des Ausgangs, weg von Rauch und Benzingestank.

In der Tiefe des Berges verhallten Dörfels Schritte.

Frische Luft hatte Mayfeld schon lange nicht mehr so genossen wie in dem Moment, als sie aus der Stollenanlage heraustraten. Draußen hatte es aufgehört zu regnen. Der Wald dampfte, sein würziger Geruch kämpfte gegen den Gestank von Rauch und Benzin. Außerhalb des Berges funktionierten die Mobiltelefone wieder. Mayfeld rief den Notarzt an und informierte Nina Blum über den Stand der Dinge. Ginger Havemann klärte Mayfeld über die Identität der beiden Personen auf, die sie aus dem Stollen gerettet hatten. Ginger und Yasemin nahmen den völlig entkräfteten Bareis zwischen sich und stützten ihn auf dem Weg nach unten zur Werkstatt. Immerhin konnte er noch laufen. Mayfeld und Aslan schleppten die bewusstlose Karo Müller humpelnd über den glitschigen Trampelpfad nach unten. Dreimal fielen sie auf der kurzen Strecke in den Matsch, aber dann waren sie unten angekommen.

In der Werkstatt durchsuchten sie den Defender und fanden einen Kanister mit Benzin, ein Handy und Verbandszeug, mit dem sie sich gegenseitig verarzteten.

Am schlimmsten waren die Verletzungen von Karo Müller. Ginger hatte auf sie geschossen, als sie die Tür öffnete, um den ersten Brandsatz in das Verlies zu werfen, und sie in die Brust getroffen. Müllers Puls war schwach, die Atmung hastig und flach, die Haut kalt. Sie wickelten sie in eine Schockfolie und brachten sie in stabile Seitenlage.

Bareis hatte Brandverletzungen und einen Streifschuss am linken Unterarm, er war von einigen Glassplittern am rechten Bein getroffen worden, Hände und Gesicht waren blutunterlaufen, außerdem war er benommen, klagte über Kopfschmerzen und hörte gar nicht auf zu husten. Vermutlich eine Rauchvergiftung. Er legte sich auf eine Decke, möglichst weit von Müller entfernt.

Alle anderen hatten erstaunliches Glück gehabt. Aslan hatte einen Streifschuss abbekommen, ein improvisierter Druckverband hatte die Blutung sofort gestoppt, die Schulter war beweglich geblieben. Auch Mayfeld hatte bloß einen oberflächlichen Streifschuss am Oberschenkel davongetragen. Der tat zwar saumäßig weh, als die Anspannung von ihm abfiel, aber mit einer Desinfektion und einem größeren Pflaster war die Wunde ausreichend versorgt. Das hoffte Mayfeld zumindest. Auch Ginger war der Hölle des Lehrener Kopfes fast unverletzt entkommen. In ihrem linken Oberarm steckten einige Glassplitter, die ihr Yasemin mit einer Pinzette entfernte. Am rechten Unterarm hatte sie eine kleine Brandwunde, sie hustete ein wenig und verlangte nach einem Schmerzmittel gegen die Kopfschmerzen. Yasemin war völlig unverletzt geblieben.

»Sollten wir nicht zurück in den Stollen gehen und nach Dörfel suchen?«, fragte Ginger.

»Ganz bestimmt nicht«, entschied Mayfeld. »Ich bin froh, dass wir hier halbwegs heil rausgekommen sind.«

»Ist es nicht besser, in die Klinik zu fahren, als hier zu warten?«, fragte Yasemin. »Oder in der Nachbarschaft zu schauen, ob wir jemanden antreffen?«

Mayfeld schüttelte den Kopf. »Der Notarzt ist schon unterwegs.«

Er ging zu Bareis.

Uli Bareis saß auf einer Decke und starrte vor sich hin. Er summte ein Lied, das Mayfeld vage bekannt vorkam, das er aber nicht erkannte. Auf Fragen, was ihm in den letzten Tagen zugestoßen sei, antwortete er nicht, er lächelte bloß, und Mayfeld war sich unsicher, ob er die Fragen überhaupt verstand.

»Redet bitte weiter mit ihm«, bat er Aslan und Yasemin. »Vielleicht sagt er noch was. Er sollte jetzt nicht allein sein. Und er sollte nicht einschlafen.«

Er gab Ginger einen Wink. Sie gingen nach draußen und setzten sich auf einen Stapel alter Reifen. Ein frischer Wind fegte durch das Tal. Ginger berichtete von ihren Recherchen. Leider hatte Uli in der Zeit, in der sie zusammen eingeschlossen waren, nicht geredet, deswegen wusste sie auch nicht, wann er in Dörfels Gewalt geraten war und warum.

»Wir sollten das Schwein in seiner Wohnung abpassen«, sagte sie zum Schluss.

Die Frau hatte Stunden in einem dunklen Verlies verbracht, den sicheren Tod vor Augen, sie wäre fast erschossen worden oder erstickt oder verbrannt, aber sie tat, als wäre nichts geschehen. Ging einfach zur Tagesordnung über. Was trieb sie an? Rache?

Gerechtigkeitssinn? Jagdinstinkt? Oder wollte sie einfach nicht wahrnehmen, wie fertig sie war?

»Nach Dörfel wird gefahndet. Das ist nicht mehr unser Job«, antwortete Mayfeld. Er hatte genug für heute. Er steckte es nicht einfach so weg, dass auf ihn geschossen worden war.

»Sie glauben, dass Sie Ihren Fall gelöst haben?« Ginger lachte ungläubig.

Mayfeld winkte müde ab. »Ich tappe noch weitgehend im Dunkeln, was die Vorfälle hier überhaupt mit meinem Fall zu tun haben.«

»Deswegen dürfen wir keine Zeit verlieren.«

»Wir? Ihr Fall ist doch gelöst. Sie haben Uli Bareis gefunden.«

Ginger lachte ungläubig. »Das ist jetzt nicht Ihr Ernst. Was ist denn das für eine Einstellung?«

Diese Frau war Polizistin geblieben, mehr, als sie es jemals zugeben würde. Mayfeld begann, so etwas wie Sympathie für die widerspenstige Detektivin zu empfinden. Genau so war er auch einmal gewesen. Unbeugsam und beharrlich.

»Die Kollegen kommen gleich«, sagte er halbherzig.

»Wie lange dauert es, bis Polizisten vor Dörfels Haus Posten bezogen haben?« Ginger blieb hartnäckig.

»Das weiß ich nicht.«

»Eben. Außerdem würde ich nicht jedem Ihrer Kollegen vertrauen.«

»Was meinen Sie damit?« Mayfeld hatte kein Interesse an Verschwörungstheorien. Nicht an einem solchen Tag.

»In dieser Geschichte gibt es mehr Mitspieler, als Sie bislang glauben, Mayfeld. Es gibt eine Gruppe, die mit verdeckten Namen operiert. Dörfel nannte sich Barbarossa ...«

»... ein kindisches Pseudonym fürs Netz ...«

»... und es spielen Figuren wie Wotan und Hagen eine Rolle, zumindest hat Dörfel von ihnen gesprochen. Das Haus von Dörfel in Rüdesheim ist ein Nazinest.«

»Deswegen ist es ein Fall für LKA und Verfassungsschutz.« Er war müde. Aber diesen Satz nahm er sich selbst übel.

»Die Polizei brauchen wir nicht zu fürchten, hat Dörfel zu Karo gesagt.«

»Woher wissen Sie überhaupt, wie die Komplizin heißt?«
»Ihr Name steht auf dem Klingelschild des Rüdesheimer Hauses, ein Foto von ihr hängt im Wohnzimmer.«
Mayfeld wollte nicht wissen, wie sie da hineingekommen war.
»Von der Polizei haben die beiden gesprochen, als Sie im Büro der Werkstatt unter dem Bett lagen und lauschten?«
»Genau.«
»Das eitle Geschwätz eines Angebers.«
»Oder seine feste Überzeugung. Sie kann er damit allerdings nicht gemeint haben.«
»Danke.«
»Mir ist nicht danach zumute, Komplimente zu verteilen.«
»Sondern?«
»Kann es sein, dass Sie einen Maulwurf in Ihren Reihen haben? Dörfel kannte meinen Namen. Er war darüber informiert, dass ich Uli Bareis' Handy überwacht habe. Karo Müller wusste, dass ich eine Carducci fahre.«
Mayfeld seufzte. In jeder Ermittlung gab es ein paar Ungereimtheiten, die nicht zu klären und die ein wunderbarer Ausgangspunkt für Verschwörungstheorien waren. »Sie haben Dörfel am Sonntag getroffen. Das hat mir Yasemin erzählt. Es kann doch sein, dass er sich Ihr Motorrad und die Zulassungsnummer gemerkt hat, dann ist es nicht schwer, Ihren Namen herauszubekommen. Und dass Sie Bareis' Handy überwacht haben, konnte er daraus schließen, dass Sie ihn in Walluf fast beim Telefonieren ertappt haben.«
»Ich habe mein Motorrad weiter weg geparkt. Er konnte es nicht gesehen haben.«
»Sicher?«
»Sicher. Außerdem sprach Dörfel von seinen Auftraggebern. Die Familie Bareis war eingeschüchtert, als ich sie traf. Sie haben nach unserer Unterredung gleich jemanden angerufen, um Bericht zu erstatten.«
»Das muss niemand von der Polizei gewesen sein.«
»Das war niemand von der Polizei. Sie haben demjenigen unter anderem mitgeteilt, dass an dem Tag die Polizei da gewesen ist.«
Damit schied Ackermann aus, an den Mayfeld gerade kurz

gedacht hatte. Ackermann hatte die Befragung der Familie Bareis durchgeführt, das hätten sie ihm nicht noch einmal mitteilen müssen. Aber natürlich hatte die Detektivin recht. Der Fall war noch nicht gelöst, es gab mehr Ungereimtheiten als normalerweise, und er sollte seine Untersuchung nicht ausgerechnet jetzt beenden.

»Am Dienstag haben Sie mir von Adressen erzählt, über die sich Uli Bareis informiert hat.«

»Die habe ich Ihnen heute Morgen geschickt.«

»Haben Sie etwas über sie herausgefunden?«

»Eine gehört zu einer Sicherheitsfirma in Wiesbaden. Bei einer anderen gibt es eine Verbindung zur Colonia Dignidad.«

»Eine Sekte, die ihre beste Zeit im Chile der siebziger und achtziger Jahre hatte.«

»Sie sind gut informiert.«

»Hat mir Ihre Kollegin auf der Fahrt hierher erzählt.«

»Da war sie ja sehr gesprächig«, sagte Ginger schnippisch. Dann besann sie sich eines Besseren. »Sorry. Das war natürlich völlig okay. Ich bin jetzt ja auch gesprächig. Vielleicht hat die Colonia etwas mit dem Mord an Murcia und der Entführung von Uli zu tun.«

Dass es so viele bizarre Verschwörungstheorien gab, bedeutete natürlich nicht, dass es keine Verschwörungen gab. Bei Verschwörungstheorien bestand die Kunst darin, die Spreu vom Weizen zu trennen. Viel Spreu von wenig Weizen.

»Die Colonia hatte beste Verbindungen zur rechten Szene in Deutschland, zu Geheimdiensten und Waffenhändlern.«

»In den siebziger und achtziger Jahren. Von mir aus auch noch in den Neunzigern. Aber heute? Heute sitzen die alle im Knast oder im Altersheim oder liegen auf dem Friedhof.«

»Hab ich mir auch schon überlegt.«

»Wir können also ruhig abwarten, bis Dörfel gefasst wird und Bareis sich von den Strapazen der Geiselnahme erholt hat. Ihre Vernehmung bringt dann Licht ins Dunkel.«

Ginger ließ den Kopf hängen. Sie dachte nach.

»Dörfel wusste, dass ich es war, die die Leiche von Rothenberger gefunden hat. Das ist doch merkwürdig, oder? Hatten

Sie im Verlauf der Ermittlungen den Eindruck, dass alles seinen normalen Gang nahm, dass alles okay war?«

»Den Eindruck habe ich genau genommen nie«, antwortete Mayfeld sofort.

Etwas zu schnell, fand er. Natürlich gab es immer was zu meckern oder kritisch anzumerken. Er war oft unzufrieden. Auch beim Gemecker war es wichtig, die Spreu vom Weizen zu trennen. In diesem Fall hatte er allerdings immer wieder den Eindruck gehabt, dass ihm die Ermittlungen entglitten, dass er besser sein eigenes Ding machen sollte. Signifikant öfter als sonst war es ihm so vorgekommen, als liefe etwas gründlich schief. Und dass Ginger Havemann Rothenberger gefunden hatte, das konnte tatsächlich nur jemand aus dem Polizeiapparat wissen. Oder jemand aus den Justizbehörden. Und natürlich alle, denen sie es erzählt hatte. Im Netz war es jedenfalls nicht zu lesen.

»Es war also alles wie immer?«

Die Detektivin legte den Finger in eine Wunde. Vielleicht war er zu gutgläubig. Betriebsblind. Phantasielos. Sah den Wald vor lauter Bäumen nicht. Es konnte nicht sein, was nicht sein durfte. Der Kaiser durfte nicht nackt sein.

»Wenn wir jetzt losfahren und uns in Dörfels Wohnung umsehen, was kann schlimmstenfalls passieren?«

»Ein Verfahren wegen Hausfriedensbruchs.«

Ginger lachte. »Hausfriedensbruch bei einem flüchtigen Mörder?«

»Es kann gar nichts passieren.« Außer Ärger mit Lackauf und Ackermann.

»Worauf warten wir dann noch?«

»Fahren wir.«

Kurz darauf traf der Notarztwagen ein. Karo Müller wurde sofort intubiert und mit Infusionen versorgt, auch Uli Bareis, der zunehmend schläfriger wurde, brauchte eine intensive ärztliche Behandlung. Müller sollte in eine Wiesbadener Klinik auf die Intensivstation verlegt werden, Bareis meldete der Notarzt im Rüdesheimer Krankenhaus an.

Danach gab Mayfeld ein paar Anweisungen an Aslan und fuhr

mit Ginger nach Rüdesheim. Zwischen Lorch und Assmannshausen kamen ihnen zwei Streifenwagen der Polizei entgegen.

»Schnelle Hilfe geht anders«, frotzelte Ginger.

»Der Rheingau ist geografisch schwierig«, erklärte Mayfeld. »Ein dicht besiedelter und lang gezogener Streifen entlang des Flusses. Dahinter das Gebirge, in dem nur wenige wohnen. Wir hatten Glück, dass der Notarztwagen zuvor einen Einsatz in Aulhausen hatte. Hat mir der Fahrer vorhin verraten. Die waren mehr oder weniger schon vor Ort, sonst würden wir jetzt noch auf ärztliche Versorgung warten. Und bei der Polizei kommen noch die Personalkürzungen der letzten Jahre, ach was – Jahrzehnte hinzu. Die Leute können froh sein, dass das hier in der Regel eine friedliche Gegend ist.«

»Den Eindruck hatte ich heute nicht«, scherzte Ginger.

»Ausnahmen bestätigen die Regel. Was machen Sie da eigentlich?« Er warf einen Blick auf seine Beifahrerin, die mit ihrem Notebook und einem Handy hantierte.

»Das ist das Handy, das wir vorhin in Dörfels Wagen sichergestellt haben. Ich lese die Daten aus.«

Die Zusammenarbeit mit Ginger Havemann verlief nie so, wie Mayfeld sich das vorstellte. Er schnaubte wütend.

»Das Handy hat die Polizei sichergestellt. Was Sie da tun, ist gegen die Regeln.«

»Machen Sie eine Ausnahme. Sie haben es versehentlich mitgenommen und bringen es später zur KTU. Dass ich mich damit gerade beschäftige, kann doch unter uns bleiben. Es wird bestimmt keine Spuren hinterlassen.«

Mayfeld überschlug im Geiste, gegen wie viele Dienstvorschriften er im Moment verstieß. Dann gab er das wieder auf. So genau wollte er es gar nicht wissen. »Sie verlangen, dass ich Ihnen viel Vertrauen entgegenbringe.«

»Soll ich den Vorgang abbrechen?«

»Machen Sie schon!«

Ginger fasste das als Aufforderung zum Weitermachen auf.

»Schade, dass wir den Stick nicht gefunden haben, von dem Dörfel gesprochen hat.«

»Was war das noch mal mit dem Stick?«

»Ich denke, er meinte einen Datenträger, hinter dem sein Auftraggeber her ist.«
»Und was soll auf dem Stick drauf sein?«
»Ich hatte den Eindruck, dass Dörfel das selbst nicht wusste.«
»Das klingt alles nach Erpressung. Aber was hat Rothenberger damit zu tun? Und warum passiert das alles gerade jetzt, kurz nachdem wir die Leiche eines verschollenen Drogendealers aus Chile gefunden haben?«
»Ist das mit dem Drogenhandel sicher?«
»Ich weiß mittlerweile gar nicht mehr, was ich für eine gesicherte Tatsache halten soll.«
»Dann haben Sie endlich die richtige Einstellung.«
Mayfeld lächelte. »Ich bin immer dankbar für den Rat einer erfahrenen Kollegin.«
Ginger kicherte. Sie klang plötzlich wie eine kleine freche Göre. »Sie haben viel Geduld mit mir.«
»Erfreulich, dass es Ihnen wenigstens auffällt.«
Sie erreichten Rüdesheim. Mayfelds Handy klingelte.
»Wo genau steckst du?«, fragte Nina Blum. »Wir sind hier in Lorch, und Ackermann ist nicht erfreut, dass du dich davongemacht hast.«
»Das trifft es nicht ganz. Ich bin euch bloß vorausgefahren. Gleich werde ich vor Dörfels Haus in Rüdesheim sein.«
»Dann wird es dich interessieren, dass es einen Durchsuchungsbeschluss für das Haus gibt.«
»Das erleichtert mein Vorhaben ungemein.«
»Wir sehen uns.«
Er schaltete die Freisprechanlage aus und bog in die Marienthaler Straße ein, stellte den Volvo vor Dörfels Haus ab. Ginger zeigte Mayfeld den Weg durch den Keller und führte ihn in die Arbeitszimmer im ersten Stock.
»Dahinten ist das Allerheiligste«, sagte sie und deutete auf die Tür zum zweiten Arbeitszimmer.
Hinter der Tür schlug Mayfeld der konzentrierte Hass aller Rückwärtsgewandten entgegen. Alle sieben Todsünden, wie sie die Kirchen seit Jahrhunderten geißelten, waren, mit Ausnahme der Wollust, auf den Plakaten an der Wand vertreten: Hochmut

und Wut, Geiz, Selbstsucht und Missgunst und die Trägheit des Herzens. So würde die Verteidigung des christlichen Abendlandes bestimmt nicht gelingen, die auf einem der Plakate marktschreierisch gefordert wurde.

»Wollen Sie sich den Computer mal ansehen?«, fragte Mayfeld.

»Ich habe eine Kopie der Festplatte. Ich mach das Notebook für Sie auf.«

»Ich bekomme eine Kopie Ihrer Kopie«, sagte Mayfeld.

»Kein Problem. Ich schau, was ich bei einer ersten Durchsicht finden kann. Vielleicht hat Dörfel den Inhalt des Sticks schon auf der Festplatte.«

»Ich suche derweil in der analogen Welt.«

Mayfeld durchsuchte alle Schubladen und Schränke. Er fand vor allem von Hass durchtränkte Pamphlete gegen Fremde, Muslime, Liberale und Linke. Er fand Beschwörungen der deutschen Identität, wobei nirgends verraten wurde, was sich die Autoren darunter vorstellten. Am ehesten waren es vielleicht Zustände wie im frühen 20. Jahrhundert. Wer etwas nicht begründen konnte, musste es beschwören. Aber diese Einsichten in braune Seelen halfen ihm bei seinem Fall nicht weiter. Nirgendwo fand er einen USB-Stick.

Er fand Dossiers über Menschen aus der Region. Zeitungsausschnitte, die diese Menschen betrafen und alle vom Einsatz für Flüchtlinge und Asylbewerber handelten oder vom Bemühen um interreligiösen Dialog. Dazu Anschriften von Wohnung und Arbeitsplatz, Telefonnummern, E-Mail-Adressen, Hinweise auf das Facebookprofil der Betroffenen, Namen und Daten von Familienangehörigen, Adressen von Schulen der Kinder.

Daneben gab es einen Ordner mit Ausdrucken aus dem Netz, die offensichtlich Gruppenchats wiedergaben, bei denen die Teilnehmer sich in ihrem rechtsradikalen Gedankengut gegenseitig bestätigten und hochschaukelten. Dazu ein paar wenige Zeitungsausschnitte, die rechte und fremdenfeindliche Aktivitäten vor allem in Hessen behandelten. Und kurze Destillate dessen, was man in den Chats und den Zeitungsausschnitten nachlesen konnte. Bemerkenswerterweise gab es in diesem Ordner keine einzige konkrete Adresse.

»Ich bin in Dörfels Kontoauszügen«, sagte Ginger. »Er bekommt monatliche Zahlungen in Höhe von über achthundert Euro von einem Konto, das ich nicht genauer zuordnen kann.« Sie drehte den Bildschirm zu Mayfeld. Der notierte sich die Kontonummer.

In diesem Moment fuhren mehrere Polizeiwagen vor dem Haus vor.

»Wir bekommen Unterstützung«, sagte Mayfeld lächelnd.

»Wie man's nimmt«, antwortete Ginger.

Nina betrat wenige Minuten später augenrollend den Raum, gefolgt von Aslan und Ackermann.

»Du lässt nichts anbrennen, Robert«, bemerkte Ackermann süffisant. »Ist das unsere Zeugin?« Er deutete mit einer Kopfbewegung auf Ginger. »Keine so gute Idee, sie bei einer Hausdurchsuchung dabeizuhaben. Staatsanwalt Lackauf wird gleich hier eintreffen. Vielleicht willst du die Befragung der Zeugin woanders fortsetzen? Hier ist übrigens der Durchsuchungsbeschluss, auf den du gewartet hast.« Er hielt Mayfeld das amtliche Schreiben unter die Nase. »Wir übernehmen das jetzt. Ich an deiner Stelle würde nach Hause gehen. Du hattest einen harten Tag. Vielleicht solltest du dich noch mal vom Doktor durchchecken lassen, bevor die Praxen zumachen. Oder einfach mal die Beine hochlegen. Gibt es irgendetwas, auf das du uns hinweisen möchtest?«

Mayfeld schüttelte den Kopf. »Ihr macht das schon. Danke.«

»Ein Bericht bis morgen wäre schön. Und Sie, Frau Havemann, möchte ich morgen auf dem Präsidium sprechen. Heute wird das wohl nichts mehr.«

Mayfeld und Ginger verließen den Raum. Es war vermutlich sinnvoller, sich die Festplatte von Dörfels Computer anzusehen, als den Kollegen bei der Durchsuchung von Dörfels Haus zuzuschauen, zumal Nina und Aslan ihn über alles informieren würden, was hier geschah. Außerdem hatte Ackermann recht, es war ein extrem harter Tag für sie beide gewesen. Sie brauchten eine Pause.

Als sie losfuhren, kam ihnen der Wagen von Lackauf entgegen. Neben ihm saß Ackermanns Kollege Maurer.

Im Gutsausschank der Leberleins wurde Mayfeld mit großem Hallo begrüßt. Die Ereignisse in Lorch hatten sich in Windeseile bis nach Kiedrich herumgesprochen, und die meisten Gäste wussten, dass Mayfeld bei der Wiesbadener Polizei arbeitete.

Am Stammtisch wurde er als Held begrüßt und gefeiert. Er war froh, dass Julia das nicht mitbekam, es hätte ihre Stimmung auf den Gefrierpunkt gebracht. Oder zum Kochen, das wusste Mayfeld nicht so genau. Am liebsten hätte er sich gleich zu seiner Frau in die Küche verzogen, aber das war nicht möglich, die Freunde wären ihm an einem Tag wie diesem hinterhergelaufen. Es gab kein Entkommen.

»Unglücklich das Land, das Helden nötig hat«, sagte sein Vater, der als Einziger die Begeisterung am Tisch nicht teilte, sondern besorgt wirkte. »Du hast heute ganz schön was um die Ohren gehabt.«

»Um genau zu sein: Es ist mir einiges um die Ohren geflogen«, sagte Mayfeld.

»Erzähl!«, rief Batschkapp.

Trude schob ihren Teller von sich. »Köstlich, die Rehmedaillons mit den Portweinkirschen. Und was für eine gute Idee mit dem Aprikosenwirsing. Man merkt, dass Julia das Zepter in der Küche schwingt.« Sie wischte sich den Mund ab und spülte mit einem großen Schluck Spätburgunder nach. »Was ist dir um die Ohren geflogen, Robert?«

Mayfeld winkte ab, er bedauerte seinen müden Scherz bereits, ließ sich dann aber zu einer dürren und möglichst unspektakulären Zusammenfassung der Ereignisse im Wispertal überreden. Er erzählte ungefähr das, was morgen in der Pressemitteilung des Polizeipräsidiums stehen würde.

»Das wissen wir doch alles schon«, maulte Trude und nahm einen weiteren Schluck Wein. »Ich hab gehört, dass der Verbrecher keiner von hier ist.«

»Böse Menschen gibt es nämlich im Rheingau keine, nur außerhalb unserer schönen Heimat«, stichelte Gucki und prostete der Freundin zu. »Wie überall.«

»Ich fürchte, er wohnt hier«, stellte Mayfeld klar.

»Ist aber nicht hier geboren«, beharrte Trude auf ihrer Ansicht.

»Ein Zugereister.« Es war völlig zwecklos, sie nach der Quelle ihrer Informationen zu fragen.

»Ein Rechter«, vermutete Zora. »Ich hab da so was läuten hören.«

»Gibt es solche bei uns überhaupt?«, wunderte sich Batschkapp.

»Also ich meine, so extrem Durchgeknallte.«

»Die gab es schon immer«, meinte Zora. »Jetzt traut sich das Pack leider aus seinen Löchern heraus.«

»Pack, was ist denn das für eine Ausdrucksweise? So abfällig sollte man über Bürger, die sich nicht entlang des Mainstreams bewegen, keinesfalls reden«, beschwerte sich Batschkapp. »Ein bisschen mehr Respekt für Andersdenkende wäre nicht schlecht.«

»Das sagt der Richtige«, lästerte Gucki.

»Entwickelst du dich zum Naziversteher?«, zischte Zora.

»Blödsinn«, gab Batschkapp schroff zurück. »Ich meine damit doch nicht durchgeknallte Gewalttäter.«

»Rassisten, die ihre Überzeugung nur im Umkreis ihres Schrebergartens äußern, sind mir nicht viel lieber«, setzte Zora noch einen drauf.

»Es gibt so was wie Meinungsfreiheit«, entgegnete Batschkapp. »Das gilt auch für unsympathische Ansichten.«

Für eine gelassene politische Diskussion war definitiv schon zu viel Wein geflossen.

»Kriegt euch bloß nicht wegen dieser Idioten in die Haare«, ermahnte Herbert den Rest der Runde.

Dass sein Vater, sonst nie um die Eskalation eines Gesprächs verlegen, als Hort der Vernunft und Mäßigung auftreten konnte, war eine Erfahrung, die neu für Mayfeld war. Am Tag zuvor hatte sich das schon angedeutet. Die Zeiten waren härter und unerbittlicher geworden.

»Die durchgeknallten Gewalttäter sind nur die Spitze des Eisbergs«, sagte Zora. »Terrorismus gedeiht nur, wenn es ein Klima der Sympathie und des stillen Einvernehmens gibt. Das war damals bei der RAF nicht anders.«

Das hatte Mayfeld am Morgen so ähnlich formuliert.

»Du musst es ja wissen«, höhnte Batschkapp.

Trude gab ihrem Mann mit dem Ellenbogen einen heftigen Stoß in die Rippen.

»Vielleicht spielt die politische Überzeugung ja auch gar keine Rolle«, ruderte Batschkapp zurück. »Vielleicht regen wir uns ganz umsonst auf. Es ist möglicherweise nur ein Verrückter, ein kranker Einzeltäter. Einer, der sich zu viele Drogen eingepfiffen hat. Die ganze Zeit hieß es doch, es gehe um eine Drogengeschichte.«

»Hat die Sache was mit den Flüchtlingen zu tun?«, fragte Trude. »Von denen gibt es in Lorch ja mehr als genug.«

»Sagtest du ›mehr als genug‹?« Zora schnaubte verächtlich. Es war offenbar nicht einfach, bei diesem Thema ruhig Blut zu bewahren.

»Hab ich doch nicht so gemeint.«

»Dann sag es nicht so.«

»Kinder, vertragt euch.«

»Vermutlich nicht«, sagte Mayfeld.

»Was willst du denn damit sagen?«, empörte sich Trude. »Dass wir uns nicht mehr vertragen können?«

Jetzt musste Mayfeld lachen. »Nein, ich meinte, die Taten haben vermutlich nichts mit Flüchtlingen zu tun.«

»Auch wenn einer der Toten aus dem Ausland kam?«, hakte Trude nach.

»Der war kein Flüchtling, sondern Tourist.«

»Was für ein Glück«, sagte Trude. »Wir wollen hier doch bloß Ruhe und Frieden haben.«

Darauf konnten sich am Stammtisch alle einigen, Ruhe und Frieden wollten die meisten Menschen. Das Problem war, dass es nicht wirklich alle waren. Und dass der Rest so Unterschiedliches darunter verstand. Ruhe vor Anschlägen, Ruhe vor den Nachbarn, Ruhe vor der Regierung, Ruhe vor dem Finanzamt, Ruhe vor Streitgesprächen, Ruhe vor rechten Pöblern, Ruhe vor Ausländern und angeblichen Sozialschmarotzern, Ruhe vor dem Sturm.

Die Rheingauer Freunde versuchten noch eine Weile, Details über die Schießerei und den Täter aus Mayfeld herauszulocken, so als würde es sie beruhigen und ihre Streitigkeiten schlichten, wenn sie hier Klarheit schaffen könnten, aber Mayfeld blieb standhaft, er fügte seinem Bericht nichts Wesentliches mehr hinzu.

Nachdem er seinen Wein ausgetrunken hatte, verließ er den Stammtisch und ging in die Küche. Julia stand am Herd und war gerade dabei, Stücke vom Reh anzubraten.

»Hilde, machst du mal weiter?«, rief sie, als sie ihren Mann sah. »Die Medaillons müssen noch zwei Minuten in der Pfanne ziehen, und in fünf Minuten muss die Apfeltarte aus dem Ofen genommen werden. Die Makrelenmousse steht im Kühlschrank.«

Hilde kam aus dem Nebenraum in die Küche geschlurft, grüßte Mayfeld und übernahm die Kontrolle über die Küche.

»Ich habe mir solche Sorgen gemacht«, sagte Julia zu Mayfeld. Dann schüttelte sie ihre Haarmähne und lachte. »Was für eine Begrüßung! Noch besser wäre: Schön, dass du dich auch mal wieder blicken lässt! Ich fang noch mal von vorn an: Wunderbar, dich zu sehen, vor allem wohlbehalten.« Sie umarmte ihn und gab ihm einen langen Kuss, der nach Portwein und nach Apfel und Minze schmeckte. »Ist wirklich alles okay? Als du hereinkamst, sah es so aus, als ob du hinkst.« Sie blickte ihn forschend an.

»Ein kleiner Kratzer. Ist schon verarztet. Alles wird gut.«

»Setz dich doch.«

Sie nahmen beide am Küchentisch Platz. Hilde klapperte mit Pfannen und Schüsseln.

»Es hat eine Schießerei gegeben, hab ich gehört. Und ich vermute, du warst mittendrin.« Sie strich ihm zärtlich über die Wange.

»So ist es gewesen.« Er fuhr ihr durchs Haar.

»Wenn ihr ein wenig mehr Privatheit braucht, könnt ihr gerne nach oben gehen«, frotzelte Hilde am Herd.

»Du störst überhaupt nicht, Mama«, sagte Julia lachend. Dann schossen ihr Tränen in die Augen. »Warum tust du dir das an? Das ist zu gefährlich.«

»Irgendwer muss den Job machen. Für andere ist er auch gefährlich.«

»Du hast ihn lange genug gemacht. Jetzt sind die anderen dran. Hat sich das Risiko denn wenigstens gelohnt?«

»Wir haben zwei Menschen aus der Gewalt eines Psychopathen befreit und ihnen damit das Leben gerettet. Das hat sich auf jeden Fall gelohnt. Aber es gibt möglicherweise Hintermänner. Denen sind wir nicht näher gekommen.«

»So ist es öfters.«

»Manchmal.«

Er wollte die Ereignisse des Tages zusammenfassen, so wie er das immer tat, wenn er seine Gedanken ordnen wollte oder sich einen Hinweis von Julia erhoffte.

Aber Julia hörte gar nicht richtig hin. Sie hatte keine Ratschläge oder Anregungen für Mayfeld parat. Das war auch eine Möglichkeit, ihm zu sagen, dass er mit dieser Arbeit aufhören sollte.

Mayfeld fühlte sich allein. Auf der einen Seite, draußen im Gastraum, gab es Bewunderung, die an Heldenverehrung grenzte, auf der anderen Seite, hier in der Küche, Vorwürfe, er lasse seine Familie im Stich.

»Man kann nicht immer nur an das eigene Wohl denken. Eine Entführung wurde beendet, zwei Menschen vor dem sicheren Tod bewahrt. Du musst mir dafür keinen Lorbeerkranz flechten, aber tu bitte nicht so, als ob ich mein Leben leichtfertig aufs Spiel setze, weil ich den Kitzel brauche. Darauf kann ich gut verzichten.«

Julia stand vom Tisch auf und ging in der Küche auf und ab. »Ich habe Angst um dich. Ich will mit dir leben und nicht deine Witwe werden. Ist das so schwer zu verstehen?«

»Ich will mich nicht wegducken.«

»Davon konnte bei dir noch nie die Rede sein.«

»Setz dich bitte wieder hin.«

Julia setzte sich ihm gegenüber an den Küchentisch.

»Warum kann es nicht wie früher sein?«, fragte er.

»Was meinst du?«

»Ich erzähle von meinem Fall, du denkst mit mir darüber nach.«

Julia seufzte. »Ich will, dass du dort aufhörst. Bewirb dich in der Polizeischule. Das ist auch ein wichtiger Job. Damit verdienst du auch dein Geld. Damit lebst du länger.«

Mayfeld wollte einwenden, dass all diese Argumente vor zwanzig Jahren, als Lisa und Tobias klein waren, viel triftiger gewesen wären. Dass es jetzt weniger darauf ankam als damals, was aus ihm wurde. Dass sie mit dem Älterwerden ängstlicher und pessimistischer wurde. Aber das ließ er lieber. Sie würde ihm entgegnen, dass er das Älterwerden nicht akzeptieren wolle, sich wie ein Junger in jede Schlacht werfe und darin eines Tages umkommen werde. Vielleicht lag die Wahrheit in der Mitte. Oder auf beiden Seiten. Älterwerden war nichts für Feiglinge. Aber auch nichts für Unbedachte.

»Ich werde mir das mit der Polizeischule ernsthaft überlegen. Aber momentan stecke ich mitten in verdammt unübersichtlichen Ermittlungen. Mein Leben wird nicht sicherer, deines nicht ruhiger, wenn ich ohne Durchblick und betriebsblind darin herumstolpere.«

Julias Körper entspannte sich. In ihren Gesichtszügen spiegelten sich Hoffnung und Skepsis zugleich. »Ich werde dich daran erinnern. Hilde?«

»Ich schaff das locker«, antwortete ihre Mutter. »Dein Fahrrad stelle ich nachher in den Schuppen. Fahrt nach Hause. Genießt den Sommer, solange es noch geht.«

Die Wolken hatten sich verzogen, die Luft war kühler als in den letzten Tagen. Sie fuhren zu der Villa am Rhein.

Im Radio meldete der Nachrichtensprecher, dass in Syrien eine neue Waffenruhe ausgerufen worden sei, die bereits am ersten Tag an vielen Orten gebrochen wurde. In Brüssel war ein bärtiger Mann mit einer Axt in eine Polizeiwache gestürmt und erschossen worden, nachdem er eine Besucherin lebensgefährlich verletzt hatte. Eine rechte Politikerin hatte in einem Interview gefordert, das Wort »völkisch« zu enttabuisieren. In Sachsen und Rheinland-Pfalz hatten Flüchtlingsheime gebrannt. Für den nächsten Tag war eine neue Gewitterfront gemeldet, die das Land von Südwesten nach Nordosten überqueren würde.

Zu Hause angekommen, hörte Mayfeld den Anrufbeantworter ab. Eine Nachricht erinnerte ihn daran, dass er am Samstagmittag eine Gruppe von fünfzehn Personen durch das Kloster Eberbach führen sollte. Mayfeld und Julia setzten sich auf den Balkon. Mayfeld öffnete eine gut gekühlte Flasche Rauenthaler Rothenberg.

»Komm erst mal zur Ruhe«, sagte Julia.

»Das wird mir helfen«, antwortete er und deutete auf die Weinflasche. Eigentlich war das ein völlig bescheuerter Satz, wie aus dem Tagebuch eines Alkoholikers. »Zur Ruhe kommen, das ist gar nicht so leicht, wenn man eine Schießerei knapp überlebt hat. Bitte jetzt keine Ratschläge, den Job zu wechseln. Das mache ich irgendwann. Aber im Moment muss ich diesen Fall lösen.« Trotz Erschöpfung und Schmerzen.

»Eine halbe Stunde, keine Minute mehr!«

»Ich habe zwei Morde, von denen ich vermute, dass sie zusammenhängen, weil Uli Bareis mit beiden Mordopfern bekannt war. Wir haben Spuren gefunden, die auf ihn als Täter im zweiten Mord hindeuten, deswegen haben wir ihn als Tatverdächtigen gesucht. Jetzt wurde er übel zugerichtet im Verlies eines Rechtsradikalen gefunden, und zwar von dieser Detektivin, deren Auftraggeberin ebenfalls im Verdacht steht, mit den Morden etwas zu tun zu haben. Waren Bareis und Dörfel anfangs Komplizen und haben sich zerstritten? Oder war Bareis von vornherein ein Opfer, das entführt und dessen Identität für ein weiteres Verbrechen genutzt wurde?«

»Brandstiftung, Entführung, zwei Morde, zwei weitere Mordversuche, dafür muss es ein starkes Motiv geben«, überlegte Julia.

»Im organisierten Verbrechen reicht dafür etwas so Banales wie Geldgier«, wandte Mayfeld ein.

»Das ist womöglich etwas unterkomplex gedacht«, antwortete Julia und lächelte. »Ich meine damit auch mich selbst. Ein starkes Motiv allein reicht nicht. Wer geldgierig ist, könnte auch Banker werden. Es soll geldgierige Ärzte und Apotheker geben, manchen Politikern sagt man das nach, und mancher sogenannte kleine Mann ist es bestimmt auch. Sie werden fast alle keine Killer. Du hast es immer mit einem Geflecht mehrerer Motive zu tun, soziale Faktoren spielen eine Rolle und nicht zuletzt der Zufall. Gelegenheit macht Diebe.«

»Willst du mich auf meine Rolle als Dozent auf der Polizeischule vorbereiten?«, fragte Mayfeld.

Julia lachte schallend. »Du merkst aber auch alles. Für ein Verbrechen oder eine Serie von Verbrechen können verschiedene Motive gleichzeitig eine Rolle spielen. Die sich gegenseitig verstärken oder im Konflikt zueinander stehen. Der Einzige, von dem ihr sicher wisst, dass er ein Verbrecher ist, ist Dörfel. Wie kommt der eigentlich in die Geschichte? Habt ihr in euren Computern etwas über den?«

»Nina hat nichts gefunden.«

»Ist das nicht merkwürdig? Wie du ihn schilderst, ist er doch nicht erst seit gestern in der rechtsextremen Szene.«

»Das meinte Nina auch. Sie will sich näher damit befassen.« Nina kannte Kollegen, die als Administratoren über das Computersystem der Polizei wachten. Sie war attraktiv. Sie kannte sich aus. Wenn sie sich mit etwas oder jemandem näher befasste, bekam sie meist, was sie wollte. Einen Teil ihrer Arbeitsweise konnte man unmöglich lehren.

»Warum sollte ein Rechtsradikaler nicht für die Drogenmafia arbeiten? Ich vermute, dass Rechtsextremisten häufig auch kriminell sind. Für Islamisten gilt das übrigens auch. Missratene Männer halt.«

»Oder Frauen.«

»Meinetwegen. Oder er arbeitet für andere Schurken. Wie kommt ihr überhaupt darauf, dass es sich um Drogenkriminalität handelt?«

»Die Aussage von Bareis, der Fund in der Grorother Mühle, die Ermittlungen gegen Murcia, vieles weist in diese Richtung.«

»Und wenn Drogen gar keine Rolle spielen?«

»Brauchen wir eine Erklärung, woher die vielen Hinweise kommen.«

»Oder auch nicht. Das kann Zufall sein. Ein Zufall, der vom Wesentlichen ablenkt.«

Daran mochte Mayfeld nicht glauben. Aber vielleicht war ein Wechsel der Perspektive dennoch sinnvoll. Er dachte an Aslans Geschichte von dem Betrunkenen, der den verlorenen Schlüssel in der Nacht unter den Laternen suchte, weil er nur dort etwas sehen konnte. Zumindest am Tag danach sollte man die Strategie wechseln.

»Wenn Drogen keine Rolle spielen, um was könnte es dann gehen?«, fragte Julia.

»Im Fall von Rothenberger könnte politischer Hass eine Rolle spielen. Das passt auch zu Dörfel. Der hat bei sich zu Hause so was wie Abschusslisten geführt. Nach dem Motto: Wir wissen, wo ihr wohnt.«

»Stand Rothenberger darauf?«

»Nein, nicht dass ich wüsste. Das würde die Ermittlungen erleichtern. Im Fall Murcia könnte es etwas Privates sein. Oder eine Drogensache. Aber dann hängen die beiden Fälle nicht zusammen. Das kann ich nicht glauben. Bareis ist in beide verwickelt.«

»Du willst nicht an den Zufall glauben, deswegen konstruierst du Zusammenhänge, die es vielleicht gar nicht gibt.«

»Stimmt, an den Zufall glaube ich erst, wenn mir gar nichts anderes mehr einfällt.«

»Was könnte es dann noch für Motive geben?«

»Es könnte um Erpressung gehen. Das Haus von Rothenberger sah aus, als ob jemand dort etwas gesucht hätte. Vielleicht hat jemand auch in Bareis' Wohnung etwas gesucht und das Feuer gelegt, als er es nicht fand, oder um davon abzulenken, dass er etwas gesucht und gefunden hatte.«

»Und dieser Jemand wäre zum Beispiel Dörfel?«

»Zum Beispiel.«

»Der auf eigene Rechnung arbeitet oder im Auftrag.«

»Entweder oder.«

»Und was denkst du, was Dörfel gesucht hat?«

»Etwas, das Rothenberger ins Netz stellen wollte. Das legt seine letzte SMS nahe. Ginger hat Dörfel belauscht. Er sprach von einem Stick. Da könnten Daten drauf sein, mit denen man jemanden erpressen kann.«

»Dörfel oder seine Auftraggeber.«

»Wotan oder Hagen. So sollen sie sich laut Ginger nennen.«

»Dann geht es bestimmt um den Nibelungenschatz, das Rheingold«, spottete Julia. »Wir haben genug über deinen Fall geredet.« Sie leerte ihr Glas und stand auf. Packte Mayfeld an der Hand und zog ihn von seinem Sessel. »Themawechsel«, sagte sie, griff ihm in die Haare und gab ihm einen langen Kuss. »Für heute ist

Schluss mit der Arbeit«, flüsterte sie ihm ins Ohr. »Dafür werde ich schon sorgen.«

★★★

In Schierstein war die Luft rein und klar. Nach dem Unwetter wagten sich die Menschen wieder nach draußen und füllten Wege, Plätze und Gärten mit Leben. Vereinzelt verließen Boote den Hafen für eine abendliche Spazierfahrt.

Ginger, Jo und Yasemin saßen an Deck der »Blow Up«, Jo und Yasemin rauchten einen Joint, Ginger hatte an diesem Tag genug Rauch inhaliert und beschlossen, das Rauchen ganz aufzugeben. Wellen plätscherten gegen die Bordwand, die Wanten der Segelschiffe klapperten, Kindergeschrei wehte von der Uferpromenade zum Boot herüber. Ginger liebte diese Hafenmusik.

Jo holte eine Flasche Sekt aus der Kühlbox und ließ den Korken knallen.

»Die ist vom Weingut deines Bullen«, sagte er und füllte drei Sektkelche. »Riesling brut vom Kiedricher Weingut Leberlein. Toller Stoff, lag eineinhalb Jahre auf der Hefe. Passt zum heutigen Tag. Wir haben schließlich was zu feiern.« Er verteilte die Gläser.

»Glückwunsch zum erfolgreichen Abschluss des Falls«, sagte Yasemin. »Und zum Überleben!«

Auch Jo prostete ihr zu. Alle sollten zufrieden sein. Mia hatte ihr Honorar auf sechstausend Euro aufgerundet. Sie war im Krankenhaus und wachte neben Uli Bareis. Der würde sich nach Aussage der Ärzte wieder erholen. Dass er momentan noch tief und fest schlief, sei kein Anlass zur Sorge, keine der Untersuchungen hatte einen wirklich bedrohlichen Befund ergeben. Der Streifschuss an der Schulter war harmlos. Einige Verletzungen deuteten zwar darauf hin, dass er gefoltert worden war, aber das hatte keine bedrohlichen Schäden an seinem Körper hinterlassen. Der mutmaßliche Mörder von Harry Rothenberger, Albert Dörfel, würde über kurz oder lang der Polizei ins Netz gehen. Die Hintergründe der Tat würden aufgeklärt werden, wenn Uli aufwachte und Dörfel gefasst wäre. Alles wird gut, sagte sie sich.

Vielleicht. Bei ihr war auch nicht alles gut geworden, bloß weil ihr Körper ohne größere Schäden davongekommen war.

»Deine Begeisterung hält sich in Grenzen«, stellte Yasemin fest.

»Es gibt viel zu viele lose Enden in diesem Fall«, sagte Ginger. Yasemin atmete hörbar laut aus. »Dein Job ist erledigt. Du hast Uli Bareis gefunden und dein Honorar bekommen. Alles andere ist Sache der Bullen. Und du gehörst nicht mehr zu denen, falls du das vergessen haben solltest.«

»Dörfel hatte Hintermänner, und die ...«

»... wird die Polizei ausfindig machen«, fiel ihr Jo ins Wort. »Oder eben auch nicht.«

»Wotan und Hagen, das klingt nach einem rechten Netzwerk«, sagte Ginger.

»Also wird die Polizei nichts finden«, spottete Yasemin. »Ich höre schon den Nachrichtensprecher: Nach Erkenntnissen der Polizei handelte es sich um einen psychisch kranken Einzeltäter.« Sie tippte sich mit dem Zeigefinger an die Stirn.

»Schätzt du Mayfeld so ein?«, fragte Ginger.

»Nein. Aber ich glaube nicht, dass er das Sagen hat. Das wird ganz oben vertuscht.«

»Einzelne integre Beamte ändern daran nichts«, pflichtete Jo Yasemin bei. »Es gibt kein gutes Leben im schlechten.«

»Wie praktisch«, entgegnete Ginger süffisant. »Wenn alles keinen Zweck hat, weil das System sowieso stärker ist, dann empören wir uns einfach ein bisschen, schreiben einen Blog, der von Gleichgesinnten in unserer Echokammer gelesen wird, und können ansonsten schön einen kiffen.«

Jo schaute sie grimmig an und füllte die Gläser neu. »Idealismus bringt uns nicht weiter«, dozierte er.

Ginger prustete los. »Ich bin dir einfach zu unbequem.«

Jo runzelte verärgert die Stirn, schien aber nachzudenken. »Stimmt«, sagte er dann. »Du bist unbequem. Vielleicht hast du sogar recht.«

»Rede du ihr auch noch zu«, empörte sich Yasemin.

Ginger spürte die Angst der Freundin, die Angst um sie. »Ich werde in Zukunft besser auf mich aufpassen. Versprochen.« Ob sie dieses Versprechen würde einhalten können? Mal sehen. Erst einmal beruhigte es Yasemin. »Aber ich darf doch nachdenken, oder?«

Yasemin blickte sie skeptisch an.

Heute Nachmittag wäre Ginger fast gestorben. Ihre Freunde waren der Meinung, sie solle dankbar sein, dass sie überlebt hatte. Das war sie auch. Sie war vor allem Yasemin und Mayfeld dankbar, die ihr den Arsch gerettet hatten. Aber sie war auch wütend auf diesen Idioten, der sich Barbarossa nannte, und auf seine Freunde mit den albernen Namen, die ihr und Bareis und Rothenberger all das angetan hatten. Sie konnte es einfach nicht auf sich beruhen lassen. Es hatte nichts mit Rache zu tun, es hatte nichts mit Politik zu tun, es ging um Selbstachtung.

»Dörfel hat Auftraggeber. Ich glaube, dass er hinter einem Datenträger her war. Vielleicht waren sowohl Uli Bareis als auch Harry Rothenberger im Besitz dieser Daten.«

»Warum wurde dann der eine entführt und der andere ermordet?«, fragte Jo.

Darauf hatte Ginger keine Antwort.

»Und worum soll es bei diesen Daten gehen?«, fragte Yasemin.

»Keine Ahnung.« Es wurde still auf der »Blow Up«, die drei leerten ihre Gläser, blickten auf das Hafenbecken und ließen ihre Gedanken treiben.

»Du bist doch auf diese Colonia Dignidad gestoßen«, sagte Ginger nach einer Weile. »Murcia kam aus Chile, Uli Bareis hat dort vielleicht auch gelebt. Wir haben gestern darüber gesprochen. Hast du mehr über sie in Erfahrung gebracht?«

»Ist das nicht eine Sackgasse? Sagtest du nicht, dass die entscheidenden Leute schon uralt sind, Jo?«, fragte Yasemin.

»Erzähl uns alles, was du über diesen komischen Verein weißt, Googelchen«, bat Ginger.

Jo holte eine zweite Flasche Sekt aus der Kühlbox und öffnete sie. »Das ist eine lange Geschichte.«

»Du erzählst gerne lange Geschichten.«

Jo schmunzelte. »Ich habe euch ja schon erzählt, dass Pinochet seine schützende Hand lange Zeit über die ehemaligen Helfer halten konnte. Erst 1998 musste Paul Schäfer, der Sektenchef, untertauchen.«

»Willst du damit sagen, dass es bei diesem Pack so etwas wie Freundschaft und Loyalität gibt?«, ereiferte sich Yasemin.

»Warum nicht? In gewisser Weise sind das ganz normale Menschen. Es gibt aber noch andere Gründe dafür, dass Schäfer so lange unbehelligt blieb. Er wusste zu viel. Er hat jahrzehntelang Waffen für die chilenischen Faschisten geschmuggelt, das begann mit dem Waffenembargo gegen die Militärdiktatur Ende der siebziger Jahre und soll bis kurz vor dem Rücktritt Pinochets vom Oberbefehl der Streitkräfte gedauert haben.«

»Das ist jetzt aber auch schon fast zwanzig Jahre her«, wandte Yasemin ein.

»Vor allem aber hat Schäfer eine Unzahl von Dossiers über Freund und Feind angelegt, Tonbandaufnahmen, Videomitschnitte, Protokolle. Er hat alles gesammelt. Er war nicht nur einer der Ersten, die die Folter wissenschaftlich erforscht haben, er war auch ein Pionier der Totalüberwachung. Er hat seine Leute überwacht, er hat die deutsche Botschaft verwanzen lassen. 2005, in dem Jahr, als Schäfer starb, wurden mehrere Dutzend Kisten mit Akten, Protokollen, Ton- und Videobändern auf dem Gelände der Colonia gefunden, zusammen mit einem Massengrab von zu Tode Gefolterten.«

»Und was wurde aus den Kisten?«, wollte Ginger wissen.

»Sie wurden von der chilenischen Justiz beschlagnahmt. Einen kleinen Teil haben die Behörden in den letzten Jahren nach langem Rechtstreit veröffentlicht, der größere Teil ist verschwunden. Viele glauben, dass es sich um Erpressungsmaterial gehandelt hat, das Schäfer und seine Kumpane lange Jahre vor Verfolgung geschützt hat.«

»Und nach dem Rücktritt Pinochets wurden die Folterungen und Morde der Sekte doch noch zum Verhängnis?«, fragte Ginger. »Klingt fast zu schön, um wahr zu sein. Leben die Täter überhaupt noch?«

»Wenn sie damals jung waren, leben sie noch. Aber du hast recht, im Auftrag einer rechten Diktatur zu foltern, kommunistische Gefangene verschwinden zu lassen, all das hat in den siebziger Jahren nur wenige interessiert. Amnesty hat schwere Vorwürfe erhoben, aber das hat deutsche Konservative nicht daran gehindert, einen Freundeskreis der Colonia Dignidad zu gründen. Rechte Fernsehmoderatoren, bayerische Politiker und Professoren waren dabei, nach dem Motto: Der Feind meines Feindes ist mein Freund. Auch dass die Sekte sowohl deutsche wie chilenische Kinder entführt hat, interessierte niemanden. Interessiert auch heute niemanden. Zum Problem wurde der Colonia erst der Vorwurf der Pädophilie.«

»Die Schweine haben offensichtlich nichts ausgelassen«, wunderte sich Ginger.

»Haben sie wirklich nicht. Schäfer stand auf kleine Jungs. Er hat die Sekte dazu benutzt, sie massenhaft zu missbrauchen. Die Colonia war eigentlich komplett sexualfeindlich eingestellt und prüde, Männer und Frauen lebten getrennt, auch wenn sie verheiratet waren. Aber die Stellung des Chefs war derartig unangefochten, dass er machen konnte, was er wollte. Als solche Vorwürfe nicht nur gegen Schäfer, sondern gegen einige seiner Mitarbeiter laut wurden, wollte in Deutschland niemand mehr in deren Nachbarschaft wohnen. Neben einem Folterknecht zu wohnen – das war jahrelang kein Problem gewesen, neben einem Kinderficker – das geht heutzutage gar nicht.«

»Wieso hat es so lange gedauert, bis das rausgekommen ist?«

»Warum interessiert sich die Öffentlichkeit für den einen Skandal und für den anderen nicht? Wenn das einer wüsste. Warum hat es in den katholischen Kinderheimen oder in der Odenwaldschule so lange gedauert, bis die Geschichten öffentlich wurden? Bekannt waren die Vorwürfe gegen die Sekte spätestens seit den Siebzigern, aber es hat damals niemanden interessiert. Die einen waren in den siebziger Jahren nicht sicher, ob es sich bei Pädophilen überhaupt um Verbrecher handelte oder um eine unterdrückte sexuelle Minderheit, für die anderen war es bloß Schmuddelkram, über den man besser nicht sprach.«

»Folter, Mord, Entführung, Waffenhandel, Pädophilie, Rechtsextremismus: alles in einem einzigen Alptraum zusammengemischt«, fasste Ginger Jos Recherche zusammen. »Es klingt so bizarr, dass man es gar nicht glauben mag.«

»Der größte Trick, den der Teufel je gebracht hat, war, die Welt glauben zu lassen, es gäbe ihn gar nicht«, bemerkte Yasemin.

»Jede Menge Gründe für Erpressung, Verdunkelung oder Rache«, ergänzte Jo. Aber an diesem Punkt kamen sie nicht weiter. Wieder schwiegen sie eine Weile.

»Dörfel hatte vor, mich zu beseitigen, schon bevor er merkte, dass ich ihn in Lorch gefunden habe«, sagte Ginger dann. »Ich befürchte, dass ihn seine Auftraggeber auf mich aufmerksam gemacht haben. Er wusste zum Beispiel, was für ein Motorrad ich fahre. Wir sind denen bereits zu nahe gekommen. Wir können uns nicht mehr sicher fühlen. Wir müssen ihn zur Strecke bringen, ihn und seine Hintermänner.«

»Es ist zu gefährlich, überlass das der Polizei.«

»Auf die ist kein Verlass, das habt ihr selbst gesagt.«

Ginger ließ den Blick über das Hafenbecken schweifen. Die Sonne war weit im Westen untergegangen. Dunkelheit fiel über das Land. Die Welt war kein friedlicher Ort mehr, dachte sie. War sie nie gewesen, flüsterte eine leise Stimme.

SIEBEN

»Erst einmal möchte ich dem Kollegen Mayfeld zu seiner mutigen Befreiungsaktion in Lorch gratulieren. Es wurden zwei Menschenleben gerettet, und wir sind der Lösung zweier Mordfälle deutlich näher gekommen. Bravo, Robert!«
Ackermann applaudierte, die versammelten Kollegen im Besprechungsraum des K11 fielen in den Applaus mit ein. So viel Lob war Mayfeld unangenehm. Aber es gab Schlimmeres.
»Hast du den Einsatz gesundheitlich gut überstanden?«, fragte Ackermann.
Lackauf verzog das Gesicht.
»Ein paar Kratzer, nicht der Rede wert!«, wiegelte Mayfeld ab. Tatsächlich brannte die Wunde an der Hüfte stärker als am Tag zuvor.
»Ich denke, dass nach der gestrigen Aktion nur noch ein wenig langweilige Polizeiarbeit vonnöten sein wird, um die beiden Fälle restlos aufzuklären«, fuhr Ackermann fort. »Du kannst dich also ruhig schonen, Robert.«
Das passte Mayfeld überhaupt nicht in den Kram. Er wollte diesen Fall selbst abschließen.
»Tut mir leid, wenn ich dem allseitigen Lob nicht zustimmen kann«, meldete sich Lackauf zu Wort. »Bei Mayfelds Aktionen, so erfreulich ihre Resultate auch ausgefallen sein mögen, ist so gut wie nichts nach Vorschrift gelaufen. Sie hätten das LKA informieren müssen, Mayfeld. Sie hätten das SEK anfordern müssen. Sie hätten keinesfalls eine Befreiungsaktion zusammen mit einer Zivilistin durchführen dürfen. Sie haben mit Ihrer wilden Schießerei sowohl diese Zivilistin als auch einen Kollegen in Lebensgefahr gebracht. Lediglich mit viel Glück sind wir alle um eine Katastrophe herumgekommen. Sie hätten nicht eigenmächtig die Wohnung von Dörfel durchsuchen dürfen, Gefahr war keinesfalls im Verzug; schon gar nicht hätten Sie eine in den Fall verwickelte Person daran teilhaben lassen dürfen. Wenn das vor Gericht zur Sprache kommt, weiß ich nicht, welche prozessualen Konsequen-

zen es haben wird. Ich will davon absehen, wegen dieser Verfehlungen dienstrechtliche Konsequenzen gegen Sie einzuleiten, zum einen, weil ich keine schlafenden Hunde wecken will, was die Verwertbarkeit der Hausdurchsuchung betrifft, zum anderen hatten Sie ja, wie gesagt, Glück. Aber ich denke, dass Sie Urlaub einreichen sollten. Erholen Sie sich. Kurieren Sie sich aus.«

Was für ein aufgeblasener, missgünstiger Schwätzer.

»Ein Urlaub täte Hauptkommissar Mayfeld bestimmt gut«, pflichtete Brandt bei. »Aber ansonsten bin ich nicht Ihrer Meinung, Herr Dr. Lackauf. Zu beurteilen, ob er seine Dienstverpflichtungen erfüllt oder verletzt hat, ist erst einmal meine Angelegenheit.« Brandt lächelte verbindlich, nur wer ihn gut kannte, konnte merken, wie sehr er den Staatsanwalt verachtete. »Wäre alles nach dem Dienstweg gegangen«, fuhr Brandt mit ruhiger Stimme fort, »wären jetzt zwei Menschen tot. Und natürlich war bei der Hausdurchsuchung Gefahr im Verzug, man konnte nicht wissen, ob der flüchtige Dörfel sich im Haus versteckte und Beweise vernichtete. Außerdem lag uns der Durchsuchungsbeschluss vor. Ich empfehle also, wir konzentrieren uns wieder auf den Fall, Herr Staatsanwalt.«

Lackaufs Miene versteinerte zusehends.

Mayfeld ergriff wieder das Wort. »Vielen Dank für die Rückmeldungen. Kommen wir endlich zur Sache. Was wir Albert Dörfel nachweisen können, ist Freiheitsberaubung in den Fällen Bareis und Havemann sowie versuchter Mord. Wie sieht es mit der Beweislage in den Fällen Rothenberger und Murcia aus? Gibt es Spuren, die uns weiterhelfen, Horst?«

»Bei der gestrigen Hausdurchsuchung haben wir ein Bild von Felipe Murcia gefunden, neben Fotos, die wir noch nicht zuordnen können. Die Bilder lagen neben der Mappe, in der Dörfel ›feindliche Personen‹ mit diversen persönlichen Daten notiert hat. Es sah so aus, als ob die Fotos aus dem Ordner herausgefallen wären, das könnte ein Hinweis auf eine Verwicklung von Dörfel in diesen Mordfall sein, ist aber sicherlich kein Beweis. Der Abgleich zwischen Dörfels DNA und den Spuren, die wir in Rothenbergers Haus gefunden haben, läuft auf Hochtouren, abschließende Ergebnisse haben wir Anfang nächster Woche.«

»Warum dauert das so lange?« Lackauf hatte heute einen seiner besonders schlechten Tage.

Adler, der in seiner Leibesfülle mit den Jahren einem Buddha immer ähnlicher wurde, ließ sich nicht aus der Ruhe bringen. »Dafür gibt es eine Vielzahl von Gründen, Herr Dr. Lackauf: weil wir nur ein Labor haben, mit der in Urlaubszeiten üblichen Besetzung. Weil wir viele Spuren abgleichen müssen. Weil wir gestern noch mal an den Tatort in Erbach gefahren sind, um weitere Proben zu nehmen. Weil wir erst seit gestern wissen, mit welcher DNA wir vergleichen sollen. Weil wir nicht wissen, ob wir bei der ersten Probe fündig werden oder bei der letzten oder gar nicht. Sobald wir etwas haben, informieren wir Sie.«

»Gibt es weitere Hinweise auf Verbindungen zwischen Dörfel und Rothenberger?«, fragte Mayfeld.

»Als von Bareis' Smartphone die Nachricht an Rothenberger geschickt wurde, er komme vorbei, da war Dörfels Handy in derselben Funkzelle eingeloggt. Du hast Dörfels Handy in seinem Wagen sichergestellt. Wir haben die Daten mittlerweile ausgelesen und begonnen, sie zu analysieren. Bislang haben wir keine Hinweise auf eine Verbindung mit Rothenberger gefunden.«

»Dörfels Handy würde ich gerne den Kollegen vom LKA zeigen«, warf Ackermann ein.

»Das Handy oder die Daten?«, fragte Adler.

»Beides. Sie brauchen sich damit nicht weiter zu befassen. Konzentrieren Sie sich auf den DNA-Abgleich.«

»Was ist mit dem Handy von Bareis?«, fragte Nina.

»Das haben wir nirgends gefunden.«

»Bareis könnte es selbst haben«, überlegte Nina.

»Oder Dörfel«, meinte Aslan.

»Ist es möglich, dass Bareis den Mord an Rothenberger begangen hat und erst später in Dörfels Gewalt geraten ist?«, fragte Ackermann.

»Im Rheingau sind zwanzig Defender zugelassen«, warf Nina ein. »Zwei haben eine Camouflage-Lackierung, das haben wir überprüft. Einer davon stand in der Mordnacht vor Rothenbergers Haus. Der zweite Besitzer hat für die Nacht ein wasserdichtes Alibi. Bleibt Dörfel.«

»Gute Arbeit«, lobte Brandt.

»Aber kein sicherer Beweis für Dörfels Täterschaft«, warf Ackermann ein. »Es könnte immer noch so gewesen sein, dass Bareis Rothenberger getötet hat, danach von Dörfel überrascht und überwältigt wurde. Ich gebe zu, das klingt etwas konstruiert, aber wir sollten keine Möglichkeit ausschließen. Schließlich gibt es Hautpartikel von ihm unter den Fingernägeln des Opfers.«

»Haben wir einen Elektroschocker bei Dörfel gefunden?«, fragte Mayfeld.

Adler nickte. »In der Werkstatt.«

»Ist der auf anhaftende Spuren untersucht worden?«

»Noch nicht.«

»Dr. Enders hat an Rothenbergers Leiche Brandmale gefunden, die von einem Elektroschocker stammen könnten. Wir müssen das Muster mit dem Gerät vergleichen. Und untersuchen, ob wir Spuren von Rothenbergers Haut an dem Gerät finden. Ich fand es von vornherein merkwürdig, dass wir Abwehrspuren an der Leiche finden, wenn das Opfer mit einem elektrischen Schlag außer Gefecht gesetzt wurde.«

»Du meinst, dass die Spuren von Dörfel dort platziert wurden?«, fragte Aslan.

»Das wäre eine Möglichkeit.«

»Es entspräche dem Prinzip, falsche Fährten zu legen«, ergänzte Aslan.

»Das kann natürlich sein«, räumte Ackermann ein. »Es könnte darauf hinauslaufen, dass die Funktion von Bareis in dieser Geschichte nur die ist, dass seine Identität benutzt wurde, um das Verbrechen an Rothenberger zu begehen.«

Ackermann war in seiner Hypothesenbildung sehr flexibel, man konnte es auch unstet und wetterwendisch nennen. Erst war es für ihn ausgemacht, dass Bareis der Täter war, jetzt sollte er mit dem Fall nur noch am Rande zu tun haben.

»Dazu gibt es zu viele Verbindungen zwischen Bareis und den Toten«, widersprach Mayfeld.

»Deswegen eignet sich Bareis besonders gut als falsche Fährte.«

»Er ist immerhin zu uns gekommen und hat eine Aussage gemacht.« Dies bezog Ackermann nie in seine Überlegungen mit ein.

»Du meinst den Hinweis auf Pfaff und die Drogen?«

»Drogen haben wir auch in Dörfels Werkstatt und bei ihm zu Hause gefunden«, warf Adler ein. »Jede Menge Methamphetamin.«

»Wenn Pfaff die Wahrheit gesagt hat und ihr Koks und Crystal untergeschoben wurden, könnte das Dörfel gewesen sein«, sagte Aslan.

»Eine interessante Überlegung«, pflichtete Ackermann bei.

Je weiter sie diskutierten, desto mehr gerieten sämtliche Gewissheiten in dieser Ermittlung ins Wanken. Mayfeld hatte den Eindruck, dass sie sich von der Wahrheit immer weiter entfernten, statt sie einzukreisen und sich ihr zu nähern.

»Was ist mit dem rechtsradikalen Hintergrund von Dörfel?«, fragte Aslan. »Gibt es dazu Erkenntnisse?«

»Ich habe mit dem Landesamt für Verfassungsschutz gesprochen«, berichtete Ackermann. »Dörfel ist dort nicht bekannt.«

Diese Mitteilung löste bei den Kollegen allgemeine Heiterkeit aus.

»Wäre das erste Mal, dass die Kollegen vom VS etwas Nützliches wüssten und es auch noch preisgäben«, unkte Nina. »Zumindest wenn es gegen rechts geht.«

»Ich muss doch sehr bitten«, wies Lackauf sie zurecht.

»Und der Staatsschutz?«, hakte Aslan nach.

»Hat auch nichts«, antwortete Ackermann.

Das war eine etwas aussagekräftigere Information, fand Mayfeld. »Wir werden klarer sehen, wenn Bareis zu sich kommt und eine Aussage machen kann. Wie geht es ihm? Was sagen die Ärzte?«

»Körperlich geht es ihm erstaunlich gut«, berichtete Nina. »Er hat bei der Schießerei glücklicherweise keine ernsten Verletzungen abbekommen, bloß einen Streifschuss. Gestern war er dehydriert, der Kreislauf konnte aber stabilisiert werden, und er zeigt Anzeichen einer mittleren Rauchvergiftung. Innere oder Schädelverletzungen haben die Ärzte keine gefunden. Er weist am Rumpf und vor allem an den Händen Folterspuren auf, Brandmale am Körper und Quetschungen an den Fingern. Dass er das Bewusstsein noch nicht wiedererlangt hat, führen die Ärzte weniger auf die Rauchvergiftung als vielmehr auf die Folgen der Folter zurück. Sie meinen, er befinde sich in einer Art seelischem Schockzustand.«

»Oder er simuliert«, warf Ackermann ein.

»Wir werden informiert, sobald Bareis wieder zu sich kommt. Mia Pfaff ist übrigens bei ihm«, ergänzte Nina.

»Wie bitte?« Ackermann klang empört.

»Sie ist auf freiem Fuß«, sagte Nina. »Bareis hat eine Patientenverfügung gemacht, dass Pfaff ihn vertreten soll, wenn er nicht bei Bewusstsein ist. Welchen Grund hätten wir gehabt ...?«

»Das sind zwei Verdächtige in unseren Mordfällen«, herrschte Ackermann sie an.

»Immer noch? Nach der gestrigen Aktion dachte ich ...«

»Denken ist bei manchen Glückssache«, höhnte Lackauf. »Bringen Sie Ihren Laden in Ordnung, Brandt. Bis zur Klärung der Vorwürfe gegen Bareis wird dieser unter polizeiliche Aufsicht gestellt. Was weiter mit ihm geschieht, entscheidet sich erst nach der Vernehmung durch Hauptkommissar Ackermann.«

»Ich finde dieses Vorgehen richtig«, pflichtete Ackermann dem Staatsanwalt bei. »Ich werde mich um Bareis kümmern. Wir können dann immer noch entscheiden, ob er unter Polizeiaufsicht gestellt werden muss. Ich möchte aber betonen, dass ich niemandes Professionalität in Frage stellen wollte. Ich war nur etwas überrascht, das ist alles. Tut mir leid, Nina.«

»Sie müssen sich nicht entschuldigen«, murrte Lackauf.

»Ich glaube doch«, widersprach Ackermann. »Was wissen wir über Dörfels Komplizin?«

»Karo Müller wohnt seit drei Jahren bei Albert Dörfel«, berichtete Nina. »Sie scheint seine rechtsradikalen Ansichten zu teilen. Im Netz waren beide in verschiedenen Foren aktiv, er als Barbarossa, sie als Bea. Im wirklichen Leben war sie bei Dörfel angestellt.«

»Es ist erstaunlich, dass die Klitsche in Lorch genug Geld abgeworfen hat, um davon eine Angestellte zu finanzieren«, wunderte sich Aslan. »Wir sind noch dabei, die Betriebsunterlagen zu sichten. Dabei sind wir auf regelmäßige Einzahlungen auf Dörfels Konto gestoßen, die wir nicht einordnen können.«

»Ich denke, das sollten wir den Kollegen vom Staatsschutz überlassen«, schlug Ackermann vor.

»Es kann etwas mit den Morden zu tun haben«, protestierte Aslan.

»Vergessen Sie nicht, wer die Ermittlungen leitet«, wies Lackauf ihn zurecht. »Wann kann Frau Müller vernommen werden?« Nina versuchte, freundlich zu lächeln. Selbst bei der sonst immer gut gelaunten Nina wirkte das im Moment recht gezwungen.

»Die Ärzte wissen nicht, ob sie durchkommt. Auf jeden Fall ist sie in absehbarer Zeit nicht vernehmungsfähig.«

Ackermann schlug vor, abzuwarten und sich bis Montagmorgen zu vertagen. Er verließ mit Lackauf und Adler den Raum. Brandt, Nina, Aslan und Mayfeld blieben noch einen Moment sitzen.

»Was war denn das gerade?«, fragte Nina konsterniert.

»Das war ein typischer Lackauf«, sagte Brandt. »Der Mann ist eine Plage. Wenn ich nur wüsste, wohin man den wegloben kann.«

»Den kann man niemandem zumuten«, versetzte Mayfeld. »Die Hälfte der Zeit haben wir damit verbracht, seine Anwürfe abzuwehren, so als hätten wir nichts Besseres zu tun. Auch jetzt reden wir schon wieder über ihn. Zum Glück steigt Ackermann nicht darauf ein.«

Brandt wandte sich an Nina. »Was hast du herausgefunden?«

»Ich habe mich noch einmal mit unserem Polizeicomputer befasst. Zu seiner Freundin gibt es keine Einträge, zu Dörfel einen einzigen, der bezieht sich auf ein Verkehrsdelikt vor zehn Jahren, das mit unserem Fall nichts zu tun hat. Aber es gibt Hinweise, dass auf Dörfels Daten in der Vergangenheit mehrfach zugegriffen wurde, und ich kann nicht ausschließen, dass sie manipuliert wurden.«

»Wer könnte so etwas tun?«, fragte Mayfeld verblüfft.

»Ich sag es mal so: Jemand aus dem Apparat, mit meinen Computerkenntnissen und mehr krimineller Energie würde das schaffen. Jemand von außerhalb könnte es auch schaffen, aber der müsste ein Hackergenie sein.«

»Wie sicher ist, dass manipuliert wurde?«

»Ziemlich.«

»Kann man es beweisen?«

»Nein.«

»Könnte das jemand vom Verfassungsschutz machen?«, fragte Aslan.

»Das steht zu befürchten«, meinte Nina.

»Apropos Verfassungsschutz«, sagte Brandt. »Ich habe mich mit einem Freund im LKA unterhalten. Einen Kollegen Maurer gibt es dort nicht. Es gibt aber einen Abteilungsleiter dieses Namens beim Landesamt für Verfassungsschutz. Ackermann hat oft mit ihm zu tun. Mein Freund war übrigens sehr überrascht, dass Ackermann den Fall Murcia an sich gezogen hat. Der lag im LKA ganz weit unten, in dem Stapel mit den unwichtigen Fällen. Er meinte, Ackermann müsse den Fall unbedingt gewollt haben, sonst wäre niemand so schnell auf die Idee gekommen, ihn für das LKA an sich zu ziehen.«

»Ich hasse Verschwörungstheorien«, meinte Nina. »Aber das klingt nach einer Verschwörung.«

»Wir haben bloß noch keine Theorie«, lästerte Aslan.

»Es müsste eine Theorie sein, die einige Ungereimtheiten erklärt«, sagte Mayfeld. »Wieso dieser Fall so wichtig ist. Warum Bareis Mia Pfaff angezeigt hat. Warum er entführt wurde. Warum ein guter Freund von ihm ermordet wurde.«

In diesem Moment klingelte Ninas Telefon. »Danke für die Info«, sagte sie und beendete das Gespräch. »Bareis ist aufgewacht.«

»Ich werde versuchen, mehr Informationen über die beiden Kollegen vom LKA und VS zu bekommen.« Brandt verabschiedete sich und verließ den Raum.

»Und was machen wir?«, fragte Aslan.

»Ihr sichert alle Daten, bevor ihr sie ans LKA weitergebt, ich fahre zu Bareis«, entschied Mayfeld.

★★★

Die Ärztin hatte vor wenigen Minuten Ulis Untersuchung beendet und die Polizei darüber informiert, dass er aufgewacht war. In einer halben Stunde würden Mayfeld und Co. hier sein.

Mia kam aus der Box. »Ich kann nicht verstehen, was er sagt. Er flüstert bloß. Seine Stimme ist ganz heiser. Willst du mal dein Glück versuchen?«

Ginger ging zu Uli hinein. Der arme Kerl war an eine Vielzahl von Schläuchen, Drähten, Flaschen und Monitoren angeschlossen. Überall blinkte und piepte es. Sie nahm Mias Platz neben dem Intensivbett ein.

»Ich bin Ginger, erinnerst du dich?«, flüsterte sie Uli ins Ohr. »Ich habe dich gestern aus dem Loch rausgehauen. Was ist passiert?«

Sie hielt ihr Ohr dicht an seinen Mund.

»Keine Polizei?«, hauchte Uli.

»Nein, ich bin nicht von der Polizei.« Das schien ihn zu beruhigen. Ginger fand diesen Umstand beunruhigend. Was hatte er zu verbergen?

»Was ist passiert? Kanntest du deine Entführer?«

»Nein«, flüsterte er.

»Wo haben sie dich entführt?«

»… Kapellchen … Kreuzung …«

Natürlich. So erklärten sich die GPS-Daten des Handys. Jemand hatte ihm auf dem Weg aufgelauert, ihn überwältigt, das dauerte eine Weile. Das Handy speicherte die GPS-Koordinaten nur alle fünf Minuten, deswegen schien es so, als ob er ewig lange gebraucht hätte, von der Mühle zum Kapellchen zu fahren. Hätte sie auch schneller drauf kommen können.

»Warum bist du dahingefahren?«

»… SMS … Vereinbarter Code …«

Wie konnte man mit jemandem einen Code vereinbaren, den man nicht kannte?

»Mit wem vereinbart?«

Uli wurde unruhig, er atmete schneller, das Piepsen, das seine Herzfrequenz anzeigte, beschleunigte sich. Gleich würde eine Intensivpflegerin kommen und sie rauswerfen. Es hatte keinen Zweck, diese Frage zu wiederholen.

»Was wollten die Entführer?«

Es dauerte eine Weile, bis Uli sich einigermaßen beruhigt, das Piepsen wieder einen normalen Rhythmus angenommen hatte und er wieder antworten konnte. Oder wollte.

»… Stick …«
»Ein USB-Stick? Was ist auf dem Stick?«
Wieder atmete Uli schwer. »… Video … Felipe …«
»Murcia?«
»… Felipe … Villa …«
»Villa?«
»… Bavaria …«
»Ein Video, auf dem Felipe zu sehen ist?«
»… Felipe … mitgebracht …«
Christian Feyerabend hatte berichtet, dass Felipe alte Videos mitgebracht hatte. Er war eifersüchtig gewesen, dass er nicht mitgucken durfte. Und Uli hatte kurz vor seiner Entführung ein Video gerippt, wahrscheinlich genau so eines.
»Warum sind alle so scharf auf das Video?«
Wieder beschleunigten sich Atmung und Herzfrequenz, gleich würde der Alarm ausgelöst und die Fragestunde wäre zu Ende.
»… Dreckschwein …«, röchelte Uli.
Ginger ging davon aus, dass nicht sie gemeint war.
»Wer wusste von dem Video?«
Uli brauchte eine Weile für die Antwort. Trotz aller Schwäche schien er gründlich zu überlegen, ob und was er sagen sollte.
»… Felipe … Polizei …«
»Die Polizei wusste von dem Video?«
»Harry Rothenberger … Sicherheitskopie …«
»Harry hatte eine Kopie von dem Video?«
»… Christian … Frankfurt …«
»Christian Feyerabend aus Frankfurt hat eine Kopie?«
»… Frankfurt … vielleicht immer noch …«
»Eine Kopie des Videos ist immer noch in Frankfurt versteckt? Bei Christian?«
»… vielleicht …«
»Vor wem versteckt?«
»… Hirt …«
»Ein Mann namens Hirt?«
»… das Dreckschwein …«
»Hirt ist das Dreckschwein?«

Uli Bareis schüttelte den Kopf. Tränen liefen ihm über das Gesicht.

»... Ich bin an allem schuld ... ich bin ein Verräter ...«

»Ihre Fragestunde ist beendet, Frau Havemann.«

Ginger fuhr herum. Vor ihr stand Ackermann vom LKA.

»Was hat Bareis Ihnen gesagt?«

»Privates.«

»Aha.« Mich kannst du nicht verarschen, sagte sein Blick. Sein Mund sagte: »Lassen Sie mich mit dem Zeugen allein.«

»Uli ist nicht vernehmungsfähig.«

»Das habe ich gesehen und gehört.« Er lächelte nachsichtig.

»Seine Aussagen sind nicht verwertbar.«

Ackermanns Miene wurde ungeduldig. »Das lassen Sie mal meine Sorge sein. Und jetzt gehen Sie. Sie haben hier nichts zu suchen.«

★★★

Mayfeld stellte sich in das Halteverbot vor dem Krankenhaus. Den Weg zur Intensivstation kannte er, seit er dort vor einigen Jahren auf der Suche nach einem entführten Mädchen und einem Autisten ermittelt hatte. Er klingelte an der Eingangstür. Eine Krankenschwester in blauem Kittel und mit Haube machte ihm auf.

»Wie viele von Ihnen kommen denn noch?«, fragte sie, nachdem sie seinen Dienstausweis gesehen hatte. Sie zeigte ihm den Weg.

Als er an der gläsernen Überwachungszentrale um die Ecke bog, um zu Ulis Pflegebox zu gehen, sah er Ackermann, der mit Mia Pfaff und Ginger Havemann diskutierte. Jetzt verstand er die Bemerkung der Schwester.

»Was machst du denn hier?«, fragte Ackermann. Er zog Mayfeld beiseite. »Wir sollten unsere Aktivitäten besser koordinieren. Ich habe versucht, mit Bareis zu sprechen. Das hat gar nichts gebracht. Er ist noch nicht vernehmungsfähig. Scheint mehr abgekriegt zu haben, als die Ärzte erst vermuteten. Du hättest dir den Weg sparen können. Ich habe den beiden Damen erklärt, dass der Patient unter Polizeiaufsicht steht und sie die Intensivstation verlassen müssen. Einen Betreuer braucht Bareis jetzt nicht mehr.«

»Hast du was dagegen, wenn ich noch einmal mit ihm rede?« Eine reichlich scheinheilige Frage. Er würde machen, was er für richtig hielt.

Ackermann sah ihn prüfend an. »Natürlich nicht, aber der Mann macht einen sehr mitgenommenen Eindruck. Man sollte ihn schonen, sonst sagt er auch die nächsten Tage nichts.«

Das klang vernünftig.

»Was sind das für Polizeistaatsmethoden?«, schimpfte Mia Pfaff, als die beiden Beamten zurück vor die Box kamen. »Meinem Mann geht es schlecht, und ich darf nicht bei ihm sein? Mit welchem Recht ordnen Sie das an?«

»Setzen Sie sich mit Ihrem Anwalt in Verbindung und beschweren Sie sich«, riet Ackermann.

»Worauf Sie sich verlassen können«, giftete Pfaff ihn an. Ginger warf Mayfeld einen vorwurfsvollen Blick zu. Ackermann geleitete die beiden heftig gestikulierenden Frauen zum Ausgang der Intensivstation.

Mayfeld betrat die Box. Uli Bareis war an diverse Geräte, Monitore und Infusionen angeschlossen. Er starrte an die Decke, sein Gesicht war blass und regungslos, die Augen weit aufgerissen. Der Mann hatte Angst. Vermutlich war er noch ganz in Bildern aus der Vergangenheit gefangen.

»Hören Sie mich, Herr Bareis? Ich bin Robert Mayfeld von der Wiesbadener Polizei.«

Bei diesen Worten drehte Bareis seinen Kopf von Mayfeld weg.

»Ich habe Sie gestern aus dem Lorcher Stollen befreit.«

Keine Reaktion. Wenn er Dankbarkeit erwartet hatte, dann hatte er sich getäuscht.

»Wir suchen den Mann, der Ihnen das angetan hat, er heißt Albert Dörfel. Und wir suchen dessen Hintermänner.«

Bareis drehte seinen Kopf zurück und sah Mayfeld direkt in die Augen. Einen Moment schien er zu überlegen, zu zweifeln, dann flackerte ein irres Lächeln über sein Gesicht und verformte seinen Mund zu einem spöttisch grinsenden runden Loch.

»Oh«, röchelte er. »Ohne mich.«

Mayfeld war verwirrt. Dass Bareis noch nicht vernehmungsfähig war, damit hatte er gerechnet, Ackermann hatte ihn schließlich vorgewarnt. Aber der Mann reagierte, als ob er einen besonders bizarren Witz gemacht hätte. Als ob er nicht ernst nähme, was Mayfeld gesagt hatte. War Bareis im Begriff, den Verstand zu verlieren? Oder war das ein normales Verhalten nach einer derartigen Extrembelastung? Mayfeld machte noch ein paar Anläufe, Bareis zu irgendeiner Äußerung zu bewegen, aber er hatte keinen Erfolg. Der Mann an den Schläuchen hatte nicht vor, mit ihm zu reden. Frustriert verließ er die Box.

»Und?«, fragte Ackermann, der wieder zurückgekommen war.

»Du hast recht gehabt.«

»Hast du das bezweifelt, Robert?« Ackermann verabschiedete sich.

Mayfeld ging zur Überwachungszentrale der Station und fragte nach einem Arzt.

»Da sind Sie bei mir richtig«, antwortete die junge Frau, die er angesprochen hatte. »Dr. Mayerhofer.« Sie streckte ihm die Hand entgegen. »Ich weiß bereits Bescheid. Niemand hat bis auf Weiteres Zugang zu Uli Bareis.«

»Würden Sie mich informieren, wenn es eine Änderung in Bareis' Zustand gibt oder wenn Sie ihn für vernehmungsfähig halten?«

»Wen denn jetzt, Sie oder Herrn Ackermann?«

»Mich bitte auf jeden Fall.«

Dr. Mayerhofer zuckte mit den Schultern und lächelte. »Also beide. Wie Sie meinen.«

Er verließ die Intensivstation. In der Eingangshalle warteten Pfaff und Havemann.

»Zufrieden?«, raunzte Mia Pfaff ihn an.

Sie führte sich ziemlich dreist auf für jemanden, der mit mindestens einem Bein im Gefängnis stand. Das war für gewöhnliche Kriminelle normal, aber diese Frau war durch und durch bürgerlich, darüber konnte ihr alternativer Habitus nicht hinwegtäuschen. Gefängnisstrafen waren offensichtlich kein Makel mehr. Vorbestraft konntest du immer noch Anführer einer Protestbewegung zum Schutz des christlichen Abendlandes werden oder Präsident des FC Bayern München. Für Bankvorstände würde eine Vorstrafe vielleicht bald zum guten Ton gehören. Es war schon erstaunlich, wie die Respektlosigkeit gegenüber dem Recht auch in bürgerlichen Kreisen um sich griff.

»Der ist nicht so, Mia«, antwortete Ginger ihrer Auftraggeberin.

»Wer ist wie?«, fragte Mayfeld gereizt.

»Am besten setzt du dich mit deinem Anwalt in Verbindung«, sagte Ginger zu Mia Pfaff. »Ich hab mit dem Kommissar was zu besprechen. Kommen Sie!«

Ginger fasste ihn am Unterarm und zog ihn mit sich fort nach draußen.

»Seit Ihr Kollege Ackermann mit Uli Bareis gesprochen hat, ist der verstummt«, sagte sie, als sie das Krankenhaus verlassen hatten.

»Es war vermutlich zu früh, ihn zu vernehmen. Ich habe den gleichen Fehler gemacht. Bareis ist für die Erinnerungen an das, was ihm angetan wurde, noch nicht stark genug. Er schützt sich mit Rückzug vor einer Retraumatisierung. Kein ungewöhnliches Verhalten. Ich hätte es wissen sollen.« Das war zwar die korrekte Antwort, er hätte aber hinzufügen können: Vielleicht spielt er uns etwas vor. Vielleicht wird er verrückt. Vielleicht ist es ganz anders.

»Mit mir hat er gesprochen«, stellte Ginger fest.

»Was wollen Sie damit sagen?«

»Dass er danach eingeschüchtert wurde.«

»Er wurde die ganze letzte Woche eingeschüchtert.«

»Ich meine, von Ihrem Kollegen Ackermann.«

»Ein schwerer Vorwurf.«

»Sie trauen Ihrem Kollegen doch auch nicht.«

Da hatte Ginger recht. Er versuchte, das immer wieder beiseitezudrängen.

»Was hat er Ihnen verraten?«

»Dörfel war hinter einem Video her, das Uli auf einem Stick gespeichert hat. Von dem Video wussten Christian Feyerabend, Harry Rothenberger, ein Herr Hirt und – die Polizei. Weitere Namen hat Uli leider keine genannt. Einen Herrn Hirt haben Ulis Eltern übrigens angerufen, nachdem ich sie besucht hatte.«

»Woher wissen Sie das?«

»Ist eine lange Geschichte. Ich habe es persönlich gehört, Sie können das glauben. Ich weiß natürlich nicht, ob alle diese Leute den Inhalt des Videos kennen oder ob sie nur von seiner Existenz wissen. Ich weiß auch nicht, ob sie die Einzigen sind, die Bescheid wissen. Uli hat nur sehr leise und fragmentarisch gesprochen. Was ich verstanden habe, ist, dass so ein Video in Frankfurt versteckt ist.«

»Bei Feyerabend?«

Der Mitbewohner von Uli Bareis war ihm völlig aus dem Blickfeld geraten. Er hatte ihn am Mittwoch besuchen wollen, aber dann waren der Mord an Rothenberger und die Befreiungsaktion in Lorch dazwischengekommen.

»Das könnte sein, schließlich hat er damals dort gewohnt.«

»Und Sie haben keine Ahnung, was auf dem verdammten Video zu sehen ist?«

»Einen Verdacht habe ich. Ich habe gestern die Colonia Dignidad erwähnt, Sie erinnern sich?«

Mayfeld nickte.

»Eine Sekte, die von Sexualfeindlichkeit, Pädophilie, Deutschtümelei und religiösem Fundamentalismus geprägt war. Sie hat sich mit lateinamerikanischen Faschisten, diversen Geheimdiensten und Waffenhändlern verbündet.« Ginger erzählte von den Foltervorwürfen, dem Kindesmissbrauch, dem Überwachungssystem, dem potenziellen Erpressungsmaterial. Die Geschichte klang bizarr, genauso bizarr, wie die ganze Sekte gewesen war.

»Sie glauben, eines dieser Erpresservideos ist in Deutschland aufgetaucht und der Grund für die Morde?«, fragte Mayfeld.

»Genau das glaube ich. Es begann 2008, als Felipe Murcia nach Deutschland kam.«

»Das Video belastet Ihrer Meinung nach einen der Freunde der Sekte und sollte deswegen verschwinden? Alle, die von ihm wissen, sollen verschwinden? Die Morde sind deswegen passiert? Dann muss es jemand sehr Einflussreichen, Mächtigen und Rücksichtslosen bedrohen.«

»Diese Eigenschaften gehen oft Hand in Hand.«

»Es muss jemanden bedrohen, der viel zu verlieren hat. Wir sollten das Video oder eine Kopie davon finden.«

»Wir fangen mit der Suche bei Christian Feyerabend an«, schlug Ginger vor. »Wir beide ganz allein. Ohne Durchsuchungsbeschluss. Ohne Polizei. Die Polizei hat das Video nämlich schon. Ich rufe Feyerabend an.«

Sie fuhren mit Mayfelds Volvo nach Frankfurt. Ginger berichtete ausführlich von ihrer Unterhaltung mit Bareis und von dem Gespräch, das sie am Montag mit Feyerabend geführt hatte. Nach einer Dreiviertelstunde hatten sie dessen Häuschen in Niederursel erreicht.

Feyerabend war ein Mann mit samtener Stimme, weichen Bewegungen und einem fein ziselierten Äußeren.

»Wie angenehm, von Ihnen Besuch zu bekommen«, begrüßte er die beiden. Er betrachtete Mayfeld mit viel Wohlgefallen, wie Mayfeld belustigt und ein wenig genervt zur Kenntnis nahm. »Darf ich Sie bitten, Ihre Schuhe gegen ein paar Pantoffeln von mir zu tauschen?«

»Muss das sein?«, fragte Mayfeld unwirsch.

»Für Sie mache ich eine Ausnahme, Herr Kommissar«, sagte Feyerabend und warf Mayfeld einen Blick zu, über den er nicht weiter nachdenken wollte. Er bat die beiden herein und ließ sie im Wohnzimmer in weißen Ledersesseln Platz nehmen.

»Ist Uli wieder aufgetaucht?«, fragte er.

»Wir haben ihn gestern gefunden. Er wurde entführt.«

»Mein Gott, wie fürchterlich. Wie geht es ihm?«

»Den Umständen entsprechend ganz gut. Ich untersuche die Morde an Felipe Murcia und Harry Rothenberger. Beide waren Freunde von Uli Bareis. Kennen Sie Harry Rothenberger?«

Mit dem Namen konnte Feyerabend nichts anfangen. »Wer hat Uli entführt?«, wollte er wissen.

Mayfeld ging auf die Frage nicht ein. »Im Zuge der Ermittlungen sind wir auf ein oder mehrere Videos gestoßen, die Bareis möglicherweise hier in Frankfurt versteckt hat.«

»Sie hatten mir erzählt, dass Felipe und Uli alte Videos geschaut haben«, ergänzte Ginger. »Sie haben keine Idee, was auf denen zu sehen war?«

»Sie haben mich nicht mitgucken lassen, das habe ich Ihnen

doch schon am Montag gesagt«, antwortete Feyerabend. Er schien deswegen immer noch beleidigt zu sein. Dann besann er sich. »Vielleicht war es gut so. Vielleicht lebe ich deswegen noch.«

»Hat sich außer uns schon einmal jemand für die Videos interessiert?«, hakte Mayfeld nach.

»Nicht dass ich wüsste. Ich habe Felipes Sachen in das Hotel gebracht, das er mir per SMS vorgeschlagen hat, danach war die Angelegenheit für mich erledigt. Ein paar Monate später kam noch eine Karte aus Chile.«

»Am Montag haben Sie mir von einem Einbruch in Ihr Haus erzählt«, erinnerte ihn Ginger.

»Genau. Eine Fotoausrüstung wurde gestohlen. Meinen Sie, man hat nach den Videos gesucht?«

»Sah die Wohnung so aus, als ob man etwas gesucht hatte?«

»Allerdings! Alles war durcheinander. Fürchterlich! Und die Polizei hat sich nicht dafür interessiert. Als es darum ging, Felipe eine Drogengeschichte anzuhängen, waren Ihre Kollegen viel aktiver«, sagte er in vorwurfsvollem Ton zu Mayfeld.

Der Anwalt war der Meinung gewesen, Murcia habe nichts mit Drogen zu tun gehabt, Feyerabend war ebenfalls dieser Meinung. Pfaff behauptete, man habe ihr Drogen untergeschoben. Vielleicht waren das alles keine Ausflüchte, vielleicht zeigte sich hier ein Muster, das er ernst nehmen sollte, dachte Mayfeld.

»Wo könnte das Video versteckt sein?«, fragte Ginger.

»Warum sollten die beiden ausgerechnet hier etwas versteckt haben?« Feyerabend klang sehr skeptisch. »Ich habe alle Sachen von Murcia in das Hotel gebracht, Uli hat seine Sachen beim Auszug mitgenommen; was er hiergelassen hat, habe ich später entsorgt.«

»Sie haben Sachen von Bareis weggeworfen?«

»Ich wollte nichts mehr von ihm sehen.«

Vielleicht jagten sie einem Phantom hinterher. Das Video, das angeblich in Frankfurt versteckt war, war längst auf einer Müllkippe gelandet. Aber so schnell wollte Mayfeld nicht aufgeben.

»Können Sie die letzten Tage, die die beiden bei Ihnen gewohnt haben, im Geiste noch einmal genau durchgehen?«, schlug er vor.

»Das ist schon so lange her.«

»Das haben Sie am Montag auch schon gesagt. Mittlerweile sind vier Tage vergangen. Bestimmt ist Ihnen in der Zwischenzeit einiges wieder eingefallen«, warf Ginger ein.

»Wenn es sein muss.«

»Es muss sein«, insistierte Mayfeld. »Was war mit der Schlägerei?«

Feyerabend schaute Mayfeld ziemlich begriffsstutzig an.

»Wer, was, wann, wo, warum?« Mayfeld ermahnte sich zur Geduld. »Sie haben Frau Havemann von einer Schlägerei erzählt. Murcias Anwalt konnte sich ebenfalls an so etwas erinnern.«

Feyerabend nickte. »Das war vor einer Kneipe in der Berger Straße. Felipe war schon ein paar Tage bei uns. Anfangs hat sich Uli über den Besuch gefreut, aber dann wurde er immer gereizter. In der Berger Straße ist er schließlich auf Felipe losgegangen. Ich hab das überhaupt nicht verstanden.« Feyerabend machte eine Pause. »Ich dachte, es habe was mit mir zu tun. Felipe war ein attraktiver Mann, ich habe mich für ihn interessiert. Aber Uli ist doch gar nicht schwul, warum also die Eifersucht?«

»Vielleicht ging es um etwas ganz anderes.«

»Das kann natürlich sein. Er sagte zu Felipe: ›Ich will nicht, dass du mein Leben kaputtmachst. Verschwinde!‹ Wer dann aber verschwunden ist, war Uli. Zwei Tage später ist er ausgezogen.«

»Uli?«

»Ja.«

»Und Felipe?«

»Wurde wegen dieser Drogenfarce verhaftet.«

»Wer ist zuerst verschwunden?«

Feyerabend dachte lange nach. »Wir sind mittags zusammen aus dem Haus gegangen. Was die beiden gemacht haben, weiß ich nicht, ich hatte ein Fotoshooting. Als ich am nächsten Tag zurück nach Hause kam, waren Ulis Sachen verschwunden. Er hat bloß einen Zettel hinterlassen, auf dem stand: ›Ich muss weg.‹ Das hat er auch später nicht weiter erklärt. Felipe habe ich seitdem nicht mehr gesehen.«

»Er hatte seine Sachen noch bei Ihnen?«

»Er hat mir später diese SMS geschickt, ich solle sie ihm in ein Hotel bringen.«

»Warum hat er sie nicht einfach bei Ihnen abgeholt?«
»Woher soll ich das wissen? Er wollte mich wohl nicht mehr sehen. Oder er wollte Uli nicht mehr sehen. Er wusste wahrscheinlich gar nicht, dass der bei mir ausgezogen war.«

Von Ploetzing hatte Mayfeld erzählt, dass Murcia Bareis unbedingt treffen wollte. Warum besuchte er ihn nicht einfach in Niederursel? Wusste er, dass sich Bareis nicht mehr dort aufhielt? Uli Bareis hätte ein Video beim Auszug einfach mitgenommen. Wenn sich noch ein Video in Feyerabends Haus befand, dann hatte nicht Bareis es versteckt, sondern Murcia. Wenn es noch hier war, dann war Murcia nicht mehr dazu gekommen, es an sich zu nehmen. Erst war er in Haft, dann tot. Vielleicht war die SMS eine Finte gewesen, genauso wie die Ansichtskarte aus Chile.

»Sie haben gesagt, dass Felipe und Uli im Gartenhaus gewohnt haben.« Ginger half Feyerabends Gedächtnis auf die Sprünge. »Uli hat seine Sachen dort selbst rausgeholt, Felipes Koffer hingegen haben Sie zusammengepackt, richtig?«

Feyerabend bestätigte das.

»Sind Sie sicher, dass sich dort nichts mehr von Murcia befindet?« Ginger schien die gleichen Überlegungen anzustellen wie Mayfeld selbst.

»Ich habe die Wohnung vor drei Jahren komplett ausgeräumt und ein Atelier im Gartenhaus eingerichtet. Da ist nichts mehr von den beiden.«

Ginger ließ den Kopf hängen.

»Und es gibt auch keinen Keller oder Dachboden?«, fragte Mayfeld.

Feyerabend schaute ihn erstaunt an. »Das Gartenhaus ist nicht unterkellert. Aber einen Spitzboden unter dem Dach gibt es. Den habe ich seit Jahren nicht mehr betreten.«

»Worauf warten wir noch?«, fragte Ginger.

Sie gingen zum Atelier. Das Fachwerkhaus lag am anderen Ende des Gartens. Im Inneren waren alle Trennwände entfernt worden, lediglich die tragenden Balken waren stehen geblieben. Die Fenster waren bis zum Boden vergrößert worden und gaben dem Sommerlicht die Möglichkeit, den Raum zu fluten. Auf einem großen Lichttisch lagen Tierschädel, Putten, Strass sowie verschiedene Spiegel und Folien. Mehrere Studioscheinwerfer standen in Bereitschaft, auf einem Stativ war eine Mittelformatkamera aufgebaut. In einer Ecke befanden sich auf einem Stahlregal mehrere Monitore, Computer und anderes technisches Gerät.

»Mein Refugium«, sagte Feyerabend. »Hier kann ich mich austoben.« Er deutete auf eine Deckenklappe in einer Ecke des Raums. »Da geht es nach oben.«

Mayfeld zog die Falltür nach unten und klappte die Leiter aus, die ihm entgegenkam. Er kletterte die schmale Stiege nach oben. Dort ertastete er einen alten Lichtschalter, drehte ihn herum. Eine nackte Glühlampe erhellte den niedrigen Spitzboden mit ihrem gelbroten Licht. Es roch nach Staub und Mäusekot. Ginger und Feyerabend kamen ihm hinterher.

»Puh, hier sollte ich wirklich ausmisten«, stellte Feyerabend fest.

Überall waren Kartons, Kisten, Koffer. Da ein ausrangierter Scheinwerfer, eine Dialeinwand, eine Schaufensterpuppe. Dort ein Kleiderständer, alte Karnevalsmasken, ein Schaukelpferd.

»Wenn Murcia vorhatte, etwas zu verstecken, dann ist das hier der ideale Ort gewesen«, stellte Mayfeld fest. »Können wir überall hineinschauen?«

»Ich bin selbst neugierig, was da alles drin ist«, antwortete Feyerabend. »Zum Teil sind das Sachen vom Vorbesitzer.«

In den Kartons und Kisten fanden sie alte Bettwäsche, vergilbte Kochbücher, Fix-und-Foxi-Heftchen aus den fünfziger und sechziger Jahren, Vinyl-Schallplatten, leere Diakästen, rostige Backformen, Klaviernoten, Perücken, Schminksachen, Reitstiefel, Silberbesteck und einen Dildo. Eine komplette Anglerausrüstung. Verschiedene Brettspiele.

Schließlich wurde Ginger fündig. Sie pfiff durch die Zähne und winkte Mayfeld zu sich. In einer Kunstledertasche lag unter einem Pulli, einigen Hemden und Hosen eine VHS-Kassette mit der Aufschrift »VB«. Daneben ein Zettel mit Adressen.

»Das sind die Adressen, die Uli gegoogelt hat«, sagte Ginger. »Und ›VB‹ könnte ›Villa Bavaria‹ bedeuten, so nannte sich die Colonia Dignidad in ihren letzten Jahren.«

Mayfeld zog sich Latexhandschuhe an, die hatte er immer in seinem Jackett. Er zog die Kassette aus der Tasche.
»Die nehmen Sie jetzt aber nicht mit«, protestierte Feyerabend.
»Genau das habe ich vor«, erwiderte Mayfeld.
»Dafür brauchen Sie einen richterlichen Beschluss. Ich mache Ihnen einen Vorschlag: Drunten im Atelier habe ich einen VHS-Rekorder. Wir schauen das gemeinsam an, danach können Sie die Kassetten meinetwegen mitnehmen. Als Leihgabe.«
Feyerabend war im Recht.
»Ist gut«, sagte Mayfeld deswegen bloß. Jetzt durfte er endlich mitgucken.

Sie stiegen wieder nach unten, der Fotograf schaltete seine Videogeräte ein und schob die Kassette in den Schacht eines VHS-Rekorders.

Die Aufnahme ruckelte, wackelte, war körnig und hatte einen Rotstich. Aber was zu sehen war, war ganz eindeutig. Die Aufnahme zeigte ein Schlafzimmer, eingerichtet im Stil der fünfziger Jahre. Das eingeblendete Datum war der 28. Februar 1988. Ein etwa dreißigjähriger Mann vergewaltigte einen benommenen oder bewusstlosen Jungen von knapp zehn Jahren. Der Junge war stumm, der Mann stöhnte. Als der Mann fertig war und sich die Hose zugeknöpft hatte, zog er den Jungen am Hemdkragen vom Bett hoch und warf ihn achtlos auf den Boden. Man konnte das Gesicht des Jungen erkennen. So hatte Uli Bareis als kleiner Junge ausgesehen.

»Das Dreckschwein kenne ich«, entfuhr es Ginger. »Der Kinderficker heißt Winfried Braun und hat eine Firma in Wiesbaden. Seine Adresse ist eine von denen, für die sich Uli interessiert hat.«

Feyerabend war auf seinem Stuhl in sich zusammengesunken. Er weinte. »Uli brauchte meine Hilfe, und ich dachte nur an so eine Eifersuchtsnummer!«

Mayfeld klopfte ihm tröstend auf die Schulter. »Das konnten Sie doch nicht ahnen.« Feyerabend schaute dankbar zu ihm hinauf.
»Wir nehmen die Kassette jetzt mit. Das ist Beweismaterial. Wollen Sie, dass wir eine richterliche Anordnung nachreichen?«
»Natürlich nicht!« Er trocknete sich mit dem Hemdsärmel das verweinte Gesicht.

Ginger holte ihr Notebook und einen Adapter aus dem Rucksack. »Das ist ein USB-Video-Grabber«, erklärte sie.
»So weit gehen meine IT-Kenntnisse gerade noch«, antwortete Mayfeld lächelnd.
Sie verband den Rechner mit dem VHS-Rekorder, startete den Computer und das Wiedergabegerät. »Ich kopiere uns das nachher auf USB-Sticks«, sagte sie zu Mayfeld. »Sicher ist sicher.« Feyerabend schaute sie an, als ob er überhaupt nichts kapierte. Und das war auch gut so.

»Ich fahre Sie zurück zu Ihrem Motorrad nach Rüdesheim, dann beantrage ich in Wiesbaden einen Haftbefehl gegen Winfried Braun. Ich habe meine Leute schon informiert, das geht heute noch über die Bühne.«

Sie waren auf dem Weg zurück, die A 66 war fast leer, sie kamen zügig voran, den Sommerferien sei Dank. Ginger ließ ihren Gedanken freien Lauf.

»Murcia kam 2008 nach Deutschland«, begann sie zu spekulieren. »In seinem Gepäck hatte er Videos, die drei Jahre zuvor bei einer Durchsuchung der Villa Bavaria, vormals Colonia Dignidad, in die Hände der chilenischen Justiz gefallen waren. Die Videos dienten dem früheren Sektenchef Paul Schäfer zum Schutz vor Verfolgung. Es genügte ihm, sie zu besitzen, er musste sie nicht benutzen. Nach seinem Tod wirkten sie wie entsicherte Handgranaten, die Büchse der Pandora war geöffnet. Jeder, der in Besitz eines solchen Videos kam, konnte sein Glück als Erpresser versuchen. Murcia erkannte Bareis, der jahrelang in Chile mit der Sekte gelebt hatte, und suchte ihn in Frankfurt auf.«

»Das Video könnte natürlich sonst wo aufgenommen worden sein«, warf Mayfeld ein. »Wir wissen nicht, wo Bareis vor 1998 gelebt hat, die Meldeunterlagen sind nicht eindeutig, Bareis' Spur verliert sich in den Jahren davor. Aber das ist nicht ungewöhnlich im Fall der Colonia Dignidad. Die Gruppe hatte immer Unterstützer in den Behörden.«

»Sie haben sich informiert.«
Mayfeld nickte.
»Das Video wurde in Chile aufgenommen«, fuhr Ginger fort.

»Wie sollte es sonst in Besitz eines Chilenen kommen? Vielleicht lebte Murcia auch in der Kolonie. Auf jeden Fall traf er Bareis in Frankfurt und zeigte ihm die Videos. Ich glaube, dass Bareis 1998 aus Chile nach Deutschland flüchtete und hoffte, hier Ruhe zu finden und seine schrecklichen Erfahrungen zu vergessen. Murcia und Bareis gerieten in Streit darüber, wie man mit dem Video, das den Missbrauch von Uli als kleinem Jungen dokumentiert, umgehen sollte. Dann verschwanden beide, Uli tauchte bei Mia Pfaff wieder auf, Murcia acht Jahre später als Leiche.«

»Murcia wollte nach seiner Haftentlassung zu Bareis. Er ist bald danach ermordet worden. Vielleicht hatte Bareis damit zu tun, vielleicht Braun. Aber woher wusste Braun von der Existenz der Aufnahmen? Hatte Murcia bereits einen Erpressungsversuch gestartet?«

»Uli meinte, er sei schuld an Murcias Tod.«

»Das könnte ein Geständnis sein.«

»Vielleicht hat er jemandem verraten, was Murcia aus Chile mitgebracht hat«, warf Ginger ein.

»Warum sollte er das tun?«

»Er war von der Situation überfordert. Er brauchte jemanden, der ihm Sicherheit gab. Uli hat selbst von Verrat gesprochen.«

Ginger legte eine Pause ein. Beide hingen ihren Gedanken nach.

Murcia wurde wegen Drogendelikten verhaftet, überlegte Mayfeld. Er sollte abgeschoben werden. Als das scheiterte, wurde er ermordet. Vielleicht war Murcias Verhaftung ein abgekartetes Spiel gewesen.

Mayfeld verließ hinter Eltville die Autobahn und fuhr die Rheinuferstraße entlang nach Rüdesheim. Der Himmel, der am Morgen noch klar gewesen war, hatte sich in der letzten Stunde wieder zugezogen, die nächste Gewitterfront kündigte sich am Horizont an.

»Ich glaube, dass die Polizei in dieser Geschichte keine rühmliche Rolle spielt«, sagte Ginger nach einer Weile.

Das glaubte Mayfeld mittlerweile auch.

»Vielleicht hat man Murcia Drogen untergeschoben, um ihn aus dem Verkehr zu ziehen. Als das nicht geklappt hat, hat man ihn ermordet. Stimmt es, dass Ihr Kollege Ackermann damals die Ermittlungen leitete?«

»Ja.«

»Und jetzt leitet er die Ermittlungen wieder.«

»Er hat sich darum bemüht.« Es zeichnete sich ein Bild ab, das Mayfeld nicht behagte.

»Uli Bareis hat seine Aussage ihm gegenüber gemacht«, fuhr Ginger fort. »Ich glaube, er hat Ackermann einen Stick mit den Videos gegeben, nachdem er Murcias Bild in der Zeitung gesehen hatte. Spätestens zu diesem Zeitpunkt wusste er, dass Murcia nicht nach Chile zurück ist. Die Daten sind danach verschwunden, und Uli wurde entführt.«

»Dann würde Ackermann hinter allem stecken.«

»Nicht hinter allem. Ich kann mir nicht vorstellen, dass Uli Ackermann das Video gegeben hätte, wenn er Murcia damals an Ackermann verraten hätte.«

»Ackermann hat Ihrer Theorie zufolge aber etwas mit der Entführung zu tun.«

»Sie misstrauen ihm doch schon die ganze Zeit.«

Das stimmte. Viele kleine Puzzleteile begannen sich zu ordnen. Ackermann, der plötzlich auftauchte und den Fall an sich zog, obwohl er geringe Priorität in seiner Behörde hatte. Ackermanns Verschlossenheit, seine Tendenz zu einsamen Aktionen. Die wenig plausible Anzeige wegen Drogenhandels, die Ackermann angeblich entgegengenommen hatte. Die Drogen, die in der Mühle gefunden worden waren und die Ackermann dort gut hätte platzieren können. Das Schweigen von Bareis, nachdem Ackermann bei ihm auf der Intensivstation aufgetaucht war.

»Es wird mir nichts anderes übrig bleiben, als unsere Vermutungen einem opportunistischen Staatsanwalt und genau diesem Ackermann vorzutragen«, stellte Mayfeld fest. Er wusste noch nicht einmal, ob die beiden unter einer Decke steckten oder nur zufällig zusammen auf der falschen Seite standen.

»Haben Sie keine bessere Idee? Was halten Sie von Selbstjustiz? Wäre mir persönlich am liebsten.«

»Quatsch.« War das ein Scherz, oder meinte Ginger Havemann das ernst? Mayfeld wurde aus der jungen Frau nicht klug.

Sie hatten das Rüdesheimer Krankenhaus erreicht. Ginger gab Mayfeld einen USB-Stick, auf den sie das Video kopiert hatte, und verabschiedete sich.

Mayfeld fuhr zurück nach Wiesbaden. Im Polizeipräsidium suchte er als Erstes Brandt auf. Mit ihm konnte er offen reden.
Brandt hörte Mayfelds Bericht aufmerksam zu.
»Winfried Braun ein Pädophiler? Das ist ein Ding. Der Mann ist gerade dabei, einen Großauftrag des hessischen Innenministeriums an Land zu ziehen, er soll die Sicherheitstechnik des LKA von Grund auf neu aufbauen. Er ist übrigens schon länger mit dem Land Hessen im Geschäft. Der wird durch dieses Video ruiniert. Was Ackermann betrifft, ist die Sache komplizierter. Das Dumme an deiner Theorie ist, dass sie zwar sehr plausibel ist, wir Ackermann aber ohne Aussage von Bareis nichts beweisen können. Das wiederum heißt, dass wir ziemlich gut auf Bareis aufpassen müssen. Ich könnte versuchen, meine Beziehungen spielen zu lassen, um Ackermann von dem Fall abzuziehen. Aber erstens dauert das eine Weile, und zweites kann ich das nicht, ohne etwas von dem preiszugeben, was wir vermuten und wissen. Das würde dann auch Ackermann mitbekommen. Ich glaube, es ist besser, ihn noch eine Weile in Sicherheit zu wiegen. So lange, bis Bareis vernehmungsfähig ist. Braun hingegen haben wir mit dem Video am Haken.«
Es klopfte an Brandts Tür. Es war Ackermann.
»Hier seid ihr«, begrüßte er die beiden Kollegen. »Gratuliere, Robert. Ich habe von deinem Fund in Frankfurt gehört. Unglaubliche Geschichte. Wie bist du darauf gekommen?«
»Intuition«, log Mayfeld. Es war besser, in der Deckung zu bleiben und Ginger nicht zu erwähnen. »Intuition und Polizeiroutine. Bareis hatte vor seiner Entführung versucht, mit Feyerabend zu telefonieren, und ich dachte, das ist ein alter Freund aus Frankfurter Tagen, vielleicht kann der mir sagen, was ich tun soll, um an Bareis heranzukommen. Und dann redet Feyerabend die ganze Zeit von den Videos, die Bareis damals geschaut hat. So kam eines zum anderen.«
Ackermann schien das zu glauben. »Ich werde eine Hausdurch-

suchung bei Braun beantragen, sobald ich das Video gesehen habe. Und einen Haftbefehl.«

»Wir sollten das so schnell wie möglich machen«, meinte Mayfeld.

»Warum? Braun weiß von nichts. Es besteht also keine Flucht- oder Verdunkelungsgefahr. Hier geht Gründlichkeit vor Schnelligkeit. Ich nehme das in die Hand.«

Ackermann grüßte und verließ den Raum.

»Und jetzt?«, knurrte Mayfeld. »Ackermann nicht zu früh erkennen lassen, was wir wissen, gut und schön. Ich will mich aber nicht zu Tode taktieren.«

In diesem Moment klingelte sein Telefon. Es war Dr. Mayerhofer von der Rüdesheimer Intensivstation. Sie teilte ihm mit, dass Uli Bareis aus dem Krankenhaus verschwunden war.

***

»Haben Sie da Ihre Finger im Spiel?«, fragte der Kommissar am Telefon.

Ginger lag auf dem Deck der »Blow Up« im Schiersteiner Hafen und genoss die letzten Sonnenstrahlen vor dem Unwetter, das bald kommen würde. Gerade hatte sie beschlossen, zurück in ihre Wohnung im Westend zu fahren.

»Ich habe versprochen, mit offenen Karten zu spielen«, antwortete sie. Sie war beleidigt über die Unterstellung des Kommissars. Einerseits.

»Deswegen frage ich ja auch so direkt.«

Andererseits würde sie sich an seiner Stelle auch nicht über den Weg trauen. »Nein, ich habe keine Ahnung, wie Uli aus dem Krankenhaus herausgekommen ist.«

»Er ist einfach zur Tür hinausspaziert, sagen Zeugen. Und dann in Richtung Parkplatz verschwunden. Wissen Sie, wo er steckt?«

»Haben Sie schon mal bei ihm zu Hause nachgefragt?«

»Frau Pfaff sagt, bei ihr sei er nicht.«

Der würde sie nun gar nicht trauen, wenn sie Mayfeld wäre. »Wird er eigentlich als Zeuge oder als Beschuldigter gesucht?«

»Es gibt keinen Haftbefehl gegen ihn, wenn Sie das meinen.«

»Er kann also gehen, wohin er will.«
»Wir brauchen seine Aussage.«
»Sollte ich ihn treffen, werde ich ihm sagen, dass Sie zu den Guten gehören. Ich melde mich, wenn mir noch etwas einfällt.«
Sie beendete das Gespräch. Wählte Mias Telefonnummer. Sprach auf den Anrufbeantworter, bat um einen Rückruf.

Ginger war beunruhigt. Was hatte Uli vor? Fühlte er sich von Ackermann bedroht? War er vor ihm auf der Flucht? Hatte er etwas zu verbergen, war er nicht nur Opfer in dieser Geschichte? Er hatte die Adresse von Braun, war auf der Website seiner Firma gewesen, vermutlich hatte er irgendwo ein Bild von ihm im Netz gefunden. Er musste nur eins und eins zusammenzählen, um in Braun nicht nur den Peiniger von damals, sondern auch den Auftraggeber der Entführung und des Mordversuchs zu erkennen. Wollte er sich rächen?

Auf dem Display ihres Smartphones meldete sich mySpy. »Die SIM-Karte wurde getauscht.« Es folgte die neue Telefonnummer, unter der Ulis Handy fortan erreichbar war, und ein »Goodbye«. Ein nettes Feature des Programms, das damit seinen letzten Trumpf ausspielte.

War das Handy wieder in Ulis Besitz? Dann wollte er von der Polizei nicht gefunden werden und hatte deswegen die Karte getauscht. Dann sollte sie die neue Nummer für sich behalten. Oder war es in Dörfels Händen?

Ginger machte einen Screenshot der Mitteilung und schickte sie Mayfeld auf sein Handy.

Wieder wurde sie von einer ihrer Vorahnungen heimgesucht, diesmal einer besonders vagen und deswegen besonders nutzlosen. Irgendetwas Schlimmes würde passieren. Sie sollte etwas unternehmen. Sie musste Uli davon abhalten, etwas sehr Dummes zu tun. Über dem Hafen und der Stadt türmten sich Gewitterwolken.

***

Die Wunden schmerzten. Er brauchte dringend Medikamente, etwas Crystal. Eigentlich gehörte er ins Krankenhaus. Aber das ging nicht, die Bullen suchten ihn. Nach Hause konnte er auch nicht. Die ganze Sache hatte sich nicht so entwickelt, wie er das geplant hatte. Er war das gehetzte Tier. Er, der geborene Jäger. Jetzt musste er sich wehren, es war ein Abwehrkampf auf Leben und Tod. Ein einsamer Wolf.

Er war aus dem Stollen durch den Notausgang entkommen, der mitten im Wald lag. In einem scheißengen Tal. Die Türen standen dort offen, weil bescheuerte Tierfreunde Fledermäuse entdeckt hatten, deren Flug nicht behindert werden durfte. Waren die Ökos einmal zu was nutze gewesen. Dann hatte er sich durch den Wald bis nach Assmannshausen durchgeschlagen. Dort lag sein Boot.

Jetzt tuckerte er den Rhein aufwärts Richtung Maaraue. Dort konnte er anlegen. In Kastel hatte er einen Kameraden, der ihm noch einen Gefallen schuldete. Und über den er genug wusste, um sicher zu sein, dass er nicht zu den Bullen ging. Den hatte er angerufen. Gut, dass es die öffentliche Telefonzelle in der Niederwaldstraße in Assmannshausen gab. Es war nur noch eine Frage der Zeit, und die Bullen würden über sein Boot Bescheid wissen.

Die Polizei habe ich im Griff, hatte Wotan gesagt. Mach dir deretwegen keine Gedanken. Von wegen. Gar nichts hatte der Angeber im Griff.

Wotan musste ihm weiterhelfen. Er würde ihm den verdammten Stick geben und abkassieren. Dass der Dreckskerl ihn verheizte, um das Video aus dem Verkehr zu ziehen, war das Allerletzte. Wotan war ein verdammter Kinderficker, er hätte es wissen können. Düster erinnerte sich Barbarossa an die Nacht nach dem Edelweißmarsch der Heimattreuen Jugend. Völlig kaputt war er gewesen und stolz. Die Füße blutig und der Rest mit Bier abgefüllt. Wotan hatte später gesagt, ihm sei es genauso gegangen. Er solle sich nicht so anstellen, so was passiere eben. Deswegen sei man noch lange nicht schwul. Die alten Griechen hätten das auch so gemacht. Was interessierten ihn die Scheißgriechen!

Er bog in den Floßhafen ein. Der Kumpel hatte ihm gesagt, dass ganz hinten, weit weg von der Brücke, zwischen Insel und Festland, ein Anlegeplatz frei war. Barbarossa fuhr durch das enge Fahrwasser, vorbei an der Station der Wasserschutzpolizei, vorbei an den Motorbooten, und machte sein Schiff am Ende des Anlegers fest. Die Böschung hochlaufen, an den Hütten des Bootsvereins vorbei, dann auf die Straße, so hatte der Kumpel es ihm beschrieben. Und so machte er es. Auf der Straße fand er den braunen Passat, den der Kumpel dort abgestellt hatte. Ziemlich klappriges altes Modell. Aber er war offen, der Schlüssel lag im Handschuhfach. Leider keine Pillen, die hatte der Freund auf die Schnelle nicht besorgen können, dafür fünf Hunnis und ein gefülltes Magazin für seine Walther. Ging doch nichts über alte Kameraden.

Er fuhr los. Wotan musste ihm weiterhelfen, sagte er sich immer wieder. Davon würde er ihn schon überzeugen. Er fuhr von der Insel herunter, durch Kastel und von dort auf die Autobahn. Nach einer halben Stunde war er in der Prinzessin-Elisabeth-Straße.

Er klingelte. Wotan machte auf und ließ ihn in den noblen Kasten hinein.

»Bist du verrückt?«, herrschte er ihn an, als er drinnen war. »Wenn dich die Bullen sehen, fliegen wir alle auf.«

Wenn sie ihn hier sahen, dann flog Wotan mit auf, das war das Einzige, was dem Kinderficker Sorgen bereitete. Barbarossa spürte einen Schmerz zwischen den Ohren. Das war ein Zeichen dafür, dass er sehr wütend war.

»Hast du den Stick?«

Barbarossas Magen knurrte. »Ich habe Hunger und Durst. Willst du mir nicht was anbieten?«

Wotan schaute ihn wütend an. Aber er bat ihn ins Obergeschoss. Sie gingen in den Salon.

»Setz dich!« Wotan wies ihm einen Platz an dem langen Eichenholztisch zu.

Barbarossa tat wie ihm geheißen. Das war der letzte Befehl, den ihm der Drecksack geben würde. Nach einer Weile kam Wotan zurück, mit ein paar Wurstbroten und einer Flasche Bier. Barbarossa machte sich über die Stullen her.

Wotans Handy klingelte. Während des Telefonats wurde Wotans Fresse immer länger.

»Du hast es vermasselt«, sagte er, nachdem er das Gespräch beendet hatte.

Wie redest du mit mir, Blödmann?, dachte Barbarossa. »Ich brauche Geld und jede Menge Hermann-Göring-Pillen«, sagte er. »Den Stick habe ich besorgt, du kriegst ihn, wenn ich die Kohle auf der Kralle habe.«

»Die Polizei hat eine Kassette mit Videos gefunden.«

»Die dich beim Ficken zeigen?«

»Du hast dir die Videos angesehen?«

Barbarossa schnalzte mit der Zunge. »Das wird eng für dich. Aber wenn du die Polizei so gut im Griff hast, ist es ja kein Problem für dich, die Kassette verschwinden zu lassen.«

»Das war dein Job, du Versager«, giftete ihn Wotan an.

Barbarossas Herz begann zu rasen. Was bildete sich der Kinderficker ein? »Von Bareis oder Rothenberger haben die Bullen keine Videos bekommen. Ich habe mich an die Vereinbarungen gehalten. Ich habe Bareis aus dem Verkehr gezogen, den Stick besorgt und alle sonstigen Datenträger vernichtet.«

»Bareis aus dem Verkehr gezogen? Dass ich nicht lache. Du hast ihn entkommen lassen, er lag im Rüdesheimer Krankenhaus und ist verschwunden.«

Scheiße. Seine Augen begannen zu brennen. Vor ihnen flimmerte es. Er wurde immer wütender. »Du wolltest doch, dass er nicht direkt nach der Entführung stirbt. Die Bullen sollten später glauben, dass er noch ein paar Tage am Leben war. Warum auch immer.«

»Weil ich nicht wollte, dass man seinen Tod mit seiner Aussage bei der Polizei in Verbindung bringt. Und du hast nichts Besseres zu tun, als Feuer zu legen und die Bullen mit der Nase auf Bareis' Verschwinden zu stoßen.«

Barbarossa konnte sich nur mit Mühe beherrschen. »Das kommt davon, dass du oberschlauer Wichser es nicht für nötig hältst, mich in deine Pläne einzuweihen.«

»So weit kommt es noch. Dann könnte ich mir auch gleich einen Kopfschuss verpassen, du Blindgänger. Und jetzt rück den Stick heraus!«

So redete man nicht mit einem, der nach dem größten aller deutschen Kaiser benannt war. »Findest du nicht, dass du ein wenig freundlicher zu mir sein solltest? Ich rette dir deinen Arsch, meine Freundin geht dabei drauf, und du beleidigst mich!« Barbarossa zitterte, aber nur innerlich. »Das macht die Sache für dich teurer.«

Wotan wurde still und blass. Irgendetwas überlegte er sich. Er versuchte, ein freundliches Gesicht zu machen. Das war ein untrügliches Zeichen dafür, dass er was im Schilde führte. Barbarossa musste auf der Hut sein.

»Wie viel?«

»Hundert Riesen statt der vereinbarten fünfzig und alles, was du an Pillen im Haus hast.«

Wotan verzog keine Miene.

»Ich muss schauen, ob ich so viel Geld hier habe.«

Er stand auf und ging in eine Ecke des Salons, wo ein alter Schinken in goldenem Rahmen an der Wand hing. Er nahm das Bild ab. Dahinter befand sich ein Tresor.

Barbarossa holte seine Walther aus der Jackentasche und entsicherte sie. Das musste Wotan gehört haben, Barbarossa erkannte es an einem winzigen Zögern in seinen Bewegungen. Wotan öffnete den Tresor, griff hinein.

Dann wirbelte er herum.

Sie schossen gleichzeitig.

★★★

Ginger stellte ihre Carducci vor der Villa in der Prinzessin-Elisabeth-Straße ab. Ein Gewitter hing in der Luft, die Spannung entlud sich aber noch nicht. Das schmiedeeiserne Gartentor zum Anwesen war geöffnet, auch die Tür zum Haus stand offen. Das sah nicht gut aus. Ginger entsicherte ihre Parabellum.

Die Eingangshalle schwieg feindselig. Sie war genauso protzig, wie Ginger es vermutet hatte. Marmor, Stuck, Kristallleuchter und solches Gedöns. In den Ecken Kameras. Je nachdem, was sich hier noch ereignete, musste sie später die Aufnahmen löschen.

Nirgendwo fand Ginger einen Hinweis auf Menschen, die hier lebten oder arbeiteten. Bis aus der oberen Etage ein Geräusch kam, das sie an den Klageschrei einer verendenden Krähe erinnerte.

Sie hastete die Treppe nach oben, die Waffe im Anschlag. Eine hohe getäfelte Holztür stand offen. Vorsichtig lugte sie in den Raum hinein. Sah nichts. Holte tief Luft. Betrat den Raum.

Nichts bewegte sich hier. Im hinteren Teil des Raums lag ein regloser Körper vor einem geöffneten Wandtresor. Sie rannte hin. Es war Braun, neben ihm lag eine Smith & Wesson. Mann und Waffe waren noch warm. Braun hatte eine hässliche Wunde auf der Stirn. Kopfschuss. Als Ginger genauer hinschaute, bemerkte sie ein Zucken der Augenlider. Sie verpasste ihm einen leichten Schlag auf die Wange. Einen harten Schlag hätte sie passender für den Kinderficker gefunden. Aber außer dem Lidzucken konnte sie dem Körper keine weitere Reaktion entlocken. Immerhin ertastete sie einen schwachen Puls an der Halsschlagader. Das Schwein war also noch am Leben.

Mit leichtem Bedauern zog sie ihr Handy aus der Jackentasche. Jetzt musste sie auch noch die Lebensretterin für den Dreckskerl spielen. Sie rief die Notarztzentrale an, dann informierte sie Mayfeld. Schließlich machte sie ein Foto des Schwerverletzten. Zuletzt brachte sie Braun in eine stabile Seitenlage, obwohl sie nichts dagegen gehabt hätte, wenn er an seinem Erbrochenen erstickt wäre. Als er richtig gelagert war, entwich Brauns Mund einer dieser hohlen Schreie, wie sie sie von unten gehört hatte, mehr das heisere Krächzen eines verendenden Vogels als ein menschliches Geräusch. In seinem Kopf wollte sie jetzt nicht stecken. Aber da steckte ja auch schon eine Kugel. Brauns Gesicht belebte sich, es verzerrte sich zu einer gequälten Fratze. Ginger spürte einen kleinen Stich im Herzen, ein Quäntchen Schuldgefühl wegen des Hasses, das sie dem Sterbenden entgegenbrachte. Zum Glück wusste sie nicht, wie sie ihm weiterhelfen konnte.

Sie sah sich im Raum um. An der gegenüberliegenden Seite des Raums war die Holzvertäfelung zersplittert. Der Tresor hinter Braun war leer, mit Ausnahme einer VHS-Kassette und eines USB-Sticks. Sie hätte die Sachen gerne an sich genommen, aber die Kamera in der Ecke des Raums lief vermutlich. Also besser den Ball flach halten und schön brav bleiben.

Dann war sie plötzlich weg, irgendwo anders. Die Zeit löste sich auf, lief schneller oder langsamer, wer konnte das schon sagen.

Sie sah den schleudernden und sich überschlagenden Wagen, in dem sie saß, von außen, von innen, immer wieder.

Später stürmten ein Notarzt und zwei Rettungssanitäter den Raum. Der Krach brachte sie zurück in den holzgetäfelten Salon. Braun wurde an Infusionen gehängt, intubiert und abtransportiert.

Ginger wurde schwindelig. Kotzübel. Sie erschrak über sich selbst. Sie setzte sich an den Tisch im Salon. Wurde man dem Bösen immer ähnlicher, je näher man ihm kam? Auch wenn man es bekämpfte? Offensichtlich steckte Braun hinter mehreren Morden, hatte mit Faschisten gekungelt und kleinen Jungs die Seele aus dem Leib gefickt. Vielleicht würde sie noch herausfinden, mit welcher Art von Geschäften er sein Vermögen ergaunert hatte, und das würde sein Bild nicht aufhellen. Auf jeden Fall war er in seinem Leben ein richtiges Schwein gewesen. Aber jetzt war er nur noch ein Haufen Elend und Schmerz. Durfte man so jemandem immer noch in die Fresse hauen wollen? Immerhin hatte sie das nicht getan, sondern den Notarzt gerufen, das war beruhigend. Er hätte im umgekehrten Fall anders gehandelt.

Wieder tauchte sie in den Zeitstrudel ab. Wartete auf die Feuerwehr, die Daniel und sie aus dem Wagen herausschnitt. Tauchte wieder auf. Tauchte wieder ab.

Mayfeld riss sie aus ihren Gedanken, indem er sie sanft an der Schulter anfasste.

Sie war sofort hellwach.

»Gut, dass Sie da sind«, rief sie, sprang auf und umarmte den Kommissar. Er schien von dieser Geste genauso überrascht wie sie selbst.

»Sind Sie schon lange da?«

Mayfeld schaute sie überrascht an. »Gerade gekommen.«

Als sie sah, wen er mitgebracht hatte, hätte sie die Umarmung am liebsten ungeschehen gemacht. Zurückgenommen. Die Zeit zurückgedreht. In seinem Schlepptau hatte der Kommissar nicht nur seinen Kollegen Aslan Yilmaz und die Jungs von der Spurensicherung – sondern auch Ackermann.

»Überall, wo Sie auftauchen, finden Sie Leichen. Das gibt mir zu denken«, sagte Ackermann und blickte ihr ins Gesicht. Kalt und lauernd. Wie Anthony Hopkins als Hannibal Lecter.

»Ich frage mich selbst, warum ich immer schneller bin als die Polizei. Als ob bei Ihnen der Wurm drin wäre.« Sie hielt seinem Blick stand.

Hannibal lächelte sein Kannibalenlächeln.

»Wir halten uns an Recht und Gesetz«, versetzte der Mann vom LKA. Gäbe es einen Preis für die dreisteste Heuchelei, Ackermann wäre ein heißer Aspirant.

»Das freut mich zu hören«, antwortete Ginger. Sie zeigte auf den Platz vor dem offenen Tresor. »Da hat er gelegen, neben sich die Smith & Wesson. Ich hab ein Foto gemacht, wie ich ihn gefunden habe.« Sie zeigte Mayfeld ihr Handy. Ackermann versuchte sie zu ignorieren. »Ich schicke Ihnen das Bild.«

Ackermann wollte zum Tresor gehen, wurde aber von einem dicken Beamten in weißem Schutzanzug weggescheucht.

»Ihr seid der Alptraum jeder Spurensicherung«, schimpfte der Dicke. Er schnaufte schwer. »Wir werden jetzt erst einmal nach Patronenhülsen, Patronen, Einschusslöchern und so weiter suchen. Wie viele Leute haben von welchen Positionen aus wie viele Schüsse abgegeben? Scheint so, dass ich hier als Einziger für solide Polizeiarbeit zuständig bin.«

Mayfeld nahm Gingers Handy mit dem Foto des Schwerverletzten, kniete sich dort auf den Boden, wo Braun gelegen hatte, und deutete auf die gegenüberliegende Wand. »Der Täter muss von dort aus geschossen haben.«

Ackermann deutete auf die Kameras in den Ecken des Raumes. »Wir müssen die Aufzeichnungen finden. Werden wir da eine Überraschung erleben, Frau Havemann?«

»Keine, an der ich beteiligt bin.«

»Unten sind auch Kameras«, sagte der Typ von der Spurensicherung. »Mir kam es vor, als ob die Leitungen in einen Raum im Erdgeschoss liefen.«

»Das schaue ich mir mal an«, entschied Ackermann.

Mayfeld rief nach seinem Kollegen Yilmaz. »Sieh zu, ob du ihm helfen kannst.«

Der Kollege folgte Ackermann ins Erdgeschoss. Der Dicke kümmerte sich um den Tresor.

»Uli Bareis hatte sein Handy nicht bei sich, als er ins Krankenhaus kam«, sagte der Kommissar. »Wir haben es auch in Lorch nicht gefunden. Vermutlich hat es Dörfel.«

Ginger atmete erleichtert aus. Sie hätte keine Lust gehabt, der Polizei bei der Suche nach Uli zu helfen. Wenn er untertauchen wollte, sollte er untertauchen, auch wenn es dadurch schwerer wurde, Ackermann dranzukriegen.

»Ich habe das Handy orten lassen. Unmittelbar nach Ihrem letzten Anruf begann die Überwachung. Es war hier in der Nähe eingeloggt.«

Also hatte Dörfel Braun niedergeschossen.

»Worauf warten wir noch?«, fragte Ginger.

»Horst?«

Der Dicke im weißen Schutzanzug drehte sich zum Kommissar um.

»Pass gut auf die Beweisstücke auf.«

Geht's noch?, schien der Blick von Horst zu sagen.

»Achte darauf, dass alles bei uns im Haus bleibt.«

Der Dicke schien zu verstehen.

»Sie haben recht. Wir schnappen uns den Kerl«, sagte Mayfeld zu Ginger. Er schaute auf sein Smartphone. Das Display zeigte eine Karte der Wiesbadener Innenstadt und einen blauen Punkt, der sich durch die Straßen bewegte. »Dörfel ist auf der Mainzer Straße.«

★★★

Mit den Hermann-Göring-Pillen intus ging alles gleich viel besser. Kein Schmerz, keine Angst, kein Zweifel. Im Sturzflug auf den Feind zurasen und ihn vernichten. Dann abhauen.

Wotan war eine große Enttäuschung gewesen, ein Verräter, einer, der nur die eigene Haut retten wollte. So einen wie Wotan musste man ausmerzen, ohne mit der Wimper zu zucken. Was er ja getan hatte.

Hagen war anders. Abgebrühter, kontrollierter. Eine graue Beamtenseele zwar, aber er hatte das große Ganze im Blick. Den musste er als Nächstes kontaktieren. Er tippte eine Nummer in sein Handy.

Hagen meldete sich mit einem kurzen »Ja«.
»Barbarossa. Ich habe Probleme.«
»Kann man so sagen. Ist dein Handy sauber?«
»Klar doch. Wir müssen uns treffen.«
»Der alte Platz. Jetzt.« Hagen beendete das Gespräch.
Also zurück zur Maaraue. Er öffnete das Handschuhfach des Passats. Der Schlüssel für das Gartenhaus des Kumpels lag an seinem Ort.

★★★

»Dörfel fährt in Richtung Kastel«, sagte Mayfeld und beendete das Telefonat. »Nina Blum hört seine Telefonate mit. Gerade hat er sich ›am alten Platz‹ verabredet. Die Nummer, die er angerufen hat, gehört zu einem Prepaidvertrag. Sagt die Ihnen was?«
Mayfeld nannte die Nummer.
Ginger erkannte sie sofort. »Die Nummer haben die Eltern von Bareis angerufen, nachdem ich sie befragt hatte. Am anderen Ende der Verbindung meldete sich ein Herr Hirt. Ein Strippenzieher.«
»Dörfel hat fünfzehn Minuten Vorsprung. Das wird eng.«
Ihre Intuition sagte Ginger, dass es nicht nur eng, sondern auch explosiv werden würde. Und dass sie das nicht verhindern konnte.
Mayfeld rief seine Kollegin an. »Bring eine Handyortung für die Nummer auf den Weg, von der du mir gerade erzählt hast. Und lass sie abhören. Mach es möglichst unauffällig. Aber mach es vor allem schnell.«

★★★

Das Gartenhaus auf der Maaraue war klein, aber zweckmäßig. Ein Tisch, zwei Stühle, eine Matratze, ein gefüllter Kühlschrank. Barbarossa öffnete eine Flasche Bier und spülte noch eine Pille runter. Wie ein Stukapilot musste er heute agieren. Auf den Feind zurasen und ihn vernichten. Den Lenkknüppel im letzten Moment rumreißen, auch wenn es einen fast das Bewusstsein kostete.

Wenn Hagen sich sofort mit ihm treffen wollte, dann sollte er sich nicht so viel Zeit lassen, dachte Barbarossa ärgerlich. Warum purten die alle nicht? Mit so einer Einstellung war kein Krieg zu gewinnen.

Endlich fuhr Hagen vor.

»Wird aber auch Zeit!«

»Werd jetzt nicht frech«, zischte Hagen.

Leider hatten alle den Respekt vor ihm verloren. Genau betrachtet, hatten sie den noch nie gehabt, weder Wotan noch Hagen, das wollte er lange Zeit nicht wahrhaben.

»Du musst verschwinden«, sagte Hagen. »Du kommst doch aus Bautzen. Ich habe dort ein paar Freunde.«

»Ich auch.«

»Du hältst dort die Füße still. Das war in letzter Zeit nicht gerade deine Stärke.«

Wollte Hagen sich über ihn lustig machen? Was bildete sich dieser Sesselfurzer eigentlich ein? Das Flimmern vor den Augen nahm zu. Das war gar kein gutes Zeichen.

Hagen stellte eine Reisetasche auf den Tisch und packte sie aus. Er warf ein paar Schachteln mit Tabletten auf den Tisch. »Antibiotika und Schmerzmittel. Du solltest nicht nur Crystal schlucken. Sonst frisst dir das Zeug irgendwann das Hirn weg. Bleib unauffällig«, mahnte er Barbarossa. Er hielt ihm ein Handy vor die Nase. »Dein neues Handy. Das alte entsorgen wir, sicher ist sicher.«

»Und dann?«

»Fahren wir zum Flugplatz nach Finthen.«

★★★

»Das Handysignal ist verschwunden«, stellte Mayfeld fest, kurz bevor sie auf die Inselstraße einbogen. Ein Mercedes Van mit getönten Scheiben kam ihnen auf der Brücke entgegen. »Es funkte zehn Minuten von einer Stelle hier auf der Maaraue. Die schauen wir uns an.«

Sie fuhren an mehreren Bootsanlegestellen vorbei bis zur Inselspitze. Mayfeld deutete auf eine Hütte, vor der ein alter Passat stand.

Ginger ging zum Wagen, die Motorhaube war noch warm. Mayfeld öffnete die Tür der Hütte, die nicht verschlossen war. »Nichts Interessantes«, sagte er, nachdem er einen Moment in Hausinnere gespäht hatte.

Scheiße, Scheiße, Scheiße. Der Typ war ihnen durch die Lappen gegangen. Sie hätten sich sofort auf den Weg machen sollen, zehn Minuten mehr hätten gereicht, um ihn hier auf der Insel zu stellen. Wieso hatten ihre Vorahnungen dazu nichts gesagt? Aber das konnte unmöglich das Ende sein.

Mayfelds Handy klingelte. Er telefonierte mit seiner Kollegin. Im Laufe des Gesprächs hellte sich seine Miene auf.

»Wir haben jetzt die Handyortung von diesem Herrn Hirt. Er fährt durch Mainz. Ackermann tobt, weil wir ohne ihn hinter Dörfel her sind, aber die neue Ortung konnte ihm Nina bisher verheimlichen.«

Auf ihre Ahnungen war also doch Verlass. Oder sie hatten Glück gehabt. »Prima. Dann besteht eine gewisse Wahrscheinlichkeit, dass dieser Herr Hirt auch nichts davon erfährt. Fahren wir los? Ich will nicht noch mal zu spät kommen.«

***

Gut, dass er die Privatpilotenlizenz im letzten Jahr gemacht hatte, sagte sich Barbarossa. Auf die Art und Weise war er nicht abhängig von den Flugkünsten oder dem guten Willen von irgendwem. Hagen fuhr zügig zum Finther Flugplatz. Niemand würde erfahren, dass Barbarossa das Flugzeug steuerte. In zwei Stunden wäre er verschwunden, wie vom Erdboden verschluckt.

Sie hatten die Stadt durchquert und näherten sich dem Flugplatz, der am Rande eines Gewerbegebiets zwischen einem Wäldchen und Obstwiesen lag. Hagen nahm einen Anruf entgegen.

»Scheiße«, brüllte er, als er das Gespräch beendet hatte. »Sie haben dein Telefon abgehört. Und sie haben meine Nummer. Und orten mein Handy. Was bilden die sich ein!«

Er fuhr abrupt an den Straßenrand, öffnete den Rückteil seines Handys und entfernte die SIM-Karte. Zum Glück waren sie noch nicht in der Zubringerstraße zum Flughafen. Hagen fuhr weiter, bog in die Flugplatzstraße ein.

»Die Maschine steht ganz am Rand des Flugfeldes, sie ist aufgetankt«, sagte er. »Ich erledige die Formalitäten für dich, du brauchst nicht mitzukommen, ich kenne den Chef hier. Mach hin. Wir bleiben in Kontakt.«

Hagen fuhr ihn so weit wie möglich zu seinem Flugzeug. Barbarossa spurtete über den Platz.

★★★

»Jetzt ist auch das zweite Handysignal weg«, sagte Mayfeld. »Damit ist Dörfel definitiv entkommen. Er ist gewarnt worden.«

Er schlug wütend auf das Armaturenbrett des Volvos. Dabei konnte der alte Schwede gar nichts dafür.

»Dann lassen wir uns von meinem Gefühl leiten«, sagte Ginger.

Mayfeld raufte sich mit einer Hand die Haare.

»Handyortung per Intuition, wie soll das gehen?«

»Hier links!« Immerhin machte der Kommissar, was er sollte.

»Er will zum Flugplatz. Dörfel hat hier die Pilotenlizenz gemacht. Jetzt rechts.«

Mayfeld steuerte seinen Wagen auf den Parkplatz vor dem Flugplatzgebäude.

»Da!« Ginger deutete auf einen schwarzen Van. »Der ist vorhin an uns vorbei, als wir auf die Maaraue gefahren sind.«

»Ich erinnere mich. Ich werde nie mehr etwas gegen Ihre Intuition sagen, Ginger.«

Wurde auch Zeit, dass er das einsah.

Sie stürmten am Café vorbei in die Flugleitstelle. Der Flugleiter diskutierte mit einem Mann in grauem Flanellanzug. Irgendwoher kannte sie den Typen.

»Dr. Maurer?«, fragte Mayfeld. »Was macht denn der hessische Verfassungsschutz hier?«

Der Typ, der öfter an der Seite von Ackermann aufgetaucht war, drehte sich ruckartig herum. Angenehm überrascht sah anders aus.

»Mayfeld, was machen Sie denn hier?«

Draußen auf dem Rollfeld war eine Maschine startklar.
»Ist das Dörfel?«
»Nun geben Sie den Start schon frei!«, herrschte Maurer den Flugleiter an.
Mayfeld zeigte dem Flugleiter seinen Dienstausweis. »Tun Sie das nicht. Ich muss eine Personenüberprüfung vornehmen.«
»Sie mischen sich in Dinge ein, die Sie nichts angehen«, schrie Maurer.
»Sie knöpfe ich mir als Nächsten vor, Arschloch«, gab Mayfeld zurück.
Der Kommissar gefiel Ginger immer besser.
Die Cessna rollte auf den Turm des Flugplatzes zu. Hoffentlich merkte Dörfel nicht, dass hier etwas nicht stimmte. Er fragte nach der Starterlaubnis, der Flugleiter antwortete ausweichend. Wenn der Typ in der Cessna nicht völlig bescheuert war, wusste er jetzt Bescheid.
Das Flugzeug drehte, beschleunigte und hob ab.
Mayfeld ließ eine Funkverbindung zu der Cessna herstellen.
»Es hat keinen Zweck, Dörfel, wir wissen, dass Sie es sind. Sie werden nirgendwo eine Landeerlaubnis ohne Empfangskomitee meiner Kollegen bekommen. Geben Sie auf.«
Ginger hatte Zweifel, dass diese Drohung den Wahnsinnspiloten beeindrucken würde.

★★★

Er zog die Maschine hoch, immer höher. Er nahm eine letzte Hermann-Göring-Pille und leitete den Sturzflug ein. Barbarossa lachte.

ACHT

»Können Sie sich eigentlich nie an die Dienstvorschriften halten? Sie hätten sich mit den Kollegen Ackermann und Maurer absprechen müssen, Mayfeld. Stattdessen machen Sie mit einer Privatdetektivin Jagd auf einen Verbrecher, nach dem gefahndet wird.«

Lackauf war außer sich, nicht nur, weil er seiner samstäglichen Partie Golf nachtrauerte. Er hatte bereits viel arbeiten müssen. Er hatte eine Pressekonferenz hinter sich, auf der er sehr bemüht gewesen war, der Öffentlichkeit möglichst wenig mitzuteilen. Ungewöhnlich für einen Mann, den es sonst an die Öffentlichkeit zog wie die Motte ans Licht. Aber es gefiel dem Staatsanwalt überhaupt nicht, dass ein Beamter des hessischen Verfassungsschutzes in unrühmlicher Weise in einen Fall involviert sein sollte, in dem auch ein Rechtsradikaler eine Rolle spielte. Dass es sich bei dem Erpresservideo, für das zwei Menschen sterben mussten, um Material aus einer rechtsradikalen Sekte handelte, hatte er als phantasievolle, aber substanzlose Spekulation abgetan. Den rechtsradikalen Hintergrund von Dörfel leugnete Lackauf zwar nicht, er war jedoch der Meinung, dass es noch zu früh sei, damit an die Öffentlichkeit zu gehen. Man solle niemanden beunruhigen, schon gar nicht in diesen unruhigen Zeiten.

Den Staatsanwalt beschäftigten andere Dinge. »Um ein Haar hätte der Absturz von Dörfel eine Katastrophe auf dem Finther Flugplatz verursacht.«

»Ich weiß, Herr Staatsanwalt. Ich wäre als Erster tot gewesen.« Das wäre vermutlich der größte Gefallen gewesen, den er Lackauf hätte tun könne, dachte Mayfeld. »Maurer hat versucht, einem Mörder zur Flucht zu verhelfen. Was hätte ich mit dem absprechen sollen?«

»Seien Sie nicht so voreilig, Mayfeld. Wir wollen erst mal hören, wie Dr. Maurer das darstellt.«

»Falls er eine Aussagegenehmigung des Innenministeriums bekommt.«

»So läuft das nun mal bei uns, Mayfeld. Alles nach Recht und Gesetz.«

»Können wir jetzt vernünftig weiterarbeiten? Ich hoffe, Sie setzen sich dafür ein, dass Maurer eine solche Genehmigung bekommt, Herr Dr. Lackauf.« Brandt wandte sich vom Staatsanwalt ab und Ackermann zu. »Warum erfahren wir erst jetzt, dass der Verfassungsschutz eigene Karten in diesem Spiel hatte, Klaus?«

»Mein Gott, es ist ein Geheimdienst«, fiel ihm Lackauf ins Wort.

»Und wir sind die Polizei. Warum, Klaus?«

Ackermann war an diesem Morgen auffallend schweigsam. Er wirkte blass und fahrig. »Weil er mich darum gebeten hat. Ich kenne Maurer schon lange. Das ist ein guter Mann. Ich bin mir allerdings nicht sicher, ob ich das noch mal so handhaben würde.«

Nina hatte Mühe, nicht loszuprusten. Aslan rieb sich verdutzt die Augen. Brandt bedeutete seinen Leuten mit einer beschwichtigenden Geste, von Kommentaren abzusehen.

»Ich werde mit der Leitung des LKA noch näher besprechen, wie wir die Kommunikation in solchen Fragen in Zukunft verbessern können.« Brandt kniff die Augen zusammen und zog die Mundwinkel nach oben. Die meisten Menschen hielten das für ein Lächeln, Mayfeld wusste, dass es eine Kriegserklärung war. »Und jetzt hätte ich gerne noch ein paar Fakten. Horst?«

Adler schob ein paar Papiere von links nach rechts und begann zu referieren.

»Ich fang mit dem Fall Rothenberger an. Wir haben Spuren von Dörfel in Rothenbergers Wohnung und an seiner Kleidung gefunden. Außerdem haben wir die Brandmarken an Rothenbergers Leiche mit dem Elektroschocker aus Dörfels Werkstatt verglichen: Sie stimmen völlig überein. An der Kontaktstelle des Elektroschockers haben wir Hautreste gefunden, die wir Rothenberger zuordnen konnten. Alle Indizien sprechen somit dafür, dass Dörfel Rothenberger getötet und falsche DNA-Spuren gelegt hat.«

»Womit der Fall geklärt wäre«, meinte Ackermann. »Rothenberger hatte eine Kopie des Erpresservideos, deswegen musste er sterben. Bareis hat seinen Freund vermutlich unter der Folter verraten.«

»Weitere Fakten, bitte!« Brandt trommelte mit den Fingern ungeduldig auf den Tisch. »Was wissen wir über Winfried Braun?«

Nina berichtete über das Firmenimperium von Braun. Über Braun Security Systems, seine erfolgreichste Firma, die mehrere hessische Landesbehörden beraten und mit Sicherheitssystemen ausgestattet hatte. Über Handelsfirmen, die sich auf Im- und Export in den Nahen Osten und nach Lateinamerika spezialisiert hatten.

»Braun und Dörfel haben aufeinander geschossen, das haben die Überwachungskameras festgehalten«, ergänzte Adler. »Dörfel war einen Tick schneller.«

»Dann haben wir für diese Tat ebenfalls einen Täter«, stellte Ackermann fest. »Was haben die beiden eigentlich vorher geredet?«

»Es gibt keine Tonaufzeichnung.«

Ackermann schien das nicht weiter zu bekümmern.

»Wissen wir, welche Verbindung zwischen Braun und Dörfel bestand?«, wollte Brandt wissen.

»Das werden wir genau untersuchen«, versprach Ackermann.

»Für den Inhalt des Tresors hat sich Dörfel nicht interessiert?«, fragte Mayfeld.

Adler grinste. »Für das Geld schon. Den Rest hat er nicht angerührt.«

»Was ist mit der Kassette und dem Stick?«, wollte Ackermann wissen.

»Auf der Kassette sind die Fingerabdrücke von Dörfel«, berichtete Adler. »Und zwar schon seit Langem. Und die von Murcia. Wir haben sie unter einer Schicht von Staub gefunden. Es sind gestern keine neuen dazugekommen. Auf dem Stick haben wir lediglich Brauns Fingerabdrücke gefunden.«

»Und was ist auf dem Video zu sehen? Was ist auf dem USB-Stick?«

»Das haben wir noch nicht untersucht. War alles ein bisschen viel in letzter Zeit.« Aslan machte ein bekümmertes Gesicht.

»Dieser Schlendrian ist nicht zu fassen«, murmelte Lackauf. »Was für eine Dienstauffassung!«

Ackermann machte eine beschwichtigende Geste zum Staatsanwalt. »Ich schau mir das an.«

Damit hatte Mayfeld gerechnet. »Wenn es sich bei der Kassette um ein Video aus Murcias Sammlung handelt, ist das ein ganz starkes Indiz dafür, dass Braun und Dörfel auch hinter dem Mord an Murcia stecken.«

Aber warum sollte Braun ein Video aufbewahren, das ihn selbst belastete? Das wollte er in diesem Moment nicht mit Ackermann diskutieren.

»Was haben wir sonst noch, Horst? Telefone, PCs und so weiter?«

Ackermann ließ Adler nicht zu Wort kommen. »Den Rest können wir vom LKA übernehmen.«

Mayfeld hatte nichts anderes erwartet. »Wenn du das so willst, machen wir es so, Klaus.«

Aslan und Nina protestierten.

Mayfeld straffte seine Haltung. »Ich will die Sache vom Tisch haben. Soll sich das LKA mit dem Verfassungsschutz herumschlagen. Klaus hat diese Leute mit ins Boot geholt, jetzt soll er schauen, wie er sie wieder loswird. Ich habe nicht den Eindruck, dass wir die Unterstützung von oben haben, wenn es darum geht, die Hintergründe dieser Verbrechen aufzuklären.«

»Im Ergebnis liegen Sie mit Ihrer Entscheidung ausnahmsweise einmal richtig, Mayfeld. Aber mit Ihren albernen Verschwörungstheorien reden Sie sich noch um Kopf und Kragen.« In Lackaufs Miene wetteiferten Hohn und Triumph um die Vorherrschaft. »Hören Sie auf, Mayfeld, machen Sie Schluss. Hatten Sie nicht noch etwas anderes vor? Ein bisschen Heimatkunde oder etwas in der Art?«

Mayfeld schaute auf die Uhr. Er hatte tatsächlich einen Termin im Kloster Eberbach. Das traf sich gut. Er musste sich sputen. Er stand auf und verabschiedete sich von den Kollegen.

»Es ist deine Entscheidung, Robert«, sagte Brandt. Er klang resigniert.

Es war eine bunt gemischte Truppe, die Mayfeld im Kloster Eberbach erwartete, rüstige Rentner und ein paar jüngere Leute. Er war aufgeregt, wie er verwundert feststellte. Es war zwar seine erste Führung im Kloster, aber ob er in der Lage war, alle Fragen angemessen zu beantworten, ob er sich richtig vorbereitet hatte, das waren Probleme, die letztlich völlig bedeutungslos waren, wenn er sie mit den Ereignissen der letzten Tage verglich. Und an die dachte er andauernd. Dementsprechend fühlte er sich wie im falschen Film, als er die Gäste vor dem neuen Hospital begrüßte, die einleitenden Worte zur Führung und zur Geschichte des Klosters sprach.

Er berichtete von der Legende, in der Bernhard von Clairvaux zusammen mit dem Bischof von Mainz das Kisselbachtal besuchte und ein wilder Eber über den Bach sprang. Bernhard, einer göttlichen Eingebung folgend, beschloss daraufhin, an dieser Stelle ein Kloster bauen zu lassen.

Auf vergleichbare Art und Weise hatte der Mann neunundsechzig Kloster gegründet. Kaum zu glauben, dass er immer den Bauplatz besichtigt hatte, vor allem wenn er so abgelegen lag wie der von Kloster Eberbach. Vom göttlichen Fingerzeig einmal ganz abgesehen. Vermutlich war Bernhard nach Mainz gereist und hatte den Bischof überredet, ihm das Augustinerkloster zu überlassen, das der einige Jahre zuvor aufgelöst hatte. Das klang allerdings weniger erbaulich.

Mayfeld berichtete vom Versuch der Zisterzienser, das Klosterleben zu reformieren und in seiner Ursprünglichkeit wiederherzustellen. Armut, Keuschheit, Gehorsam, nichts davon ist erstrebenswert, rief eine renitente innere Stimme während seines Vortrags leise dazwischen. Er berichtete von der Bedeutung des Klosters für den Weinbau in der Region.

Im Laufe der Jahre wurde es zum größten Weingut Europas, nicht nur wegen der Qualität der Weine, der Vernetzung der Mönche und ihres Geschäftssinns, sondern auch wegen der vielen Schenkungen, die dem Kloster zugedacht wurden. Im Gegenzug beteten die Mönche für das Seelenheil der Schenkenden und beerdigten sie im Kloster, legten also ein gutes Wort beim lieben Gott für sie ein. Erbschleicherei, zischte die renitente Stimme.

Mayfeld berichtete von der klugen und rationalen Organisation der Zisterzienser, die wildes Land fruchtbar machten und ihre Klöster zu erfolgreichen Wirtschaftsbetrieben entwickelten. Er führte die Gruppe durch das Hospital, den Cabinetkeller, den Kapitelsaal, den Kreuzgang, das Refektorium und das Dormitorium. Er erklärte den Besuchern die schlichte Schönheit der zisterziensischen Bauweise, und das ohne Widerspruch einer inneren Stimme. Die Zisterzienser bauten immer nach dem gleichen Muster, schnörkellos und für die Ewigkeit. Zumindest dieser Plan Bernhards war aufgegangen, bei jedem Schritt durch das Kloster spürte man die Besonderheit des Ortes, vielleicht sogar seine Heiligkeit.

Schließlich erreichten sie den Konversenbau. Wegen einer Veranstaltung im Laiendormitorium konnte nur das Refektorium, der Speisesaal der Laienbrüder, besichtigt werden, in dem riesige mittelalterliche Keltern ausgestellt waren.

Ein rundlicher Mann in Bermudashorts und Hawaiihemd wollte wissen, was man sich unter Laienbrüdern vorzustellen habe.

»Die Mönche waren geweihte Priester«, holte Mayfeld zu einer Erklärung aus. »Sie hatten also einen vergleichsweise hohen Bildungsstand. Nicht unbedingt Adlige, aber in der Regel Menschen aus einer gehobenen Schicht.«

»Der erste Sohn kriegt den Hof, den zweiten kriegt die Kirche und den dritten der Krieg«, ergänzte ein blasser junger Mann, der mit hochgeschlossenem dunklen Pullover und kragenlosem Hemd darunter aussah, als ob er gerade einem Priesterseminar entlaufen wäre.

»Diese Söhne hatten die Aufgabe, für das Seelenheil der Familie zu beten. Bei den Zisterziensern war die Besonderheit, dass ursprünglich jeder einzelne Mönch von seiner Hände Arbeit leben sollte. Das hat man bald so abgeändert, dass das Kloster insgesamt von seiner Arbeit leben musste.«

»›Ora et labora‹ heißt die mönchische Grundregel«, wusste der blasse junge Mann. »Bete und arbeite.«

»›Et lege‹, das heißt ›und lies‹«, ergänzte Mayfeld. »In den Klöstern entwickelte sich eine Arbeitsteilung. Für einfache Leute aus bäuerlichen Familien hieß das, dass ein Leben im Kloster nur als Laienbruder in Frage kam. Die Laienbrüder beteten weniger und erledigten die Arbeit im Kloster. Lesen war ihnen sogar verboten.«

»Die einen haben gebetet und gelesen und die anderen die Arbeit gemacht?«, fragte der Mann mit dem Hawaiihemd. »Da wüsste ich schon, was mir lieber wär.« Er grinste über das breite Gesicht.

Seine Begleiterin, eine schmale bebrillte Person in Gesundheitslatschen und Trägerkleid, stieß ihm einen Ellenbogen in die Seite. »Sei still und hör zu«, zischte sie ihn an.

»Die Laienbrüder bekamen auch andere Kleidung und anderes Essen«, fuhr Mayfeld fort. »Und zwar schlechteres, obwohl sie ein anstrengenderes Leben hatten. Das hat im 13. Jahrhundert allein in diesem Kloster zu mehreren Aufständen der Konversen geführt, einmal wurde ein Abt schwer verletzt, einmal sogar einer ermordet. In anderen Klöstern der Zisterzienser war es ähnlich, die Reformideen der Ordensgründer stießen schnell an ihre Grenzen.«

»Hat sich seitdem nichts geändert«, bemerkte der Dicke im Hawaiihemd. »Könnt man direkt einen Krimi drüber schreiben.«

»Hat sich wohl was geändert«, widersprach der Mann im kragenlosen Hemd. »Die Unterscheidung zwischen Mönchen und Laienbrüdern wurde vom Zweiten Vatikanischen Konzil aufgehoben.«

»Halleluja«, jubelte der Dicke. Seine Frau versetzte ihm den zweiten Ellenbogenstoß.

Mayfeld führte die Besucher zum Höhepunkt der Führung, in die Basilika, erläuterte den Aufbau der Kirche, lobte den romanischen Purismus des dreischiffigen Baus, leitete die Gruppe an den Grabsteinen der ehemaligen Äbte vorbei und wies auf die besondere Akustik des Raumes hin.

»Hier haben Sie vor Kurzem ›Deutschland sucht den Superstar‹ abgedreht«, bemerkte eine junge Frau mit blondem Haar und Nasenpiercing.

»Voll krass«, kommentierte ihr Begleiter und drehte den Schirm seiner Baseballkappe nach hinten.

»Eine Schande«, meinte eine ältere Dame und blickte missbilligend auf ihre kaugummikauende Nachbarin.

»Das Kloster ist seit über zweihundert Jahren säkularisiert«, sagte Mayfeld. »Es war schon Gefängnis, Irrenanstalt und Armee-Erholungsheim. Es wurde auch schon als Schweinestall benutzt. Ich glaube nicht, dass Dieter Bohlen einen Schaden für die Reputation des Ortes angerichtet hat. Sean Connery war übrigens auch schon hier. ›Der Name der Rose‹ wurde im Kloster gedreht. Aus dem Schlafsaal der Mönche wurde die Bibliothek, aus dem Cabinetkeller der Speisesaal.«

»Da haben wir ja den Krimi«, bemerkte der Dicke.

»Den James Bond kenne ich gar nicht«, bemerkte der Junge mit der Baseballmütze.

»Das ist ein Klosterkrimi«, wies ihn seine Freundin augenrollend zurecht. »Worum ging es da noch mal?«

Mayfeld versuchte die Frage der jungen Frau zu beantworten. Sprach von den politischen und theologischen Streitigkeiten, die in den Roman eingeflossen waren und die niemanden zu interessieren schienen. Von den Morden an den Mönchen, der verbotenen Liebe, dem verbotenen Buch und der Feuersbrunst in der Bibliothek, womit er seine Zuhörer wieder fesselte. Auf die Rolle des Klostergründers während der Kreuzzüge, das Thema, auf das er sich so ausführlich vorbereitet hatte, ging er nicht mehr weiter ein.

Die Rose von einst steht nur noch als Name, uns bleiben nur nackte Namen, hatte Eco im Epilog seines Romans geschrieben. Daran dachte Mayfeld, als er die Besucher verabschiedete, die er durch die steinerne Hülle des ehemaligen Klosters geführt hatte.

Als er durch den Portikus die Anlage verließ, meldete sein Handy den Eingang einer SMS: »Nachricht von Ginger: Bin auf dem Boot. Alles wie besprochen.«

Mayfeld hatte die Festmacher des Bootes von den Pollern gelöst und die Leinen an Bord geworfen. Dann sprang er vom Steg aufs Deck der »Blow Up«.

»Willkommen an Bord!« Ginger legte den Gang ein und tuckerte aus dem Schiersteiner Hafen hinaus.

»Sind Sie schon zum Essen gekommen?« Sie deutete auf die Kühlbox, die in der Plicht vor ihr stand. »Bedienen Sie sich. Mit den besten Empfehlungen meines Freundes Jo. Forellentartar, Lammköfte, Schokomuffins. Ich hoffe, es mundet.«

»Ich fühle mich wie zu Hause.« Mayfeld öffnete die Box. »Vorerst reicht ein Wasser.«

Ginger zog die Augenbrauen nach oben und die Mundwinkel nach unten. Selbst schuld, schien ihr Gesichtsausdruck zu sagen. Sie hatten den Schiersteiner Hafen verlassen.

»Danke für das Vertrauen«, sagte Mayfeld.

»Ich denke, Sie haben es verdient. Wussten Sie, dass Dr. Mauer seinen Doktortitel in Lateinamerika gekauft hat?«

»Ist das wichtig?«

»Weiß nicht. Er hat dort für den BND gearbeitet.«

Das entsprach auch Mayfelds Informationen. Brandt hatte es ihm an diesem Morgen erzählt. »Er musste den BND verlassen und kam bei einem anderen Dienst unter.«

»Er war in Waffengeschäfte verwickelt. Aber das nur nebenbei. Ich habe jemanden, der mit Ihnen sprechen will.«

Am Abend zuvor hatten sie den Plan ausgeheckt.

»Du kannst rauskommen, Uli.«

Die Kajütentür öffnete sich, und Uli Bareis, unsicher und ziemlich blass, trat zu den beiden aufs Deck. Mayfeld bot ihm seine Flasche Wasser an, Bareis lehnte ab. Allzu weit her schien es mit seinem Vertrauen nicht zu sein.

»Ihr sucht mich«, flüsterte er. Seine Stimme klang noch ziemlich angegriffen.

»Wir werden Sie erst finden, wenn Sie das wollen. Erzählen Sie!« Hoffentlich würde er dieses Versprechen nicht noch bereuen.

»Was soll ich erzählen?«

»Alles. Von Murcia. Von den Videos. Von Rothenberger. Von Dörfel. Von Ackermann.«

Uli erzählte. Er hatte viel zu erzählen.

Seine ganze Kindheit und Jugend hatte er in der Colonia Dignidad gelebt, unter der Herrschaft eines verrückten Despoten, der seine Anhänger zu einer bizarren Form der Frömmelei und Heiligenverehrung verführt und seine Machtposition dazu genutzt hatte, seine pädophilen Gelüste auszuleben, die in groteskem Gegensatz zur frommen Denkungsart standen, die in der Kolonie gefordert wurde. Uli sprach leise, seine Stimme stockte immer wieder. Er sprach von den Schikanen, von der Unfreiheit, der Ausbeutung und den Grausamkeiten, denen er fast zwei Jahrzehnte lang ausgesetzt war, und von den Gewissensbissen, die an jedem aus der Sekte nagten, wenn er oder sie auch nur daran dachte, aus dem selbst geschaffenen Gefängnis auszubrechen. Er sprach von den Eltern, die das alles mitmachten und ihn zum Gehorsam gegenüber dem Tio, Onkel Paul, wie die Sektenmitglieder ihren Führer nannten, anhielten. Er berichtete von der deutschen Botschaft in Santiago, die ihn nach seiner ersten Flucht zurück ins Lager schickte. Von der zweiten Flucht, die mit Hilfe Einheimischer gelang.

»Oh Mann, ich hatte die ganze Scheiße schon fast vergessen, als Felipe plötzlich in Frankfurt auftauchte. Felipe lebte auch ein paar Jahre in der Colonia. Seine Eltern waren arm und dachten, sie tun ihm etwas Gutes, wenn sie ihn zu den Deutschen schicken. Auf jeden Fall sind Felipe nach Schäfers Tod und den Razzien in der Colonia einige der Videos in die Hände gefallen, die die chilenische Polizei gefunden hatte, und er hatte nichts Besseres zu tun, als damit nach Deutschland zu kommen und sie mir zu zeigen. Er wollte wissen, wer der Typ war, der mich gefickt hat. Er wusste bloß, dass es ein Deutscher war und keiner aus der Kolonie. Keine Ahnung, wieso er dachte, ich würde den Drecksack beim Namen kennen. Ich konnte mich ja noch nicht einmal an die Sache selbst erinnern. Es ist wirklich nicht schön, wenn dich ein alter Bekannter besucht und dir ein Video zeigt, auf dem dich ein Fremder in den Arsch fickt. Ich bin ausgerastet.«

Ulis Augen waren feucht geworden, aber er gestattete sich nicht, zu weinen. Die »Blow Up« passierte gerade die Eltviller Aue.

»Wie viele Kassetten hatte Felipe dabei?«
»Fünf oder sechs.«
»Und die haben Sie sich alle angeschaut?«

»Ganz bestimmt nicht. Können Sie nicht zuhören? Ich bin ausgerastet. Nach zweien war Schluss.«

»Sie konnten Ihrem Freund nicht weiterhelfen?«

»Ich war mir noch nicht einmal sicher, ob er ein Freund war. Mir gingen damals alle auf den Geist. Felipe mit seinem Fickvideo. Christian mit seiner Coming-out-Oper. Ich dachte, Felipe will so eine Erpressungsnummer durchziehen. Deswegen habe ich ihn verraten.«

»Sie haben was?«

»Können Sie nicht zuhören? Ich habe ihn verraten.«

»An wen?«

»An einen Typ namens Hirt. Ein Freund meiner Eltern. Der hat mich immer mal wieder besucht, hat mir gelegentlich Geld zugesteckt. Ich fand den ganz sympathisch, zumindest hatte er nicht diese Macke mit Gott und dem Teufel und dem ganzen Scheiß, den sie in der Colonia erzählt haben. Oder er hat es zumindest nicht übertrieben damit. Dem habe ich von den Videos erzählt.«

»Wie hat er reagiert?«

»Er wollte wissen, ob ich jemanden erkannt habe.«

»Und?«

»Sie können wirklich nicht zuhören. Nein, ich habe niemanden erkannt.«

»Wie hat Hirt reagiert?«

»Jetzt, wo Sie so fragen: Ich hatte den Eindruck, dass ihn das beruhigt hat. Auf jeden Fall hat er mir geraten, mir keine weiteren dieser Dinger anzuschauen. Er würde sich um alles kümmern.«

»Und anschließend bekam Felipe Ärger mit der Polizei?«

»Wegen Drogenhandels. Was für ein Bullshit. Der hat ein bisschen gekifft, das tun wir doch alle. Und dann ist er verschwunden. Erst dachte ich, ich hab es vermasselt. Aber dann kam die Karte aus Chile, und ich hatte Hoffnung, dass Felipe einfach nur kalte Füße bekommen hat und abgehauen ist.«

»Und dann kam Jahre später das Bild in der Zeitung«, vermutete Mayfeld.

»Mir wurde klar, dass man mich verarscht hat. Dass Felipe

gar nicht nach Hause geflogen ist, sondern ermordet wurde und jemand das so hingedreht hat, dass ich glaubte, er sei zurück nach Chile.«

Sie hatten das Eltviller Ufer hinter sich gelassen und fuhren an der Mariannenaue vorbei.

»Und was haben Sie dann gemacht?«

»Ich hatte noch eine der Videokassetten. Die habe ich gerippt und auf drei Sticks kopiert. Einen habe ich Harry gegeben, falls mir was passiert, einen habe ich zu Hause gelassen, und mit einem bin ich zur Polizei nach Wiesbaden gefahren. Das war mein größter Fehler.«

»Sie haben eine Aussage gegenüber Hauptkommissar Ackermann gemacht?«

»Genau.«

»Was haben Sie ihm erzählt?«

»Ungefähr das, was ich Ihnen gerade erzählt habe.«

»Kannten Sie die Polizisten, die in Frankfurt gegen Felipe Murcia ermittelt haben?«

»Nein. Wieso?«

Das erklärte Ulis Arglosigkeit.

»Von Drogen haben Sie gegenüber dem Kommissar nichts erwähnt?«

»Bin ich bescheuert oder was? Na klar bin ich bescheuert. Aber bestimmt habe ich nichts von Drogen erzählt. Ihr Kollege hat mir eingeschärft, mit niemandem außer mit ihm über die Sache zu reden. War mir recht, hatte ich eh nicht vorgehabt. Er hat vorgeschlagen, dass ich mir ein Codewort ausdenke für die Kommunikation. Das fand ich irre cool. Und mein Codewort fand ich auch cool, Schäferstunde.«

Uli berichtete von der SMS, die er tags darauf erhielt, der Falle, in die er tappte, der Entführung und seinem Martyrium im Lorcher Stollen. Seine Aussagen wurden spärlicher, die Schilderungen blasser, die Stimme versagte immer öfter. Der schnoddrige Ton schien nicht auszureichen, um die emotionale Erschütterung der letzten Tage zu übertönen.

»Was hat Ihnen Ackermann auf der Intensivstation gesagt?«

»Dass er mich fertigmachen würde, wenn ich das Maul aufmache. Dass er seine Leute überall habe. Dass der Erste, dem ich vertrauen würde, mich in die Pfanne hauen würde.«

»Würden Sie das alles zu Protokoll geben? Ich kriege Ackermann und Hirt, der übrigens Maurer heißt, nur dran, wenn Sie aussagen. Braun, der Vergewaltiger auf dem Video, ist ein mächtiger und einflussreicher Mann gewesen. Dörfel ein Monster. Aber Dörfel ist tot, und Braun liegt im Koma. Sie müssen keine Angst mehr vor denen haben. Ackermann und Maurer sind allein nicht sonderlich stark, sie sind keine Bedrohung mehr. Wir können sie drankriegen.«

Uli lehnte sich auf der Sitzbank zurück.

»Vergessen Sie das. Ich bin doch nicht lebensmüde«, flüsterte er.

NEUN

Klaus Ackermann teilte in der darauffolgenden Woche der Soko Höllenberg mit, dass die Videokassette aus Brauns Tresor unleserlich und der USB-Stick leer gewesen sei.

Als Mayfeld ihn mit den Kopien konfrontierte, die Adler von beiden Datenträgern gemacht hatte, bevor er sie ihm übergab, brach Ackermann zusammen. Auf der Videokassette war eine weitere Vergewaltigungsszene festgehalten, auf dem USB-Stick waren Zahlungen von Braun an Dörfel und Ackermann dokumentiert.

Ackermann legte ein Geständnis ab.

Dr. Maurer bekam vom hessischen Ministerium des Inneren zunächst keine Aussagegenehmigung. Das half ihm allerdings kaum weiter. Auf dem Video, das in Brauns Tresor gelegen hatte, war der ehemalige BND-Agent erkennbar, wie er den jungen Felipe Murcia vergewaltigte. Maurer tauchte unter, bevor er mit den Ermittlungsergebnissen konfrontiert werden konnte.

Danach machte Uli Bareis eine offizielle Aussage, die später zu einer Verurteilung Ackermanns wegen Vorteilsnahme, Rechtsbeugung und Strafvereitelung im Amt führte.

Maurer wurde zur Fahndung ausgeschrieben.

Winfried Braun wachte aus dem Koma nicht mehr auf.

Karo Müller verließ nach drei Monaten die Klinik. Sie berief sich auf eine ausgeprägte Amnesie. Das Einzige, woran sie sich noch erinnern konnte, war, dass sie nur eine Mitläuferin gewesen sei. Sie wurde aufgrund von Bareis' Aussage wegen Beihilfe zum Menschenraub und wegen schwerer Körperverletzung verurteilt.

Eine genaue chemische Analyse ergab, dass die Drogen, die in der Grorother Mühle gefunden worden waren, zu einer Charge gehörten, die einige Wochen zuvor vom LKA beschlagnahmt worden war. Die entsprechende Menge fehlte im Lager des Landeskriminalamtes. Der Verdacht gegen Ackermann konnte nicht bewiesen, weitere Beteiligte konnten nicht ermittelt werden.

Das Verfahren gegen Mia Pfaff wurde eingestellt. Sämtliche Ermittlungsunterlagen waren verschwunden. Mia Pfaff bedankte sich bei Mayfeld, der diesen Dank entschieden zurückwies. Da habe mal jemand das Richtige geschreddert, meinte Ginger Havemann dazu.

Anhang

Geschichtliches

Bernhard von Clairvaux
Bernhard von Clairvaux (1190–1256) ist mit dem Rheingau durch die Gründung des Zisterzienserklosters Eberbach im Jahre 1136 verbunden. Um die Gründung ranken sich viele fromme Legenden. So soll ein wilder Eber über den Kisselbach gesprungen sein und dem heiligen Bernhard die Stelle bedeutet haben, wo er das Kloster gründen sollte.

Tatsächlich befand sich im Kisselbachtal zur damaligen Zeit bereits ein Augustinerkloster, das der Mainzer Bischof Adalbert wegen »Zuchtlosigkeit« Jahre zuvor aufgelöst hatte. Bernhard, einer der einflussreichsten Theologen und Kirchenpolitiker seiner Zeit, überzeugte den Bischof, das Kloster seinem aufstrebenden Zisterzienserorden zu überlassen.

Bernhard war der dritte Sohn eines burgundischen Rittergeschlechts. Nach einer ausschweifenden Jugend trat er mit Anfang 20, zusammen mit einem Großteil seiner Familie, dem damals neu gegründeten Reformorden der Zisterzienser bei. Er machte dort schnell Karriere, wurde Abt des Klosters in Clairvaux und betrieb die Ausbreitung des Ordens in ganz Europa.

Er wurde zu einem bedeutenden Theologen und Mystiker, der die Bedeutung des Glaubens und des Leidens betonte und die Rolle der Vernunft relativierte. Dies führte zu heftigen Kontroversen mit seinem theologischen Gegenspieler Abaelard, der an der Universität von Paris für die Vereinbarkeit von Glauben und Vernunft stritt. Den Streit entschied Bernhard für sich, indem er beim Konzil von Sens die anwesenden Bischöfe am Abend vor einer geplanten Diskussion mit seinem Gegner von dessen moralischer Verwerflichkeit überzeugte. Abaelard, ein Vorläufer der Aufklärung, musste seine Lehren ohne Aussprache widerrufen, seine Bücher verbrennen und sich in ein Kloster zurückziehen, wo er ein Jahr später verstarb, angeblich nach einer Aussöhnung mit Bernhard.

Bernhard war einer der geschicktesten Diplomaten der Kirche. In den innerkirchlichen Kämpfen des 12. Jahrhunderts stand er regelmäßig auf der richtigen, d.h. siegreichen Seite und diente mehreren Päpsten als Berater. Am folgenreichsten war sein Einsatz für den zweiten Kreuzzug. Auf sein Drängen nahm auch der deutsche König an ihm teil. Der Kreuzzug fand von 1147 bis 1149 statt und endete mit einer Niederlage für die Kreuzfahrer. Bernhard versuchte vergeblich, zu einem weiteren Kreuzzug aufzurufen; als dies misslang, distanzierte er sich von dem Unternehmen und begründete dessen Misserfolg mit dem mangelnden Glauben der sieglosen Ritter.

Bernhard war der erste christliche Theologe von Rang, der den Krieg aus religiösen Motiven rechtfertigte. Er gilt als Vater der Gewaltmission. Den Teilnehmern an Kreuzzügen versprach er die Vergebung all ihrer Sünden und damit indirekt den Eingang ins Paradies. Er forderte den Kreuzzug nicht nur gegen die Muslime, die angeblich die heiligen Stätten der Christen bedrohten, sondern auch gegen die ungläubigen Slawen (Wendenkreuzzug).

20 Jahre nach seinem Tod wurde er heiliggesprochen. Er wird noch heute für seinen glühenden Glauben verehrt, auch in der evangelischen Kirche, was sich durch die Wertschätzung Martin Luthers für den charismatischen Reformer erklären könnte.

Bernhard war zweifelsfrei ein »Menschenfischer«. Viele Wunderheilungen durch ihn sind bezeugt. Ohne eine starke suggestive Wirkung sind solche »Heilungen« aus heutiger Sicht nicht denkbar. Zeitgenössische Schilderungen berichten von zahlreichen Massenhysterien, die er ausgelöst hat.

Unumstritten war Bernhard nicht. Sein Ordensbruder Otto von Freising, einer der bedeutendsten Historiker seiner Zeit, nannte ihn einen Zeloten (d.h. Fanatiker) und kritisierte seinen Umgang mit Andersdenkenden scharf. Geschadet hat es Bernhard weder zu Lebzeiten noch seinem späteren Ruf.

Das sollte uns Zeitgenossen des Postfaktischen zu denken geben.

Quellen: Peter Dinzelbacher: Bernhard von Clairvaux, Darmstadt 1998; Friedrich Prinz: Das wahre Leben der Heiligen, München 2003

Colonia Dignidad
1956 gründete der Jugendpfleger Paul Schäfer in Siegburg die »Private Sociale Mission«. Der Verein trennte sich 1960 von der

Freikirche Gronau, 1961, als staatsanwaltliche Ermittlungen gegen Schäfer wegen Vergewaltigung zweier Jungen drohten, verkaufte Schäfer das Erziehungsheim an die Bundeswehr und floh mit 150 Sektenmitgliedern nach Chile, wo er bei Parral ein landwirtschaftliches Gut aufbaute, die Colonia Dignidad. Den Sektenmitgliedern suggerierte Schäfer, ein Einmarsch der Russen nach Deutschland stehe unmittelbar bevor.

Die Sekte war streng hierarchisch nach dem Führerprinzip aufgebaut. Man bestand auf einer wörtlichen Auslegung der Bibel, die allerdings allein Paul Schäfer oblag. Schäfers Privatreligion lehnte sich an Freikirchen und Pfingstgemeinden an, im Kern war seine Lehre extrem sexualfeindlich.

Startkapital für das landwirtschaftliche Gut war der Verkaufserlös des Siegburger Jugendheimes, die deutschen Behörden stimmten der Überweisung sämtlicher Renten- und Unterhaltsansprüche der Sektenmitglieder auf ein Sammelkonto Schäfers zu, ungeachtet früh aufkommender Berichte über die Entführung sowohl deutscher als auch chilenischer Kinder in die Kolonie, die von den Behörden nicht verfolgt wurden.

Männer, Frauen und Kinder lebten in der Colonia getrennt voneinander, sie durften keine Verbindungen zur Außenwelt pflegen, sexuelle Beziehungen waren verboten, die wenigen erlaubten Briefkontakte wurden zensiert. Der Tagesablauf der Kolonie war minutiös geregelt, die Mitglieder mussten arbeiten, beten und beichten, anlasslose Gespräche untereinander waren verboten und wurden streng geahndet: mit Prügeln, Elektroschocks und Zwangsbehandlung mit Psychopharmaka.

Das weitläufige Gelände der Colonia war durch Stacheldrahtzäune gesichert, Schäfer baute ein ausgefeiltes Überwachungssystem auf, das zunächst vor allem gegen die eigenen Mitglieder gerichtet war.

Entgegen der offiziellen Sektendoktrin lebte der Sektenchef seinen Sexualtrieb ungehemmt aus, er bevorzugte Jungs kurz vor der Pubertät.

In den späten sechziger und den siebziger Jahren expandierte die Colonia wirtschaftlich, kaufte u.a. eine Goldmine, baute ein Krankenhaus, in dem auch die chilenische Bevölkerung (auf

Kosten des chilenischen Staates) behandelt wurde, stieg in die Waffenproduktion ein, unterhielt ein Restaurant, belieferte die bundesdeutsche Botschaft in Santiago mit »deutschen« landwirtschaftlichen Produkten, empfing chilenische und deutsche Politiker, die man mit Gesangsauftritten und Trachtenabenden erfreute.

Die Führung der Colonia Dignidad hatte enge Kontakte zur rechtsextremen Patria y Libertad und unterstützte 1973 den Militärputsch gegen die demokratische Linksregierung von Salvator Allende. Während der Militärdiktatur befand sich auf dem Gelände der Colonia ein Gefängnis und Folterzentrum des chilenischen Geheimdienstes DINA. Die Colonia führte in dieser Zeit pseudowissenschaftliche Untersuchungen zur Wirkung von Folter durch und nutzte ihren Status als karitative Organisation zum Waffenschmuggel und zur Umgehung des offiziellen Waffenembargos gegen Chile.

All dies geschah nicht unbemerkt. 1977 berichteten Amnesty International und der Stern über das deutsche Folterlager in Chile, sie wurden von der Sekte mit einem Prozess überzogen, der 20 Jahre dauerte und erst 1997 eingestellt wurde, weil sich der Kläger, die Private Sociale Mission, aufgelöst hatte. Die Berichte über Menschenrechtsverletzungen taten den Beziehungen der Colonia zu rechtskonservativen Kreisen in der Bundesrepublik keinen Abbruch. Mitglieder der CSU-nahen Hans-Seidel-Stiftung, ein konservativer ZDF-Fernsehmoderator, CDU-Bundestagsabgeordnete und andere trafen sich in einem von einem ehemaligen SS-Offizier und Waffenhändler gegründeten Freundeskreis und betrieben Lobbyarbeit für die Sekte.

Die Botschaft der Bundesrepublik in Santiago gab wiederholt »Ehrenerklärungen« für die Sekte ab und torpedierte Fluchtversuche von abtrünnigen Siedlern.

Der Stern der Colonia Dignidad begann zu sinken, als ihr Beschützer, der chilenische Diktator Pinochet, 1990 zurücktreten musste, die Sekte verlor im Jahr darauf ihre Gemeinnützigkeit. Bis 1998 gab es keinerlei weitere Erfolge im polizeilichen und juristischen Vorgehen gegen die Sekte. Erst als Pinochet im selben Jahr auch seinen Posten als Armeechef verlor, floh Schäfer aus Chile und tauchte in Argentinien unter, wo er 2005 verhaftet wurde.

2005 wurden auf dem Gelände der Colonia Massengräber gefunden sowie eine Vielzahl von Berichten, Tonbandaufnahmen und Videos. Der Großteil dieser Funde ist später wieder verschwunden, anderes wurde von den chilenischen Justizbehörden zunächst als Verschlusssache behandelt und nach jahrelangen Rechtsstreitigkeiten in den letzten Jahren veröffentlicht. Seither ist die chilenische Justiz erfolgreicher bei der juristischen Verfolgung der Sekte. Schäfer wurde wegen Kindesmissbrauchs in 25 Fällen und wegen Mordes verurteilt und ist in einem chilenischen Gefängnis gestorben, Verurteilungen anderer Sektenmitglieder folgten. 2016 wurde die Colonia in Santiago in letzter Instanz als kriminelle Vereinigung eingestuft, und weitere Führungsmitglieder wurden zu Gefängnisstrafen verurteilt.

Die nach Deutschland geflohenen Führungsmitglieder der Sekte wurden bis heute nicht zur Verantwortung gezogen.

Der in Chile verbliebene Teil der Sekte, die heute als Villa Baviera firmiert und mit bayerischer Folklore Touristen bespaßt, hat bis in die jüngste Zeit jährlich Beträge in sechsstelliger Höhe vom deutschen Staat erhalten, offiziell, um die Resozialisierung der Mitglieder zu fördern.

2016 hat sich Bundespräsident Gauck bei seinem Staatsbesuch in Chile für die Rolle deutscher Behörden im Umgang mit der Colonia Dignidad entschuldigt.

Nach dem Niedergang der Sekte blieb ein Teil ihrer Mitglieder in Chile, ein anderer Teil kehrte nach Deutschland zurück. Einen direkten Bezug zum Rheingau gibt es nicht. Es ist allerdings denkbar, dass jemand von ihnen hier gestrandet ist.

Die Realität ist bizarrer als jede Phantasie.

Quellen: Gero Gemballa: Colonia Dignidad. Ein deutsches Lager in Chile, Reinbek 1988; Friedrich Paul Heller: Lederhosen, Dutt und Giftgas, Stuttgart 2006; Dieter Maier: Colonia Dignidad. Auf den Spuren eines deutschen Verbrechens in Chile, Stuttgart 2016

Mainzer Sinti
Die Nationalsozialisten verfolgten in ihrem niederträchtigen Vernichtungswillen eine Vielzahl politischer, religiöser und

ethnischer Gruppen. Auch die Sinti und Roma gehörten dazu. Im Porajmos (das Wort ist vergleichbar mit dem jüdischen Wort »Shoa«) starben zwischen 100.000 und 500.000 Menschen. Genauere Zahlen gibt es nicht, weil es zu diesen Verbrechen nur wenig Forschung gibt. Wenig Forschung gibt es, weil sich die Gesellschaft immer noch schwertut, die Verfolgung dieser Gruppe im »Dritten Reich« anzuerkennen. Das fällt vermutlich deswegen so schwer, weil die Diskriminierung (in unterschiedlicher Form und Intensität) in Europa bis in die jüngste Zeit anhält.

Die Roma sind mit zwölf Millionen die größte ethnische Minderheit in Europa. Als Sinti bezeichnen sich vor allem die seit Langem im deutschen Sprachraum lebenden Roma. In Deutschland sind das ca. 100.000 Menschen.

Ursprünglich kamen die Roma vermutlich vom indischen Subkontinent, wo Krieg und Vertreibung vor über 1.000 Jahren ihre Wanderung auslösten. Im 15. Jahrhundert wurden sie in Deutschland erstmals urkundlich erwähnt und erhielten Schutz- und Duldungsbriefe.

Ihre Verfolgung begann im 16. Jahrhundert. Der Reichstag von Lindau erklärte sie 1496 für vogelfrei, weil sie Verräter der Christenheit, Verbündete der Türken, Zauberer und Verbreiter der Pest seien. Europa war in einem ökonomischen und politischen Umbruch, befand sich in einem Krieg mit dem Osmanischen Reich, der sich über drei Jahrhunderte erstrecken sollte, und brauchte Sündenböcke. »Zigeuner« genossen danach nirgends Aufenthaltsrecht, wurden überall im Deutschen Reich ausgewiesen. Wenn sie erneut aufgegriffen wurden, wurden sie öffentlich ausgepeitscht, bei einem dritten Aufgriff wurden sie gehenkt.

Mit der Etablierung des bürgerlichen Rechts im Deutschland des 19. Jahrhunderts verbesserte sich die Lage der Sinti zunächst etwas, die meisten von ihnen wurden spätestens in dieser Zeit sesshaft. Als in Osteuropa Mitte des 19. Jahrhunderts die Leibeigenschaft aufgehoben wurde, löste dies neue Wanderbewegungen aus, was wiederum zu Abwehrreaktionen führte. 1899 wurde in München eine Reichszentrale zur »Zigeunerbekämpfung« eingerichtet, 1906 erließ der preußische Staat die »Anweisung zur Bekämpfung des Zigeunerwesens«, die in der Weimarer Republik erneuert wurde. Ausländische »Zigeuner« wurden ausgewiesen, inländische sesshaft gemacht, die Kinder kamen oft in Erziehungsheime. 1929 verabschiedete der Volksstaat Hessen (zu den damals Mainz gehörte) auf Vorschlag des Innenministers Wilhelm Leuschner das »Gesetz zur Bekämpfung des Zigeunerunwesens« alle Parteien außer der KPD stimmten ihm zu.

Der Boden war also bereitet für die Verfolgung im »Dritten Reich«. Während der ersten Jahre der Naziherrschaft erfasste die »Rassenhygienische und Bevölkerungsbiologische Forschungsstelle im Reichsgesundheitsamt« alle »Zigeuner« und »Zigeunermischlinge«. Die Verhaftungen begannen bereits in den dreißiger Jahren, nach einem Brief von Heinrich Himmler vom April 1940 wurden die verbleibenden Sinti nach Polen in dortige Konzentrationslager deportiert.

Die in Mainz lebenden Sinti waren seit Generationen dort sesshaft und waren u.a. als Musiker und Handwerker tätig. Zeitzeugen beschreiben ihr damaliges Leben als gut integriert. Das änderte sich mit der Machtübernahme der Nazis, »Zigeuner« durften ihren Wohnort nicht mehr verlassen, verloren ihre bürgerlichen Rechte. Im Mai 1940 wurde ein Großteil der Mainzer Sinti von der Polizei zunächst ins Präsidium in der Klarastraße gebracht. Von dort mussten sie zum Güterbahnhof laufen, danach wurden sie ins Zuchthaus Hohenasperg bei Stuttgart verbracht. Dort wurden sie »rassenbiologisch« untersucht und danach nach Polen deportiert. Einigen von ihnen gelang dabei die Flucht, es gibt Berichte von Überlebenden, die schildern, wie sie sich noch während des Krieges zurück nach Deutschland durchschlugen.

Keine Opfergruppe wurde nach dem Krieg derart schäbig behandelt wie Sinti und Roma. Noch 1956 lehnte der Bundesgerichtshof die Entschädigung von Sinti mit der Begründung ab, alle staatlichen Verfolgungsmaßnahmen vor 1943 seien legitim gewesen, weil sie von »Zigeunern« durch »eigene Asozialität, Kriminalität und Wandertrieb« selbst veranlasst gewesen seien. Die Richter schrieben: »Sie neigen, wie die Erfahrung zeigt, zur Kriminalität, besonders zu Diebstählen und Betrügereien, es fehlen ihnen vielfach die sittlichen Antriebe der Achtung vor fremdem Eigentum, weil ihnen wie primitiven Urmenschen ein ngehemmter Okkupationstrieb eigen ist.« Erst 2015 erklärte die Präsidentin des Bundesgerichtshofs bei einem Besuch des Dokumentations- und Kulturzentrums Deutscher Sinti und Roma in Heidelberg, dass es sich bei diesem Urteil um eine »unvertretbare Rechtsprechung« handele, für die »man sich nur schämen könne«.

Quellen: Herbert Heuß: Die Verfolgung der Sinti in Mainz und Rheinhessen 1933–1945, Landau 1996; Oliver von Mengersen (Hrsg.): Sinti und Roma, Bonn und München 2015; Adam Strauß (Hrsg.): Flucht, Internierung, Deportation, Vernichtung, Seeheim 2005

Regionales

Wiesbadener Westend

1866 wurde Nassau und damit Wiesbaden von Preußen annektiert. (Das Herzogtum hatte im Deutschen Krieg auf der Seit Österreichs, d.h. auf der Verliererseite, gestanden.) In den darauffolgenden 50 Jahren hat sich die Bevölkerung der Stadt auf über 100.000 Einwohner mehr als verdreifacht.

In dieser Zeit entstanden vom Süden bis zum Nordwesten ringförmig um das Historische Fünfeck (die Altstadt) neu Wohnviertel, das Dichterviertel, das Rheingauviertel und da Feldherrenviertel. In Letzterem wurden fast alle Straßen nach preußischen Generälen aus den Befreiungskriegen und den Deutsch-Französischen Krieg benannt. Das Viertel beherberg viele Kulturdenkmäler, vorzugsweise Stadthäuser im Stil des Historismus.

Heute ist das Westend, das zum größeren Teil aus dem ehemaligen Feldherrenviertel hervorgegangen ist, *der* multikulturelle Stadtteil Wiesbadens mit einer Vielzahl internationaler Läden und Restaurants. Das Westend gehört zu den am dichtesten besiedelten Stadtteilen Deutschlands, etwa die Hälfte der Einwohner haben einen Migrationshintergrund, die meisten Wiesbadener Studenten und Studentinnen wohnen hier.

Maaraue

Die Halbinsel an der Mündung des Mains in den Rhein gehört zum Wiesbadener Stadtteil Mainz-Kostheim. Früher befand sich hier ein bedeutender Floßhafen. Im Jahr 1184 hielt Kaiser Barbarossa auf der Maaraue den Mainzer Hoftag ab, ein prächtiges Fest mit 70.000 Teilnehmern. Heute findet man hier neben einer Station der Wasserschutzpolizei und einer Werft ein Naherholungsgebiet mit Schwimmbad, Campingplatz und Liegeplätzen für Sportboote.

Schierstein und Schiersteiner Hafen

Ursprünglich gehörte Schierstein zum »Königssondergau« und wurde im 11. Jahrhundert von Heinrich II. an das Michaelskloster in Bamberg verschenkt. Dieses verkaufte es später an verschiedene Adelsfamilien, schließlich wurde es von den Grafen von Nassau erworben. Schierstein wurde im Laufe der Jahrhunderte oft von durchziehenden Truppen »besucht«, was zu einer unsteten Entwicklung von Wirtschaft und Bevölkerung führte. Es nennt sich, ähnlich wie das benachbarte Walluf, »Tor zum Rheingau«.

Der Hafen wurde 1858 angelegt, entwickelte sich wegen der fehlenden Eisenbahnanbindung jedoch nur schleppend und dient heute ausschließlich dem Wassersport.

Grorother Mühle und Grorother Hof
Die Grorother Mühle, deren ältester noch bestehender Gebäudeteil 1699 erbaut wurde, gehörte früher vermutlich zum wenige Kilometer oberhalb gelegenen Grorother Hof. Dieser wurde erstmals 1329 als »befestigte Hofanlage, ursprünglich Stützpunkt Nassaus gegen das Mainzer Frauenstein«, erwähnt.

Anfang des 14. Jahrhunderts erwarben die Mainzer Erzbischöfe die Burg Frauenstein, um den bereits in ihrem Besitz befindlichen Rheingau nach Nordosten abzusichern. Die Grafen von Nassau, denen der größte Teil des Landes um Frauenstein herum gehörte, gründeten daraufhin mehrere befestigte Höfe, um die Ausdehnung von Kurmainz zu begrenzen. Die Rivalität zwischen Mainz und Nassau, die nach der Reformation auch einen konfessionellen Aspekt bekam, durchzog die Jahrhunderte und führte zu einer Reihe von Kleinkriegen zwischen den (Mainzer) Frauensteinern einerseits und den (Nassauer) Dotzheimern oder Georgenbornern andererseits. Die Rivalitäten endeten, als der Mainzer Kirchenstaat 1803 aufgelöst wurde und sein Rheingauer Besitz an die Herzöge von Nassau fiel. 1866 wurde das Herzogtum Nassau wiederum von Preußen annektiert.

Im Grorother Hof befinden sich heutzutage ein Weingut und ein Restaurant, in der Grorother Mühle ein landwirtschaftlicher Betrieb, der sich der Bewahrung alter Nutztierrassen widmet.

Die im Roman geschilderten Vorgänge in der Grorother Mühle sind selbstverständlich alle frei erfunden.

Walluf
Walluf wurde urkundlich erstmals 770 erwähnt. Es ist die älteste Weinbaugemeinde des Rheingaus und gehörte im Mittelalter zu Kurmainz. Im 12. Jahrhundert wurde der Ortskern nach der Errichtung des Rheingauer Gebücks (einer aus gebückten Buchen bestehenden heckenartigen Befestigungsanlage) auf die westliche Seite des Wallufbachs verlegt. In Walluf stand das mächtigste und am meisten umkämpfte Tor des Gebücks, der sogenannte Backofen. Nach der Auflösung des Mainzer Kirchenstaates kam Walluf wie der gesamte Rheingau zum Herzogtum Nassau. Bekannte Weinlagen sind Gottesacker, Langenstück und Walkenberg.

Mariannenaue und Inselrhein
Zwischen Flusskilometer 499 und 527 liegt der unterste Abschnitt des Oberrheins, der Inselrhein. Wie der Name schon sagt, gibt es in diesem Flussabschnitt besonders viele Inseln, die hier Auen genannt werden. Die Rheinauen bilden eine Kette von Naturschutzgebieten, der hier anzutreffende Auenwald gehört zu den artenreichsten seiner Art in Europa, in dem eine Vielzahl seltener Vögel anzutreffen ist, die hier dauerhaft leben oder auf der Durchreise Rast machen: Pirole, Nachtigallen, Schellenten, Reiherenten, Meerenten, Eisenten, Eiderenten, Tafelenten, Gänsesäger, Haubentaucher, Zwergtaucher, Grauschnäpper, Kormorane, Graureiher, Graugänse, Weißstörche, Schwarzmilane, Fischadler.

Die Mariannenaue gehört zu Eltville. Sie ist über drei Kilometer lang und bis zu 300 Meter breit. Nördlich der Insel, in der Kleinen Gieß, befindet sich die Hauptfahrrinne des Rheins, im Süden fließt die Große Gieß, hier finden sich die von den Strömungsleitwerken umschlossenen Stillwasserzonen. Auf der Insel wird auf 23 Hektar Wein angebaut, der Rhein sorgt für geringe Temperaturschwankungen, das Grundwasser verringert die Probleme in trockenen Sommern. Das Mikroklima führt zu einem Vegetationsvorsprung von mehreren Wochen, zusammen mit dem kalkhaltigen Boden sind das ideale Bedingungen für den Anbau von Chardonnay, während der Riesling Feuchtigkeit und

Herbstnebel weniger mag. Die Weinlagen auf der Insel heißen Erbacher Rheinhell und Hattenheimer Rheingarten.

Ihren Namen hat die Insel von Prinzessin Marianne von Oranien-Nassau, die die Insel 1855 zusammen mit dem in Erbach gelegenen Schloss Reinhartshausen erwarb. Die aus Holland stammende Prinzessin war eine ungewöhnliche und für ihre Zeit sehr unabhängige Frau. Sie akzeptierte die außerehelichen Verhältnisse ihres Mannes, Albrecht von Preußen, nicht und verlangte die Scheidung, was ihr das preußische Königshaus nicht verzieh und sie in die Verbannung schickte. Der Skandal wurde noch größer, als Marianne ein Verhältnis mit ihrem Leibkutscher Johannes van Rossum begann und das daraus hervorgegangene Kind nicht in einem Internat versteckte, sondern zusammen mit dem Geliebten großzog. Vom Adel geächtet, war Marianne eine erfolgreiche Unternehmerin und Kunstmäzenin, die bis zu ihrem Tod auf Schloss Reinhartshausen lebte. Wegen ihres sozialen Engagements war sie in der Bevölkerung sehr beliebt. Als ihr Sohn an Scharlach starb, stiftete sie die Erbacher Johanneskirche, in der ihr Sohn begraben wurde. Nach dem Tod des Lebensgefährten verweigerte der evangelische Pfarrer dessen in der Stiftungsurkunde vorgesehene Bestattung in der Kirche, woraufhin auch Marianne verfügte, außerhalb der Kirche auf dem Erbacher Friedhof neben ihrem Geliebten bestattet zu werden. So geschah es nach ihrem Tod 1883, allerdings verschwand der Grabstein, der an ihren Lebensgefährten erinnerte, stattdessen wird dort bis heute ihre Ehe mit dem preußischen Prinzen erwähnt.

Erbach
Als Eberbach im 11. Jahrhundert erstmals erwähnt, heute Stadtteil von Eltville. Die bekannteste Weinlage ist der Erbacher Marcobrunn, von dem schon Goethe schwärmte. Siehe auch Mariannenaue.

Hattenheim
Die Siedlung wurde vermutlich im 8. Jahrhundert von einem Rheinfranken namens Hadir gegründet (Hadirsheim). Sie gehörte wie alle Rheingauer Ortschaften zum Kirchenstaat Mainz. Heute

ein Stadtteil von Eltville. Bekannte Weinlagen sind der Steinberg sowie Wisselbrunnen und Nussbrunnen in der Nachbarschaft des Erbacher Marcobrunn.

Rauenthaler Rothenberg
Neben den berühmten Weinlagen Baiken und Wülfen liegt der Rauenthaler Rothenberg. Seinen Namen hat er vom rötlichen Ton des Bodens, der einen hohen Anteil von Phyllitschiefer aufweist. Der verleiht dem Wein eine spezielle mineralische Note. Im Rothenberg wird seit dem 12. Jahrhundert Wein angebaut, einen großartigen Riesling dieser Lage macht Desirée Eser vom Weingut August Eser aus Oestrich.

Katharinentag
Der Rheingau war während des Zweiten Weltkrieges weitgehend von Bombardierungen verschont geblieben, bis am 25. November 1944 rund 250 Maschinen der amerikanischen Luftwaffe mehr als 2.400 Spreng- und 27.400 Stabbrandbomben über Rüdesheim und Umgebung abwarfen. Über 200 Zivilisten starben, die Altstadt wurde zu zwei Dritteln zerstört. Warum die strategisch unbedeutende Stadt derart massiv bombardiert wurde, ist bis heute ungeklärt. Möglicherweise sollten die Tanklager und der Rangierbahnhof des linksrheinischen Bingen getroffen werden.

Hindenburgbrücke
Im Jahr 1900 sprach sich die preußische Regierung für eine Rheinbrücke zwischen Bingen und Rüdesheim aus. Zehn Jahre wurde daraufhin debattiert, ob es eine Straßen- oder Eisenbahnbrücke werden sollte. Schließlich entschied man sich, vor allem aus militärischen Gründen, für eine Eisenbahnbrücke, die Nachschub nach Westen bringen sollte. Baubeginn war 1913, 1915 wurde die Brücke fertiggestellt. Nach dem Krieg wurde sie von der französischen Besatzungsmacht beschlagnahmt und so umgebaut, dass ab 1920 auch Autos und Fuhrwerke verkehren konnten. Es kam zu Protesten wegen der Brückenmaut. 1930 wurde die Brücke von der Deutschen Reichsbahn übernommen

und die Nutzung als Straßenbrücke wieder rückgängig gemacht, was ebenfalls zu Protesten führte. 1945 sprengten Pioniere der Wehrmacht die Brücke, um das Vorrücken der Amerikaner zu behindern, die allerdings bereits längst auf der rechten Rheinseite standen. Seither streiten Rheingauer und Rheinhessen über den Wiederaufbau der Brücke.

Assmannshausen und der Höllenberg
Hasemanneshusen wird erstmals im 12. Jahrhundert im Zusammenhang mit der Schenkung eines Weinbergs, des Höllenbergs, erwähnt. »Hölle« leitet sich von »Halde« ab und bedeutet »Hang«, »Höllenberg« könnte man also mit »Berghang« oder »Steilhang« übersetzen, eine treffende Beschreibung der Weinlagen im Mittelrheintal.

Ende des 15. Jahrhunderts ließ der Mainzer Erzbischof Berthold von Henneberg nach warmen Quellen im Ort forschen. Man wurde fündig und konnte die späteren ASS-Quellen, die brom- und lithiumhaltiges Thermalwasser förderten, einfassen. Die Quellen gerieten wieder in Vergessenheit, bis das 19. Jahrhundert einen Aufschwung des Bäderwesens erlebte und Assmannshausen berühmt für sein Wasser wurde, dem man heilsame Wirkungen bei rheumatischen Beschwerden zuschrieb. Im ehemaligen Kurhaus ist heute ein Altenpflegeheim untergebracht.

Heute ist Assmannshausen ein Stadtteil von Rüdesheim und der Assmannshäuser Höllenberg eine der bekanntesten Rotweinlagen Deutschlands, in der überwiegend Spätburgunder angebaut wird.

Lorch
Urkundlich wird Lorch erstmals im 11. Jahrhundert erwähnt. Der Ort liegt an der Mündung der Wisper in den Rhein, der Weinbau ist hier von Steillagen geprägt. Lorch ist die westlichste Gemeinde Hessens, hier begann im Mittelalter das Rheingauer Gebück. Seit Anfang der sechziger Jahre prägte die Bundeswehr über 45 Jahre die Stadt mit einem Flugabwehrregiment und zwei unterirdisch gelegenen Depots, dem Sanitätshauptdepot und dem Gerätehauptdepot. Nach dem Abzug der Bundeswehr wurde auf

deren Gelände Anfang dieses Jahrhunderts ein Gewerbegebiet eingerichtet, in den Kasernen sind heute Flüchtlinge untergebracht, die unterirdischen Stollen sind seither verschlossen. Sehenswert ist in Lorch u.a. das Hilchenhaus aus dem 16. Jahrhundert, der bedeutendste Renaissancebau im Oberen Mittelrheintal. Bekannte Weinlagen sind Bodental-Steinberg, Kapellenberg und Pfaffenwies.

Rezepte

»Die Welt war aus den Fugen, aber essen musste man trotzdem, am liebsten deutlich besser, als es die Lage eigentlich erlaubte.«
Hier folgen die Rezepte von Jo Kribben und Julia Mayfeld:

Jos Rezepte

Hummus (nach Leah König)
1 große Knoblauchzehe, 40 g glatte Petersilie, 120 ml Tahini, 80 ml natives Olivenöl, 3 EL Zitronensaft, Salz, 2 Dosen Kichererbsen (à 400 g), Za'atar

Knoblauch und Petersilie grob hacken, zusammen mit Tahini, Olivenöl, Zitronensaft und 2 TL Salz in einer Küchenmaschine pürieren. Kichererbsen abgießen, Flüssigkeit auffangen, Kichererbsen dazugeben und 1 Minute pürieren. Auf niedrigster Stufe langsam etwa ⅓ der Flüssigkeit einarbeiten. Danach 2–3 Minuten wieder auf hoher Stufe pürieren, bis der Hummus luftig und sehr cremig ist, mit Zitronensaft und Salz abschmecken. Den Hummus durch ein Sieb passieren, mit Za'atar bestreuen.

Sülze von Seezungenfilets
2 Seezungenfilets, 2 EL Zitronensaft, 1 kleine Schalotte, 1 Scheibe Lachs (100 g), 1 rosa Grapefruit, ½ Bund Basilikum, 1 EL Butter, 1 Blatt Gelatine, Salz, Pfeffer, Cayennepfeffer

Seezungenfilets längs halbieren, mit Zitronensaft beträufeln, kalt stellen, Schalotten fein hacken, Lachs in 4 feine Streifen schneiden, Grapefruit auspressen, Basilikumblättchen von den Stängeln zupfen. Auf die Seezungenfilets das Basilikum legen, darüber den Lachs. Die Filets von der schmalen Seite her aufrollen und mit Küchenzwirn zusammenbinden. Schalotten mit 1 EL Butter in einem kleinen Topf weich dünsten, Grapefruitsaft mit Wasser auf ⅛ l auffüllen und zu den Schalotten gießen.

Die Fischröllchen senkrecht in den Sud stellen und zugedeckt 8 Minuten köcheln lassen. Röllchen herausnehmen, Zwirn entfernen. Gelatine einweichen, in der Soße auflösen, die Filets in kleine Förmchen geben, Soße darüber geben, im Kühlschrank gelieren lassen.

Tipp: Nimmt man bei diesem Rezept die doppelte Menge und bindet die Soße statt mit Gelatine mit kalter Butter, ergibt das ein vorzügliches warmes Fischgericht, das man am besten mit einer mit Sternanis aromatisierten Wildreismischung serviert. Statt Grapefruit kann man auch Blutorangen oder Zitronen (plus Zucker) verwenden.

Zucchini-Minze-Frischkäse-Frittata

2 Schalotten, 2 Knoblauchzehen, 8 Minzestiele, 400 g Zucchini, 3 EL Olivenöl, 250 g TK-Erbsen, Salz, Pfeffer, 8 Eier, 150 g Ziegenfrischkäse

Schalotten fein würfeln, Knoblauch fein hacken. Blätter von 6 Stielen Minze zupfen und hacken. Zucchini der Länge nach vierteln und schräg in 2 cm breite Dreiecke schneiden. Öl in einer ofenfesten Pfanne erhitzen. Zucchini und Schalotten darin bei mittlerer Hitze 3 Minuten braten. Knoblauch kurz mit den Zucchini anbraten, Erbsen und Minze untermischen, kräftig salzen und pfeffern. Eier verquirlen und in der Pfanne verteilen. Frischkäse in groben Stücken daraufgeben. Im vorgeheizten Backofen bei 220 Grad auf der mittleren Schiene 15 Minuten backen. 5 Minuten ruhen lassen und auf eine Platte geben. Mit den restlichen abgezupften Minzeblättern garnieren.

Feigentörtchen

Für 6 Personen: 3 Platten Filoteig, Olivenöl oder Butter, 6 Feigen, 2 EL Zitronensaft, 1 EL Honig, 3 Crottin de Chavignol, 1 Eigelb, 1 EL Milch, 6 cl Cassissirup, 20 g Zitronenthymianblättchen

Den Filoteig mit Olivenöl oder Butter bepinseln und übereinanderlegen. 6 Quadrate (ca. 18 x 18 cm) ausschneiden und Muffinförmchen damit belegen. Die Ränder überhängen lassen. Backofen auf 180 Grad Umluft vorheizen. Die Feigen vierteln, mit Zitronensaft und Honig vermengen und in die Förmchen auf den Teig geben. Den Käse darüberbröckeln, Eigelb und Milch vermischen und die Teigränder damit bestreichen, im Ofen ca. 15 Minuten backen. Den Sirup mit dem Thymian verrühren und über die Feigen träufeln. Weitere 5 Minuten backen. Die fertigen Feigentörtchen aus der Form lösen und servieren.

Ceviche vom Seebarsch (nach Thomasina Miers)
3 Limetten, ½ Grapefruit, 1–2 grüne Chilis, 1 große Handvoll Koriandergrün, ½ rote Zwiebel, 4 Radieschen, 4 x 75 g Seebarsch, filetiert und gehäutet, 2 Tropfen Vanilleessenz, Meersalz und frisch gemahlener schwarzer Pfeffer, 2 EL Olivenöl, ½ EL Balsamessig

Limetten und Grapefruit auspressen, Chilis und Koriander fein hacken, Zwiebel und Radieschen in feine Streifen schneiden, Fischfilets nebeneinander für etwa 45 Minuten ins Gefrierfach stellen, danach hauchdünn aufschneiden und auf einer großen Platte anrichten. Die Vanilleessenz mit den Zitrussäften verrühren und über den Fisch gießen. Mit der Hälfte der Chiliwürfel und den Zwiebelstreifen bestreuen, salzen und pfeffern und 1 Stunde im Kühlschrank marinieren. Kurz vor dem Servieren etwa die Hälfte der Marinade abgießen, den Fisch mit Olivenöl und Balsamessig beträufeln und mit den restlichen Chiliwürfeln, den Radieschen und dem Koriander bestreuen.

Tigermilch (nach Martin Morales)
8 Limetten, ½ cm Ingwer, 1 Knoblauchzehe, 2 TL Reiswein, 2 TL Orangensaft, 1 EL Sojasoße, ½ TL Sesamöl

Limetten auspressen, Ingwer und Knoblauch fein hacken, miteinander vermengen und einige Minuten ziehen lassen. Abseihen mit Reiswein, Orangensaft, Sojasoße und Sesamöl vermischen. Das ergibt 150 ml Tigermilch, womit man 600 g rohen fein geschnittenen Fisch marinieren kann. Nach einer Viertelstunde hat man dann eine Ceviche, ein peruanisches Nationalgericht und den Beitrag der japanischen Einwanderer zur peruanischen Küche. Statt Orangensaft kann man andere Zitrussäfte verwenden, statt Reiswein trockenen Sherry. Man kann den Fisch etwas salzen und verschiedene Kräuter, z.b. frischen Koriander, darüberstreuen. In Peru wird die Marinade nicht weggeschüttet, sondern als Aperitif genossen.

Safranrisotto mit Calamaretti (nach Andreas Walker)
2 Zwiebeln, 2 Knoblauchzehen, 200 g Pecorino, 1 kleines Bund glattblättrige Petersilie, 2 g Safranfäden, 250 g Risottoreis, 2–3 EL Olivenöl, 500 ml Weißwein, ¾ l Gemüsebrühe, 50 ml Olivenöl, 400 g Calamaretti, Meersalz und schwarzer Pfeffer aus der Mühle

Zwiebeln und Knoblauch fein hacken, Pecorino hobeln, Petersilie grob hacken. Safranfäden in etwas heißes Wasser einlegen. Den Reis kalt abspülen. Öl in einem Topf erhitzen. Zwiebel- und die Hälfte der Knoblauchwürfel zugeben, leicht andünsten. Risottoreis hinzugeben, weiterdünsten, bis der Reis glasig wird. Mit 100 ml Weißwein und mit einer Kelle Gemüsebrühe ablöschen. Unter ständigem Rühren den Reis die Flüssigkeit aufnehmen lassen. Wieder ablöschen. Diesen Vorgang im Lauf einer halben Stunde mehrmals wiederholen, bis die gewünschte Konsistenz erreicht ist. Zum Schluss den Safran mit dem Wasser unterrühren. Den Pecorino unter ständigem Rühren zugeben. In einer Pfanne 50 ml Olivenöl erhitzen und die Tintenfische einige Minuten braten, Knoblauchwürfel und gehackte Petersilie zugeben. Mit Salz und Pfeffer abschmecken. Tintenfische mit dem Bratensaft unter den Risotto heben. Nochmals mit Salz und Pfeffer abschmecken.

Reispapierrolle mit Sojadip
Für 12 Rollen: 1 EL Sesamsaat, 8 EL Sojasoße, 3 EL Zitronensaft, 2 EL Puderzucker, 200 g gegartes Hähnchenfleisch (ohne Haut), 1 Möhre à 150 g, 250 g Salatgurke, 6 Blätter Eisbergsalat, 25 Stiele Koriandergrün, 15 Minzestiele, 12 Blätter Reispapier, 12 TL süß-scharfe Chilisoße, 100 g Garnelen, 12 TL Röstzwiebeln

Sesamsaat in einer Pfanne ohne Fett goldbraun rösten und auf einem Teller abkühlen lassen. Sojasoße, Zitronensaft und Puderzucker verrühren, geröstete Sesamsaat unterrühren. Hähnchenfleisch quer in schmale Streifen schneiden. Möhre und Gurke in 5 mm dicke Stifte schneiden. Salatblätter in 1 cm breite Streifen schneiden. Kräuterblätter abzupfen. Reispapierblätter auf einen großen Teller mit lauwarmem Wasser legen und etwa eine Viertelminute quellen lassen. Zum Füllen je 1 TL Chilisoße in der Mitte des unteren Drittels eines Reisblattes verstreichen. Kräuter, Salat, Möhre, Gurke, Hähnchenfleisch, Garnelen und Röstzwiebeln daraufgeben. Die Seitenränder darüberklappen und die Blätter mit leichtem Druck aufrollen.

Kaiserschmarrn mit Zwetschgenkompott (nach Johann Lafer)
Für 4 Portionen: 2 EL Rosinen, 3 cl brauner Rum, 4 Eier (Kl. M), 125 ml Milch, 120 g Mehl, 50 g Zucker, 1 EL saure Sahne, Salz, 50 g Butterschmalz, 50 g Butter, 50 g Zucker, Puderzucker zum Bestreuen
800 g Zwetschgen, ½ Bio-Orange, 100 ml Riesling, 30 g Zucker, ½ Zimtstange, 1 Sternanis

Rosinen in Rum einweichen, Eier trennen, Eigelb und Milch verrühren, Mehl, Zucker und Sahne einarbeiten, Eiweiß mit einer Prise Salz zu Schnee schlagen, unterheben, den Teig in eine Pfanne mit heißem Butterschmalz geben, Rosinen auf dem Teig verteilen, die Unterseite braun braten, dann die Pfanne in den auf 180 Grad vorgeheizten Ofen geben, ca. 15 Minuten backen, den Teig mit zwei Pfannenwendern zerteilen, Butter und Zucker

darüberstreuen, die Fetzen karamellisieren lassen, mit Puderzucker bestäuben.
Zwetschgen halbieren und entkernen, Orangenschale abreiben, Zwetschgen in Wein mit Zucker und Gewürzen einmal aufkochen, 10 Minuten ziehen lassen.

Forellentartar
120 g Forellenfilets, geräuchert, 1 Stängel Staudensellerie 3 Frühlingszwiebeln, 1 rote Chilischote, 2 EL Limettensaft, 1 TL Meerrettich aus dem Glas, 2 EL Crème fraîche, 12 runde Pumpernickel, 3 EL fein gehackter Schnittlauch, Forellenkaviar

Forellenfilets, Staudensellerie, Frühlingszwiebeln und Chilischote fein hacken, mit Limettensaft, Meerrettich und Crème fraîche vermischen, auf Pumpernickel servieren, mit Schnittlauch und Kaviar bestreuen.

Lammköfte mit Kirschen, Zwiebeln und Tahinisoße (nach Annie Rigg)
2 EL Olivenöl, 1 kleine Zwiebel, fein gehackt, 1 große Knoblauchzehe, fein gehackt, 50 g Pinienkerne, 30 g glatte Petersilie, fein gehackt, 30 g frische Minze, fein gehackt, 1 grüne Chilischote, die Samen entfernt und fein gehackt, ½ TL gemahlener Kreuzkümmel, ¼ TL gemahlenes Piment, ¼ TL Zimt, 150 g Kirschen, gewaschen, Salz und frisch gemahlener schwarzer Pfeffer, 400 g mageres Lammhackfleisch
1 rote Zwiebel, in feine Ringe geschnitten, 2 EL Weißweinessig, 2 TL brauner Zucker, 1 Prise Salz
2 EL Tahini (Sesampaste), 4 EL griechischer Joghurt, Saft von ½ Zitrone, 1 große Knoblauchzehe, zerdrückt, ½ TL gemahlener Kreuzkümmel

Die Hälfte des Olivenöls in einem kleinen Topf erhitzen und die Zwiebel glasig schwitzen. Den Knoblauch dazugeben, 1 Minute anschwitzen und den Topfinhalt in eine Schüssel füllen. Im elben Topf die Pinienkerne leicht anrösten. Die Pinienkerne anschließend mit den Kräutern, der Chilischote und den Gewürzen zur Zwiebel und dem Knoblauch geben. Die Kirschen entstielen und entsteinen. Saft auffangen. Das Fruchtfleisch grob hacken und mit dem Hackfleisch in die Schüssel geben. Kräftig mit Salz und Pfeffer würzen, die Zutaten sorgfältig vermengen und golfballgroße Bällchen aus der Masse formen. Den Backofen auf 190 Grad (Umluft 170 Grad) vorheizen. Das restliche Öl bei mittlerer Hitze in einer Pfanne erhitzen und die Köfte portionsweise etwa 3 Minuten rundherum anbräunen. In eine ofenfeste Form füllen und zum Warmhalten in den Backofen stellen.

Die Zwiebelringe in einer Glas- oder Keramikschüssel mit Essig, Zucker und Salz anmachen und 20 Minuten durchziehen lassen. Sesampaste, Joghurt, Zitronensaft und Knoblauch mit so viel Wasser verrühren, dass eine glatte Soße mit der Konsistenz einer leicht geschlagenen Sahne entsteht. Die Soße mit Salz und Zitronensaft abschmecken.

Schokomuffins

100 g Butter, 250 g Zucker, 2 Eier, 250 ml Buttermilch, 300 g Mehl, 80 g Kakao, 1 TL Natron, ½ TL Backpulver, 1 Prise Salz, 150 g Schokolade mit 70 % Kakaoanteil

Alle Zutaten ca. 1 Stunde vor dem Backen aus dem Kühlschrank nehmen. Backofen auf 200 Grad vorheizen. Muffinblech einfetten. Butter schmelzen und mit Zucker und Eiern schaumig schlagen. Buttermilch unterrühren. Mehl, Kakao, Natron, Backpulver und Salz miteinander vermischen. Mit einem Holzlöffel unter die Buttermasse heben. Nicht zu viel rühren! Schokolade grob hacken und zwei Drittel unter den Teig heben. Teig in die Muffinform geben und mit restlicher Schokolade bestreuen. Im heißen Ofen ca. 20 Minuten backen.

Julias Rezepte

Woihinkelche (in memoriam Wolfram Siebeck)
Für 4 Personen: 2 Schalotten, 1 Bio-Zitrone, 400 g Champignon, 1 Bio-Huhn, ca. 1600 g, 1 Glas Hühnerfond, Butter, 1 Flasch Riesling, Salz, schwarzer Pfeffer, Butterschmalz, 1 Zweig Thymian, 2 cl Riesling-Trester, ¼ l süße Sahne

Die Schalotten in kleine Würfel hacken, die Schale der Zitron abreiben, den Saft auspressen, die Pilze putzen, die Stiele von de Köpfen trennen.
Das Huhn in zehn Teile teilen. Dafür die Keulen abtrennen un im Gelenk teilen, die Flügel von den Spitzen befreien und mi einem Teil der Brust abtrennen, die Brust in vier Teile schneiden Die Teile enthäuten.
Den Rest des Huhns klein hacken und mit den Pilzresten un dem Geflügelfond köcheln, den Fond dabei auf ¼ l Flüssigkei einkochen lassen. (Alternativ kann man den Fond selbst herstellen. Dafür braucht man neben den Resten von Huhn und Pilzen noch einmal Hühnerklein, Lauch, Karotte, Sellerie und Knoblauch, die man anschwitzt, mit ¼ l Riesling ablöscht, einkochen lässt, mit Wasser auffüllt und eine Stunde auf ¼ l Flüssigkei reduzieren lässt.)
Den Ofen auf 180 Grad Ober-/Unterhitze vorheizen.
In einem Schmortopf die Schalotten in Butter glasig schwitzen, mit einem Glas Riesling ablöschen und etwas einkochen lassen. Die Hühnerteile salzen und pfeffern, in Butterschmalz goldbraun braten und in den Schmortopf auf die Schalotten legen. Das Bratfett aus der Pfanne abgießen, den Bratensatz mit 1 Glas Riesling loskochen und über die Hühnerteile gießen. Ein weiteres Glas Riesling über die Hühnerteile geben und die Schmorflüssigkeit mit Salz, Pfeffer, Thymian, Zitronensaft und Trester würzen.
Den Schmortopf in den Ofen geben, nach einer Viertelstunde die Hühnerbrüste herausnehmen, den Rest eine weitere Viertelstunde schmoren lassen.
Die Champignonköpfe in Butter anbraten, mit Salz und Zitronensaft abschmecken.

Die Hühnerteile aus dem Schmortopf nehmen, warm stellen, den Thymianzweig entfernen, den Bratensud mit dem Hühnerfond, dem Rest des Rieslings und der Sahne bis zur gewünschten Konsistenz einkochen. Dann entscheiden, ob mit Trester und Zitronenschale nachgewürzt werden soll. Zum Schluss die Hühnerteile und die Champignons einlegen, mit Bandnudeln servieren.

Tipp: Auf jeden Fall die Hühnerbrust vorher aus dem Schmortopf holen (oder später hineingeben), sie wird sonst trocken. Man kann auch nur Keulen verwenden, ihr Fleisch ist zum Schmoren ideal. Dann fehlen die Hühnerreste, und man sollte den Hühnerfond mit etwas Hühnerklein aufpeppen. Auf jeden Fall das Fleisch enthäuten, geschmorte Haut ist nicht lecker. Statt Thymian kann man französischen Estragon mitschmoren.

Rehmedaillons mit Portweinkirschen, Aprikosenwirsing und Selleriepüree (inspiriert von Alfons Schuhbeck)
Für 4 Personen: 8 Rehmedaillons, 3 cm dick, Öl, 2 EL Butter, Wildgewürz, Chilisalz
4 TL Puderzucker, 400 ml Spätburgunder, 100 ml Portwein, 1 TL Speisestärke, 1 TL geriebener Ingwer, 1 TL Orangenabrieb, 100 g Butter, 4 EL TK-Kirschen, Zimt, Salz, schwarzer Pfeffer
500 g Wirsing, 8 getrocknete Soft-Aprikosen, etwas Gemüsefond, 2 EL Butter, 4 EL Walnusskerne, Petersilie, Salz, schwarzer Pfeffer, Muskatnuss
100 ml Gemüsefond, 100 ml Milch, 2 cm Vanilleschote, 1 kg Knollensellerie, 2 mehligkochende Kartoffeln, 2 EL Butter, Salz, Muskatnuss

Die Medaillons in Öl anbraten, für 20 Minuten in den auf 90 Grad vorgeheizten Ofen geben, Butter in der Pfanne braun werden lassen, mit Wildgewürz und Chilisalz würzen, die Medaillons darin zwei Minuten wenden und ziehen lassen.
Puderzucker karamellisieren lassen, mit Rotwein und Portwein ablöschen, auf ein Drittel einkochen lassen, Speisestärke in kaltem

Wasser auflösen, einrühren, Ingwer und Orangenabrieb hinzugeben, kalte Butter in Stückchen einrühren, Kirschen dazugeben mit Zimt, Salz und Pfeffer abschmecken.

Wirsing putzen, in Rauten schneiden, 5 Minuten in Salzwasser blanchieren, abschrecken und abtropfen lassen. Aprikosen klein schneiden, mit Wirsing und Gemüsefond in der Pfanne erhitzen. Butter mit gehackten Walnüssen goldbraun werden lassen, zum Wirsing geben, mit Salz, Pfeffer und Muskatnuss abschmecken.

Fond und Milch mit Vanilleschote erhitzen, Sellerie und Kartoffeln klein würfen, hineingeben und 20 Minuten garen, Vanilleschote entfernen, Gemüsewürfel herausnehmen und pürieren, Kochflüssigkeit nach Bedarf dazugeben, 1 EL Butter braun werden lassen, zusammen mit 1 EL kalter Butter in Püree einrühren, mit Salz und Muskatnuss abschmecken.

Roastbeef mit grüner Soße und Bratkartoffeln

Für 8 Personen: 1,2 kg Roastbeef, Salz, Pfeffer, Senf, Öl
2 kg festkochende Kartoffeln, 200 g Schinkenspeck, 100 g Butterschmalz, 2 TL Salz, 2 TL schwarzer Pfeffer, 2 TL Kümmel
600 g Kräuter (Petersilie, Schnittlauch, Sauerampfer, Borretsch, Kresse, Kerbel, Pimpinelle), 500 g Schmand, 500 g saure Sahne, 1 EL Sonnenblumenöl, 1 EL Weißweinessig, Senf, Salz, Pfeffer, evtl. 4 Eier

Fleisch eine halbe Stunde vor der Zubereitung aus dem Kühlschrank nehmen, mit Salz, Pfeffer und Senf einreiben, 10 Minuten von allen Seiten anbraten, im vorgeheizten Backofen bei 80° 3 Stunden garen (es ist dann innen rosa; soll es blutig sein, nur 2,5 Stunden garen)

Kartoffeln in Schale garen, pellen und erkalten lassen, am besten am Vortag. (Es bildet sich dadurch sogenannte resistente Stärke, dadurch werden weniger Kalorien aufgenommen, außerdem kann die Kartoffel etwas trockener werden.) Kartoffeln in Scheiben schneiden, Speck fein würfeln, in Butterschmalz bei mittlerer Hitze anbraten, Kartoffelscheiben dazugeben, mit gemörsertem

Salz, Pfeffer und Kümmel bestreuen. Die Kunst besteht darin, die Scheiben nicht zu oft zu wenden, damit sich eine Kruste bilden kann und die Scheiben nicht zerfallen, aber auch nicht zu selten, damit sie nicht schwarz werden.

Die Hälfte der Kräuter fein hacken, die andere Hälfte grob hacken. Die grob gehackten Kräuter zusammen mit der Hälfte von Schmand und saurer Sahne im Mixer fein pürieren, die fein gehackten Kräuter und den Rest der Milchprodukte unterheben, mit Öl, Essig, Senf, Salz und Pfeffer abschmecken. Wer will, hebt vier fein gehackte hart gekochte Eier unter.

Garnelen-Zucchini-Minze-Röllchen (in memoriam Antje Wiegmann)

2 Bio-Zitronen, 4 Knoblauchzehen, Olivenöl, Salz, Pfeffer, 2 Packungen vorgegarte Partygarnelen, 3 Zucchini, 1 Bund Pfefferminze, Zahnstocher

Die Schale der Zitrone abreiben, die Zitronen auspressen, den Knoblauch fein hacken. Aus dem Saft, der vierfachen Menge Öl, Knoblauch, Zitronenschale, Salz und Pfeffer eine Vinaigrette herstellen. Die Garnelen mit der Vinaigrette marinieren. Die Zucchini mit der Brotschneidemaschine längs in 2 bis 3 mm dicke Scheiben schneiden, salzen und eine Stunde oder länger kalt stellen. Danach sind die Scheiben biegsam geworden. Die Scheiben mit Pfefferminzblättchen belegen, an ein Ende der Scheibe eine Garnele legen, die Zucchinischeiben zusammenrollen und mit einem Zahnstocher fixieren. Die Vinaigrette mit dem ausgetretenen Zucchinisaft vermischen und über die Röllchen gießen.

Nordseekrabben mit Avocadocreme

Für 4 Personen: 1 Bio-Zitrone, 2 Avocados, 150 g Schmand oder saure Sahne, 1 Handvoll Basilikumblätter, einige Kapern, Salz, Pfeffer, 2 Packungen Nordseekrabben

Die Schale der Zitrone abreiben, die Zitrone auspressen. Eine halbe Avocado, den Schmand, einen Spritzer Zitronensaft, das Basilikum und die Kapern mit dem Stabmixer pürieren, die restliche Avocado mit einer Gabel zerdrücken, mit der Zitronenschale und Zitronensaft unterheben. Mit Salz und Pfeffer, evtl. etwas Tabasco abschmecken. Die Nordseekrabben auf die Creme setzen.

Makrelenmousse mit marinierten Tomaten
Für 4 Personen: 150 g Gemüsefond, 1 Scheibe Ingwer, 1 Lorbeerblatt, 1 TL gemahlener Pfeffer (grün, rot, schwarz, Kubebe, Sezuan), eine Knoblauchzehe, 1 Blatt Gelatine, 50 g Pfeffermakrelenfilet, 100 g süße Sahne, 1 Zitrone, Salz
250 g Tomaten, ½ Schalotte, 1 Knoblauchzehe, 1 kleine Scheibe Ingwer, 8 Stängel Basilikum, 1 EL Olivenöl, Zimt, Vanillesalz, schwarzer Pfeffer

Den Gemüsefond erhitzen, Ingwer und Lorbeer 10 Minuten ziehen lassen, Pfeffer und Knoblauch zugeben, weitere 5 Minuten ziehen lassen, abseihen. Gelatine in kaltem Wasser einweichen, ausdrücken, im heißen Gewürzfond auflösen und abkühlen lassen. Makrele zerkleinern, mit dem Gewürzfond pürieren. Sahne halb steif schlagen, mit Makrelenmasse mischen, mit Zitronensaft und Salz abschmecken, im Kühlschrank erkalten lassen.
Die Tomaten mit kochendem Wasser übergießen, enthäuten, entkernen und klein hacken. Schalotte, Knoblauch, Ingwer, Basilikum klein hacken, mit Olivenöl und Tomaten mischen, mit Zimt, Vanillesalz und Pfeffer abschmecken.

Apfel-Minze-Tarte
4 Äpfel, Zitronensaft, 3 Eier, 2 EL Zucker, 3 EL Crème fraîche, 150 ml Milch, 40 g Mehl, Minzeblätter, 1 Vanilleschote, 30 g Butter, 30 g Mandelblättchen

Backofen auf 200 Grad vorheizen. Äpfel in feine Scheiben schneiden und mit Zitronensaft beträufeln. Eier und Zucker schaumig schlagen, Crème fraîche, Milch und Mehl einrühren, gehackte Minzeblättchen und Vanillemark unterrühren. Eine Tarteform (28 cm) mit der Hälfte der Butter ausbuttern, Apfelspalten ringförmig und dachziegelartig auslegen, Teig darübergießen und mit Mandelblättchen bestreuen. Restliche Butter als Flöckchen darüber verteilen und 25 Minuten backen.

Danksagung

Ich danke Urs Mergard für seine Beratung in kriminalistischen Fragen, der Familie Glebocki und Dieter Klassen für ihre Hinweise zu den Lorcher Stollen sowie meiner Frau Ingrid für die kritische Begleitung, die kreativen Anregungen und die nie endenwollende Geduld.

 Lust auf mehr? Laden Sie sich die »LChoice«-App runter, scannen Sie den QR-Code und bestellen Sie weitere Bücher direkt in Ihrer Buchhandlung.

Roland Stark
TOD BEI KILOMETER 512
Broschur, 240 Seiten
ISBN 978-3-89705-490-5

»Ein Krimi mit Spannung, voller interessanter Figuren, viel Lokalkolorit und gelungenen Beschreibungen.« Wiesbadener Kurier

»Viel Spannung mit hohem Unterhaltungswert.« Rheingau Echo

Roland Stark
TOD IM KLOSTERGARTEN
Broschur, 336 Seiten
ISBN 978-3-89705-605-3

»Roland Stark blickt in die Seelen der Menschen. Er beschreibt gekonnt und geschmeidig ihre Abgründe und ihre Liebenswürdigkeiten in seinen Kriminalromanen.« Rheingau Echo

»Empfehlenswert für Krimi- und Rheingauliebhaber gleichermaßen.«
Radio RheinWelle

www.emons-verlag.de

Roland Stark
TOD IN ZWEI TONARTEN
Broschur, 304 Seiten
ISBN 978-3-89705-727-2

»*Es fasziniert, wie Stark ›die Psychologie, die hinter den Verbrechen steht‹, beleuchtet. Dabei hilft ihm, dass er sich in der Psyche des Menschen auskennt.*« Wiesbadener Kurier

»*Ein spannender Psychokrimi.*« Rheingau Echo

www.emons-verlag.de